신화를 삼킨 섬

이청준 전집 29 장편소설
신화를 삼킨 섬

초판 1쇄 2011년 3월 14일

지은이 이청준
펴낸이 홍정선 김수영
펴낸곳 ㈜문학과지성사
등록번호 제10-918호(1993. 12. 16)
주소 121-840 서울 마포구 서교동 395-2
전화 02)338-7224
팩스 02)323-4180(편집) 02)338-7221(영업)
전자우편 moonji@moonji.com
홈페이지 www.moonji.com

ⓒ 이청준, 2011. Printed in Seoul, Korea

ISBN 978-89-320-2109-6
ISBN 978-89-320-2080-8(세트)

* 이 책의 판권은 지은이와 ㈜문학과지성사에 있습니다.
  양측의 서면 동의 없는 무단 전재 및 복제를 금합니다.

이청준 전집 29

신화를 삼킨 섬

문학과지성사
2011

일러두기

1. 문학과지성사판 『이청준 전집』에는 장편소설, 중단편소설, 그리고 작가가 연재를 마쳤으나 단행본으로 발간되지 않은 작품과 미완성작 등을 모두 수록했다.
2. 전집의 권별 번호는 개별 작품이 발표된 순서를 따르되, 장편소설의 경우 연재 종료 시점을, 중단편소설의 경우 게재지에 처음 발표된 시점을 기준으로 삼았다. 단, 연재 미완결작의 경우 최초 단행본 출간 시점을 그 기준으로 삼았다. 중단편집에 묶인 작품들 역시 발표된 순서대로 수록하였으며, 각 작품 말미에 발표 연도를 밝혀놓았다.
3. 전집의 본문은 『이청준 문학전집』(열림원) 발간 이후 작가가 새롭게 교정, 보완한 내용을 충실히 반영하여 확정하였다. 특히 미발표작의 경우 작가가 남긴 관련 자료에 근거하여 수록하였음을 밝힌다.
4. 전집의 각 권에는 작품들을 수록하고 새롭게 쓰여진 해설을 붙였으며 여기에 각 작품 텍스트의 변모 과정과 이청준 작품들의 상호 관계를 밝히는 글을 실었다. 이 글은 현재의 문학과지성사판 전집의 확정 텍스트에 이르기까지 주요한 특징적 변모를 잘 보여준다.
5. 이 책의 맞춤법은 국립국어연구원의 '한글 맞춤법'에 따르는 것을 원칙으로 하되, 띄어쓰기의 경우 본사의 내부 규정을 따랐다. 단, 작품의 분위기에 영향을 준다고 판단되는 방언이나 구어체 표현·의성어·의태어 등은 작가의 집필 의도를 살려 그대로 두었다 (괄호 안: 현행 맞춤법 표기).
   예) ① 방언 및 의성어·의태어: 밴밴하다(반반하다) 희멀끄럼하다(희멀겋다) 달겨들다(달려들다) 드키(듯이) 뚤레뚤레(둘레둘레) 뎅강(뎅궁) 까장까장(꼬장꼬장)
   ② 작가의 고유한 표현:
   —그닥(그다지) 범상찮다(범상치 않다) 들춰업다(둘러업다)
   —입물개 개없고 아심찮게도 목짓 편뜻 사양기
   ③ 기타: 앞엣사람 옆엣녀석 먼젓사람 천릿길 뱃손님 뒷번
   그리고 나서(그리고 나서) 그리고는(그러고는)
6. 이 책의 외래어 표기는 국립국어연구원의 '외래어 표기법'에 따라 바꾸었다. 단, 작품의 제목이나 중요한 어휘로 등장하는 경우에는 원본을 그대로 살렸다.
   예) ① 맘모스(매머드) 여자 대학/세느(센) 다방/뎃쌍(데생) ② 레지('종업원'으로 순화)
7. 이 책에 쓰인 문장부호의 경우 단편, 논문, 예술 작품(영화, 그림, 음악)은「 」으로, 단행본 및 잡지, 시리즈 명 등은 『 』으로 표시하였다. 대화나 직접 인용은 큰따옴표 (" ")와 줄표(—)로, 강조나 간접 인용의 경우 작은따옴표(' ')로 묶었다.

차례

신화를 삼킨 섬 7

해설 정치도 넘고 신화도 넘어, 또한 탑돌이도 넘어서/정과리 392
자료 텍스트의 변모와 상호 관계/이윤옥 428

프롤로그

　옛날 왕조 시절 어느 마을에 한 가난하고 나이 먹은 부부가 늦게까지 아이를 얻지 못해 고심하다, 마을 뒷산의 용마바위에 오랜 치성을 드린 끝에 마침내 소원하던 옥동자를 낳았다. 그런데 아기가 놀랍게도 두 어깻죽지 밑에 접힌 날개를 달고 있었다.
　비범한 능력을 타고난 아이임이 분명했다. 그러나 아이의 부모는 큰 근심이 되지 않을 수 없었다. 그 시절 나라에서는 용모나 힘이나 지혜 따위 남달리 비상한 징후를 지니고 난 아이들은 뒷날 큰 영웅 장수로 자라 왕권을 위태롭게 할 것을 염려하여 미리 관가로 잡아들여 죽여 없애곤 했기 때문이다. 그렇다고 그런 아이를 몰래 숨겨 기르려 했다간 그 자식뿐 아니라 부모나 이웃까지 큰 화를 입게 마련이었다. 아이의 부모는 생각다 못해 결국 자식이 가엾고 가슴 아프더라도 일찌감치 후환거리를 없애기로 작심하기에 이르렀다.

그러나 하늘은 이미 그것을 알고 있었다. 부부가 스스로 아이를 죽이기로 결심한 날 밤 뒷산 신령이 꿈속에 나타나 현몽을 했다. —그대들의 정성이 지극하여 용마바위로 하여 장차 세상의 큰 빛이 될 아이를 점지케 했더니 그 아이를 얻어 기를 처지가 못 되는 모양이구나. 그래, 제 자식을 끝내 죽여야 할 양이면 그 아일 점지해준 바위에다 다시 곱게 묻어주어라.

뿐만이 아니었다. 그날 밤 그런저런 사정을 미리 알아차린 아이는 이튿날 아침 그의 부모에게 말했다. —아버지 어머니, 사정이 그러하시면 저를 그 바위 속에 다시 묻어주시되, 콩 한말 팥 한말 참깨 한말을 저와 함께 묻어주십시오.

부부는 슬픔과 두려움 속에서도 그 하늘과 가엾은 아들의 뜻을 좇아 은밀히 콩 한말 팥 한말 참깨 한말을 구하여 어린 자식을 업고 뒷산 용마바위께로 올라갔다. 그리고 어디선지 말 울음소리가 세 번 울면서 두 쪽으로 크게 갈라진 그 용마바위 틈새에 세 자루의 곡식 부대와 함께 정신없이 아기를 숨겨 묻고 돌아왔다.

그런데 일은 그것으로 끝이 아니었다. 부부가 아이를 바위틈 속에 생매장하고 돌아와 석 달하고 아흐레째 백 날을 하루 앞둔 날이었다. 이런저런 뒷소문이 번진 끝에 뒤늦게 수상한 낌새를 알아차린 관가 군졸들이 일이 그렇게 된 줄 모르고 마을로 아이를 잡으러 몰려왔다. 그리고 이미 아이가 죽어 뒷산에 묻었다는 말을 듣곤 그 아비를 앞세워 무덤까지 찾아갔다.

1

'큰당집' 사람들이 미리 그렇게 여관을 잡아준 탓이리라. 섬 터주 당골 추(秋) 심방네 집은 생각보다 길이 멀지 않았다. 정요선(丁堯銑)이 그의 어미 유정남과 그녀의 신딸 오순임 들과 함께 들어 묵고 있는 제주시의 서쪽 변두리 여관에서 도보로 반 시간 남짓 거리, 며칠 전 일행 세 사람이 육지부 남쪽 끝 녹동 포구로부터 완도와 청산을 거쳐 열 시간 가까운 긴 뱃길과 심한 멀미 끝에 초주검 꼴로 배를 내린 제주항 서쪽 교외 지역 용두리 해변가 한 작은 언덕배기에 그의 초옥이 납작 올라앉아 있었다. 육지 쪽 귀신점쟁이들 집에서와 같은 오색 깃발 따위는 내걸지 않았지만 높은 지대 한쪽에 그 한 집만 외떨어져 있어 큰당집 사람이 일러준 대로 첫걸음치곤 어렵잖게 그 비좁은 언덕길을 찾아들어갈 수 있었다.

하지만 막상 집을 찾아들어서고부터는 아무래도 일이 잘 풀려나갈 기미가 아니었다.

무당집이라 굿이나 푸닥거리쯤 청하러 오는 사람으로 여겼던지, 무슨 일론가 마침 사립문을 나서려던 이 집 아들뻘쯤 되어 보이는 젊은 친구가, 이 동네 심방 어른을 좀 만나러 왔다는 요선의 말에 별 군소리 없이 안방 쪽에 기척을 건네준 덕에 추 심방과의 방 안 대좌도 생각보다 쉽게 이루어졌다. 하지만 예상하고 온 대로 거기서부터가 문제였다.

"우리는 며칠 전 전라도 지역에서 뱃길로 이곳으로 건너왔슴다. 오늘 이렇게 심방 어른을 찾아뵙게 된 것은……"

이번 일이 비록 나라가 뒷받침한 큰당집 사람들의 내밀스런 주선에 따라 움직이고 있는 터이긴 했지만, 요선은 우선 육지부의 무당이 남의 당골 지역으로 굿자리를 옮겨 왔으니 먼저 터주 심방 어른의 이해와 용허를 구하고 현지 사정에 대한 조언을 청하는 것이 도리라는 어머니 유정남의 간곡한 뜻을 전했다. 어머니가 직접 찾아뵙지 못한 것은 아시는 대로 서로 어려운 '조상'을 모신 처진 데다 배를 내려서부터 갑자기 심한 신열기가 덮쳐, 아비가 없는 탓에 서투른 대로 굿판 악인 노릇을 감당해온 자신이 대신 심부름을 왔노라는 저간의 사정도 어미의 당부대로 차근차근 한껏 겸손하게 설명했다.

하지만 어딘지 처음부터 사람을 피하듯 허공을 향해 반쯤 치켜올린 어둑한 눈길에 홀쪽하게 마른 광대뼈의 중늙은이 추 심방은 한동안 아무 대꾸가 없었다.

—이 영감태기가 사람 말을 듣고 있는 건가, 아닌가. 니기미……

그 바람에 요선은 문득 자신의 꼴이 멋쩍어져 잠시 하던 말을 멈추고 흡사 무슨 돌할방처럼 눈길이나 분위기가 막막하기만 한 늙은이의 기척을 조용히 기다렸다.
 그러자 노인이 겨우 기미를 알아차린 듯 웅얼중얼 혼잣소리처럼 몇 마디를 건네왔다.
 "그야, 어디서 건너왔든 굿을 천업으로 삼아온 사람이 이 섬 귀신들 위해 일부러 굿을 하러 왔다는디 누가 뭐라겠는고…… 미리 사정을 다 알고 왔겠지만, 그 뭐시냐, 이 섬으로 말하면 씻겨도 씻겨도 넘쳐나는 게 원귀들 천지인 판에. 게다가 내가 저승 천도할 원귀들은 첨서부터 댁네들하고는 몫이 다를 테니 상관할 일이 없을 거이고……"
 한마디로 어디서 어떤 무당패가 들어와 무슨 굿을 하고 다니든 자신은 관심 둘 바가 없노라는 소리였다. 현지 조력자로 먼저 추심방을 소개한 큰당집 사람들의 귀띔이 있었을 법한데도 그쪽 이야기는 아예 내색조차 않은 채였다.
 요선은 이제 더 이상 묻거나 청할 말이 없었다. 육지 무당 유정남이 이곳 심방들과는 워낙 다른 조상 신령을 모신 처진 데다 섬 안에 억울하게 떠돌고 있는 원귀가 얼마나 되는지, 노인이 따로 몫 지어 씻길 원귀란 어떤 귀신들인지, 무엇보다도 이곳에서 굿판을 함께 이끌어갈 제비 소무들은 쉽게 부를 수 있는지 따위, 그의 짧은 말끝에 아직 더 자세히 알고 싶은 대목이 없진 않았다. 하지만 시종 큰당집 통기를 모른 척한 채 어딘지 방심스럽고 꼿꼿하기만 한 늙은이와의 첫 대면 자리가 아무래도 편치 못한 데다, 그가 처음 알지도 못한 이곳 토박이 굿꾼을 찾아온 소임은 그쯤으로 충분했다.

요선은 그만 자리를 일어설 양으로 천천히 몸을 추스르기 시작했다.

그런데 그때, 노인도 뒤미처 손님을 홀대했다는 생각이 들어선지 젊은 요선의 기동을 무시한 채 새삼스레 물어왔다.

"그래, 자네 안어른은 육지부 어느 고을에서 멩두를 모신 분이시던가?"

요선의 반전라도 말투 때문인가. 아깟번에도 얼핏 남도 썻김굿 말투를 쉽게 섞어 쓰더니 이번에도 제주 무당들의 '조상'이나 북쪽 지방의 '몸주 대감' 대신 '명두'를 모신 땅을 묻는 것이 이미 이쪽을 어느 가까운 남녘 고을의 물림(세습) 당골로 여기는 소리였다. 영락없는 점쟁이 눈치였다.

"제가 워낙 어릴 적 일이라 자세힌 몰라도 내림굿은 인천 근방에서 치렀다고 들었슴다. 하지만 제가 철이 들고부턴 조상님 제상을 줄곧 남해안 장흥골 천관산 쪽으로 차리곤 하셨지요."

요선은 얼핏 그렇게 대꾸하고, 엉거주춤 계속 자리를 일어설 자세를 놓지 않았다.

하지만 한번 입을 열기 시작한 노인은 여전히 그의 속내를 아랑곳하지 않은 채 물음을 이어갔다.

"그럼 아마 그 천관산 신령님을 모신 가문 물림이신 모양인디, 여직까지 좌정해오신 곳이 그 인천 근방?"

"그런 셈임다. 어머닌 일찍부터 인천 변두리의 남쪽 사람들 동네서 몇십 년째 고향 골서부터 익어온 썻김굿 물림으로 지내왔다니께요. 그러다 작년부턴 한 일 년 다시 전라도 일대를 떠돌다 종당엔 이 섬까지 건너오게 됐지요. 어른께서도 아시겠지만, 그게 다 그 큰당집 사람들이 우리를 이리저리 동원해 보낸 대로였지만요."

느릿느릿 계속된 노인의 물음에 요선은 잠시 자리를 고쳐 앉으며 그간의 행정(行程)을 간단히 털어놨다. 하지만 그 씻김굿 무당이 나중엔 어느 이웃을 따라 서울 인왕산 국선당까지 드나들며 경기도나 이북 지역 만신굿 시늉질을 익힌 바람에 더러 그런 굿 흉내도 내고 다닌다는 소리는 짐짓 생략해버린 채 슬그머니 큰당집 일을 끌어들였다. 그러자 짐작했던 대로 노인 역시 큰당집 일을 익히 알고 있는 듯 천천히 고개를 주억이며 다시 물었다.

"흐음, 큰당집 위인들이라…… 그렇담 그 전라도 땅에도 묵은 원혼들이 많았던 모양이로구먼?"

"갑오년 동학란에 6·25전란에 진혼 씻김굿판을 벌이기에는 넘치고 남는 곳이었지요. 한 번도 발 개고 앉아 쉴 날이 없었습다. 기왕지사 그만큼 벌이도 좋았고요."

"그런디 왜 그런 곳을 놔두고 다시 이 섬까지? 굿판거리 귀신이 그새 씨가 마르진 않았을 테고, 이번에도 그 큰당집 사람들이 정한 일이랬던가?"

"그야 그쪽에도 아직 일은 많았지요. 조상 모신 산을 떠나 지낸 지가 너무 오랜 데다 굿일이란 원래 동네 당골이 정해진 처지들이라 이런저런 시비와 불편은 있었지만, 그런대로 굿일거린 아쉽지 않았습다. 그런데 큰당집 사람들이 일부러 또 이 제주도 길을 주선해온 바람에 거기 따를 수밖에 없었지요. 짐작하시겠지만, 이곳 굿일이 많고 적은 건 둘째 치고 그 사람들 뜻을 함부로 거스를 수 없었으니께요."

"물론 그렇겠제…… 물론."

모든 걸 그저 큰당집에 기대고 드는 요선의 설명에 노인은 당연한 일이라는 듯 그러나 왠지 깊은 한숨 투 목소리로 같은 말을 거푸 되씹었다. 그리고 나선 그쪽도 이젠 더 물을 말이나 듣고 싶은 일이 없는 듯 한동안 다시 감감 입을 다물고 있었다. 그러다 이윽고 눈앞의 요선을 의식한 듯 혼잣소리 비슷이 몇 마디 알쏭달쏭한 소리를 덧붙였다.

"그 사람들 뜻으로 여길 건너왔다면 무얼 더 따로 알아보거나 어려울 일도 없겠구만. 여지껏 눈을 못 감고 떠도는 원혼이라도 이 섬엔 귀신들까지 서로 편이 달라놔서 어느 쪽을 맞아 돌보려는지 모르지만, 하여튼지 그도 그 사람들 뜻을 따르면 그만일 테니 나는 애초에 상관할 바가 없을 거고."

"이러다가 서섬이 온통 육지 굿패들로 드들어차겠구만. 허긴 이 섬 토박이 시심방들은 지 동네 귀신들한테 무물릴 만큼 물렸을 테니께."

그새 집을 나가지 않고 밖에서 두 사람의 방 안 이야기를 엿듣고 있었던지 노인의 방을 나가자 말없이 사립까지 요선을 배웅하고 난 젊은이가 등 뒤에서 가벼운 더듬기가 섞인 말투 속에 뜻을 잘 알아들을 수 없는 소리를 내뱉었다.

— 큰당집이 그럼 조 만신네한테도 여길 소개해 보냈단 말인가?

요선은 언덕길을 다시 내려오는 동안 추 심방에 이어 그 소리 역시 무슨 유쾌하지 못한 수수께끼 모양 꺼림칙하게 마음에 걸렸지만, 아마 녀석도 자신처럼 젊은 나이에 같은 무당패 꼴을 탐탁잖게 여겨 내뱉은 푸념 투거니 짐작하고 그대로 내처 발길을 재촉하고 말았다. 아무려나, 위인이 노인의 핏줄받이라면 제 비슷한 화상을 맞고 보내는 그 무당집 젊은 놈 심사야 굳이 까닭을 묻지 않아도 요선 자신 속속들이 잘 아는 일이었으니까…… 그리고 10여 분 남짓 언덕길을 거반 다 내려올 무렵에야 요선은 비로소 마음이 한결 밝아지는 느낌이었다.

문득, 눈앞에 펼쳐진 유채꽃 무리 때문이었다. 추 심방은 제주에 넘쳐나듯 많은 것이 긴 세월 눈을 못 감고 떠도는 원귀들이라 했지만, 삼다(三多)의 섬이라 했을 만큼 이 섬에 원래부터 많은 것은 바람과 돌과 여자랬다. 남자 여자가 엇비슷한 수로 서로 짝을 지어 살아가야 할 땅에 하필 여자가 많다 한 것은 필경 이 섬에 그 원혼이 많다는 것과도 상관이 있을 일인지 모르지만, 어쨌거나 그 여자를 비롯해 사람 눈에 쉽게 띌 수 없는 원혼이나 바람, 검은 돌멩이 외에 이 섬에 또 한 가지 지천인 것이 노란 유채꽃밭이었다. 요선이 초등학교 적에 들은 이야기로 일찍이 일본으로 건너간 아버지와 일본인 어머니 사이에 태어난 우 아무개라는 유전학자가 어머니 나라 일본을 위해 많은 일을 한 뒤에 마지막으로 아버지 나라를 위해 식물성 기름 채취용 다수확 배추씨를 개량하여 이 섬에서부터 재배를 보급해나간 것이 그 유채의 유래랬다. 그것이 근래 들어선 기름 채취뿐 아니라 식용으로도 상용되어 일기가 따뜻한 남쪽 해안 지방에서까지 널리 재배되고 있어 요선은 지난해 그쪽에서도 많이 보아온 아름다운 꽃이었다.

그 꽃이 육지부보다 절기가 썩 앞서 가는 이 섬에선 갓 2월로 들어선 이른 봄부터 이곳저곳에 장관을 이루고 있었다. 아까 추 심방네를 찾아 언덕길을 올라갈 때는 그 당집 길을 어림하느라 미처 눈에 들어오지 않았던지, 여기저기 길옆 들판을 검은 화산석 담으로 구획 지어 노랗게 수놓고 있는 들밭들이 새삼 가슴을 후련하게 해왔다. 얼핏 생각하면 이런 섬을 살고 간 사람들이 두고두고 원귀가 되어 이승을 떠나지 못하고 있다는 것이 쉬 이해가 되지 않을 정도였다. 추운 겨울이나 이른 봄 절기와는 무관하게 사철 늘 푸른 아열대림이 무성한 이 섬의 살아생전의 삶을 망자들이 차마 잊고 떠나기가 아쉬워서라면 모를까.

─그럼 오늘은 모처럼 길을 나선 김에 나 혼자 섬을 한 바퀴 돌면서 유채꽃 구경이나 실컷 하고 돌아가?

유채꽃 무리로 하여 거기까지 생각이 미치자 요선은 더 망설일 것 없이 곧 길 아래 차도를 지나가는 택시를 붙잡아 시내 터미널로 향했다. 그리고 바로 섬 동쪽 성산포로 나가는 버스에 몸을 옮겨 싣고 첫 해안 도로 주행길에 나섰다.

사실 그건 그냥 구경길이 아니었다. 요선은 실상 추 심방네 이외에도 이날 안으로 찾아봐야 할 곳이 두 군데나 더 있었다. 추 심방을 찾은 일과 마찬가지로 앞으로의 이곳 굿거리판 일을 위해 미리 꼭 치러둬야 할 절차였다.

사흘 전 그가 어머니 유정남과 신딸 오순임까지 셋이서 이 섬에 처음 배를 내려 큰당집 사람들이 미리 알려준 대로 긴 해안 도로를 따라 시 건너 쪽 용두리 외곽께 여관으로 택시를 달리고 있을 때였다. 차가 막 시내를 빠져나가 한결 조용한 길로 들어선 참인데, 우르르릉, 머리 위로 갑자기 큰 굉음 소리가 지나갔다. 차창 밖을 내다보니 집채만 한 동체의 여객기 한 대가 방금 인근 제주비행장으로 낮은 착륙 비행을 하는 중이었다.

― 아, 이 섬을 드나들자면 그 지긋지긋한 뱃길이 아니고도 저런 비행기 편이 있겠구만그래.

아마도 그날의 긴 항로가 너무 지겨워 벌써부터 다시 섬을 나갈 일을 생각하고 있었는지 모른다. 요선은 순간 이 섬에 비행장이 있고 여객기가 드나든다는 사실에 적잖이 마음이 놓이는 기분이었다.

그런데 그와는 달리 어린 순임과 함께 뒷자리에 앉은 유정남이 웬일인지 안색이 하얗게 변해갔다. 처음엔 갑작스런 비행기 소리에 놀라 그러는가 했더니 그게 아니었다. 그녀는 아무래도 다른 무엇에 질린 사람처럼 얼굴에 땀방울까지 맺히며 괴로워하고 있었다.

"왜 그러세요. 무에 안 좋으세요?"

그가 물었지만 그녀는 말없이 손사래를 치며 그 괴로움을 혼자 견디려 할 뿐이었다.

요선도 그제야 입을 다문 채 그녀를 그냥 자신에게 맡겨두는 수밖에 없었다. 더 캐묻지 않아도 알 만한 일이었다. 필시 또 무엇인지가 씌어 들고 있음이 분명했다. 이 섬의 귀신들이 벌써 새 무당을 알아보고 마중을 나선 것인지도 몰랐다. 그게 사실인지 어쩐지 속을 들어가보지 않고는 자식이 된 그로서도 도대체 알 수 없는 일이었지만, 신령받이인 그녀에게서는 이따금 있어온 일이었다. 낯선 고을 낯선 집을 들어설 때면 더욱 잦은 일이었다. 하물며 억울한 섬 귀신들을 온통 다 씻길 각오로 건너온 이번 길에서랴. 다른 때도 늘 그랬던 것처럼 그 보이지 않는 터주 손님 치다꺼리는 당사자의 영력(靈力)에 맡겨두는 수밖에 없었다. 요선은 그냥 그대로 여관까지 차를 달리게 하였다.

큰당집 식구들이 어련히 잘 주선해뒀을까만, 위인들이 미리 꼼꼼히 알려준 대로 우선 들어 묵을 여관도 생각보다 쉽게 찾을 수 있었다.

그런데 현장을 벗어나면 대개 음기(陰氣)가 가시곤 하던 여느 때와는 달리 이번에는 여관엘 들고 나서도 사정이 나아지질 않았다. 여관으로 들자마자 그녀는 제백사하고 방 한쪽에 징, 장고 따위 조상 신령을 모시는 무구(巫具)부터 좌정시키고 그 앞에 정화수 축원을 드렸지만, 정체 모를 신열기는 가시는 기미가 없었다. 이날 해어름녘쯤엔 육지부 큰당집으로부터 미리 연락을 받은 이곳 '작은당집' 사람임에 분명한 도청 문화진흥과 사람이 때맞춰 여관을 찾아왔건만, 유정남은 위인조차 만나려 하지 않았다. 그 바람에 요선이 대신 아래층으로 내려가 그를 만나 우선 몇 가지 이곳에서 필요한 일들을 귀띔 받고 왔지만, 그녀의 형세는 아닌 게 아니라 사람을 만나기도 어려운 지경이었다.

유정남은 그런 몰골로 식음을 전폐한 채 내처 누워서만 지냈다.

때로는 숨조차 쉬지 않는 듯싶은 막막한 가사 상태가 몇 시간씩 계속되기도 했다. 어린 순임이 밤낮으로 그 신어미 곁에 지켜 앉아 마음을 졸였지만 별달리 시중을 들 일도 없었다. 그렇듯 물 한 모금 마시지 않은 채 꼬박 연이틀 밤낮을 보내고 난 오늘 아침, 그녀가 모처럼 흐트러진 머리를 쓸어 매만지고 일어나 앉아 그에게 일렀다.

"이러고 있다간 아무래도 안되겠다. 오늘은 너라도 좀 두어 곳엘 다녀오거라. 일전에 찾아와 너를 만나고 갔다는 사람…… 그 도청 어디 직원이라는 사람이 먼저 찾아보면 좋을 거랬다는 이곳 토박이 굿잽이들 말이다. 추 심방이라더냐 누구냐, 그 집이 이 근처 가까운 동네라니 오늘은 우선 거기부터 한 곳하고, 길 나선 김에 산 너머 서귀포 쪽도 한 곳하고……"

두 곳을 찾아가 의논할 일들도 함께 이르고 나서는, 다시 한 가지 당부를 덧붙였다.

"그리고 거기까지 간 김에 시간이 되거들랑 서귀포에서 동쪽 길로 성산포라는 동네까지 들러서 일출봉이라는 데를 한번 찬찬히 살펴보고 오면 좋겠다."

"거기는 왜요?"

여정이 너무 길어질 듯싶어 요선이 한마딜 되물었다. 그런데 그 요선의 물음에 대한 대답 끝에 덧붙인 유정남의 몇 마디가 요선으로선 적잖이 의외였다.

"성산 근처에 일출봉이라는 좋은 산이 있다는디, 우리 신당집을 그 산발치 어디쯤에 차리면 어쩔까 싶어 그런다. 웬 원귀가 그리

많다더니 여기서는 아무래도 떼귀신들 음기가 너무 드세서 쉬 이겨 낼 것 같지가 않구나. 그 비행장 옆을 지날 때부터서 벌써…… 그런다고 외지를 흘러든 굿잽이가 이 섬 주산(主山) 신령 덕을 보잘 수도 없는 일이고. 이 원귀들 등쌀을 이겨나가자면 우리 신장님한테 그 일출봉 아래서 일월성신님 영기(靈氣)라도 청해봐야 할 것 같다. 그러자면 물론 그곳에 미리 좌정한 이곳 토박이 신당이 있는지도 알아봐야 할 거지만."

요선 들이 배를 내려 섬에 첫발을 내딛던 날 그 비행장 곁을 지나던 차 속에서부터의 변고의 곡절이었다. 요선으로선 물론 믿을 수도 안 믿을 수도 없는 일이었지만, 언제나처럼 말없이 그걸 곧이들은 척(두 사람을 위해 그편이 유리하고 불가피한 일이었으므로 그건 언제부턴지 자신과의 묵계이기도 했다)해두고 있었다. 그러면서도 속으로는 그렇듯 사람들 앞에 늘상 큰 영력을 자랑하던 그녀의 몸주 신령도 못 당하고 물러설 귀신이 있는가 싶어 은근히 웃음기까지 솟으려 했었다.

어쨌든 이날 일은 그렇게 해서 나선 길이었다. 애초 아침에 여관을 나설 땐 추 심방을 찾아보고, 다음엔 섬을 가로지르는 5·16 도로를 넘어가 한라산 너머 서귀포 쪽 암(여)무당 변 심방까지 찾아보고, 남은 시간에 차분히 성산포 쪽을 돌아보고 올 요량이었다. 그런데 이 며칠 육신을 잃어버린 그림자처럼 한자리에 옴짝달싹 않고 누워 지내는 늙은 암무당 곁에서 그 역시 몹시 지치고 갑갑했던지, 섬 들녘 이곳저곳을 노랗게 물들이고 있는 유채밭을 눈앞에 만나자 졸지에 생각이 바뀌고 만 것이었다.

더욱이 내내 한 곁으로 시원한 바다를, 또 다른 한켠으론 끝없이 이어져가는 푸른 아열대림 너머로 멀찌감치 한라산의 신령스런 흰 눈봉우리를 함께 끼고 돌아가는 그 성산포 길은 갈수록 더 그를 들뜨게 하였다.

모처럼 제법 상쾌한 기분으로 한 시간 남짓 버스를 달려 도착한 성산포에서의 일 또한 요선에겐 예상치 못했을 만큼 흡족스럽게 돌아갔다. 때마침 점심때가 되어 차를 내리는 길로 바로 한적한 해안가 식당을 찾아들어가 유유히 시장기를 끄면서 바라본 대안의 일출봉 풍광은 그 웅자와 이국적인 정취가 범상하지 않을 뿐 아니라, 품 넓게 흘러내린 아랫자락 어느 한 곳에 사시절 일월성신 그 영험스런 해돋이 달돋이를 바라기로 조그만 신집 한 칸쯤 마련하고 들기에 나무랄 데가 없었다. 그야 그곳이 워낙 남의 차지 땅인 데다 외지 관광객들까지 발길이 잦아 귀찮은 말썽이 안 생기리란 법도 없겠지만, 그런 건 힘 있는 큰당집 사람들이 알아 처결해줄 일이었다. 게다가 무엇보다 다행스런 점은, 다른 골은 알 수 없으되 이 성산포 일대에선 근자 들어 점이나 푸닥거리 판을 벌이는 사람도 없거니와 근동에 터를 잡고 들어앉은 본향당 심방 또한 일 년에 서너 차례 동네 당제를 지내는 외에 남의 집 굿판을 나다니는 일이 썩 드물다는 식당 여자의 귀띔이었다.

"이 제주도 사람 사는 동네에 당신을 모시고 사는 심방이 없는 마을은 하나도 없지라. 이 사람들 원랜 워낙 풍수나 장수 장사들 이야기 좋아하고 당신 모시기 좋아하고, 당굿 큰굿 푸닥거리 할 것 없이 굿판 벌이기를 좋아했다니께요. 하지만 요즘은 시대가 달라졌지 않어요……"

어미 유정남의 당부가 있었대서 이번 길에 굳이 그런 것까지 알고 가야 할 건 없었지만, 상차림을 기다리며 짐짓 한번 흘려 물은 소리에 그 역시 수삼 년 전 어느 가까운 육지부에서 흘러들어와 터를 잡게 됐노라는 여자가 마수걸이 손님 말 응대 삼아 건네온 소리가 그랬다.

"그럼 이 고을에도 동네 신당을 지키는 심방이 살고 있기는 한 모양이지요?"

"이 동네도 사람들 살아가는 일을 지켜주는 본향당신이 있어야 하니께요. 김통정 장군이라고…… 삼별촌가 뭔가 해서 옛날 뭍 쪽에서 나라님에게 군사를 일으켜 대들었다가 이 섬까지 쫓겨 들어와 잡혀 죽은 장수가 있었다지 않아요. 이 골 당신은 그 김통정이를 도술로 잡아 죽인 사람이래지 아마?"

아낙의 말만 믿고 안심해버릴 수는 없었지만, 더욱이 김통정이 누구고 그를 잡아 죽인 섬귀신이 누군지 따위는 알 필요가 없었지만, 요선은 어쨌든 인근에 새 신당을 차리는 걸 시비 걸고 들 터무당이 없다는 데에 우선 마음이 편할 수밖에 없었다.

하지만 이날 그보다 요선을 가장 들뜨게 한 것은 예상찮게도 다음 행선지인 서귀포 인근의 해정(海井) 마을에서의 일이었다.

서귀포를 조금 지나 남쪽으로 검은 해변가를 따라 나지막이 자리한 해정 마을은 '바닷샘'이라는 동네 이름뿐 아니라 차중의 옆자리 승객이 하차 지점과 함께 덤으로 미리 일러준 대로 이 섬에선 드물게 물농사가 가능해선지 한눈에도 제법 활력과 윤기가 흘러 보이는 곳이었다. 이 섬의 여느 해변 마을들처럼 눈앞에 시원하게 펼쳐지는 바다와 큰 호랑이가 꼬리를 힘 있게 사리고 웅크린 형상의 바위섬, 그리고 마을 뒤쪽 언덕을 따라 길게 늘어선 늙은 팽나무 군락이 서로 잘 어우러져 섬에서도 흔치 않은 경관뿐 아니라 짧지 않은 고을의 역사를 한껏 자랑해오는 듯싶었다. 예의 그 옆자리 차중 손님이 요선의 뜸뜸한 물음에 이곳 변 심방의 존재를 확인해주며 '예부터 쌀독에서 인심이 나는 법이라, 그 안심방의 조상도 마을의 윤기 있는 인심을 좇아 이곳에 좌정했을 것'이라던 말이 썩 그럴듯해 보이기까지 했다.

하지만 요선이 이 동네에서 전에 없이 마음이 들뜨게 된 것은 그 경관이나 인심 때문이 아니었다. 그는 경관을 찾아온 사람도 아니었고, 더욱이 인심에선 그가 이미 면대를 청하러 간 같은 무업자 처지에서까지 썩 달갑잖은 박대를 당한 꼴이었다.

해정리 변 심방은 요선을 아예 만나주지조차 않았다. 마을 사람들의 손길을 좇아 꼬불꼬불 좁은 골목 끝 바닷가, 다른 무당가와는 달리 문간에 신당기도 세우지 않은 작은 돌담 오두막을 찾아내고서도 요선은 더 이상 그 집 사립 안으론 들어설 수가 없었다.

"웬일로 오신 분이에요?"

요선의 인기척에도 한동안 아무 대꾸가 없다가 느적즈적 뒤늦게 신발을 끌고 나온 스무 살 남짓해 보이는 계집아이가 굿손님을 기다려야 할 무가 사람답지 않게 심드렁하니 물었다. 요선이 이 동네 '여드렛당' 변 심방을 볼일이 있어 찾아왔노라는 말에도 그녀는 들어오라는 말 대신 자신이 거꾸로 사립 밖으로 나서며 밀쳐내듯이 달갑잖게 말했다.
"점이나 넋굿 일이라면 우리 어머닌 그런 것 안 해요."
무당의 피물림이 분명한 계집아이는 그런 일로 왔다면 제 어머니를 만날 필요도 없으니 그냥 돌아가라는 투였다. 그것도 섬 사투리기라곤 찾아볼 수 없는 깔끔한 표준말 말씨였다.
"동냥을 하러 왔으면 쪽박부터 깨지겠네. 내가 여길 온 것은……"
요선이 비로소 자기 신분과 용건을 말했지만, 기대와는 딴판으로 계집아이의 태도는 갈수록 쌀쌀맞고 완강했다.
"글쎄, 그런 일 우리하곤 상관없는 일이래두요. 누가 이 섬 귀신들을 찾든 말든 댁에서들 알아 할 일이니 이대로 그냥 돌아가시라구요. 공연히 우리 어머니한테 싫은 소리나 듣지 마시구."
집 안 어른에게 들으라는 듯 목소리까지 부러 위협적으로 높이고 있었다.
— 굿일도 안 하고 다른 무가 사람도 만나기를 꺼린다면 이 집 변 심방이라는 여편네는 진짜 무당이 아니더란 말인가. 아니면 성산포 식당 여자의 말과는 딴판으로, 이 섬 무당들이 제 몫의 일을 빼앗기기 싫어 외지 굿패를 이렇듯 홀대하고 드는 것인가?
산 너머 성내 쪽 추 심방은 자신이 씻길 몫의 귀신들이 따로 있어 상관을 말라더니, 이쪽에선 그도저도 아예 굿을 하지 않는다 그의 등을 밀어내는 꼴이었다. 요선으로선 아무래도 그 계집아이나 섬사람들의 속내를 짚어낼 수 없어 새삼 목소리를 높여 딴청 투로 물었다.

"아가씨 어머넌 그럼 아마 진짜 심방이 아니신가 본데, 내가 집을 잘못 찾아온 모양인감?"

먼 길을 찾아온 사람으로 계집아이를 좀 옹색하게 몰아붙이려는 소리였다.

그러자 계집아이 역시 지금껏 집 안의 어머니 눈치를 보아온 듯 갑자기 얼굴색이 바뀌며 요선을 좀더 골목 바깥으로 밀고 나섰다. 그리곤 그 앞에 숨겼던 본심을 귀띔하듯 낮은 목소리에 갑자기 어리광기까지 띠어 말했다.

"허긴, 우리 엄니가 진짜 심방이 아니라면 나도 얼마나 좋으라구우."

짐작했던 대로 제 어미의 일을 그닥 달갑잖게 여기는 듯한 어투였다. 게다가 그녀는 내친김이라듯 묻지도 않는 소리까지 줄줄이 늘어놓았다.

"하지만 우리 엄닌 굿무당이 아니라 이 마을 당신(堂神)만 모시는 매인 심방이라 그렇다구요. 게다가 우리 어머니가 모신 조상님이 워낙 별나서 굿을 나선다 해도 누가 자기 집 귀신을 맡기러 나설 사람도 없구요."

—너희가 모신 조상이 어떻게 별나길래?

하지만 요선은 그걸 물어볼 틈도 없었다. 그렇게 보아 그랬을까. 말하는 입꼬리에 묘하게 자조 어린 웃음기가 스치는가 싶더니, 그녀가 이번에는 더욱 예상치 못한 소리를 당돌하게 물어왔다.

"댁이 이번에 뭍에서 굿을 하러 왔다면, 그럼 언젠가 굿이 다 끝나고 나면 다시 섬을 나가 육지로 돌아가겠네요?"

섬으로 오기 전에 농담처럼 들은 소리—, 이 섬 처자들은 늘상 제 섬을 떠나고 싶어 육지부를 그리워하다 누구든 섬에서 데리고 나가주기만 하면 앞뒷일 가리지 않고 덥석 배를 따라 타고 나선다는 말 그대로. 어딘지 모르게 그를 부러워하는 눈치가 엿보이는 어조였다. 새초롬한 말투 속에 그의 대답을 재촉하듯 말끔히 쳐다보는 눈길하며 도톰하면서 야무져 보이는 입술 들이 그리 싫은 얼굴상이 아니었다. 요선은 그 계집아이의 말투에 새삼 어떤 도발기 같은 걸 느끼며 그도 선뜻 농담 투로 받았다.

"왜, 아가씨도 섬을 나가고 싶어서? 그럼 내가 섬을 나갈 때 함께 데리고 나가줄까?"

그런데 알고 보니 계집아인 엉뚱하게도 요선에게 바로 그런 대답을 기다린 모양이었다.

"정말요? 나를 정말 뭍으로 데려가주겠어요? 난 댁이 알고 있는 대로 이 동네 신당집 자식인데도요? 게다가 우리 엄닌 다른 심방들까지 꺼리는 뱀신을 조상으로 모시는 처지구 말예요."

그녀가 서슴없이 받아넘기는 소리에 요선 쪽이 오히려 할 말을 잃을 지경이었다. —제 어미가 모신 조상님이 워낙 별나서 굿을 맡기러 나설 사람이 없다더니 과연 하필 뱀신이라니!

하지만 그녀 앞에 요선이 잠시 할 말을 잃은 것은 그 기괴스런 당신이나 그것을 서슴없이 털어놓는 그녀의 당돌함 때문만이 아니었다. 자신도 무당 어미를 모신 처지 때문이었는지 모른다. 요선은 왠지 그러는 그녀를 금세 이해할 수 있을 것 같았다. —네 집

안에 대대로 떼무당이나 나오거라. 진심에서는 아니지만 무당들이 흔히 다른 사람을 욕하는 유일한 저주의 말이었다. 그녀는 그냥 망연한 바람기가 일어 섬을 나가고 싶은 것이 아닐 터였다. 어느 곳에서고 무당의 자식은 과년하도록 혼사가 어려웠다. 그래 대개는 같은 무가끼리 짝을 맺어 내림으로 무업을 이어가게 마련이었다. 하물며 뱀신을 모시는 암무당 딸 처지라니. 그런 처지에선 같은 무가끼리도 인연을 맺기가 그리 쉽지 않을 터이었다. 요선은 뒷날 실제로 그걸 확인하게도 되었지만, 마을에서 그녀를 꺼리는 것은 고사하고, 그 뱀신을 당 조상으로 모시는 탓에 이웃 마을들에선 이 마을 다른 처자들과의 혼사까지 꺼려온 처지랬다. 처음 본 외지 사내 앞에 그녀가 그토록 솔직하고 당돌한 것도 어쩌면 그런 데에 연유가 있을 듯했다. 그래 때마침 심상찮은 기척을 눈치채고 안에서 급히 찾는 소리가 없었다면 요선은 그녀에게 몇 마디 더 호기심 어린 소리를 건넸을지도 모른다.

"금옥아. 이 계집애, 너 지금 골목 밖에서 뭘 하고 있는 게야?"

바깥 기미를 다 짐작하고 있을 법한 소리에 계집아이가 이번엔 또 아무 미련 없이 그에겐 인사 눈길 한 번 건네지 않은 채 냉큼 집 안으로 사라져 들어가버린 바람에 요선은 잠시 요령부득, 그 안하무인 식 뒷모습만 좇고 섰다가 자신도 하릴없이 그냥 발길을 돌이키는 수밖에 없었다.

하지만 골목길을 돌아 나오면서 요선은 왠지 그 계집아이가 황급히 몸을 돌이켜 세우며 '알았지? 잊지 마. 알았지!' 소리 없는 다짐의 말을 남겼던 것 같았다. 그래 그녀의 뒷머리채가 간들간들 가볍게 사라져 들어간 빈 사립문을 다시 한 번 돌아보며 그 마음속 소리에 혼자 대답을 보내고 있었다. —그래. 널 어디선지 다시 보게 될지도 모르겠다. 암, 기어코 다시 보아야 하고 말고. 내가 이 동넬 다시 찾아와서라도!

 목적하고 찾아간 변 심방을 만나진 못했어도 그 해정리에서의 예기치 못한 일은 요선이 다시 서귀포로 들어가 한라산 서편 자락을 가로질러 제주시로 돌아가는 버스길까지 더없이 화창한 기분에 젖게 했다. 사리대로 한다면 기왕 서귀포까지 온 김에 자신들보다 달포쯤 앞서 섬으로 건너 들어온 황해도 만신 조복순 일행을 대정(그녀와 신딸 경화 모녀가 지금 그 가까운 대정 쪽에 좌정해 있다는 큰당집, 실은 이곳 '작은집'의 전언이었다)으로 찾아보고 가야 한다는 생각이 잠시 스쳤지만, 그는 우정 머릿속에 떠오르는 경화 년의 느끼한 눈빛까지 마음속 도리질을 해버린 채였으니까. 하긴 한라산 기슭 중산간 지역을 가로질러 넘어가는 찻길 주변 역시도 노란 유채꽃밭이 함께하고 있었고, 같은 섬 안에서도 일기가 더 따뜻해 그런지 이쪽으로는 특히 찬 절기와는 상관없이 주렁주렁 황금색 열매를 자랑스럽게 안은 귤밭이 줄을 잇고 있었으니.
 하지만 그 유채나 귤밭의 밝은 빛은 그저 차창 밖 야지만 스쳐가고 있는 게 아니었다. 그 벅차게 노란 빛들이 언제부턴지 요선의 가슴속에 또 하나 환한 등불을 밝히고 있었다. 게다가 흰 눈을 장식한 한라산의 정봉은 늘 창밖으로 그를 내려다보고 있었고, 중산간을 넘어가는 찻길 어디에서나 아득히 푸른 바다와 해안선이 그에게 다정한 손짓을 보내는 것 같았다. ―이 섬이 내게 엉뚱한 꿈을 꾸게 할 모양인가…… 도대체 이런 섬 어디에 생 떼귀신들이 떠돈다구?

그런데 실은 그것이 이날 그의 기분의 절정이었다. 바로 조금 전에 넓은 뭍 세상을 꿈꾸던 그 섬 계집아이를 보고 온 탓인가. 아니, 그보다는 계속 그녀의 모습으로 지니고 싶은 그의 마음속 등불빛 하나가 아직 그 불깃을 세차게 나부끼고 있었기 때문일 것이다. 차가 한라산 중산간 지역을 넘어 다시 제주시 근방으로 들어설 무렵부터였다. 요선은 차츰 이 섬이 너무 비좁고 답답한 느낌이 들기 시작했다. 하기야 아침 느지막이 나서서 이곳저곳 지체해 가면서 거의 섬 전체를 일주하다시피 하고 오는데도 아직 어스름도 내리기 전이었다. 게다가 섬길 어디를 가나 흰 정봉의 한라산과 검은 해안선의 바다가 함께 보이지 않는 곳이 없었고, 유채밭과 귤 농장과 화산석 돌담 일색의 경관이 대부분인 섬이었다.

―섬 구석이란 아무래도……

그 비좁고 답답한 느낌 속에 문득 또 하나 암울스런 섬 풍경이 떠올랐다. 남해안 작은 섬 소록도의 기억이었다.

"제주도 배를 타기 전에 이번 길에 너하고 먼저 들러 살펴둘 곳이 있다."

인천에서부터 북쪽 만신굿과 남도 씻김굿을 서로 거들어가며 전라도 일대를 함께 훑어 내려온 조복순 일행이 씻김굿만 원하는 남해안 쪽 기주(祈主, 굿을 청한 사람)들의 텃세에 밀려 먼저 제주도로 건너간 지 달포쯤 지나고서였다. 조복순 일행의 조력이 없이는 이일 저일 아무래도 굿판 꾸밈새가 어려워진 데다 이 무렵부터는 큰당집 주문까지 은근히 드심해져 유정남 일행도 마침내 그 순천 여수 간 길목 동네에서 제주 배를 타기로 작정하고 짐을 꾸려 나선 날이었다. 유정남이 미리 마음에 예정해둔 일이듯 느닷없이 그 제주 배 대신 녹동 쪽 뱃길을 잡아탔다. 그리고 그 녹동 포구에서 일행이 다시 함께 찾아들어간 곳이 일제 때부터 수많은 한센병 환자들이 심한 노역과 학대에 시달리다 한을 안고 죽어간 소록도 나환자 수용소 병원 갱생원(更生園)—, 그것도 그 주검마저 섬을 나가 고향으로 돌아가지 못하고 주인 없는 유골로 섬 한곳에 모여 남은 사자들의 공동묘지 '만령당(萬靈堂)' 안치소였다.

요선은 애초 그 만령당의 냉랭하고 어두컴컴한 벽면을 가득 채우고 있는 사자들의 위패들 앞에 어느 누구보다 몸이 깡마르고 음기를 잘 타는 어머니가 무슨 일로 굳이 이런 곳을 찾았는지 곡절을 짐작할 수 없었다. 게다가 묵묵히 그 사자들의 명패를 훑고 있던 유정남이 혼잣소리처럼, 그러나 말없이 곁에 지켜 선 순임과 요선에게 들으라는 듯 분명한 어조로, —잘 살펴두거라. 이 불쌍한 혼령들 중에 언젠가는 우리가 씻겨야 할 이름이 있을지 모르니……뜻을 잘 알아들을 수 없는 말을 흘렸을 때 그는 차라리 어이가 없었다. 신딸로 주워 들인 순임이라면 몰라도 자신과는 애시당초 아무 상관도 없는 일이었다. 아니, 그렇게 다시 만령당과 소록도를 나와 녹동 포구에서 완도를 거쳐, 그 완도에서 다시 제주행으로 바꿔 탄 배 위에서 유정남이 심한 파도와 뱃멀미에 시달리면서도 새삼 그 만령당의 어느 가엾은 혼령 이야기를 길게 늘어놓았을 때도 요선은 그 섬이나 만령당 귀신들에 대해 별로 관심 있게 귀를 기울인 일이 없었다. 그런데도 북쪽 무당들 굿판에 들린 공수 내뱉듯이 한 어머니의 사연을 대충 엮어 들으니, 그 소록도의 원귀는 일찍이 그녀의 고향 마을 이웃집 사내의 딱한 혼백이었다. 그 이야기를 다시 한 번 엮자면 그날 그 유정남의 사연은 이러했다.

……그 천관산 자락 유정남의 어릴 적 고향 동네에 대처 상업학교를 졸업하고 면소 금융조합엘 다니는 준수한 청년 하나가 있었다. 그런데 그 팔자가 남달리 유복한 청년은 내림 무당 집 딸 유정남을 개 보듯 천시하고 하대하는 마을 사람들과는 달리 그녀를 늘 허물없이 상냥하고 다정하게 대해주었다. 그래 유정남도 자신의 처지를 잊고 은근히 그를 따르며 남몰래 마음을 의지해온 터였는데, 그 청년이 언제부턴지 면소 금융조합 나들이를 그만두고 아예 문밖출입까지 끊은 채 한동안 감감 집 안으로 들어앉고 말았다. 그리고 얼마 뒤 청년은 한밤중에 그를 찾아온 정체 모를 사람들을 따라 소리 소문 없이 제 발로 마을에서 사라지고 말았다. 하지만 마을 사람들은 오래잖아 이런저런 추측과 소문 속에 곡절을 짐작하게 되었다. 면소 금융조합을 그만둔 이유가 대처 학교에서 물들어온 그의 좌익 사상 때문이었다는 수군거림이 나돌고, 이전부터도 더러 밤 세상을 어수선하게 하고 다니던 천관산 '산손님'으로 보이는 사람들이 한밤중에 은밀히 그를 찾아와 내통하고 가는 것을 목격한 사람들이 나타난 것이었다.

하지만 그것은 사실이 아니었다. 청년이 면소 길을 오가는 후미진 산길가 바위벽에 몰래 좌익성 삐라를 붙이거나 야음을 타고 찾아든 천관산 산사람들에게 한두 차례 양곡 자루를 마련해 보낸 것은 사실이었지만, 그가 돌연히 면소 금융조합을 그만두고 집 안에 칩거한 것이나 어느 밤 아예 집을 떠나 사라진 것은 그 반년쯤 전서부터 자주 찾아다니던 장흥 성내의 한 한의원으로부터 그동안 은근히 애를 먹여온 그의 수족 마디 고질 부종기가 종당엔 마른 하늘 날벼락 격으로 무서운 건풍증이라는 선언을 들은 때문이었다. 거기에다 그 무렵 근동의 한 산골에는 겨울부터 초봄을 지내는 한센병 환자 무리가 진을 치고 있었고, 동네에선 아직 눈치도 못 챈 일을 어떻게 귀신처럼 낌새를 알았던지 오래잖아 야반간에 몇 사람이 찾아와 자신들 무리에 합류를 권하고 간 탓도 있었다. 어느 집에 숨은 환자가 생기면 그렇듯 이내 동환들이 찾아와 무리로 데려가는 것이 그 무렵 거역할 수 없는 관행인 데다, 청년으로서도 그게 차라리 집안사람들을 편하게 하는 길이라 여긴 때문이었다. 그러니 그날 밤 청년은 천관산 산사람들이 아니라 인근의 동환 무리를 따라간 것이었고, 그것도 일방적인 강요나 위협 때문이 아니라 피할 수 없는 제 운명의 길을 스스로 찾아간 격이었다.

  하지만 어찌 보면 그 불운한 청년이 천관산 산사람들에게로 갔다 한 것도 실상 전혀 틀린 말은 아니었다. 왜냐하면 청년은 그 험상궂기 이를 데 없는 참혹스런 산골 환우촌 생활을 며칠도 견딜 수 없었기 때문이다. 그렇다고 새삼 다시 고향 동네 제집을 찾아들어갈 수도 없는 처지가 된 청년은 아직도 외모가 크게 변하지 않은 자기 모습에 감사하며 남은 생명을 차라리 전날부터 꿈꿔온 새 '인민의 나라' 건설 사업에나 바치고자 감연히 그 천관산 산사람들 무리를 찾아간 것이었다. 하지만 그건 역시 그의 꿈일 뿐이었다. 오래잖아 그의 증세는 서서히 본색을 드러내기 시작했고, 처음엔 기꺼이 목숨을 함께하자며 반겨 맞았던 동지들도 그의 증세를 알고 나서는 투철한 사상성보다 치명적인 병세의 전염을 문제삼으며 그를 혐오하고 기피하기 시작했다. 하여 한동안 다시 귀가를 권유받은 끝에 더러운 목숨마저 위협을 느끼기 시작한 청년은 천관산을 떠나 상급 부서 격인 읍내 너머 유치산을 찾아갔고, 거기서도 비슷한 과정을 거쳐 고생고생 다시 지리산 본대까지 찾아갔다. 하지만 어디서도 끝내 더러운 육신 속의 정신을 펼 수 없게 된 청년이 제 발로 마지막으로 찾아든 곳이 당시엔 누구도 한사코 입도를 꺼리던 그 강제수용소 격의 소록도 갱생원 길—

유정남은 당시엔 물론 그런저런 앞뒤 사정을 다 알 리가 없었다. 더욱이 그녀 역시 졸지에 마음의 의지를 잃은 데다 무당집 딸 노릇 처지가 싫어 고향 집을 떠난 후로는 청년의 뒷날 일을 더 이상 얻어들을 길도 없었다. 그런데 그녀가 한 10여 년 이곳저곳 유랑 끝에 서울 밑 인천 근방의 한 남녘 사람 집에서 가정부살이를 하던 중 몸속에 숨어 따라온 무병(巫病)이 덧쳐 나와 인근의 역시 남녘 태받이 무당집을 찾아가 종당엔 신굿까지 치르고 그 신어미 곁에서 새끼 무당 노릇을 하고 지낼 때였다. 그녀는 제 신어미의 몸주 신령과 다른 천관산 신령을 마음에 담고 지내는 바람에(어차피 몸주 신령을 모실 바에 그녀는 차라리 고향 고을 산신령을 모시고 싶었댔다) 그 신어미의 새끼 무당 노릇을 하기에도 어려움이 많던 터에, 하루는 얼굴에 한센병흔이 역력한 웬 젊은 여자가 어떻게 물어물어 거기까지 찾아와 뜻밖의 부탁과 당부를 건네고 갔다. ─나는 소록도 갱생원 음성 환잔데 당신의 고향 마을에서 같은 병으로 그 섬엘 들어와 지내다 죽은 남자의 소식을 전하러 왔다, 그 남자는 독한 약화를 이기지 못해 작년 가을에 죽어 지금은 그 혼백까지 섬을 떠나지 못하고 만령당 납골당에 갇혀 있다, 당신 집안이 그렇고 당신도 이제는 무당이 되었으니, 후일 어느 기회가 닿으면 그 영혼이라도 좋은 데로 인도해 보내라, 그 남자는 물론 그걸 원하지 않았지만, 생전에 자주 당신과 고향 마을 이야기를 하는 걸 들은 일이 있어 내가 자의로 찾아왔다, 그 섬 사람들은 누구도 살아선 섬을 나갈 수가 없지만, 죽어서 혼백만은 훨훨 고향으로 돌아가기를 원한다……

"그때부터 그 일은 내 평생의 맘속 짐이 되어왔다. 그 만령당의 수백 수천 혼백들……, 비단 그 고향 사람뿐만 아니라 죽어서조차 섬을 나가지 못하고 섬에 묶여 떠도는 불쌍한 혼백들을 언젠가는 모두 내가 씻겨 보내리라…… 내가 마치 그 노릇을 하자고 무당이 된 것처럼. 일이 여의치 못하면 그 고향 사람만이라도 기어이. 그러던 것이 그 일이 이젠 어언 우리 세 식구의 일이 되지 않았느냐. 우리가 그 섬을 찾아간 곡절이 그렇더니라."

이야기를 다 끝내면서의 어머니 유정남의 다짐이었다.

아닌 게 아니라 답답하고 가엾은 혼령들의 처지가 아닐 수 없었다. 그런 고향 동네 인연에다 가엾은 혼령들을 굿으로 씻겨 천도하는 무업으로 살아가는 어머니 유정남으로선 그런 생각이 당연한 것일 수도 있었다.

하지만 요선에겐 어림도 없는 일이었다. 제 무당 내림 씨만 뿌려놓고 그 씨가 미처 세상 빛을 보기도 전에 일짜감치 노상병사 길을 가고 말았다는 박수 사내도 아비라면 아비였다. 하지만 그 얼굴도 모르는 박수의 피가 싫어 한사코 그를 아비로조차 생각해본 일이 없는 그였다. 그런 자신이 진짜 박수 화랭이 신세가 되어 누구의 혼령굿을 따라다니다니, 천만의 말씀이었다. 지금까지 굿판 일은 그런대로 벌이가 꽤 푼푼한 데다 당장엔 별다른 밥벌이 길을 생각할 수도 없어 그냥저냥 따라다니는 임시 방편책일 뿐이었다. 다른 길만 생기면 언제든지 이 굿판과 어머니의 곁을 미련 없이 떠나갈 생각이었다. 북장구잽이 노릇 외에도 이것저것 남자가 필요한 일이 많은 굿판 일에, 요선의 그런 속요량을 빤히 다 알고 있는 유정남이 그의 마음을 달래 앉히려는 부질없는 꿈일 뿐이기가 쉬웠다. 그렇듯 이 며칠간엔 그 섬 일과 만령당 원귀들의 일을 까맣게 잊고(당연히!) 지내온 요선이었다.

그런데 하루 사이에 일주를 끝내다시피 한 제주도가 어딘지 비좁은 느낌과 함께 그 음산한 소록도의 일이 떠올랐고, 거기 따라 이 섬이 더욱 답답하고 암울하게 다가들기 시작한 것이었다.

─그러니까 그 당집 계집아이가 그렇듯 섬을 무작정 나가고 싶어 한 것도 이 섬이 제 일생을 그 껌껌한 밭무당집 딸 팔자 속에 가두어버릴 게 두려워서였던 건가……

요선은 문득 그 해정리 변 신당 집 계집아이의 일이 다시 떠올랐다. 그리고 이어 그 비좁고 음습한 느낌 속에 요선은 이제 그것을 자신의 운명으로 받아들이며 제 삶을 살아갈 수밖에 없는 다른 섬 사람들에게까지 생각이 미쳐갔다. 더러는 그렇게 다른 세상으로 나가는 문이 꼭꼭 닫힌 섬에 갇혀 살다 남다른 한을 남기고 간 죽음도 많았으리라는 생각에 지레 진저리가 쳐지기까지 했다.

하지만 요선은 이제 그쯤 생각을 접어두는 수밖에 없었다. 차가 그사이 제주 시내로 들어서고 있었기 때문이다.

─그래 이 좁은 섬에 넘쳐난다는 해묵은 원귀들도 이를테면 그 비슷한 귀신들이겠다? 죽어서까지도 아직 저승길을 떠나지 못하고 이승 땅에 붙잡혀 원혼으로 떠도는. 하기야 요즘은 비행기 길까지 훤히 열린 세상이 되었지만, 이 섬에 그 비행기 길이 어디보다 먼저 열린 것도 실상은 이 섬이 산 사람 출입길마저 그만큼 어려웠다는 증거니까. 그렇담 이번에 우리가 줄줄이 모두 씻겨 보내줘? 암, 우리가 이 섬엘 들어온 게 그 일 때문이 아니었던가베.

요선은 그 마다할 수 없는 굿판의 성업을 눈앞에 그리며 비로소 얼굴의 주름살을 펴기 시작했다.

그런데 그게 무슨 굿판꾼다운 예감이었달까.

요선이 차를 내려 여관으로 돌아갔을 때 전에 없이 자리를 걷고 앉아 기다리던 어머니 유정남이 예상치 못한 말을 했다.

"아까 네가 없는 동안에 또 이곳 작은집 사람이 댕겨갔다. 우리가 맡아 씻길 몇 동네 귀신들 사연을 갖다주러. 거기 탁자 위에 그거…… 그걸 놓고 가며 우리 일에 순서와 요령을 잘 짜보라는구나."

앞으로의 그의 일─, 바야흐로 성세를 부를 이 섬에서의 사업 목록이 그를 기다리고 있었던 것이다.

2

◆ ^가. 사망자: 박재옥(21. 여. 제주시 도두동 ×번지).
나. 사망 시기 및 장소: 1947. 3. 1. 제주시 관덕정 앞 광장.
다. 상황 및 사건 성격: 당년 3·1절 기념식 집회 종료 해산 시 한 소년이 군정 기마경찰의 말에 받혀 쓰러진 것을 모른 척 지나가버리는 데에 분개한 군중의 항의 시위 촉발. 이를 제압하기 위한 경찰의 발포로 사망. 8·15 이후 군정 경찰과 긴간인 간의 대규모 첫 충돌 희생자. 제주 4·3사건의 도화선. 당시 사망자 6명.
라. 증언 자료: 김용기 노인(증언 당시 서울 거주)—나는 그때 관덕정 북쪽 길 건너편 경찰관사 앞길에 자리해 있었다. 시위 행렬이 관덕정을 지나 서문동 쪽으로 빠져나간 얼마 뒤…… 기마경찰이 달려오고 뒤이어 총성이 울렸다. 경찰서 담벽에 기대어 서서 구경하던 사람들이 퍽퍽 쓰러졌다. 그런 와중에 경찰서 쪽을 보니 무릎을 꿇은 자세로 총을 겨누고 쏘아대는 경찰관들의 모

습이 눈에 들어왔다. 나는 와락 겁이 나서 서문동 쪽으로 죽어라 몸을 피해 달아났다……(청죽회 조사 자료. 제중일보 자료실)

◆ ^가. 사망자: 박행구(23. 남. 북제주군 한림면 금릉리).
　나. 사망 시기 및 장소: 1948. 3. 29. 사망자의 주소지.
　다. 상황 및 사건 성격: 좌파 성향의 청년으로 당시 주소지 마을에서 모슬포지서의 민간인 고문치사 사건 등 미군정과 우익 인사를 비판. 익일 군정 경찰과 서청원들에게 재판 없이 도주 현장에서 총살당함. 친척이 봉제. 4·3봉기 이전의 좌익 성향 인사 현지 희생 첫 사례.
　라. 증언 자료: 문익순 노인(사망자 주소지 이웃집 거주)―그날 오전, 무장 인원 20명가량을 태운 트럭이 마을에 나타나 박행구의 집 앞에 급정거해 섰다…… 박행구가 사는 집은 골목이 긴 편이라 그가 붙잡혀 큰길까지 끌려 나왔을 땐 이미 초주검 상태로 유혈이 낭자했다. 그를 태운 트럭이 마을 동쪽으로 사라지고 난 얼마 뒤 총소리가 들렸고…… 마을 사람 몇몇이 달려가 보니, 그의 시신이 그곳 신작로에서 50미터가량 남쪽 들판에 버려져 있었다. (같은 마을, 이도형 노인. 청죽회 조사 자료)

　소위「제주 4·3사건 희생자 목록」이란 문건은 몇 번이고 다시 고종민 청년을 새 긴장감 속에 진저리치게 하였다. 이 섬 원혼들의 혼백을 씻어 저승 천도하기 위해 육지부에서 새 무당이 건너왔다는 소식을 듣고, 그 나름의 특별한 관심 때문에 도청 문화진흥과 이 과장에게 부탁하여 자신도 육지부 무당들에게 굿을 맡길 이 희생자 명단을 얻어 온 이후 열흘 가까이, 그걸 들출 때마다 늘 첫 대목부터 되풀이되어온 일이었다. 이 섬에 정말로 이런 끔찍한 일이 있었다니…… 사람이 사람을 정말 이럴 수가 있었다니!

 그는 새삼 울렁거려오기 시작한 가슴을 진정시키기 위해 잠시 눈을 감고 기다렸다 다시 몇 장쯤 목록의 순서를 훌쩍 넘어갔다. 앞쪽은 이미 머릿속에 외울 만큼 차례나 사연이 훤할 뿐 아니라, 서두에 ^표가 표시되어 있었기 때문이다.

 ─목록 명단 앞에 ^표를 한 것은 육지부에서 들어온 새 무당들에게 그중에선 일거리를 고르지 말라고 미리 제외시켜 보낸 것입니다. 보면 아시겠지만, 이 명단은 '한얼 선양회'보다 주로 '청죽회' 쪽에서 수집한 좌익 성향으로 치부되어온 희생자들이 대부분이지요. 우익 성향 쪽 희생자들은 간혹 이 명단에 끼여 있는 사람들까지도 그동안 이미 해원굿을 치른 경우가 많으니까요. 그리고 이 명단을 기준으로 보면 좌익 성향의 희생자들 역시 그동안 가까운 혈족이나 연고자들이 알게 모르게 진혼굿을 치러준 이름들이 많구요. ^표는 그런 희생자들을 표시해 보인 겁니다. 그러니 육지부 무당들이 씻길 명단은 그런 표시가 없는 사람들 중에서 고르게 될 겁니다. # 부호로 표시한 것은 특히 유념히 골라보라는 것이구요.

 종민의 간곡하고 끈질긴 부탁에 결국엔 이 과장이 마지못해 자기 목록 문건을 한 벌 복사해 건네주며 따로 덧붙인 말이었다.

 하지만 그가 몇 장을 한꺼번에 넘겨 들춘 페이지의 첫 목록 역시

^표로부터 시작되고 있었다. 뿐만 아니라 그 역시 종민이 내용을 훤히 다 꿰고 있는 것이었다.

그러나 참 괴이한 일이었다. ^ 표시가 되어 있는 것이든 아니든 그는 이제 그 목록을 거의 다 외우고 있다시피 하면서도 그걸 그냥 못 넘어가고 매번 첫 페이지부터 다시 훑어 내려가곤 하는 자신을 알 수가 없었다.

어쨌거나 그는 이번에도 냉큼 순서를 건너뛰지 못하고 잠시 더 그곳에 눈길을 머물렀다. 이번 페이지의 목록은, 먼저 1947년 3월 7일 미군정하의 계엄령 선포와 그에 맞선 총파업 사태 그리고 뒤이은 당국의 검거 선풍에 쫓긴 저항 세력이 한라산으로 대거 입산, 1948년 4월 3일 군정 경찰과 우익 세력에 대한 무장 공격 개시 이후 그 세력이 최대 5백 명 가까이 불어나면서, 계엄 당국의 해안 봉쇄령(10. 18)과 해안선 5킬로 이외 지역(중산간 지역) 통행금지령이 이어지고, 나아가 차후의 토벌 작전을 위한 저항 활동 동조 세력 차단 조처의 일환으로 무참하게 희생된 도내 유지급 인사들, 이를테면 당시 제주중학교 교장, 제주신보 편집국장, 경향신문·서울신문 지사장, 제주도 총무국장 등, 교육계·언론계 관계 인사들의 명단이 역시 한얼회가 아닌 청죽회와 제중일보의 조사 취재 자료로 제공되어 있었다. 그 역시 새 육지부 무당이 나설 필요가 없는 ^ 부호가 표시된 것들이었다.

종민은 거기에도 처음 대하는 목록처럼 다시 한 번 유심스런 눈길을 훑어 내렸다. 그러면서 새삼 도청 이 과장이 덧붙이던 말을 떠올리며 버릇처럼 고개를 갸웃거렸다. 그래, 다른 곳은 몰라도 이 제주도에선 이번 일을 청죽회 쪽에서 조사한 좌익 진영 희생자들 위주로 진행하려는 사업이랬겠다? 우익 진영 희생자들은 일찍이 망자들의 집안이나 인척들이 넋굿을 치른 사람이 대부분인 데다 이번의 집단 진혼 사업엔 굳이 동참을 사양하는 경우가 많아서랬던가— 그렇다면 이번 경우는 아무래도 자료의 제공자가 좀 자연스럽지가 못했다. 당시의 혼란통 속에 같은 우익 군경이나 토벌대의 희생자가 됐다 하더라도 이번 목록의 인사들은 당시나 지금이나 분명한 우익 성향의 인물들이었다. 명단 앞에 빠짐없이 진혼의식이 이미 치러졌다는 표가 붙은 것도 일단 그런 해석이 가능했다. 자료의 제공자가 예외적으로 한얼 선양회 쪽이나 제삼자였다면 모르되 이번 희생자 자료의 대부분을 제공했다는 청죽회 쪽에서 이들을 함께 포함시켰다면 그 속뜻이 매우 달라 보였다. 이번 일에 주로 저항 무장대와 순수 민간인 쪽 희생에 관심을 두어왔다는 청죽회나 제중일보 쪽에서도 광범위한 예외를 인정하여 애초의 우익 좌익을 가림 없이 당시의 모든 희생을 우익 무력 세력의 무차별적 소탕전 쪽에 초점을 맞춰보거나 혹은 국가 중앙 권력에 의한 제주도 섬 주민의 전면적 '희생' 쪽으로 이끌어가려 한 결과(이 대목에서 그는 어슴푸레 그 청죽회의 명칭에서 동학란 따위 역사상 한국 민란 때의 주 무기로 사용됐던 '대창'이 떠오르기도 하였다) 일 수도 있었다.

 종민은 무언지 아직 석연하게 납득이 잘 안 가는 대목이 있는 것 같았지만, 그 역시 목록을 들출 때마다 늘 그래왔듯이 여전히 미진한 기분 속에 다음 차례로 눈길을 옮겨갔다.

이번에도 예의 청죽회와 제중일보의 조사 취합 자료로, 48년 10월 하순부터 11월 초순 사이에 진압 주둔군 부대 장병 1백여 명이 명령 불복종 혐의로 재판도 없이 처형된 사건을 비롯하여 무장대에 동조한 혐의를 받은 계엄 부대 군인과 경찰들까지 무수히 바닷물 속에 수장됐다는 살벌한 소문 속에 유언비어, 적진 내통 따위의 갖가지 죄목으로 어느 날 불시에 무차별적으로 끌려가 시신도 남기지 못한 채 사라져간 집단 처형 사건의 민간 희생자들 명단이 길게 이어졌다. 그리고 비로소 목록의 중간쯤에 이르러 ^표가 붙지 않은 첫 희생자—, 그 위에 특히 선택의 대상으로 유념하라는 # 표시까지 덧붙여진 기록이 나타나기 시작했다.

◆ 가. 희생자: 김성진(당시 70세. 북제주군 조천면 교래리: 이하 같음) 김생진(65) 김성지(63) 김성지의 처(60) 김인생의 모(70) 부영숙(여. 38) 부영숙의 자(3) 양남선의 자(5, 3) 김영자(여. 15) 고옥심(여. 14) 김순재(여. 14) 김순생(10) 김문용(9) 등 22명.

나. 희생 시기 및 장소: 1948년 11월 13일. 상기 주소지 마을.

다. 상황 및 사건 성격: 마을 주민들이 무장대에게 식량과 은신처를 제공한다는 혐의를 둔 토벌군의 중산간 마을 첫 초토화 작전 양상. 인명 희생과 함께 중산간 마을 1백여 전 가옥 소실.

라. 증언 자료: 양복천 노파(70. 희생자 김문용의 모)—새벽 잠결에 갑자기 총소리가 요란하여 밖으로 뛰쳐나가보니 온 마을 집들이 이미 무서운 불길에 휩싸이고 있었다. 토벌대 사람들이 그렇게 마을을 불 질러놓고 도망쳐 나오는 사람들을 향해 총을

쏘아댔다. 나는 어린 아들과 딸 때문에 어쩔 수가 없어 설마하면 아녀자나 어린애들까지 어쩌랴 하고 그냥 집에 남아 있었다. 토벌대는 끝내 우리 집까지 불을 지르러 왔고, 나는 겁에 질려 덮어놓고 살려줍사고 비는데, 순간 총알이 내 옆구리를 뚫었다. 딸아이를 업은 채 쓰러지는 나를 보고 아홉 살 난 아들이 비명을 지르며 내게로 달려들었고, 토벌대는 그 아이를 향해 다시 총을 쏘았다…… 토벌대가 가버리자 나는 우선 총을 맞은 아들이 불에 타지 않도록 마당으로 끌어낸 뒤 등에 업혔던 두 살짜리 딸아이를 내려 살폈다. 아이가 울지 않아 그때까지만 해도 그 딸아이까지 총을 맞았으리라고는 생각하지 못했는데, 아이를 내려 살펴보니 내 옆구리를 뚫은 총알이 포대기 속을 파고들어 그 아이 왼쪽 무릎을 부숴놓고 있었다. (제중일보 자료실)

◆ #가. 희생자: 부 오지현(남. 54. 북제주군 구좌면 상도리)과 자 오문형 (남. 28) 김정숙(여. 29) 부부, 손 오차은(7) 오계은(5) 일가.
나. 희생 시기 및 장소: 1948년 12월 5일. 위 주소지.
다. 상황 및 사건 성격: 중산간 마을 초토화 양상.
라. 증언 자료: 오맹은(오지현의 손자. 당시 여섯 살)―그날 오후 갑자기 비가 내려 우리는 땔나무가 젖지 않도록 간수하는 일에 온 가족이 나섰다. 바깥일을 마치고 막 집으로 들어서려는데 별안간 토벌대가 들이닥쳐 총을 쏘아대고 집에 불을 놓았다. 나는 마침 식구들 맨 뒤끝에 처져 따라오다가 급히 문 뒤로 몸

을 숨기고 있었는데, 그들이 가고 난 뒤 안마당으로 들어가보니, 앞서 가던 식구들은 이미 다 숨져 있고, 한 살배기 여동생 하나만 불길 속 마루 위 애기 구덕 속에서 울고 있었다. (청죽회 조사 자료. 제중일보 자료실)

그 밖에도 ^ 부호가 표시되지 않거나 때로 # 표시가 대신 붙여진, 그러니까 육지부 무당에게 위령굿 차례를 맡길 희생자의 목록과 사례의 증언은 계속 이어져나갔다. 무참한 희생을 면해보려 더 깊은 산중으로 토벌대를 피해 들어갔다 계속 조여들어오는 포위망에 갇혀 어린 자식이 울음소리를 내지 못하게 입을 틀어막았다가 질식을 시켜 죽인 경우하며, 시일이 오래 지난 제 가족들의 시신 더미를 뒤늦게 발견하고도 생전의 모습을 분별할 길이 없어 합동 분묘를 쓴 경우, 사람만 사라졌을 뿐 그도저도 아예 유골조차 찾을 수 없어 허묘를 쓴 사례까지, 굿거리감 목록은 끝없이 이어져 갔다. 입산 피신자들은 토벌 작전의 제물로, 중산간 주민 가족들은 무장대와의 내통 혐의로, 소개령에 쫓겨 해안으로 내려온 피난자들은 신분 불확실자로 몰려서. 안덕면 상천리 부근의 한 표고버섯 재배장에서, 대정면 하모리와 서귀포 인근 정방폭포 아래서. 이래도 저래도 죽을 처지에 반신반의 마지막으로 자수 권유를 따라 산을 내려갔다 집단 처형으로 죽어가고, 무장대처럼 꾸미고 나타난 토벌대에게 속아 함정 토벌의 제물이 되어가고. 한 번은 운 좋게 목숨을 구해 살아났다가도 다음번 예비 검속으로 끌려가 흔적도 없이 사라져간 사람들…… 더러는 총에 맞고 더러는 불에 태워지고 더러는 바닷속에 수장으로. 청죽회나 제중일보 쪽에선 미처 모르고 새로 조사 취합한 것인지도 모르지만 더러는 이미 은밀한 해원굿을 치렀을 법한 경우까지 포함하여, 그러나 명단 위에 ^ 표시가 없으니 그 모두가 아직 혼쎗김을 받지 않고 떠도는 고혼이요, 이제라도 해원굿을 치러야 할 원혼들이었다.

하지만 종민은 이제 그쯤에서 눈길을 거두고 혼자 생각에 잠기기 시작했다. 그 역시 이미 몇 차례씩 되풀이 훑어본 목록이려니와 되새겨볼수록 새삼 진저리가 쳐지는 때문이었다. 그리고 그 진저리질과 함께 또 다른 석연찮은 의구심이 머리를 쳐들었다.

이번 명단이 그동안 주로 음지 활동을 해왔다는 청죽회 위주의 자료라서 그렇겠지만, 우선은 피해 희생자들이 한결같이 모두 군경 토벌대 쪽에서 당한 경우뿐이라는 데에 석연찮은 느낌이 들었다. 애초 그 폭력의 원인이나 시발이 어느 쪽에 있었든 그런 사생결단의 싸움판 속에선 피아간 죽고 죽임을 함께 할 수밖에 없었고, 민간인들의 억울한 희생도 불가피 양쪽에서 비슷하게 생겨날 수밖에 없었다. 그리고 자진 입산한 무장대 외에 그 무장대의 선동이나 위협에 못 이겨 산을 함께 따라 들어갔거나 은신처 제공, 보급 동원 따위 강제 협력 끝에 토벌대의 무차별적 희생물이 되어간 민간인들이 많았던 이 섬 사정을 종민도 그간 익히 들어온 터였다. 그런데 지금 전도적으로 망라됐다는 피해자 명단엔 군경 토벌대 관계자들의 희생은 물론(그야 그것은 군경 당국의 몫일 테지만) 우익 성향 관련자들의 희생까지 모두 군경 토벌대의 학살로 기록될 뿐, 좌익 무장대에 의한 희생자(특히 민간인의 경우)는 거의 찾아볼 수가 없었다. 그렇다면 이 섬에 무장대의 책임으로 기록될 희생자는 하나도 없었단 말인가. 이 섬 사람들 모두가 그렇듯 스스로 똘똘 뭉쳐 토벌대에 대항해 싸웠단 말인가— 일테면 종민은 그 한얼회나 다른 우익 성향 쪽의 단체가 그걸 조사했다면 같은 명단이 만들어졌을지, 그런 의구심이 새삼 머리를 스쳐간 것이었다.
 하지만 종민은 그에 대해서도 더 이상 머리를 어지럽히고 싶지가 않았다. 섬이나 섬사람들, 당시의 섬 상황이 실제로 그랬을 수도 있었고, 아니래도 한낱 미체험 외지인에 불과한 지금의 그로서는 어디서 무엇을 더 알아볼 수도 없었다. 하긴, 우익 쪽 사람들은 사건 이후 떳떳한 희생자의 권리를 누릴 수 있었지만, 좌익 성향의 희생자나 그 가족들은 이날껏 죽음의 그림자가 드리운 무서운 반역의 낙인 속에 숨도 제대로 못 쉰 채 숨어 살아오기만 한 격이었다니까— 그리고 지금으로선 그동안 음지에서 그 도민들을 대신해 당시의 정황과 양민들의 희생 실태를 밝히는 데에 끈질긴 열의를 쏟아왔다는 청죽회 쪽의 노력을 믿을 수밖에 없었으니까. 설부른 선입견이나 판단은 지금의 그로서는 무엇보다 경계해야 할 일이었으니까.
 하지만 종민은 그것으로 아예 그 희생자 목록을 덮고 물러앉아 버릴 수는 없었다. 방 안 어디선지 서늘한 냉기가 자꾸만 목줄기를 스쳐 내리는 느낌에도 불구하고 그는 계속 상념을 이어갔다.
 —그런데 이들은 대체 무슨 연고로 한사코 이번의 위령굿까지 마다하고 드는 것인가.
 이번에는 섬엘 들어와 이 일에 관심을 두기 시작하면서부터 머릿속을 떠나지 않던 또 다른 의혹, 그 진혼굿판 일과 관련한 섬 희생자들의 불가사의한 외면이 연이어 다시 고개를 들기 시작한 것이다.

― 이번 명단은 여직껏 자신들 편에서 일해왔다는 청죽회 쪽의 것이 아닌가. 그런데도 저들은 대체 무슨 생각에서 저렇듯 청죽회까지 믿지 못하고 버려진 고혼의 처지만을 고집한단 말인가? 아직도 제 죽음을 위로받지 못하고 원귀의 처지로 떠도는 넋은 물론, 저들 중에 이미 한 번 씻은 혼굿을 치른 혼백이라 한들 이번의 국가적 행사가 다시 무슨 해로움이 있길래!

종민으로선 아무래도 그게 이해가 안 가는 일이었다. 비록 억울한 원혼이 되어갔을망정, 그리고 이미 한 번 씻겨 보낸 넋을 거푸 위무하는 일이 비록 무해한 일이라곤 해도, 으익 성향의 목록은 될수록 이번 사업에서 순서를 뒤로 미루려는 큰당집 쪽의 뜻은 그도 도청 이 과장의 귀띔으로 대충 짐작할 수 있었다. 하지만 대체로 좌익 성향으로 분류돼온 민간 희생자 목록 중에 아직 ^표가 붙어 있지 않은 혼령들 역시 이번 행사에 전혀 호응을 않는다는 데엔 아무래도 곡절이 심상치가 않았다. 그로 하여 이곳 작은집 사람들의 적잖은 노력에도 불구하고 이 섬 토박이 심방들 또한 그간의 사업 성과가 매우 미미할 뿐 아니라, 급기야는 궁여지책으로 굿 풍속이 다른 육지부 무당까지 청해 들이게 된 처지였다. 그래 처음 그 육지부 무당들의 내도 소식을 접할 당시부터 종민은 거기 더욱 남다른 흥미와 관심을 기울여왔지만, 섬 희생자 가족들은 여전히 그 육지부 무당들의 일까지(오랜 세월 토박이 당골 제도를 선호해온 섬사람들 처지에선 그게 어쩌면 외려 당연한 노릇인지도 모르지만) 속수무책으로 난감하게 하고 있다는 거였다. 그게 종민이 도청 이 과장에게 새로 입도해 온 육지부 무당 유정남이 굿을 골라 맡을 새 혼령 목록을 청한 이유이기도 했지만, 일부러 먼 뱃길을 건너온 뭍 무당들까지 계속 일이 잘 어우러질지 않는 이면엔 아무래도 그가 미처 모르는 숨은 곡절이 있을 것만 같았다.

하기야 따지고 보면 애초 이 군부 정권이 벌이고 있는 '역사 씻기기' 사업이라는 것이 웃기는 연극이었다. 그리고 그 희극판에 매달려 웃지도 못하고 반년 가까이나 이 우스운 섬 일을 기웃거리고 다니는 자신이 문제였다.

1970년대가 저물어가던 12월 어느 날 밤, 20년 가까운 군사독재의 주인공이 한 비밀 술자리에서 '이 버러지 같은……' 어쩌고 함부로 상대를 능멸하고 맞서 나선 손아랫것들의 무모한 총부림 시비 끝에 엉뚱하게 그 총알받이 제물이 되어 가고 나서부터 이 나라는 그의 권력을 이어받으려는 무리들—, 비운의 선배가 비우고 간 권좌를 계속 이어받으려는 후배 군복들의 사생결단 식 세력다툼과, 차제에 반독재 민주 정부를 세우려는 민간 세력체들의 활동으로 극도의 혼란 상태에 빠져들었다. 군부 세력의 엄중한 계엄 통치와 그에 맞선 재야 민주 세력의 거국적인 저항운동, 나라의 안전과 보위를 명분으로 내세운 군부의 갖가지 억압 조치와 무자비한 검거 고문 선풍, 그에 대항하는 민간 정치 세력과 젊은 학생들의 집요한 집회 시위가 연일 최루가스와 투석전, 성명서와 새 포고령, 끝없이 재생산되는 유언비어의 홍수 속에 전국을 깜깜 암혹으로 뒤덮어가잤다. 정국의 향방과 나라의 명운이 내일을 점칠 수 없을 만큼 불안하게 요동쳤다.

그런 정국의 불안을 잠재우고 위태로운 권력을 지키려는 방책의 하나로 일부 계엄 지원 배후 세력 기관이 궁리해낸 것이 다름 아닌 이 '역사 씻기기' 사업이었다.

얼핏 들어선 적잖이 엉뚱한 발상이요 터무니없는 도깨비놀음으로나 여겨 넘길 노릇이었다. 하지만 배후의 주체 기관은 늘 베일에 싸인 채 말단 시행자의 얼굴만 종종 겉모습을 드러낼 뿐이어서 애초 사업의 계획과 추진 과정은 소상히 알 수 없었지만(필경은 어느 머리 좋은 보좌진의 제안에 윗분의 저돌적 추진력과 호사가적 결단의 합작품이었겠지만), 알고 보니 그 발상이나 취지는 자못 엉뚱하면서도 기발하고, 우스꽝스러우면서도 비장한 일면이 있는 기획이었다.

— 온 나라 천지에 조상들의 원혼이 몹쓸 음기를 뿜으며 들썩들썩 떠돌고 있다.

— 이 나라 근현대사는 멀리는 갑오 동학란으로부터 일제강점기의 수난과 해방기의 남북 분단, 6·25 국난을 거쳐 60년대의 4·19와 5·16 군사혁명기의 혼란 상태에 이르기까지 너무나 많은 시련과 고난의 위기 상황이 중첩해왔다. 이는 필경 이 땅의 바른 역사를 위해 몸바친 순국 영령들의 음덕과 가호가 모자란 탓이다. 돌봄의 음덕이 모자랄 뿐 아니라 오히려 원망과 위해까지 서슴지 않음 때문이다. 그 조상들의 돌봄이 있고서야 나라와 백성이 이렇듯 고난스러울 수 없는 일이다.

— 오늘 우리가 그 조상들의 원혼을 위무 진혼 편안히 잠들게 해야 한다. 다시는 후손들의 삶의 터를 어지럽히며 위해로운 원혼으로 이 땅을 떠돌지 않게 해야 한다. 그리하여 이 나라 역사와 국토를 새로 씻겨 세상을 맑고 밝고 평화롭게 가꾸어나가야 한다.

— 온 나라 강토에 떠도는 조상들의 원혼을 찾아 씻겨라. 이 나라 역사에 몸바친 구천의 영령들과 아직도 어두운 지하에 묻혀 울고 있는 이름 없는 희생자들의 원혼을 찾아 그 사무친 원한을 신원하라. 그리하여 다시는 그 원혼들이 들썩들썩 지하에서 들고일어나 나라를 어지럽히고 현혹하는 일이 없게 하라……

도청의 이 과장과 여기저기서 흘린 소리로 주워들은 대강의 사업 취지였다. 이를테면 그로 하여 그간 역사에 불의한 홀대를 받아온 선대 원혼들에 대한 국가적 위무와 나라의 새롭고 바른 역사, 나아가 평화와 안녕을 명분으로 내세워 군부 정권에서 이반된 민심의 혼란을 수습하고 비정상적 권력의 정통성을 마련해보자는 속셈에서일 터였다.

숨은 목적이 그런 만큼 사업 추진 과정도 그만큼 광범위하고 강력했다. 그동안 이런저런 연유로 역사의 뒤켠에 묻혀 지내온 깊은 침묵의 죽음들이 전국에 걸쳐 신속하고 광범하게 조사됐다. 그 가운데에도 특히 역사의 억울한 희생자들, 그래서 누구보다 원망이 많고 해코지가 심할 수밖에 없는 원혼들, 이를테면 세인이 납득할 수 없는 비정상적 재판 절차를 거쳐 졸지에 사형장의 사신으로 사라져간 혹독한 권력 다툼의 희생자들, 군 복무 중이거나 권력기관에 연행 수감 중에, 혹은 여행이나 등산길 같은 일상생활 과정 중에 불의의 사고를 맞거나 종적이 사라지고 만 수많은 돌발사와 의문의 실종 사건들이 낱낱이 다시 조사됐다. 시기적으로는 이 나라 근현대사의 큰 문턱이라 할 갑오 동학혁명과 독립 의병 활동기에서부터(그것이 시기의 상한으로 정해진 데는 사업 발상 당시의 상황이 그 사건의 중심 무대였던 지역들의 일반적 정서가 다시 중심 문제로 떠올랐기 때문이었을 거라는 추측을 말하는 사람들이 있었다) 가난에 찌들어온 이 나라 '농촌 근대화의 아버지'가 그 전용 비밀 안가(安家)의 술자리를 마지막으로 20년 권좌로부터 불의에 퇴장을 당한 최근년에 이르기까지, 지역적으로는 특히 일제하 독립운동기의 순국 영령들을 염두에 두어 국내외와 경향(京鄕) 간 남북 동서를 가리지 않는 전 국토에 걸쳐서였다. 그렇게 조사된 수많은 원혼들은 우리 민족 전래의 진혼 형식인 무가(巫家)의 신원(伸寃)굿을 주로 하되, 유교나 기독교, 불교, 도교 등 사자의 천도 양식이 있거나 동참을 원하는 교단이 총동원되어 각기 소망하는 의식에 따라 차례차례 진혼 행사가 치러져나갔다. 거기에는 물론 배후의 비밀 지원 기관 주도하에 경향의 각급 유관 관서와 단체의 조직이 동원되고 별도의 재정적 후원이 뒷받침되고 있었지만(그리고 얼굴을 노골적으로 내밀지 않았을 뿐 유관 기관에선 그걸 굳이 부인하거나 숨기려 하지도 않았지만), 표면에선 어디까지나 각 교파와 굿판 단위의 자발적이고 주체적인 참여 형식을 내세웠음이 당연했다. 비록 그 같은 배후 지원 기관이나 유관 행정 부서의 요청을 외면하지 못해 일반 종교 단체들은 독자적 행사 대신 사업 시행 초기부터 해당 지역 합동 위령제 같은 데나 이따금 얼굴을 내미는 식으로 시종 시큰둥해해온 까닭에 몇 달 뒤부터는 우리 전래 무격들의 굿판이 이 사업의 중심 역을 도맡아온 터였지만.
 어쨌거나 이 제주도 또한 그 일에 예외일 수가 없었다. 아니, 저 고려조 때의 삼별초 내도와 몽고군의 침탈 시기는 고사하고서라도, 근래의 일제강점기와 6·25전란기의 군 훈련소 운영기, 무엇보다도 독립 정부 수립에 전후한 4·3사건의 큰 상처를 안고 있는 제주도는 다른 어느 곳보다 원통한 사연을 지니고 떠도는 원혼이 많은 섬이었다. 당연히 제주도에도 진작부터 그 국가적 신원 사업이 시행되어왔고, 그동안 더러더러 그런 굿판이 치러지기도 하였다.
 종민이 이 섬엘 들어오기 반년쯤 전부터의 일이었다. 하지만 그가 섬을 들어오고부터, 그리고 민속사학이라는 흔치 않은 자신의 전공이나 여행 동기와 관련하여 남다른 관심 속에 직접 그 굿마당을 한번 구경하고 싶어 한 뒤부터는 실제로 그런 굿판을 찾아보기가 매우 힘들었다. 그런 굿마당이 생기면 도청의 이 과장이 미리 귀띔을 주겠노라 약속하고서도 한동안 그 약속을 지키지 못하고 있었다. 그러다 약속을 한 지 두어 달 가까워서야 모처럼 만에 겨우 그 시가지 서쪽 용두리 해안 동네에 굿마당이 한 곳 생겼다며 그를 데려가주었다.
 "이번 굿거리는 큰집에서 지원하는 굿판은 아니에요. 추 심방이라고, 용두리 터주 수심방이 동네 사람 원귀를 위해 자기네들끼리 치르는 굿마당인데, 원통하게 죽은 넋을 위로해 보내는 진혼굿의 취지나 제차 의례는 어차피 큰집 쪽 뜻과 부합하는 것이니 이런 굿판이나마 벌어진 게 다행인 셈이지요. 이번 기회가 생기지 않았더라면 내 고 형을 위해 푸닥거리 비손 무당들을 등원해서 억지 굿거리라도 한판 벌여 보여야 할 형편이었으니까요."

굿마당을 찾아가는 길에 이 과장이 일러준 대로 종민도 그 진혼굿에 대한 기대가 그동안의 기다림만큼이나 컸었다. 더욱이 사자의 처절한 죽음의 사연이나 그 원혼을 찾아 씻겨 편안히 저승으로 인도한다는 그 굿판의 내용이 그의 가슴을 더욱 설레게 하였다.

……작년 가을철 이 섬에 큰 태풍이 지나갔다. 그때 용두 마을 한 어부가 저녁 무렵 바람이 불어닥치자 거꾸로 배를 타고 마을 앞 바다로 나갔다. 거센 태풍 속에선 뭍으로 끌어 올려놓거나 좁은 포구에 정박시킨 배들까지 큰 피해를 면하지 못했던 전일의 경험에 비추어 제주도 사람들의 생명줄과도 같은 자기 배를 지키기 위해선 차라리 넓은 바다로 나가 파도를 타면서 바람을 이겨보자는 막다른 방책에서였다. 그런 모진 각오가 실린 터라 그 배는 그날 거센 폭풍우와 파도 속에 가랑잎처럼 출렁이면서도 날이 저물 때까지 위험을 잘 견뎌냈다. 날이 어두워진 다음에도 세찬 비바람과 칠흑 같은 어둠 속에서 가는 불빛이 끈질기게 살아 떠도는 것이 보였다. 그의 가족들은 물론 동네의 많은 이웃 사람들이 밤잠을 설치며 새벽녘까지 조마조마 가슴을 조이며 애타게 그 불빛을 지켰다. 그러나 이튿날 아침 날이 밝고 보니 바람은 이미 잠잠해져 있는데 배가 보이지 않았다. 바다 위에도 포구에도 배는 흔적조차 보이지 않았다…… 가족들은 물론 그것을 믿을 수가 없었다. 시신은 물론 어디에서도 빈 배조차 찾아볼 수 없는 가장의 죽음을 쉬 받아들일 수가 없었다. 그렇게 기약 없는 기다림의 반년이 흘

러갔다. 그리고 이제는 더 기다릴 수가 없게 된 것이다. 그가 이미 살아 돌아올 수 없는 수중고혼이 되어갔다면 그 혼령은 아직도 저승길을 떠나지 못한 채 이승도 저승도 아닌 수중 생귀신으로 떠돌고 있을 터였기 때문이다.

"그래 이번에 가족들이 그 생넋〔死靈〕을 건져 올려 저승 천도길을 열어주고 내세의 명복을 빌어주는 굿판을 마련한 것인데, 그런 굿판은 자연 동네 굿마당이 되기 마련이라 고 형도 구경할 만한 자리예요. 이곳 굿 풍속으로는 귀양풀이굿이라 해서 망자의 초상을 치르고 나서 바로 저승 시왕(十王)에게 치르는 공양 의례인데요…… 이번 경우는 초상을 치르지 못한 혼백이라 어젯밤 망자의 수중 혼백을 불러오는 요왕(용왕)맞이 굿부터 시작한답디다만, 분위기가 제대로 무르익은 진짜 굿 구경은 오늘 밤 새로 망자의 저승길 명복을 빌어 떠나보내는 그 시왕맞이 굿이거든요. 더욱이 이번 굿을 맡아 치를 추씨 성 수심방은 유난히 그런 가엾은 고혼들 굿만 맡아서 남다른 굿 정성을 바쳐온 숫무당이구요."

미리 대충 설명해준 이 과장의 귀띔처럼 그날 밤새도록 계속된 진혼굿판은 그 추 심방 내외의 특별한 정성과 굿 솜씨에다 육지부에서든 제주도에서든 한국의 굿판을 처음 구경한 때문에선지 과연 종민의 기대에 큰 빗나감이 없었다. 무엇보다도 굿이 한창 무르익었을 때 무격의 춤과 노래에 실려 열두 청대 흰 명부길을 내려 들어온 사자의 보이지 않는 혼백이 심방의 입을 빌려 이승의 남은 가족들과 하나하나 생전의 원정과 설움을 나누고 서로 애절한 기원 속에 마지막 먼 저승길을 떠나보내고 떠나가는 제의의 절정에선 이방인 격인 종민도 덩달아 가족이나 마을 구경꾼들 한가지로 가슴 뜨거운 한숨기를 참아 삼킬 수가 없었다. 그렇듯 예상치 못한 첫 굿 구경의 감동과 충격은 굿판이 끝난 새벽 이 과장과 시내로 돌아오는 길에서도 도무지 그에게 입을 열 수 없게 했을 정도였다.

 그렇듯 인상 깊은 현장 체험에다 이후부터 보다 본격적인 관심 속에 굿 진행 절차나 내용에 대한 조사 문헌들을 찾아 읽다 보니 그 제주 굿이나 한국 무속에 대한 그의 감동은 갈수록 더해갔다. 그 굿은 그저 신들린 무당의 단독적 점술이나 기복 위무 행사가 아니었다. 그날의 시왕굿은 아직 온전한 저승길을 떠나지 못한 날사령을 위한 자리가 되어 망자의 혼백을 관장하는 요왕이나 시왕 아랫서열의 제신들만 청해 좌정시켰지만, 다른 일반 굿에서 제차를 진행하는 심방은 먼저 천지창조의 우주신 상제신을 비롯 이승과 저승, 밤과 낮, 생명의 탄생과 죽음들을 주재하는 제신들, 인간살이의 행불행, 부와 생업을 관리하는 여러 신령들, 자신의 무업을 이어 내린 조상신들을 각각의 유래 서사 풀이로 차례차례 청해 좌정시켜 굿마당을 하나의 섭리 정연하고 신성한 소우주로 조성하고, 심방은 그 제신들과 망자 혹은 망자의 가족들 사이에서, 때로는 신령들 편에서 때로는 망자나 유족들 편에서 춤과 무악과 노래로 서로간의 뜻을 전하고 위무와 기복 의례를 행해나가는 양식이었다. 그런데 그 모든 제차 과정에서 심방은 다른 나라 다른 지역 무격처럼 자신의 정신을 잃는 자기 망각의 '들림 현상'이 없었다. 심방은 대개 제 본정신을 지닌 중간자적 사제로서 생자나 망자 편에서 신령의 뜻을 청해 빌고, 그 신령의 뜻을 망자나 유족에게 대신 전할 뿐이었다. 그러니 그 신령들과 심방과 제주들은 여타의 고등 종교처럼 수직적 종속 관계로서가 아니라 수평적 시혜 관계 속에 함께 주고받으며 어울리는 식이었다. 그 결과 내세와 현세, 이승과 저승 간에도 시공의 단절이 사라진 동시적 공간 속에 신령들과 인간들이 함께 어우러져 웃고 울고 춤을 추고 성내며 심지어는 서로 다투기까지 하였다.

그것은 정녕 신화의 재현이었고, 그 자체로서 살아 있는 신화였다. 신화라는 말은 원래 그 신화적 사실의 죽음과 사라짐을 전제로 한 것이지만, 이 섬에서는 그 신화가 심방들의 굿을 빌려 생생하게 살아 전해지고 있음이었다. 그리고 그 신화의 살아 있음이 가장 역력한 것은 역질을 물리치기 위해 도깨비를 달래는 '영감놀이'나 불임녀들의 잉태를 위한 '불도맞이', '꽃탑'류 제의의 연극적 제차에서 더욱 잘 두드러졌다. 그중에서도 꽃탑의 삼승할망 제차 연희는 이 섬 굿판에 대한 종민의 이해를 특히 새롭게 하였다. 천지창조의 신화 속에서 삼승할망(삼신할머니)신은 원래 아기의 잉태와 출생을 점지하고 다스리는 산신(産神, 생불왕)으로, '서천서역국'의 '서천 꽃밭'을 찾아가 그 꽃밭을 관리하는 꽃감관(사람의 삶과 죽음을 관장하는 이공신)에게서 '생명꽃'을 구해 와 아이의 잉태를 원하는 기주(祈主)에게 전하는 연극적 제의로서, 대개의 다른 지역 굿이나 종교상의 진혼 의식이 단지 죽음과 망자의 위무 신원이 목적임에 비해 이 섬 굿에선 새 생명의 잉태와 탄생의 순환적 운행을 이루어 보이는 것이었다.

죽은 자와 산 자의 만남과 어울림이 그와 같은 제주도 심방굿은 그래서 이 땅의 모든 망자들의 원한을 씻고 달래어 그 망자와 생자들의 평화를 함께 이루려는 작금의 국가적 진무 사업에 더없이 안성맞춤으로 보였다. 그리고 그건 어쩌면 말 없는 망자들보다 여전히 척박하고 고난스런 이승의 세월을 살아가는 이 섬 생자들에게 더욱 절박한 삶의 구원 사업일 수도 있었다. 그동안 자신이 주위 듣고 이해한 바로 이 섬은 원래부터 기후나 수량 따위 자연조건이 매우 열악한 데다 저 고려조의 삼별초란 이래로 뭍으로부터의 수많은 환란을 겪어오는 동안 무고하게 쫓기고 돌려 죽은 자, 싸움받이로 끌려가 떼죽음을 당한 자, 배고파 굶어 죽은 자, 바다 뱃길에서 돌아오지 못한 자들의 원귀들이 숱하여 뒤에 남아 산 자들의 삶까지 이 나라 어느 곳보다 어렵게 만들고 있지 않았던가.

그래저래 종민은 어디에서 다시 한 번 굿판이 마련되기를 기다렸지만, 그런 기회는 좀처럼 다시 찾아오지 않았고, 그런 그를 짐작한 이 과장 역시도 그것을 몹시 아쉬워해온 처지였다. 씻길 혼백들은 이미 그만큼 씻겨버렸다는 것인지, 아니면 ― 이 사람들, 굿판을 벌이는 데도 아직 이쪽 저쪽을 가리는 모양이에요. 청죽회 쪽은 청죽회대로 한얼회는 한얼회 쪽대로 서로 우리 쪽이야 네 쪽이야 일을 서로 밀고 당기고만 있으니. 이래가지고서야 앞으로도 이 섬 꼴이 어떻게…… 이 과장의 엄살 섞인 말 그대로 그 혼백들까지 아직 편을 지우지 못한 탓인지, 목록 취합 과정에선 제법 협조를 아끼지 않은 청죽회 쪽에서도 실제로 굿자리를 벌이고 나서는 일이 거의 없어 앞으로의 굿판 선택거리로 남아 있는 혼백들엔 이 몇 달 동안 ^표의 표시가 하나도 늘어나는 기미가 없었다. 어찌 보면 이 섬 사람들이나 섬 전체가 그걸 원치 않은 탓일 수도 있었지만, 그보다는 도대체 이 섬 심방들이 그 굿을 맡고 나서기를 꺼려 하는 탓이랬다. 종민으로서는 작지 않은 큰당집의 지원과 배려에도 불구하고 굿판을 생업으로 살아가는 섬 심방들이 이번 일에 그토록 마음들을 사리는지 좀체 그 까닭을 알 수 없었다. 국외자인 종민 쪽이 오히려 마음이 조급하고 답답해 못 견딜 지경이었다.

그러던 차에 다행히 육지부의 무당들이 새로 섬으로 건너온다는 소식이었다.

그는 이 과장으로부터 그 소식을 듣고 누구보다 반가워하며 기대에 부풀었었다. 이곳 제주도의 굿 풍속은 원래 마을마다 좌정한 본향당 심방이 맡아 치르는 게 원칙이었지만, 이번 굿일은 원체 전국적 사업인 데다 그의 오사카 아버지나 어머니는 왠지 평소에 제 동네 무당은 대접을 못 받는다는 비유를 자주 썼었다. 굿을 할 수 있는 무당이 온다면 그 출신이 뭍이든 어디든 상관해 가릴 바가 없었다. 뿐더러 명색이 민속학도로서 한국의 무당굿은 그나마 제주도가 처음이었으니, 무속과 무구 복장, 굿의 형식이 이 섬의 주류 격인 세습무들과는 완연히 다르다는 뭍 동네 무격에 대한 호기심까지 겹치고 있었다. 그는 이 과장의 전갈을 받은 날부터 자신의 부탁과 다짐을 덧붙이고 그 육지부 새 무당 쪽의 일 진척 과정을 열심히 기다렸다.

하지만 종민의 기대는 아직도 그저 희망일 뿐이었다. 제 동네 무당굿을 외면한 섬사람들이 하물며 안과 겉이 다 설 수밖에 없는 떠돌이 뭍 무당을 믿어 제집 혼백을 내맡기려 할 리 없었다.

새 육지부 무당 일가 역시 이 며칠 동안 한 발짝도 일을 추려나가지 못하고 애만 먹고 있다는 이 과장의 뒷소식이었다.

"성산포 쪽 어디쯤에 임시 신당 터를 잡아 앉고 싶은 모양이지만, 굿거리커녕은 아직 그 터 잡기 일조차 여의치가 못한 모양이에요. 아까 젊은 친구 전화에 오늘까지도 그냥 시내 여관방에 눌러앉아 궁리만 계속하고 있다니까요."

하루 전 전화에서 자신 없이 털어놓은 이 과장의 푸념이었다.

"하긴 여기 태를 묻고 태어난 나도 이 섬 사람들의 깊은 속을 모르겠어요. 이놈의 일이 애초부터 사람을 웃길 노릇이긴 하지만."

그 이 과장의 푸념처럼 이 섬커녕 한반도 태생도 못 되는 종민으로선 더욱 그 속내를 알 수가 없었다.

하기야 누구를 웃기고 알 수 없기로 말하면 오래전에 버리고 떠나와 당신은 이미 기억조차 남기지 않고 있는 듯싶은 아버지의 옛 모국 고향을 그간의 전공인 민속학 자료라도 구해볼 겸 잠시 가벼운 마음으로 찾아보러 왔다가 뜻밖에 이일 저일 예기치 못한 사단에 잇따라 끼여들고 만 자신부터 나무라야 했다. 하지만 그동안 깊은 베일에 싸여온 아버지의 젊은 고국 시절과 관련해 이곳에서 새삼 떠오르게 된 수수께끼와 그 해답의 불가피한 탐색 과정 때문이겠지만, 종민으로선 아직 그런 자신을 나무라거나 후회하고 싶은 생각이 추호도 없었고, 앞으로도 물론 그럴 가능성이 없었다.

그래 그는 그만 눈앞의 혼백 목록을 덮어두고, 단 하루 만이지만 그간에라도 무슨 변화나 소식이 있을까 싶어 도청의 이 과장에게 다시 전화를 걸었다.

"이 과장님, 접니다. 저 고종민……"

하지만 금세 그의 목소리를 알아듣고 하루 만에 다시 전화를 걸어온 속내를 알아차린 이 과장의 응답은 역시 전날과 다를 바가 없었다.

"알아요. 고 형까지 공연히 맘이 바빠지신 모양인데……"

아직도 일의 진척이 없다는 대답과 함께 일견 자포자기 식의 새 방책만 한 가지 덧붙여왔다.

"윗집 사람들의 사업 진척 보고 독촉은 연일 성화같지, 일이 정 이런 식이면 아예 차라리 어느 단체를 내세워 이 동네 합동 위령제로 일을 한꺼번에 끝내버릴까도 생각 중이에요."

하지만 그것은 이 과장 자신도 거의 불가능한 일임을 알고 있었다.

"그것도 한번 생각해볼 만한 일이군요."

반신반의 속에도 나름대로 흥미가 동하여 맞장구를 치고 나서는 종민을 나무라듯 그는 이내 다시 자신 없는 목소리로 말했다.

"하지만 그거야 답답해서 그저 한번 생각해본 것뿐이구요. 정말로 그런 식으로 굿판을 벌이려 했다간 이번엔 더 큰 편 가르기 다툼만 만들어놓고 말걸요. 이건 결단코 우리가 맡아야 한다, 아니면 다른 한쪽에선 우리와 상관없는 일이니 너희나 실컷 놀아먹어라…… 그 청죽회와 한얼회 간에 서로 제 편 혼백들을 챙기려 드느라 말예요."

그리고 그 끝에 현장 사업 실무 책임자로서 자기 변명처럼 한마디 덧붙여온 것이 그나마 종민에겐 고맙고 다행스런 소리였달까.

"그런데 그 사람들 일이 정 그렇게 궁금하고 조바심이 일 정도라면 이렇게 연일 내게 전화만 해대지 말고 고 형이 직접 한번 그 사람들을 찾아가 만나보는 게 어때요. 그 사람들 형편을 직접 듣고 보면 고 형 나름대로 도울 일이 있을지도 모르고."
 종민으로선 그걸 여태 생각해보지 못한 것이 스스로 이상스러울 정도였다.

3

 "저를 혹시 기억하실지 모르겠습니다만, 전일에 한번 용두 마을로 아버님의 굿마당을 가 뵌 고종민이란 사람입니다. 오늘 괜찮으시면 댁으로 한번 찾아뵐까구요."
 "뭔뭔 일로 그러는지 모르지만, 아아버지가 잘 만나려 하질 않으실 텐디요."
 평소에는 그다지 심하지가 않았지만 심사가 편치 않은 상대나 마땅찮은 일 앞엔 말을 더 조급하게 더듬대는 만우 청년은 역시 그 첫마디부터 대꾸가 시원칠 않았다.
 "아버진 워워낙 사람 만나기를 꺼겨려 하시는 분이라서요. 드드릴 말씀이 있으면 이 저전화로 하시지그래요."
 "아니. 아버님이 아니라 형씨를 뵙고 좀 도움을 청하고 싶은 일이 있어서요. 별일은 아니지만 전화로보다도 직접 만나 뵙고요."
 "나를요? 나나한테 무슨 도움을요?"

"아버님을 찾아가 뵌 일이 있다니 형씨도 아마 알고 계시겠지만, 그 육지부에서 왔다는 유 신당님네 일인데요. 그 사람들 일이 아무래도 잘 풀려나가지 못한 것 같아서…… 하여간 잠시 뒤 찾아 뵙고 자세한 의논 말씀드리겠습니다."

이쪽에서 더 무슨 통명을 맞기 전에 서둘러 저쪽에서 전화를 끊고 말았다.

"누구냐?"

만우가 지레 찜찜한 얼굴로 수화기를 내려놓자 그러지 않아도 까닭 없이 눈치가 보이던 추 심방 노인이 등 뒤에서 물었다.

"저전번 요왕맞이 넛굿 때 굿판으로 도도청 이 과장이란 사람이 일부러 구구경을 시키러 데려왔다던 재재일 교포 처청년인가 본디요. 지한테 무슨 무물어볼 말이 있다고요. 어엇그제 육지부에서 들어왔다는 여여편 당골 일로다요."

아버지 쪽은 상관할 일이 아니니 참견 말라는 투였으나, 노인이 다시 그의 말을 되풀이하듯 한마디 덧붙였다.

"그 사람들 일로 그 젊은이가 네게 무슨 볼일이 있어서…… 그 사람들 일이라면 요전번 찾아왔을 때 우리하곤 상관될 일 없다고 본인한테 알아듣게 일러줬을 텐디. 어쨌거나 요즘 들어 이 사람 저 사람 쓸데없이 번거롭게 하는 일들이 많구나."

아버지 추 심방 역시 내키잖은 굿판 일로 사람이 자주 찾아오는 것을 탐탁잖게 여기는 때문이었다.

하지만 아들 만우는 이제 더 이상 그런 노인에게 마음을 쓸 기분이 아니었다.

아무래도 그 위인의 전화가 달갑지를 않았다. 고종민인가 뭔가 하는 재일 교포 젊은이가 찾아온다는 것까지는 그렇듯 크게 허물할 일이 아니었다. 육지부 무당 일에 대한 그의 의논거리라는 것도 보나 마나 별일이 아닌 굿거리 혼백들을 찾는 일에서 그리 먼 것이 아닐 터였다. 그건 그다지 어려울 것이 없었다. 위인들이야 물론 이쪽 사정이나 속내를 제대로 알고 있을 리 없었다. 굳이 무얼 깊이 알려고 할 처지도 아니었다. 아버지 추 심방이 이미 일러 줬듯, 시청과 동회에서 몇 번씩 겹치기로 조사해 가고, 한얼회 청죽회 사람들이 새판잽이로 다시 신고를 받아 가고, 거기다 큰당집 사람들이 멋대로 적당한 순서를 골라 정하고 한 이 섬 혼백들—, 죽어간 때나 장소나 주소 성명이 분명한 그 가지런한 혼백들의 명부대로 남의 동네 당골 터를 어지럽히든 말든 자기들 원하는 대로 자기들끼리 억지 굿판이라도(도대체 네편 내편 가르며 죽음길을 몰아댈 때는 언제고, 이제 와선 또 이 귀신 만나라 저 귀신 만나라 그 소동이란 말인고!) 벌여나가면 되는 일이었다. 하지만 죽음의 때도 장소도 생전의 이름도, 심지언 3만으로 헤아려지는 이 섬 원혼들 중에 지금까지 내력이 깜깜 묻혀왔거나 암암리에 그 대충의 숫자나마 알려지기 시작한 1만 5천여 명의 새 미신고 원혼들, 혹은 그 숫자에조차 들지 못하고 제 죽음까지 잃어버린 무주고혼들이나 찾아 씻어온 자신들과는 아무 상관이 없을 일이었다. 위인들이야 어차피 1만 5천이고 3만이고 이 섬을 떠도는 그 보이지 않는 귀신들의 숫자나 헤아리러 온 것은 아닐 테니까. 그런 귀신들까지 찾아 씻으러 왔을 리는 없을 테니 의논이고 자시고 작인들이 무슨 눈치를 볼 일이란 없었다. 그런 만큼 이쪽에서도 그런 일로 해서는 따로 신경을 쓰거나 마음 거슬려 할 일이 없었다.

달갑지 못한 기분은 애초 그 위인이 도움을 청하겠노라는 의논거리의 주인공이 물을 건너온 뭍 무당패라는 것 때문이었다. 그것도 굿판 패거리를 끌고 들어온 제 어미 암무당도 아닌 그 젊은 제비 녀석, 기껏해야 북장고 두들겨주며 이것저것 굿판 뒤치다꺼리나 하고 다닐 게 분명한 얼치기 쇠잽이 녀석, 바로 그 아버지 추심방을 찾아왔다 간 위인이 먼저 머리에 떠오른 때문이었다. 하긴 그도 근원을 따지자면 애초의 허물은 천방지축 함부로 입이 까진 해정리 변 심방네 금옥이 년에게 물어야 할 일이었지만.

"말해봐. 나 그 사람네 일 잘 도와주고 싶은데 무슨 좋은 방법 없을까? 두고 보면 알겠지만 그 총각 섬을 떠날 때 나도 함께 뭍으로 따라 나갈 거거든."

한동안 잊고 지내던 금옥이 년이 느닷없이 전화를 걸어 인사치레도 건네기 전에 대뜸 꺼낸 소리가 녀석의 일이었다. 이어 청하지도 않은 소리를 덧붙여온 낌샌즉, 그 육지브 암무당 아들 녀석이 그새 년의 동네까지 먼 걸음을 한 모양이었다. 위인의 일을 돕고 싶다는 것은 물론 통화의 구실일 뿐, 년이 정작에 그를 찾은 것은 그걸 자랑하고 싶어서였을 터였다. 년은 둘 사이에 이미 모든 걸 의논하고 결정이 난 듯이 자랑스럽게 떠벌렸지만, 사내아이처럼 활달한 성격에 늘 마음부터 앞서버리는 그녀의 일이라 만우는 물론 그것을 곧이들을 수는 없었다. 그녀가 그에게 그걸 자랑처럼 알려주고 싶어 하는 심사도 족히 짐작하고 남았다.

하지만 그 금옥의 속내가 무엇이었든 만우로선 이제 와 새삼 괘념할 일이 아니었다. 그녀와의 일은 이전부터 이미 마음 정리가 다 끝난 일이었다. 그 유래가 누구의 화신이든 뱀신을 모시는 여편 당심방의 외동딸은 자신의 처지를 너무도 잘 알아 어떻게든 섬을 나가 제 집안 내림을 지우려는 집념이 엄청나게 깊었다. 그 어미 변 심방 당굿 일로 만우가 몇 차례 제집 사립을 드나드는 동안 그녀는 같은 처지의 무당가 총각 역시 자기 집 가업을 그다지 탐탁잖게 여기는 것을 알고는 앞뒷눈치 가리지 않고 그를 유혹하려 덤볐었다.
― 우리 기회 봐서 함께 육지부로 건너가 이 더러운 새끼 무당 처지를 좀 벗고 살아보자.
― 난 뭐든지 거기서 원하는 대로 따를게 나를 제발 좀 섬 밖으로 데려가주기만 해라. 그녀는 자신이 안심방이 되는 것은 물론 수심방 서방을 따라 살 생각도 없다며 한사코 둘이 함께 섬을 나가 살자고 성화였다. 그 딸아이의 처지를 누구보다 잘 알아 남몰래 애를 태우던 그녀의 어미 변 심방 역시도 노골적으로 그러기를 바라는 눈치였다. 하지만 그 누구보다 어머니 추 심방네의 숨은 소망이 넘어설 수 없는 걸림돌이었다. 내림 가업을 그리 탐탁잖게 여기는 아들의 태도에 늘 마음이 편치 못해오던 어머니 추 심방네가 금옥 모녀의 기미를 알고는 그 기회에 둘을 거꾸로 안팎 신자식으로 짝지어 묶고 싶어 한 것이었다. 그런 주위의 은근한 눈길이 아니었다면 만우 자신도 사실 제 마음을 장담할 수 없었던 때가 있었다. 금옥의 그 노골적이고 끈질긴 성화에다, 언행이 좀 가림 없

이 함부로여서 그렇지 좋게 보면 그만큼 심성이 질박하고 밝아 보이기도 하는 데다 사내들의 눈에 띌 만한 선 고운 용모만큼은 무당을 삼기에 썩 아까운 금옥을 두고 한동안 은근히 마음이 기울었던 게 사실이었었다. ―차제에 아예 년의 소망을 따라 무가 피 흔적을 씻고 살아보아? 그게 어쩌면 제 모르게 점지된 자기 인생길이 아닐까도 싶어 슬슬 마음이 들썩였던 것이 그 추 심방네의 엉뚱한 소망 앞엔 그만 다시 질겁을 하고 뒷걸음질을 칠 수밖에 없었던 것이다.

"두고 더 생각해봐. 난 어쨌든 무당살이는 못하는 줄 알구. 누가 어떻게 지었는지 모르지만 연금옥이란 내 이름자에도 귀신이 범접 못할 부적 같은 쇠 금(金) 자가 들어 있잖어.'

금옥의 성화는 계속됐지만, 제 년이야 이튿처럼 신기를 벗어 살든 말든 만우로선 더 이상 미련을 둘 일이 못 되었다. 그동안 알게 모르게 자신의 심방살이만큼은 어느 정도 각오를 해온 처지에서 어머니 추 심방네 소망대로 한사코 제 뱀 귀신 내림을 벗어나려는 그녀를(그녀까지!) 함께 암무당으로 들어앉히잘 수는 없었다. 그녀가 행여 그걸 따라준대도 그 자신이 추호도 그러고 싶은 생각이 없었다. 그런저런 작심 끝에 이미 눈길도 마음도 멀리 떠난 일이었다.

그런데 그녀가 아직 그 일을 염두에 두고 새삼 실없는 전화질이었다. 금옥도 물론 계집아이 꼭지 처지라, 게다가 그 깊은 가슴속 소망을 아는지라 만우로서도 그런 그녀의 심사를 헤아리지 못할 바는 아니었다.

"내가 그래도 걱정 안 돼? 그 사람 따라간대도 화 안 나? 화도 안 낼 거야?"

전화의 끝 무렵엔 년이 더 노골적으로 채근을 하고 든 속내도 짐작을 못할 바가 아니었다. 하지만 만우는 이미 마음을 닫은 처지였다. 닫고 싶지 않아도 닫아야 할 처지였다.

"알아, 니니가 뭐래도 나 그그 맘을 알아. 하지만 나난 이제 더 하할 말이 없어. 전에도 마말했지만 이제부터 니 일은 니니가 알아서 마마음대로 정해나가. 미안해."

그녀가 뭐라든 그는 전혀 괘념을 않는 척 담담한 실소 속에, 달래듯 좋은 소리로 전화를 끝내고 말았던 것이다.

하지만 이 며칠 그는 아무래도 마음이 편하질 않았다. 금옥이 스스로 돕기를 원한다는 그 육지부 녀석과의 일이 공연히 다시 마음에 걸려오곤 하였다. 그에다 오늘은 또 엉뚱한 구경꾼이 달갑잖은 전화를 해온 것이었다. 만우는 새삼 짜증이 나고 심기가 뒤틀렸다. 알고 그러는지 모르고 그러는지 더욱이 그 반갑잖은 위인들 일로 의논을 청해온 고종민과의 통화 중에 공연히 아버지 추 심방의 눈치를 살핀 자신에게까지 까닭 없이 화가 났다.

아버지 추 심방에게는 애초 그럴 일이 없었다. 어머니 심방네와는 달리 아버지는 처음부터 금옥과의 일에는 무관심한 방관자였다. 사설이 좋아야 하는 굿판 일에 말씨가 시원찮은 아들을 그가 집안 내림으로부터 자유롭게 해주고 싶어 했는지 어떤지는 분명하지 않았지만, 적어도 자식이 원하지 않는 일을 억지로 붙잡아 시키려는 기미는 없었다. ─네 인생사니 네가 알아서 할 일이다. 사단의 시작부터 끝까지 가타부타 말이 없어온 그의 방관적인 침묵은 그렇게 읽어도 큰 잘못이 없었다. 그가 알고 있는 아버지의 내력이 그랬다.

용두 마을 추 씨네의 심방 내림은 그의 조모 때에 특히 성가가 높았다. 그래 그랬던지 그녀는 일찍부터 본향당 신주 앞에 자기 두 아들 중 한 아이에게 그 무업을 내림하기로 약속하고 큰아이 쪽을 그렇게 기르려 하였다.

─내가 너를 가질 때 흰 용마가 날개를 접고 내 품으로 안겨드는 꿈을 꾸었더란다. 날개를 접은 용마였기 망정이지 날개를 펴고 나는 용마였다면 네가 제명에 못 죽을 큰 불행을 당할 태몽이었지 뭐냐. 원래 기운은 비범하지만, 그건 우리 당주님께서 네게 그 기운을 조용히 잘 다스려 이 일을 이어받게끔 운명을 점지해주신 것이다.

사실인지 아닌지 어미는 아들에게 자주 그런 소리로 앞날을 얽어매려 하였다.

하지만 아이는 차츰 그 어미의 뜻을 거슬러나갔다. 어릴 땐 별다른 기미를 보이지 않던 그가 제법 철이 들면서부터는 어미의 심방 일을 싫어할 뿐 아니라 그 뜻을 자주 거스르고 들었다. 제 출생의 내력을 곧이들으려 하지 않음은 물론, 어미의 무굿을 엉터리 속임수 미신 놀음이라 불경스럽게 여기고, 오히려 천한 무당의 자식임을 부끄러워하여 집 안의 무구나 신당을 함부로 욕되이 어지럽혀놓고 며칠씩 집을 나가 지내고 오기도 했다.

어미는 결국 큰아이를 단념하고 철이 아직 덜 든 작은아이에게 소망을 옮겨 실었다.

―내가 너를 가질 때 용마가 흑단 같은 날개를 얌전히 접고……
이번에도 어미는 아이에게 제 형에게 해줬던 날개 접은 용마 이야기를 되풀이했다. 형 때는 몸빛이 눈부신 흰색이었다 한 데 반해 이번에는 흑단 같은 검정색 갈기의 용마였다며, 아마도 그것은 뜻을 저버린 형 대신 그를 다시 점지해 보낸 당신님의 징험이라 못 박았다. 그런데 다행히 큰아이보다 심성이 고분고분한 이번의 작은아이 또한 어렸을 땐 별다른 말썽 없이 어미가 이끄는 대로 무업 수련의 길을 잘 따랐다.

그러나 그 역시 속에선 다른 불씨를 키운 모양이었다. 그 무서운 살육과 공포의 1948년 봄, 그는 피아간을 분별할 수 없는 극심한 혼란 속에 홀연 집을 나가 산으로 올라갔고, 그것으로 영영 종적이 사라지고 말았다. 그가 산에서 무장대와 함께 있는 걸 보았다는 뒷풍문을 마지막으로 시신도 행방도 발견된 일이 없었다. 그 시절 이 섬 사람들 가운데에 흔히 있었던 일의 하나였다.

얼굴도 알지 못한 삼촌이 집을 나간 날로 정해진 어느 해 당신의 제삿날 저녁 어머니 추 심방네가 만우에게 은밀히 들려준 이야기였다. 그런데 그 일로 누구보다 두고두고 깊은 회한을 앓아온 것이 그 형이었다. ―내가 내 아우를 죽게 한 거다. 내가 네 삼촌을 죽인 거다. 아버지 추 심방은 어린 만우 앞에서도 이따금 그런 괴로운 독백을 흘릴 때가 있었으니까. 다름 아니라 아버지는 그 아우를 산으로 가게 한 것이 집안 무업의 대물림을 비켜선 자신의 잘못 탓으로 여기고, 흔적조차 찾을 길 없는 그 죽음의 비운까지도 자신을 대신한 것으로 여겨왔다는 어머니의 귀띔이었다. 어렸을 땐 몰랐겠지만 철이 들고 결국 그 아우가 산으로 간 것은 무슨 남다른 뜻이 있어서가 아니라 앞엣형을 지나쳐 어쩔 수 없이 그의 차례로 돌아온 집안 무업 내림을 벗어나기 위해서였으리라고. 당신이 할머니의 첫번 뜻을 따랐다면 당신의 아우가 적어도 산으로 들어간 일은 없었으리라고. 그래 당신이 뒤늦거나마 그 심방의 길을 스스로 자청하고 나선 것도 아우에 대한 속죄와 참회의 정 때문이었으리라는 게 어머니 추 심방네의 추측이었다. 그리하여 그 할머니의 굿판을 함께 지키며 그 자신 굿판 일을 익히고, 나중엔 그 어미가 찾아 내림신굿(신질)을 해준 여자를 아내로 맞아 스스로 굿판을 꾸려나가기 시작한 것. 그리고 그동안 그의 괴로움을 곁에 함께한 할머니가 세상을 떠나고 그 굿판을 이어받으면서부터 평생을 두고 그 아우의 혼백을 씻기고 또 씻겨온 것이 아버지 추 심방의 무업 인생 여정이었다고.

하지만 아버지에 대한 어머니 추 심방네의 그런 생각도 알고 보니 절반쯤밖에는 사실이 아니었다. 모든 사실을 자신의 입으로 직접 다 털어놓은 일이 없으니 장담할 수는 없었지만, 아버지 추 심방이 처음 무업 내림 자리를 비켜서고 그 자리를 아우가 대신하게 된 것이나, 철이 든 아우 또한 그 노릇이 싫어 저 발로 산을 찾아 들어간 것까지는 사실일 수도 있었다. 하지만 아버지 추 심방이 결국 스스로 무업의 길을 가게 한 아우의 죽음길에는 어머니 심방네조차 아직 알지 못했던 참극이 숨겨져오고 있었다.

"사삼촌의 일은 제발 이제 그그만 좀 잊으세요. 사삼촌이 어떻게 도돌아가셨든 이제 사삼십 년 세세월이 흐른 일 아니에요. 사삼촌 혼자 그그런 억울한 죽음을 한 것도 아니고요."

70년대가 기울어가고, 세상이 다시 어수선해지던 어느 해 그 삼촌의 제삿날 저녁, 아버지 추 심방이 새삼 또 끝없이 침통한 침묵 속으로 가라앉는 것을 보고 만우가 참다 못해 모처럼 짜증스럽게 대들었을 때였다. 소리를 들은 듯 만 듯 거기서도 한동안 더 침묵만 지키고 앉아 있던 아버지 추 심방이 이윽고 조용히 입을 열었다.

"내가 니 삼촌을 죽인 거다."

전에도 이따금 들어오던 회한기의 토로였다. 하지만 이번에는 그 아우를 산으로 올라가게 한 그간의 허물만을 괴로워한 소리가 아니었다.

"네 삼촌의 생사 종적이 사라진 것은 산으로 올라간 그때가 아니었다. 네 삼촌은 이후 한 번 다시 야음을 타고 은밀히 집엘 찾아온 일이 있었다."

오랫동안 마음속에 별러온 탓이었을까. 아버지 추 심방은 더 이상 옆 사람의 채근이 없는데도 이날 밤 만우 앞에 그동안 누구도 모르고 있던 사실을 조용조용 다 털어놓은 것이었다. 그 사연을 간략하게 추리면 이러했다.

……아우가 야음을 타고 집을 찾아온 것은 토벌대의 공격작전이 막바지에 이르러가던 그해 12월 하순의 어느 날 새벽이었다. 아우는 집을 찾아 숨어들어와 산에서 겨울을 지낼 식량거리를 부탁했다. 하지만 형은 그것이 아무래도 부질없는 고집으로 보였다.

식량이야 마련이 되든 말든 아우가 다시 산으로 돌아가려 했다간 중산간 길도 들어서기 전에 총알밥이 되고 말 판이었다. 어떻게 요행히 산까지 간다 해도 그 혹한 속에 토벌대의 추격을 피해 겨울을 넘길 희망은 전무했다. 더욱이 어디서 일이 잘못됐다간 남은 식구들까지 멸문지화를 입게 될 게 뻔했다. 형은 이런저런 사정을 들어 아우에게 간곡히 자수를 권했다. 자수를 한다 해서 일이 무사할지는 물론 장담할 수 없는 일이었다. 토벌대의 자수 권유 전단을 주워 들고 제 발로 토벌 부대를 찾아갔다 종적이 사라진 사람이 부지기수라는 소문이었다. 요행히 목숨을 건지게 된 사람도 죽음 못지않은 혹독한 책벌이 뒤따르거나 반폐인 지경이 되어 나오기 일쑤였다. 자수 이후의 일은 알 수가 없었다. 하지만 이제는 어느 쪽 선택도 마찬가지였다. 어차피 양쪽 다 죽음의 길이 앞에 하고 있었다. 최악의 경우엔 그 죽음을 각오하지 않으면 안 되었다. 하지만 이제 와선 '관용과 재생'을 약속한 자수 권유의 전단 문구라도 믿어보아야 하였다. 천은으로 다행히 목숨이라도 건질 수만 있다면, 어떤 처벌이나 괴로움을 각오하고서라도. 그 한 사람만이 아닌 다른 가족들을 위해서라도. 아우가 한사코 뿌리치려 하더라도 윗사람 된 형으로서 그가 억지로라도……

그런데 그 아우 쪽도 이젠 더 다른 희망을 지녀볼 수 없을 만큼 지치고 절망을 한 때문이었는지 모른다. 그래 산을 내려온 것도 어떤 자포자기 심사에서였던 것일까. 아우는 다행히 큰 반항 없이 형의 권고를 받아들였다. 그리고 바로 아침 날이 밝은 대로 서둘러 형과 함께 자수길을 나섰다. 하지만 우연이었을까. 이미 어떤 낌새를 알아차리고 길목을 지키고 있었던 것인가. 둘은 미처 동네 길을 빠져나가기도 전에 골목 입구를 지키고 있던 토벌대 순찰대에게 붙잡히고 말았다. 그리고 그길로 곧 토벌대 영내로 끌려가 두 형제가 함께 창고에 갇히고 말았다. 자수를 하러 가던 길이었다는 건 전혀 참작조차도 되지 않은 채였다. 연행 과정에서나 초동 조사 과정에서나 그런 소리는 깡그리 무시당했고, 설령 그것이 사실이라 하더라도 그 차이는 전혀 의미가 없는 상황이었다. 그래 아우는 잠입 무장대 잔당으로, 형 쪽은 그나마 그 무장대 아우를 숨겨주고 도피시키려 했다는 낮은 단계 죄목이 씌워진 것이었다.

그리고 이후 형제는 그 죄목의 차이만큼 한 각자의 길을 따로 갔다. 하지만 그 길의 고통이나 비극은 두 사람의 길에서 전혀 차이가 없었다. 어느 날 저녁 아우는 창고 경비병의 갑작스런 부름을 받았다. 그리고 형제는 그것으로 두 사람의 이별이 닥쳐온 것을 알았다. 그 임시 옥방 창고에선 이전부터 그렇게 예고 없이 끌려 나갔다 다시 돌아온 사람이 없었기 때문이었다. 형제는 변변히 작별의 인사조차 나눌 수가 없었다. 바깥의 부름이 무엇을 뜻하는지를 아는 사람 중엔 한사코 방을 나가지 않으려는 이가 많은 데다 더러는 남은 사람들과 한데 얽혀 소동을 빚기까지 하는 바람에 이후부턴 경비병들이 미리 들어와 일제히 머리를 땅바닥에 처박고 꼼짝을 못하게 했기 때문이었다. 형제간이고 누구고 섣불리 머리를 들거나 무슨 소리를 하려 했다가 생사 간을 가리잖는 위인들의 모진 개머리판 세례를 받아 초주검 꼴이 된 사람이 한둘이 아니었다. 아우가 문밖으로 끌려 나갈 때 그의 형 역시 별다른 위로나 당부의 말을 건넬 수가 없었다. 하지만 그는 다행히 아우가 끌려 나가는 출입구 쪽에 머리를 박고 엎드려 있었다 그는 끌려 나가는 아우의 뒤에서 경비병 몰래 그의 발뒤꿈치를 쓸어 잡았다. 아우가 그런 형의 기미를 알아차리고 잠시 발길을 멈추고 서서 그 형의 손길이 풀리기를 기다렸다. 그리고 형은 이내 치솟는 울음소리를 삼키며 몸뚱이가 다시 무너져 내렸고, 아우는 디어 말없이 밖으로 끌려 나갔다. 그것이 아우의 마지막 모습이었고 두 형제의 마지막 작별이었다. 이후 그 아우는 생사 간에 지금까지 아무 뒷소식이 없어온 것이었다.

"그러니 그날 문밖에서 바로 총소리는 못 들었더래도 네 삼촌은 그날로 바로 죽은 사람이었제. 그래서 내가 이렇듯 그날로 날을 잡아 제사를 지내주고, 그 사람 대신 이 심방길을 들어서선 그 혼백을 거듭거듭 씻어온 것 아니었겠냐. 내가 그 사람을 그렇게 가게 했으니……"

아버지 추 심방은 그렇게 만우의 처음 공박에 대한 대답으로 이야기를 끝맺었다. 그러니 그 삼촌의 제삿날은 처음 당신이 집을 나간 날이 아니라, 두 형제가 마지막 헤어진 날인 셈이었다.

만우는 비로소 그 아버지의 깊은 심회를 이해할 수 있을 것 같았다. 그리고 그 아우에 대한 지울 수 없는 죄책감을 조금이라도 덜어보려 일찍이 비켜섰던 심방의 길을 스스로 받아들여 평생 동안 그의 혼백을 되풀이 씻어온 괴로운 삶의 여정에 새삼 머릿속이 아득해졌다. 그가 이 섬의 수많은 혼백들, 임자 없는 유골이나 유골 없는 죽음의 이름들, 심지어 죽음의 때도 장소도 아무것도 알 수 없어 사자의 숫자에조차 끼일 수 없는 원혼들을, 굳이 그런 무주고혼들만을 찾아 정성껏 씻겨온 것도 바로 그런 아우에 대한 속죄의 뜻에서가 아니었을 것인가. 그리고 그게 이 섬 심방들의 길이자 운명이 아니었을까…… 백마와 흑마를 번갈아 빌어 기원한 할머니의 태몽 사연이 사실이든 아니든, 그리고 그것으로 그녀가 아들에게 점지해주려던 무당의 길이 어떤 것이었는지는 알 수 없으되, 두 형제는 어찌 보면 그 할머니가 당신의 무업으로 미리 숨겨 피해주고 싶어 했던 이 섬 백마 이야기의 비극적인 운명을 각기 기막힌 방법으로 실현해온 셈이랄까…… 아들 만우는 그 아버지 앞에 더 이상 할 말이 없었다.

하지만 아버지 추 심방은 이제 그런 넋굿마저도 부질없어하였다.

"하지만 그도 저도 다 뒷세상에 살아남은 사람 마음일 뿐, 그런다고 그 혼백들이 원을 씻고 편안해지고 내 마음이 편해지겠더냐……"

만우의 침묵이 계속되자 아버지 추 심방이 마지막으로 몇 마디 더 덧붙이고 있었다.

"어디서 어떻게 죽었는지 마지막 자리도 때도 뒷소식을 알 수 없으니 나도 이날까지 그 사람을 떠나보내지 못할밖에. 그렇게 이리 가슴에 묻어두고 그 설움과 원한이라도 씻어 달랠 수밖에. 그런디 아무리 긴 세월 씻기고 또 씻겨도 그 사람은 아직 내 가슴을 떠나지 않는구나. 하기야 가슴에 묻어줄 혈육 하나 없이 긴 세월 풍설 속을 혼자 떠도는 혼백들에 비하면 네 삼촌은 그나마 복인인지 모르겠지만. 그러니 이제는 그 사람의 죽음을 가슴에 묻은 채 이대로 둘이 함께 저승으로 가는 길밖에. 그렇게 그 일을 겪고 가슴에 묻은 나까지 모두 죽어 가고 나야 그때 비로소 너나 누구나 그 삼촌 일을 더 마음 쓸 일이 없게 될 거다. 으늘 같은 헛제사도, 그 혼백들을 씻기는 일도 모두……"

한마디로 아버지 추 심방은 애초 그 할머니의 태몽과 함께 무당의 길을 점지받은 데서부터 모든 화근이 시작된 셈이었다. 그리고 이제 와선 한평생 거기서 비롯한 원혼을 씻겨온 일조차 부질없어 하며 그 원혼과 위령굿 노릇 일체를 당신의 저승까지 가슴에 묻고 가는 것으로 이승의 업장을 지우고자 한 것이었다……

그런 아버지 추 심방—, 그런 비밀을 가슴에 묻고 한평생 회한 속에 살아온 노인, 그리고 이제 와선 그 모든 업장을 저승까지 혼자서 지고 가려는 아버지가 그 신산스런 자신의 심방 노릇을 다시 자식에게까지 물려주려 할 리 없었다. 바로 그런 아버지의 어두운 내력 때문에도 더욱 그 일을 이어받을 일이 달갑잖아온 만우였지만, 어쨌거나 아버지 추 심방은 그에게, 그의 일과 앞날에 대해 더없이 관대하거나 혹은 무관심했다.

—그런데 그 육지부 무당가 제비 녀석을 들먹인 고가의 전화 따위에 내가 무엇 때문에 아버지의 눈치를 보는고.

하긴 만우 자신도 물론 그 이유를 알고 있었다. 알고 있으니 오히려 자신에게 화가 났다. 그런 자신을 부인하려 해도 소용이 없었다.

—앞뒤 가리지 않는 금옥이 년의 노골적인 성미에 내게 덤벼들듯이 위인한테 매달리고 든다면……!

바람이 구름을 피해 갈 리 없었다. 근원이 뻔한 떠돌이 육지 제비 녀석의 거친 손길에 그녀의 섬 가시내 순정이 온전히 성해 남을지가 아무래도 걱정이었다.
― 하지만 이제 와서 년의 일에 내가 무슨 상관이길래?
그는 다시 생각을 털어버리려 제물에 혼자 세차게 고개를 가로저었다. 금옥의 일은 어디까지나 저 자신의 일이었다. 제 몸이 깨어지든 마음이 부서지든 제가 알아서 정할 일이었다. 무당서방 따라 살기 싫은 년이 제 쪽에서 먼저 마음을 바꿔 먹지 못할 바에, 어차피 자신도 무당 여편네를 들어앉힐 생각이 없어 이미 년을 떠나기로 한 마당에 이제 와서 새삼 이래라저래라 주제넘은 바람을 지닐 일이 못 되었다.
하지만 그렇게 마음을 다지고 나서도 만우는 그 달갑잖은 손님이 열린 사립을 찾아들어설 때까지 계속 마음이 편하질 못했다.

고종민은 역시 그의 짐작대로 무얼 새로 알고 싶어서보다 그 육지부 무당패의 굿판을 꾸며볼 일로 찾아왔음이 분명했다.
위인은 처음 전화에서 만우 자신을 보러 오겠다던 말과 달리 집을 들어선 길로 바로 안방의 어른을 찾아보는 자리에서 제물에 먼저 그런 뜻을 꺼냈다.
"제가 함부로 나설 일이 아닌 줄 압니다만, 육지부에서 새로 온 신당가 일행이 전혀 굿청을 차릴 수가 없는 모양인데요, 같은 신청 일을 하시는 처지에 어른께서 무슨 방도가 없으시겠는지요?"
그러나 그에 대한 아버지 추 심방의 대꾸는 늘 마찬가지였다.

"글쎄, 이 섬 딱한 혼백들을 거둬 돌보자고 일부러 물길을 건너 왔다니 고마운 일이기는 하지만…… 남의 동네 굿판 일에 함부로 끼어 나서지 않는 이쪽 관습이 뭍사람들 쪽하고는 많이 달라놔 서…… 그런저런 경우를 넘어선 관가 사람들 생각이 무엇인진 몰라도 그 워낙에 우리하곤 상관이 없는 일이고……"

노인은 짐짓 눈길을 외면한 채 느릿느릿 이번의 큰당집 사업 자체를 못마땅해하는 힐난 투 끝에 이내 입을 다물어버렸다. 그런데 그 노인의 딴전 투에 하릴없이 방문을 나온 위인이 밖에서 기다리던 만우에게 속내를 묻지도 않고 멋대로 더욱 알량한 소리를 했다.

"어떻게, 지금 형씨하고 저하고 한번 그 사람들 숙소엘 찾아가 자세한 형편을 알아보고 무슨 방도를 찾아보는 게 어떨까요. 추형은 원래 이 섬 사정을 잘 알뿐더러, 그 사람네 일하곤 굿거리 길이 많이 다른 모양이니 말이오."

위인은 그냥 의논만이 아니라 숙소까지 함께 찾아가자는 거였다. 그러잖아도 만우는 금옥의 일로 기분이 개운찮던 참에 비위가 더욱 상했다. 누구 맘대로! 길이 다르든 말든 제가 무슨 상관이길래!

"내내가 왜 거길 가요. 우리는 그그런 굿 상관할 일이 없다지 않았소. 그그 사람들 일이 저정 걱정이면 대댁에나 혼자 가 아알아보시우. 나난 볼일 없시다!"

퉁명스런 몇 마디로 작자를 그냥 내쫓아버리려 하였다.

하지만 그를 보러 일부러 집까지 찾아온 위인 역시 그걸로 쉽게 물러가려질 않았다. 육지 무당굿이 무슨 대단한 볼거리라고 계속 참을성 좋게 그를 졸라댔다.

"나 육지부 무당굿은 본 일이 없어요. 그걸 꼭 보아야 할 일이 있단 말야요. 그런 나를 좀 도와주시는 셈 치고……"

그냥 조르고 드는 것만이 아니었다.

"내 일전에 도청 쪽 사람한테 들으니 거기선 저 해정리 변 심방한테도 도움을 구해보래서 아들 되는 사람이 찾아간 모양이던데, 변 심방네게서도 전혀 손을 보탤 기미가 없었대요. 그러니 추 형이 좀 나서주지 않으면 그 사람들은……"

그간 금옥의 일로 속이 편치 못해온 만우의 기분을 아는지 모르는지 위인은 그 해정리 변 심방네 일까지 들먹이고 들었다.

그래저래 만우는 위인의 간청을 끝내 외면해버릴 수가 없었다.

그간의 금옥이 년 낌새로 보아 정요선인가 뭐가 하는 녀석과의 수작이 쉽게 끝날 성싶지가 않았다. 더욱이 이 굿판 일은 둘이 얽혀들 좋은 핑곗거리가 될 수 있었다. 녀석의 마음이나 발길을 한동안 이쪽에 묶어둘 필요가 있을 것도 같았다.

그러려고 미리 속에 담아둔 일은 아니었지만, 전일에 위인이 노인을 찾아왔을 때부터 머릿속을 얼핏 스쳐갔던 귀띔거리가 하나 있었다. 아버지 추 심방이 근자 들어 은근히 마음이 기울어온 새 넋굿거리— 얼마 전, 한라산 임산간 팔부 능선께의 조천면 지역 한 동굴에서 오래 묵은 사람의 유골이 무더기로 발견된 일이 있었다. 그 동굴은 숲이 너무 깊고 지세가 험한 곳에 숨어 있어 지금까지 아무도 들어가본 일이 없는 오지였는데, 근자에 어떤 약초 채취꾼이 우연히 그 입구에 발길이 닿아 산 아래까지 뒷소문이 흘러내려오게 된 일이었다. 보나 마나 저 4·3사건 때 숨어들어간 사람들의 백골임이 뻔했지만, 이번의 씻김 사업을 시작한 어떤 곳 사람들이 쉬쉬 입을 막은 채 어느 날 현장을 설거지해 가버린 뒤론 웬일인지 그게 아직 누구의 유골인지, 심지어 어느 쪽 사람들의 유골인지조차 알려지지 않은 채 뒷소식이 감감해진 사단이었다. 그런데 청죽회든 누구든 단체를 만들어 나선 사람들의 일엔 이 섬 심방들 누구도 선뜻 굿일을 맡으러 나서지 않는 판에, 그 백골들 일에 아버지 추 심방이 마음을 쓰기 시작한 것은 그 유골들이 이름도 사연도 모른 채 긴 세월을 버려져온 무주고혼인 때문이었다. 유골들의 사연이 끝내 밝혀지지 않고 보면, 그래서 그 고혼들이 큰당집이나 무슨 단체 사람들에게서 다시 버려지는 꼴이 되고 보면(그야 이 섬 어느 심방도 그 사람들 일로는 나설 사람이 없을 테니까) 아버지 추 심방은 필경 이번에도 당신의 아우를 씻기듯이 그 유골들의 넋굿을 자청하고 나설 양이었다. 만우로서는 물론 전부터 늘 그래왔듯 굿삯도 명색도 없이 번거롭기만 한 그 노릇을 따를 생각이 조금도 없었다. 그래 위인들에게 그 일을 귀띔해 넘겨주는 것은 금옥이 년을 위해서뿐 아니라 자신의 마음의 짐을 덜어내는 일이 될 수도 있었다. 위인들이야 어차피 근원이 다른 떠돌이 뭍 무당 패거리니, 정작으로 거기서 제 굿거리를 찾아 씻기거나 말거나, 그로 하여 누구의 비소(鼻笑)거리가 되거나 말거나 그런 건 자신이 알 바 아니었다.

"저 하한라산 노높은 숲 동굴에서 얼마 전에 떼떼죽음 해골들이 발견된 거 알고 있어요?"

작정을 하고 난 만우는 고종민에게 불쑥 사실의 인지 여부부터 물었다.

하지만 이미 짐작한 대로 위인이 그걸 알고 있을 리 없었다. 자신들도 쉬쉬하는 그 일을 단체 사람들이 그에게 섣불리 흘려들렸을 리도 없었고, 이 섬 사람들이 위인의 귀에 입을 줬을 리도 없었다.

"한라산 동굴에서 무슨 백골이라니요?"

되묻고 나서는 위인의 얼굴이나 어조가 금시초문임이 분명했다.

"내 그그럼 그 사람들 조좋은 일거리를 하나 알려주줄 테니 그 대신 날 그 사람들 수숙소까지 데려갈 새생각은 마쇼. 야약속하겠소?"

만우는 우선 다짐부터 받았다. 그리고 그 뜻하지 않은 만우의 토설에 이미 호기심이 잔뜩 동한 데다 더 이상 선택의 여지가 없어진 고종민 앞에 그는 대충 그간의 전말 사연을 건네고 나서 다시 한 번 어깃장 투의 오금을 박았다.

"하지만 내 여기까지 기길을 가가리켜줘도 일을 맡아 치치르지 못하면 그 사람들 이일찌감치 다시 유육지 배나 타라고 허시오."

그런데 웬일일까—

만우는 이날 그렇게 고종민을 혼자 돌려보내고 나서도 왠지 계속 마음이 찜찜했다. 그리고 갈수록 자신이 후회스러웠다.

—이건 그 육지 친구에 대한 내 진심의 충고인데, 그 친구가 만약 해정리 변 심방네 금옥일 잘못 건드리려 했다간 성한 다리로 이 섬을 나가지 못할 거라고 단단히 전해주쇼. 그게 실상 만우가 마지막으로 고종민에게 일러 보내려 맘속으로 몇 번씩 별러대던 말

이었다. 그런데 막상 사립 앞에서 그를 헤어져 보낼 때는 생각지도 못했던 소리를 거꾸로 주절대고 만 것이었다.

"그 구굿일을 치르고 모못 치르고는 내 사상관할 일이 아니지만, 그그 친구가 말요. 그 치친구가 만약 여여기 지내는 동안에 저 해정리 벼변 심방네 딸아이와 무무슨 일이 생긴다면, 서섬을 나갈 때는 반드시 그 아일 데리고 하함께 나가줘야 할 거요. 그 애는 저 정말 이 섬을 나가 사는 것이 소소원이니께요."

4

 고종민이라는 청년이 청하지도 않은 손님으로 여관 숙소를 다녀가고 난 며칠 뒤, 유정남 일행은 그 어미의 처음 생각대로 성산포 일출봉 자락 해변가에 임시 신당을 마련해 옮겨 갔다. 그저 내세우기 좋은 핑곗거리에 불과했는지 모르지만, 제주시 근방은 눈에 보이지 않는 원귀들의 음기가 너무 거세어 아무래도 좌정이 어렵겠다는 그녀의 점괘를 좇아서였다. 하긴 그 유정남의 신열기 때문에도 일행은 하루빨리 거처를 서둘러 옮겨 앉지 않을 수 없었는 데다. 새 좌정지를 정하고부터는 그녀의 상태가 한결 나아가는 기미였으니까.
 새로 그 좌정처를 잡아 옮기는 일 역시 이곳 작은당집 쪽에서 모든 걸 알아서 처결해준 덕분에 별다른 어려움이 없었다. 이쪽 뜻을 전해 받은 도청의 이 과장이 미리 보아두기라도 했던 듯 일출봉 자락 언덕 아래에 버려진 옛 해안 경비 초소의 묵은 콘크리트 건물을 한 곳 찾아내어 즉시 새 신집을 꾸밀 수 있도록 수리를 끝내주었고, 유정남은 그 이튿날로 바로 신주(무구)를 옮겨 들어가 좌정 고사를 치른 것이었다.

자리를 잡아들고 나니 유정남이 미리 점친 대로 일월성신의 운행을 가늠하고 선 일출봉의 자태가 새삼 그럴듯했고, 곁에 이웃한 토박이 심방은 없더라도 남의 골 일이라 소란스럽지 않게 조촐하게 치러낸 방 안 좌정 고사를 굳이 시비하고 드는 사람도 없었다. 호기심에 이끌려 들러본 몇몇 인근 토박이들도 이곳 심방들 굿 복색과 사설이 많이 다른 뭍 당골 분위기를 꽤 설어하지 않고 유정남이 마련한 고사 음식까지 그리 거리끼는 기색이 없었다.

하지만 요선은 그 무엇보다 이젠 용두 마을 추 심방네를 가까이 하지 않게 된 것이 다행스러웠다. ─제 놈이 넌에게 무슨 표라도 해줬단 말인가? 물색없이 그런 소리를 전한 고가 위인도 위인이지만, 연금옥인지 뭔지 그 계집아이와의 일을 제가 무슨 권리로 이래라저래라……!

하긴 고종민이란 위인으로부터 처음 그 같잖은 소리를 전해 들었을 때 요선은 잠시 무엇을 들킨 사람처럼 속이 찔끔해지기는 했었다.

"지금 경화네가 대정읍 근처에 좌정해 있다더냐? 이곳 작은집 사람들한테 있는 곳을 알아봐서 오늘쯤은 네가 한번 찾아가보고 올려냐? 굿거리다 뭐다 그동안 지내온 형편도 좀 알아보고."

좌정 고사를 치르고 난 이튿날이었다. 어머니 유정남이 비로소 조복순 만신의 일을 궁금해하며 요선에게 대정 행보를 당부했다.

경화의 신어미 조복순 만신은 제 신딸과 요선 간의 지나간 비밀을 아는지 어쩐지 그를 아예 제집 사위 취급이었다. 하지만 몸속 구석구석 비밀을 다 알아버린 경화 년에겐 이미 마음이 시들해진 데다, 갈수록 년의 성화까지 늘어가서 육지부에서부터 그쪽과는 될 수록 발길을 꺼려온 참이었다. 이곳 작은당집을 통해 그쪽에서도 이미 사정을 전해 들었겠지만, 자신들이 먼저 섬으로 들어가고 나서 그간 달포 너머나 서로 소식을 끊고 지냈으니 그가 찾아가면 모녀의 반김은 보지 않아도 훤했다. 하지만 경화 년에게서 이미 마음이 떠난 요선은 그게 달가울 리가 없었다. 대정행이 선뜻 내 켜오지가 않았다. 그렇다고 또 두 집안 간 처지에 막무가내 길을 나서지 않을 수도 없었다. 굿일거리 형편을 알아보는 것도 그랬고, 굿자리가 생겨서 이 낯선 섬 동네에서 정작 굿판을 벌이게 될 경우에도 소리 장단이야 뒷심부름거리야 뭍에서부터 늘 그래왔듯 양쪽은 어차피 한집안 패거리로 어울려야 할 형편이었다. 한데다 대정읍은 지난번 변 심방을 찾아갔다 늙은이 대신 마음속에 담아온 계집이 있는 해정리 쪽이었다.

그래저래 요선은 결국 그날 대정행 차를 탔고, 해정리를 지나면서 자꾸만 설렁대려는 마음(이번에는 첫번과 달리 5·16도로를 가로질러 곧바로 서귀포 근처의 해정리를 지나치게 되어 있어 더욱)을 좋이 참고 먼저 조복순 모녀를 찾아가기는 하였다.

"아니, 이게 누구여. 우리 요선이 아니여? 그런디 듣자니 섬을 건너온 지가 언제라던디 어째 발길이 이리 더딘 게여!"

모녀의 반김이나 환대는 예상보다도 더했다. 조복순은 짐짓 요선네 소식이 늦은 것을 원망하며 모처럼 치마폭에 바람기가 이는 눈치였고, 한쪽에서 줄곧 느끼한 눈 흘김질을 보내오는 경화 년의 얼굴에도 오랜만의 반가움에 제법 수줍은 미소를 숨기지 못하고 있었다. 하지만 제 사위 제 서방이라도 만난 듯 은근히 신바람이 난 모녀를 요선 쪽에선 아무래도 길게 마주하고 있을 수가 없었다. 무엇보다 갈수록 추궁과 채근의 빛이 뚜렷해져가는 경화 년의 눈길이 찜찜하여 잠시도 자리를 더 지체하고 있을 수 없었다. 하여 요선은 그동안 서로간의 소식과 굿일 형편을 주고받은 것으로 이 날의 문안 조 용무만 끝내고 곧 자리를 털고 일어섰다. 무엇보다도 조 만신 쪽 역시 그동안 굿다운 굿판 일을 얻지 못해 애를 먹고 있어 그 일로 해선 그녀의 푸념을 들을 일 외에 더 의논을 나눌 일도 없었으니까.

모녀는 물론 그 요선의 성급한 서두름에 놀라 쉽사리 그를 놓아주려 하지 않았다. 조 만신은 해가 너무 늦었다며 급한 일도 없는 터에 이날 하루는 웬만하면 자기 집에서 지내고 가라는 권유였고, 끝끝내 마루를 내려와 신발을 꿰신고 나서는 그를 사립 밖까지 뒤쫓아 나온 경화 년은 그 심통에 기어코 제 막소리 위협을 씨부려대기까지 하였다.

"너, 오늘 이러고 가면 우리 어머니한테 그동안 있었던 우리 사이 일 다 고해바치고 말 거야. 그래도 상관없어?"

하지만 요선은 그럴수록 더 그녀를 견딜 수가 없었고, 까닭 없이 진저리가 쳐지기까지 하였다. 그리고 그 느글느글 느끼한 느낌과 음습한 진저리기가 가시기 시작한 것은 그러거나 말거나 오불

관언 매정하게 발길을 돌이켜버린 요선이 그날 어스름녘 해정리 근처에서 차를 내려 무작정 다시 변 심방네 골목길을 찾아들어설 때쯤 해서였다.

그러니까 요선은 그렇게 그날 자의로 변 심방네를 두번째 다시 찾아간 것이었다. 그리고 별다른 예정이 없었던 깐에 그날 일은 제법 전조가 밝았던 편이기도 했다.

한마디로 금옥은 성정이 당돌하고, 제 앞날의 꿈을 위해선 아까울 것도 두려울 것도 없는 계집아이였다. 년은 전번과 같이 요선의 사립 앞 기척을 알아보고 냉큼 집을 뛰쳐나왔다. 그리고 예의 그 변 심방의 뒤늦은 알은척 참견도 못 들은 척 이번에는 자신이 앞장서 어둠에 싸이기 시작한 해변가로 그를 인도해 갔다. 아니, 그렇다고 거기서 무슨 별다른 일이 일어났던 건 아니었다. 무슨 약속이라도 한 듯 둘이 말없이 그 해변 자갈밭 어둠 속으로 몸을 나란히 하고 앉아서였다. ―이것 참, 내가 오늘 미쳤지. 무얼 하자고 지금 여기까지 너를 찾아온 거지? 어쩌고, 그 계집아이의 대담한 행동 앞에 요선이 이제 무얼 어떻게 해야 할지 몰라 여느 때답지 않게 횡설수설하고 있을 때였다. ―무얼 하긴 뭘 해, 너 뻔한 속 아니야? 그를 나무라듯 그녀가 슬그머니 그에게로 몸을 기대어 오며 제 불룩한 가슴 섶 위로 그의 손을 이끌어 갔다. 하지만 년은 아직 거기까지뿐이었다. ―이것 봐라, 제법? 그걸 기회 삼아 요선이 덩달아 다른 한 손을 년의 치맛자락 아래로 밀어 넣으려 했을 때 년이 화들짝 다시 정색을 한 목소리로 오금을 박아왔다.

"안 돼! 그건 아직. 전번에 말한 내 약속 책임지려면 맘대로 해도 좋지만."

 그야 물론 그런 따위 헤픈 다짐 소리에도 그의 손끝이 전 같지 않게 멈칫거리지만 않았다면, 그리고 왠지 자신도 모르게 슬그머니 맥이 풀리지만 않았다면, 년은 이미 그날로 요절이 나고 말았을 터였다. 그리고 그랬더라면 그는 이미 년에게서 마음이 떠나고 말았을지도 몰랐다. 하지만 그는 왠지 그 소리에 그만 기분이 시들어버렸고 불문곡직 년을 밀어붙이고 들 뱃심마저 모자랐다.
 "그게 무슨 대단한 신줏단지라고 책임은 무슨 말라죽을 놈의 책임! 그런 거 너무 좋아하다 너 진짜 언놈한테 숫처녀로 시집가려구?"
 그쯤 아쉬움 속에 차라리 다음번 기회를 기다리기로 한 것이었다. 기다리기로 한 것뿐 더 다른 계획을 짜둔 것도 없는 일이었다. 그렇듯 거기까진 별 마음 쓸 것이 없는 일이었다.
 그런데 어느 하루 그 고가 위인으로부터 년과의 일에 대한 추가 녀석의 주제넘은 참견을 전해 듣고 보니 턱없이 그날 저녁 년과의 일이 다시 떠올랐다. 그리고 아무리 입이 헤프대도 어느 년이 제 입으로 그런 일을 까발리고 나설 리는 없었지간, 그날 밤 년과의 일뿐 아니라 그의 컴컴한 속내의 한구석까지 한 몫에 들킨 것 같아 기분이 몹시 찜찜했다. ─뭐, 년을 건드리면 섬을 나갈 때 년을 함께 데리고 나가라?
 위인 말마따나 그야 물론 요선으로서도 년을 깡그리 단념한 것은 아니었다. 기회만 닿으면 누가 뭐래도 자신의 방식대로 일을 매듭짓고 말 생각이었다. 언젠가는 기어코 년과의 일에 끝장을 내고 나야 직성이 풀릴 참이었다.

─그래, 그 한 가지만은 걱정 마라. 내가 이 섬을 떠나기 전에 그년은 어쨌든 내 계집이 돼 있을 테니까. 한다고 내가 언제 년을 마르고 닳도록 데리고 산댔나!

요선은 그렇듯 그날 이후 오히려 오기를 더 돋워온 꼴이었다.

─위인이라고 그 계집을 무당 각시로 들어앉혀 평생을 무꾸리꾼으로 보내게 하려구?

마음속에 깊이 담아두고 싶은 일은 물론 아니었다. 그런데도 마음 한구석이 그만큼 늘 편치 않은 것도 사실이었다. 고종민이나 추가 녀석 간의 일이 그만큼 달갑잖고, 그 두 존재마저 그만큼 불편스러웠다.

그래저래 요선 쪽에선 제주 성내에 둥지를 튼 고종민의 여관하며 그 용두리 추가네까지 두 사람과 가까운 성중 마을에 계속 터를 잡아 앉지 않은 것이 마음 편할 수밖에 없었다. 게다가 성산포는 해변 길로 금옥이 년 동네까지 눈에 띄지 않는 왕래가 쉬울 터였다.

그런데 진짜 문젯거리는 섬을 들어온 것이 이 섬 변두리 숨어살이나 하러 온 처지가 아닌 터에 그쯤 되어간 금옥의 일이나 알량해빠진 두 위인의 달갑잖은 참견보다는 애초에 목적하고 온 굿판 일거리를 찾는 노릇이었다.

이제 굿판 멍석은 다 깔아놓은 셈인데 정작 굿거리가 나서지 않았다. 섬을 들어올 때의 기대와는 정 딴판이었다. 제 발로 굿판을 청해오는 경우는 고사하고 이곳 작은당집에서 보내온 목록에서 적

당한 이름을 골라 연고자에게 연락을 취해봐도 아무도 굿자리를 원하는 사람이 없었다. 굿을 원하긴커녕 집안에 그런 원귀를 둔 일이 없노라, 어디서 그런 조사를 해 갔는지 자신들은 알 수 없는 일로 당연히 그런 사실을 신고한 사실도 없노라 딴전을 피우기 일쑤였다. 섬을 들어가랄 때와는 달리 이곳 작은집 사람들도 그 알량한 원귀들 명단을 넘겨준 것으로 할 일을 다한 듯 거의 속수무책 격으로 정작에 굿판을 벌이는 일은 유족이나 연고자들과 의논하여 굿판잽이 자신들이 알아서 하라는 식이었다. 지금까지 섬 토박이 심방들도 다 그렇게 해왔노라는 어정쩡한 소리뿐이었다.

좋은 노릇 해주자는 데 참 답답한 노릇이오 알 수 없는 인종들이었다. 육지부에서와는 전혀 반대 상황이었다.

육지부에서는 더 바랄 바가 없을 만큼 성업에 호황이었다. 후인들의 도리가 당연히 그래야 했다.

2년 전 초여름 신문이나 방송들이 이미 시절이 글렀는데도 계속 서울의 봄이다 뭐다 떠들어대고 있을 때, 어느 날 불시에 그 큰당집 사람들에게 불려 갔을 당시부터 그로선 도대체 그 들도깨비 하품 소리 같은 '역사 씻기기' 사업이란 것을 거의 신용할 수가 없었다. 그야 그 거창한 큰당집의 명분이나 사업 판이 어떻게 돌아가든 그로선 군이 상관할 일이 아니었지만, 거기 동원될 이쪽의 수입에 대한 위인들의 장담엔 허풍기가 뻔했기 때문이다.

하지만 끝내는 반강제로 내몰리다시피 하여 잠시 헛걸음길 삼아 긴 세월 한자리에 지켜오던 인천 집 당골 터를 임시로 전라도 삼례골까지 옮겨오고 얼마 지나지 않아선 그런 식으로 해서나마 결국 위인들의 말을 좇아오게 된 것을 얼마나 다행으로 여기게 됐는지 모른다. 새 신집을 차리고 나서 보니 며칠도 되지 않아서부터 이 동네 저 동네서 연일 위령굿, 천도굿 따위 묵은 망자들 넋굿을 청하러 찾아오는 사람의 발길이 끊이지 않았다. 세 모자는 하루도 굿을 쉴 날이 없었고, 그래도 새로 씻겨야 할 귀신은 몇 칠일씩 차례가 밀릴 만큼 수가 더 늘어갔다.

알고 보니 그곳이 옛날 동학 난리를 치른 곳이라 그런댔다. 게다가 큰당집의 뜻에 따라 처음 몸주 신령이 좌정해 들어간 그 삼례골은 경상도 쪽 동학교가 전라도 농투사니들에게 나라님과 관가 사람들을 초개같이 업수이 여기라 부추기는 불온한 반역의 불씨를 건네주고 종국엔 제 분을 못 참은 그쪽 백성들이 스스로 분기탱천 무서운 난리로까지 치닫게 한 땅이라, 이후 몇 년 동안 사방으로 번져나간 피바람의 회오리 속에 생목숨을 잃은 귀신들이 유난히 많은 곳이었다. 그런데 왜 그 귀신들이 그렇듯 이제서야 넋씻김굿 차례에 줄을 서 기다리는가—

그 역시 요선이 여기저기 굿판을 오가며 귓결에 주워들은 이야기로, 나름대로 앞뒤 사정을 꿰어보면 내력이 대개 이러했다.

……그 난리굿판을 두고 뒷날 사람들 중에 한편에선 경상도에서 일어난 동학교가 전라도로 혁명의 불길을 옮겨 붙였네, 다른 한편 전라도 쪽에서는 동학교가 단초가 되었을 뿐 그 실은 오랜 세월 억압만 받아온 이 땅 농투사니들이 떨쳐 일어나 관권과 외세에 대항해 싸운 농민전쟁이네, 서로 다른 생각들을 내세워 다퉜지만, 그 어느 쪽 주장이 맞든 요선으로선 씻겨줄 원귀들이 많은 게 고마

웠고, 그런 뜻에서 황토현인가 어디선가부터 첫 싸움판을 벌이고 나선 전봉준 손화중 같은 상투잽이 우두머리들이 특히 존경스러웠다. 그가 이 고을 사람들에게 전해 듣기로 그 황토현 싸움은 그 두 상투잽이 우두머리가 인근 선운사 도선암 뒤쪽의 수십 길 바위벽 부처님 배꼽에서 나라를 뒤엎고 제 것으로 얻을 수 있다는 가짜 문서〔무슨 '비결(秘訣)'이라는 이름이랬던가? 어쨌거나 그 예언은 결국 수많은 원귀만 낳고 거짓으로 드러난 셈이었다〕를 꺼내어 그 소문으로 수많은 농투사니 백성들을 싸움터로 불러 모을 수 있었다니까. 당시의 형편에서 한쪽은 주인 상전 노릇으로 억누르고 다른 한쪽은 하인 머슴 노릇으로 눌려 살던 사람들이 서로 맞붙어 죽이고 죽어가는 사생결단의 싸움판이었다. 그래서 한쪽은 죽이고 큰소리치고 다른 한쪽은 죽어서도 대역 죄인 취급으로 그 죽음마저 숨겨야 했다. 감히 버릇없게 주인 상전에게 맞대든 죽음은 그 자신뿐 아니라 가족이나 이웃에게까지 큰 위해를 끼치게 마련이라, 그런 죽음은 이웃들이 한사코 꺼릴 수밖에 없었고, 제 가족들마저 오랜 세월 스스로 쉬쉬 덮어 묻고 지내온 것이었다.

 하지만 싸움판에 나섰다가 생목숨을 잃은 제집 귀신을 숨기고 지낸 것은 그 농투사니 아랫것들만이 아니었다. 얻어맞고 온 놈은 발 뻗고 잠을 자도 때린 놈은 편한 잠을 잘 수 없다는 말 그대로, 상전들의 죽음 역시 아랫백성들을 못살게 억누르다 당한 일이라 자랑스러울 것이 없을뿐더러, 피를 잔뜩 흘리고 숨을 죽인 아랫것들의 포한을 안심할 수가 없었다.

 그래저래 근 백 년 가까운 세월 동안 양쪽이 다 입을 다물고 지내온 처지였다. 그런데 무슨 '버러지 같은' 인간들 간의 심야 총질 소동에다 웬 서울의 봄 타령이 이어지며 전에 없이 세월이 다시 뒤숭숭해지던 중에 그 '역사 씻기기' 사업이라는 것이 알려지고 보니 사정이 크게 달라졌다. 그동안 그만큼 세월이 흘러 피 색깔의 기억이 많이 바랜 때문이었던가. 사람들은 마치 때를 기다리고 있었던 듯 그동안 숨기고 지내오던 집안의 비밀사를 앞다퉈 신고하고, 그에 이어 해원과 저승 천도 굿판까지 청해오기에 이른 것이었다. 뿐더러 누구도 이제는 그걸 망설이거나 두려워 숨기기보다 오히려 떳떳하고 자랑스러워들 하였다. 그리고 그런 사정은 옛날의 상전 가문 쪽보다 피해를 많이 본 아랫질 가계 쪽이 더했다. 그간 세상이 많이 변해 이미 상전 아랫것의 경계가 없어진 지 오래라, 이제는 어느 누가 굳이 이쪽저쪽 옛날의 싸움 편을 가르려지도 않았다. 뿐더러 더러는 편이 달랐던 후손들끼리도 옛 선인들의 구원을 풀고 서로 팔소매를 내리고 지내자는 화해의 자리를 마련하여 양쪽이 공평하게 공동 위령제를 치른 곳도 있었다. 그야 아무래도 가해자의 허물을 쉽게 씻을 수 없어 아직도 쭈뼛쭈뼛 조상의 사연 내세우기를 망설이거나 꺼려 하는 일부 상전 가계 사람들이 없지도 않았지만. 그에 비해 아랫질 가계 후손들은 오랜 세월 잊혀지고 빼앗겼던 조상의 공훈장을 되찾은 듯 한껏 당당하고 거리낌이 없었지만.

  요선 일행에겐 어쨌든 다행이요 행운이 아닐 수 없었다. 무엇보다 요선은 서로 시각을 다투듯이 한 고을 한자리에 함께 때로 묻힌 혼백들의 숫자에 놀라고 흥분이 되지 않을 수 없었다. 굿판 일이 원래 그리 마음에 든 것은 아니었지만, 그래 언젠가는 그 어미 곁을 떠날 생각을 줄곧 심중에 품고 별러온 그였지만, 어차피 배운 것 없이(자신도 학교 공부가 싫었던 터에 그 어미마저 중학교 정도로 그의 학업을 끝내려 서둔 탓이었다) 일찍부터 그 일을 거들어온 그로서는, 알고 보니 귀신 동네 식구도 못 되고 그렇다고 온당한 사람 취급도 못 받는 이 굿판 밥벌이 노릇을 일찍 떠나려면 그럴수록 굿판길이 더 바쁘고 돈벌이가 좋아야 했다. 죽은 혼백의 숫자가 넘치는 것은 요선의 처지에선 참으로 망외의 대박이 터진 격이었다.

하지만 그런 요선도 그 삼례골 근동의 혼백들 숫자 앞엔 벌어진 입을 쉽게 다물 수가 없었다. 그 모든 혼백들을 유정남을 중심한 자기 식구가 다 씻을 수는 물론 없고, 더욱이 이 무렵 자신들만이 그 혼백들을 맡아 씻은 것도 아니었지만, 삼례 인근 고을들에서만 하여도 숨겨졌다가 새로 신고된 혼백들 수가 기백을 넘었고, 그중에 그의 일행이 떼어 맡아 넋굿을 치른 숫자만 해도 근 반년간에 걸쳐 30여 가를 헤아렸다. 그러나 삼례에선 오히려 몸풀기 굿에 불과했다. 그 의병들의 윗전 격인 상투잽이 고부 사나이가 세를 꺾이기 시작한 공주와 근처의 다른 고을 부근에서는 각기 기백 명씩을 헤아리는 떼죽음의 혼령이 그들을 기다렸고, 이후 하릴없이 쫓기고 지친 동학당이 남쪽의 장성과 나주골을 거쳐 마지막 장흥성 밖의 석대들녘에서 이곳 출신 의병장 이방언이라는 사내가 자신의 목숨과 함께 마지막 저항의 횃불을 내릴 때까지 그 혼백의 숫자는 곳곳에서 끝없이 늘어갔다. 숫자가 늘수록 신명이 나야 할 큰당집 사람들마저 종내는 머리를 내저으며 은근히 달갑잖아했을 정도였다. 그럴 것이, 알고 보니 그쪽도 숫자가 무한정 늘어가는 것은 사업 자금도 그만큼 늘어갈뿐더러, 그때나 지금이나 나라의 주인 노릇에는 한통속일 수밖에 없는 처지의 옛 관부를 너무 욕보이는 일이 될 터였으니까. 풍문을 주워듣고 나중에 짐작한 일이지만, 그 큰당집 쪽 사람들이 제 구린 권세를 좀 떳떳하게 보이게 해볼 요량으로 판을 벌인 이 '역사 씻기기' 사업이라는 것에는 실상 어떤 보이지 않는 경계가 있었다. 자고로 일을 당한 쪽은 혼백 수를 덮어두려 할수록 사실 이상으로 추정치가 더 불어나게 마련. 적당한 밝힘이 오히려 입을 다물게 함이라, 밝힐 만한 데까지 적당히 밝혀서 다스리는 쪽의 생색을 내보이되, 부질없는 부풀림은 막아야 하는 것이 드러내놓고 말할 수 없는 그 큰당집 처지였다. 숫자가 너무 많다 보면 옛 관부의 비정함에 대한 원한이 거꾸로 오늘의 권부에까지 미치기 쉽겠기 때문. 당할 줄 알면서도 대들기 잘하는 무리는 어느 세상에나 섞여 있게 마련이요, 이 '역사 씻기기' 놀음도 그걸 미리 막자는 노릇일 터이라, 바로 그 권력에 대들지 못하게 하는 차단 벽, 작은 불로 미리 큰불을 막으려는 맞불 작전인 격이었다. 숫자가 는다고 큰당집이 마냥 좋아할 수만은 없는 노릇이었다. 그래 오히려 속을 감추고 그 윗전 위인들의 눈치를 봐야 했을 터. 한마디로 그의 굿거리판 숫자가 그런 정도였다.

  도대체 전생에 무슨 원한들을 지고 나서 그렇듯 서로 죽이고 죽어갔는지 알 수 없었지만, 돌이켜보면 요선으로선 참으로 단군 성조 이래의 호황 시절이 아닐 수 없었다.

  "우리 일이 돈벌이를 위해서냐? 너도 다 아는 일이다만 우리 굿판 순서 중엔 기주 집안의 귀신뿐 아니라 무주고혼 동냥치 귀신들까지 불러들여 배불리 먹여 보내는 제차가 있지 않으냐. 불쌍한 귀신들 덕에 돈주머니 불리는 일을 너무 좋아하지 말거라."

 굿판 놀음에만 늘 열심일 뿐 재전엔 그다지 밝지 못한 그 어미 유정남까지 말은 그렇게 하면서도 입가의 웃음기를 어쩌지 못하곤 했을 정도였다. 게다가 이 무렵엔 남쪽 굿 당골 지역에서 북쪽 굿 전문인 황해도 만신 조복순 모녀까지 서로 굿판을 오가며 늘상 벌어진 입을 다물지 못하는 꼴이었으니까. 애석하고 아쉬운 대목이 있었다면 그 고부의 상투 머리 사나이가 운을 길게 타지 못하고 (그 도솔암 바위 부처 배꼽 속의 비결이라는 것이 원래 거짓이었음에랴) 사세부득 순창 산골로 은신해 들어갔다가 믿었던 처남의 밀고로 너무 일찍 파장을 맞게 된 일이었달까. 그러나 그것은 싸움판을 길게 끌어 더 많은 원혼들이 묻혀 쌓였기를 바라서가 아니라, 그 처남이란 작자의 몰인정한 행짜에 옳고 그르고를 떠나 남의 허물 헤쳐 고해바치기 좋아하고 숨어 쫓기는 사람 엉덩이 끌어당기기 잘하는 요즘의 세태가 떠오른 탓이었다. 굿판을 찾아드는 억울한 죽음들이야 이후 그 육지부의 최남단 장흥 고을에 이르기까지, 저 육이오를 전후한 여순 사건이나 지리산 끝줄기 유치산 토벌전에서 새로 추려져 나온 혼백들은 그만두고라도, 그 동학군들이 마지막 무덤 터로 삼고 죽은 곳곳의 묵은 귀신들만으로도 연일 굿마당이 넘치고 남을 지경이었다. 게다가 그 막창 자루 같은 장흥골을 막고 품듯이 한 석대들 싸움에서 이쪽저쪽으로 끌려 나가 비명에 간 그 땅의 후인들은 '역사 씻기기' 사업이 시작된 이쯤 들어 그곳이 남도 고을에서도 마지막까지 나서 싸워 희생이 가장 많았던 땅이라. 그래서 의향이라, 죽은 이들의 이름을 얼마나 자랑스럽게 내세우고들 나섰던가.

그러니 외지 무당 행장에 대한 남쪽 내림 무당들(그것도 거의가 귀신점쟁이급 들림 무당들뿐이었는데도)의 곱지 않은 곁눈길질이 아니었다면, 제 고을 당골의 차례를 얻지 못한 아쉬움 속에 이방 굿판을 청한 기주들의 은근한 그를 핑계 삼고 나선 차별 대우만 아니었다면, 그리고 때마침 큰당집 사람들로부터 뭇 묶은 귀신들을 달래기 위한 새 굿 바람기가 일고 있다는 이 제주 섬 소식을 듣지 않았다면 유정남은 굳이 이곳까지 뱃길을 나설 생각을 하지도 않았을 것이다. 아직도 그 남도 천지에 널린 원귀들을 계속 찾아 씻기고 다녔을 터였다.

하지만 이미 섬으로 들어서고 만 요선에게 일은 이미 엎질러진 물 사발 격이었다. 하고 보면 애초에 사정을 더 진중하게 알아보지 못하고 큰당집 소리만 믿고 덜컥 섬을 찾아들어온 것이 잘못이었다. 별 앞뒤 작정 없이 훌쩍 그 먼 물길을 건너왔으니 유정남 들은 애시당초 이곳 섬 사정엔 손발이 익을 수가 없었다. 모든 것을 이곳 작은당집 사람들에게 의지할 수밖에 없는 처지였다. 그런데 한 며칠 지내다 보니 육지부에서와는 다르게 이 섬에서는 그 작은당집도 뜻대로 되지 않는 일이 많은 것 같았다. 무엇보다 요선은 굿심방이고 기주고를 가릴 것 없이 자신들에 대한 섬사람들의 한결같은 외면에 놀랐고, 섬엘 들어가면 육지부 못지않은 성업을 이루리라던 큰당집 사람의 장담과는 판이한 그 섬사람들의 '역사 씻기기'에 대한 무관심에 놀랐다. 도대체 그쪽 일과 상관된 굿일거리라는 말을 꺼내볼 데도 없었다. 작은당집에서조차도 그런 섬사람들의 무관심과 외면은 어쩔 수가 없는 것 같았다. 요선은 아직 그 소이를 알 수 없었지만 어쨌거나 불의에 낭패스런 일이 아닐 수 없었다. 그렇다고 이미 섬으로 건너 들어온 마당에 여기서 다시 봇짐을 꾸릴 수는 없는 노릇이었다. 명색 육지부 무당의 오기까지 치솟아 자신들이 직접 나서서라도 기어코 굿관을 찾아봐야 할 형편이었다.

하지만 그것도 그 혼자 생각일 뿐이었다. 나름대론 이리저리 제법 일거리를 알아보고 다니기도 했지만, 외방 객지 사람으로선 도대체 모든 게 겉돌기 헛수고뿐이었다.

게다가 그런 사정은 한 달 먼저 대정리까지 찾아들어간 조복순 모녀도 물론 마찬가지였다. 조 만신네가 그동안 아쉬운 대로 맡아놓은 일이라곤 섬 심방들이 거들떠보지도 않았다는 어느 이름 모를 두 토벌대 귀신 신원굿이 전부였다.

그날 요선이 대정으로 조 만신을 보러 갔을 때, 그녀 역시 답답하기만 한 이 섬 굿 인심 푸념 끝에 털어놓은 두 토벌대 원귀의 사연은 이러했다.

……이곳 한림 쪽 해변 마을 남선리에서는 수십 년 전부터 매년 음력 섣달 여드렛날이면 마치 세시제를 맞은 듯이 집집마다 제사를 지내왔다. 사연인즉, 1949년 정월 어느 날, 이날 토벌군의 일부 병력이 이동 중에 마을 어귀 고갯길에서 므장대의 기습을 받고 두 명의 전사자를 내게 됐다. 그 일로 뒤가 무사치 못할 것을 걱정

한 마을 어른들은 의논 끝에 두 시신을 들것에 담아 싣고 인근의 토벌대 본부로 찾아갔다. 그런데 흥분한 토벌군은 그 열 명의 노인 중 경찰 가족 한 명을 제외한 나머지 사람들을 모두 총살해버렸다. 그리고 이어 2개 소대의 병력으로 남선리로 덮쳐들어가 가옥을 불 지르며 주민들을 인근 초등학교로 집결시킨 뒤 날이 어두워질 때까지 남녀노소 약 3백 명을 총살하고, 이튿날에도 다시 무장대 협력자로 지목하여 백 명 가까운 인명을 희생시켰다. 때가 되면 마을 집집마다 제사가 행해지는 곡절이었다.

그런데 조복순이 해원굿판을 벌이려 맡아놓은 혼령은 그 마을 희생자들이 아니라, 그 참극의 빌미가 된 두 토벌대 혼령이었다. 동네 희생자들은 이후 살아남은 가족들에게 해마다 제사를 받아먹었으려니와 먼저 죽어간 두 토벌대의 혼백 역시 당시에 벌써 부대나 가족들에 의해 영예로운 전사자로서의 장례와 위령제가 떳떳하게 치러졌을 터였다. 하지만 마을 사람들의 가슴 깊은 포한이 배었을 그 사건의 핏자국 자리는 피차간 어느 누가 나서 씻기려 했을 리가 없었다. 그리고 이번 '역사 씻기기' 사업이란 바로 그 묵은 내력과 자리를 씻는 일이었고, 다름 아닌 그 두 혼백을 씻기는 것이 버려진 역사를 다시 씻기는 일이었다.

하지만 이번에도 사정이 마찬가지였다. 이번의 큰당집 사업은 당시의 모든 억울한 죽음들을 다시 찾아내어 씻기자는 것이었지만, 이 섬 심방들은 그 두 혼백뿐 아니라 청죽회 쪽이든 한얼회 쪽이든 어느 한쪽에 이름이 올라 있는 혼령은 도대체 일을 맡으려 하지 않았다.

하물며 그 살육 판에 휩쓸려 무고히 피를 흘린 수많은 원혼들이 떠도는 이 섬 그 자리에서, 그 원혼들의 피붙이들 목전에서 그 핏자국이나 포한을 함부로 씻자 나설 수는 없었을 터였다.

도청 이 과장이 그런저런 설명과 유의점을 덧붙여 그 일이라도 한번 맡아보라 했을 때, 조복순은 아무래도 일이 풀려갈 기미가 없던 참에 차라리 그 섬 굿 인심에 대어드는 심사로 바로 그 일을 떠맡아버렸노랬다.

"그 혼백들 굿을 한다고 누구한테 비웃음거리가 되든 돌팔매질을 당하든 내가 이 지경이 되어서 누구 눈치를 보아! 그리고 나중에 이 동네 눈치를 보아하니 이제 와서 그런 걸 터놓고 시비하고 나설 사람들도 아녀. 대관절 남의 일엔 가타부타 맘속을 드러내지 않아서 같은 무당 처지에도 굿판 일손 빌리기가 어렵다 뿐이지. 그러니 자네 어마니더러 날이 되면 이곳으로 와서 몸이라도 한번 풀고 가시래. 따로 말 안 해도 다 알겠지만 자네도 물론 엄니 모시고 함께 와야 허구. 뭐니뭐니 해도 한동안 굿판 꼴을 못 보고 지내자니 사지가 아려들어 난 이 육신부터 풀어봐야겠으니께. 기왕지사 남 눈치 볼 거 없으니 이번에야말로 진짜 서울 굿 춤가락으로다가."

그날 그 조복순의 형편과 함께 두 묶은 혼백을 위한 서울 굿판 예정을 전해 들은 유정남의 반김 또한 그와 똑같았다. ─그래. 잘됐다. 조복순이 덕분에 나도 이 찌뿌듯한 몸 한번 풀게 되는가 보다.

하다 보니 요선도 결국엔 차츰 생각이 달라질 수밖에 없었다. 그리고 그런 끝에 떠오른 것이 그 고종민이란 위인의 귀띔이었다.

"오늘 용두 마을로 먼저 추 심방네를 찾아보고 이리로 오는 길입니다."

그러니까 그날, 마지막으로 그 용두리 추가 녀석의 가당찮은 당부를 전했던 고가라는 위인은 청하지도 않은 길을 찾아와 제풀에 처음 그런 소리를 늘어놨다.

"알고 계시겠지만 도청의 이 과장이 형씨네 일을 많이 걱정하는 듯싶어. 거길 간 김에 그 댁 아들 추만우 씨한테 알아봤더니 이 근자 한라산 동굴에서 그럴 만한 혼백들 흔적이 나타났대서요……"

요선으로선 물론 처음 들은 이야기였다. 하지만 그는 그런 위인의 참견이 고마울 수가 없었다. 고맙기는 고사하고 그렇듯 갑작스럽고 일방적인 거달음에 오히려 비위가 상해 콧방귀도 뀌지 않았다.

— 흥, 동굴 속에서 수십 년을 썩어 묵은 주인 없는 해골 굿을 맡으라고? 저희는 돌아볼 생각도 없는 웬 천덕꾸러기 귀신들을! 게다가 하필이면 그 더듬뱅이 추가 녀석한테 빌붙는 식으로다?

하지만 이젠 그 고종민의 귀띔을 외면할 수가 없었다. 내키지 않았지만 자신의 생각을 바꿀 수밖에 없었다. 이곳 형편이 그러니 조복순네도 그런 옹색스런 들굿 놀음을 벌이고 나서려는 판에 사정만 웬만하면 그 한라산 동굴 귀신들로 해서라도 우선 굿자리부터 한번 펴고 봐야 할 사정이었다.

하지만 그가 정작 작정을 하고 나선다고 그 산귀신들 일 역시 제대로 굿판을 꾸미기까지에는 앞길이 첩첩산중이었다. 무엇보다 그가 애저녁에 외면을 하고 든 바람에 몇 마디밖에 말을 꺼내다 만 위인의 귀띔 정도론 일의 앞뒤를 제대로 알 수가 없었다. 이곳 작은당집에선 물론 사정이 훤할 테지만 이쪽엔 관계시킬 일이 없어선지 아직까지 그 일엔 아무 소리가 없었다. 그렇다고 새삼 그 더듬한 추가 녀석의 조력을 빌리러 나서고 싶지도 않았다. 도움을 구해볼 길은 한 곳뿐이었다. 그러지 않아도 푼곗거리를 찾아 만들어야 할 판에, 물론 그 해정리 금옥이 년에게였다.

 육지부의 뽕밭과 보리밭을 이곳에서는 유채밭과 귤밭이 대신하는 셈이었다.
 금옥은 요선이 두번째 찾아갔을 때처럼 기다리던 일이듯 성큼 골목길을 따라 나왔다. 그리고 마을 사람들의 눈길을 피해 스적스적 한적한 바닷가 유채밭 둑길로 그를 앞장서 이끌어 갔다.
 하지만 두 사람이 미리 약속이라도 하고 나선 듯 샛노랗게 흐드러진 유채꽃 더미와 검은 화산석 돌담을 의지해 들어앉고 나서부턴 분위기가 영 엉뚱하게 돌아갔다. 그녀를 너무 만만히 보고 일을 급하게 서두른 탓이었는지 모른다. 요선은 전날 그녀가 처음 제 품속으로 거침없이 손을 이끌어 들이고서도 나중엔 웬 뜬구름 잡는 소리로 낭패를 부른 일을 생각하고, 이번에는 쓸데없는 여유 주지 않고 냉큼 몸뚱이부터 덮쳐 눕히려 들었으니까. 그리고 단자리에 결단을 내고 말 요량으로 한쪽 다리로 그녀의 아랫도리를 지그시 짓누른 채 엉거주춤 다른 한쪽 다리를 들어 제 사추리를 더듬어대고 있을 때였다. 년이 어느새 빈틈을 보았던지 그 순간 칼침처럼 날쌘 주먹이 그의 부푼 육질을 매섭게 가격해 왔다. 그리고 한동안 숨통까지 막힌 채 아랫도리를 붙들고 낑낑대다 간신히 제정신을 찾고 보니 년이 어느새 말끔 매무새를 고치고 앉아 있다 제법 점잖은 핀잔 투와 함께 이번에도 같은 계약서 쪼가리를 내밀었다.

"이 연금옥이 아무리 뻘섬년에다 무당집 딸이래도 순서가 좀 있어야잖어. 육지부서들은 어쩐지 모르지만 말 도장 한마디 없이 그렇게 들돗처럼 덤벼들기부터 하면 어떡해! 어째, 오늘은 지난번에 물은 약속 결심하고 왔어?"

뜰채까지 끌어들인 물고기를 코앞에서 놓친 듯한, 어쩌면 거꾸로 자신이 년의 낚싯감이 되고 있는 듯한 아쉬운 생각에 자존심이 몹시 상했지만, 요선으로서도 이젠 그저 어정쩡한 농 투로 받아 넘어가는 수밖에 없었다.

"그거 참, 사돈네 빚돈 얻기처럼 쉬울 것 같은데도 더럽게 어렵네, 자꾸만. 그래 네 말대로 이 섬 무당집 딸년 몸뚱아리 한 번 보듬어보고 평생을 뱀 귀신 모시고 살라고? 아서라, 아서! 네 몸뚱이가 그런 흥정거리라면 저 용두리 쪽 추가 위인이나 찾아가보거라. 알고 보니 그 추가도 너하고 그런 거래에 꽤 관심이 많은 모양이던데."

어쩌면 일이 이미 엎질러진 물 꼴이 되지 않았나 싶은 생각에서, 그래 한편으론 못 먹을 감 쑤셔나 본다는 심보에서 별생각 없이 내뱉은 소리였다. 그런데 그 소리가 다시 년의 심사를 심하게 건드린 모양이었다.

"네가 뭘 그 사람을 안다고 그래! 그 위인은 나하고 상관없으니 쓸데없이 함부로 끌어들이지 말란 말야."

그녀가 새삼 정색을 하고 나선 바람에 둘 사이엔 다시 한동안 우스운 언쟁이 계속되어나갔다.

"왜 상관이 없어? 상관이 없는 사람이 어째서 내가 너한테 가까이할까 봐 지레 협박을 놓았을꾸! 무어, 니하고 무슨 일통을 냈다간 혼자서 섬을 나가니 못 나가니. 제가 무슨 기둥서방이라도 되는 양 어금니를 앙다문 모양이던데, 알고 보면 그게 다 속이 부글부글 끓어오른 위인의 의뭉한 협박이 아니고 뭐야?"

"어디서 무슨 소릴 들었는지 난 모르는 일이니 쓸데없는 상관 말어."

"쓸데없기는. 네가 좋아 죽고 못사는 사람 일일 텐데."

"좋아하기만 하면 뭘 해. 굿도 제대로 할 수 없는 말더듬이 주제에 섬을 나갈 생각은 도대체 꿈도 못 꿀 위인인걸!"

"널 좋아하는데 왜 섬을 못 나가? 내 보기엔 두 가랭일 목에 걸쳐 업고서라도 나갈 듯싶은데."

"하여튼 그 위인은 이 섬을 못 나가. 섬을 못 나가니 나하곤 상관없는 사람이라잖아!"

"난 도대체 속을 모르겠구만. 그 위인 그러니까 널 침만 발라놓고 영수증은 안 써줬다는 거야? 그 가랑이 속까지 벌써 다 냄새를 맡아버리……"

금옥의 그 결이 억센 성깔을 그가 너무 안심해버린 게 실수였다. 그 거리낌 없는 성미에 갈수록 거칠어져가는 요선의 험한 소리를 거기까진 용케 잘 가래오던 년이 이번에는 더 이상 참을 수가 없어진 모양이었다. 말이 채 끝나기도 전에 재빨리 유채꽃 한 다발을 뽑아 그의 얼굴을 사정없이 후려갈겼고, 그 바람에 요선은 다시 한 번 앞뒤 분간을 잃고 한동안 흙바닥을 벌벌 기며 나뒹굴었다.
 하지만 육지부에 대한 금옥의 소망이 그렇듯이나 깊었기 때문이었던가. 아니면 지레 겁이 나선가. 이윽고 요선이 겨우 다시 정신을 추스르고 보니, 그녀가 이번에는 저만큼 거리를 둔 채 맥이 풀린 모습으로 먼 수평선 쪽을 바라보고 앉아 있었다. 두 차례씩이나 소동을 빚고도 끝끝내 자리를 피할 생각을 않고 있는 것이 역시 겁이 나서보다는 그에게서 영수증부터 얻어내자는 쪽인 것 같았다. 힘없이 풀어뜨린 그녀의 자태에서 웬 한숨 소리까지 새어 나오는 듯싶어 문득 곁눈질로 훔쳐보니 년의 두 볼이 그새 눈물자국으로 젖어 있었다.
 허물이 어디 있든 요선도 그런 금옥 앞엔 새삼 할 말이 없었다. 그걸 빌미로 다시 수작을 벌이고 들 생각도 물론 없었다.
 ─네년이 그 꿈을 깨지 않는 한 언젠가 다른 기회가 오겠지.
 갈매기 한 마리가 해풍에 몸을 맡긴 채 짙푸른 봄 바다 물결 위로 천천히 내려앉고 있었다.
 요선은 잠시 더 하릴없이 그녀를 기다리고 있었다. 그리고 비로소 어머니 유정남이 귀신처럼 그의 속내를 꿰뚫어오던 아침녘 단속의 소리가 떠올랐다.
 "그 해정리 변 심방네게 아마 댕기 머리 꼭지가 한 년 있는 모양이드라만, 이 섬은 속 모르는 남의 동네 일이니 뭍 동네서처럼 실없이 한눈팔려 하지 말고 시간 나면 이곳 작은집에나 한 번 더 찾아가보고 오거라."

 그것은 물론 조복순 한가지로 요선과 경화의 결합을 바라는 마음이 자리한 경계의 다짐이기도 했겠지만, 어쨌거나 평생을 무당으로 늙어온 사람다운 정확한 예단이었다. 구정물만 실컷 뒤집어쓴 판에 뒷날 그 어미에게까지 곱잖은 소리 듣지 않으려면 년의 상한 마음을 좋이 쓰다듬어 달래어놓는 수밖에 없었다. 예상 밖으로 구겨진 자신의 체면도 좀 추슬러둬야 하였다.
 "그래, 알았어 이젠. 내가 괜히 실없이 굴었어. 널 좋아하는 방법을 그것밖에 몰라 그랬으니 너무 언짢게 생각 말구, 이젠 안심하고 화 풀어."
 그는 느긋이 마음을 가다듬고 지금까지의 일은 그저 속을 좀 떠보느라 그랬을 뿐 본심이 아니었다는 듯 전에 없이 부드러운 몇 마디를 건넸다. 하고 나선 그 소리를 듣는 둥 마는 둥 여전히 꼼짝을 않고 있는 그녀의 등 뒤로 자문하듯 조심스럽게 덧붙였다.
 "하지만 참 알 수 없는 일이구만. 이렇게 좋은 섬을 두고 무엇 땜에 한사코 뭍으로만 나가려 하는지?"
 그런데 금옥은 그 화끈한 성깔만큼 뒤가 없는 계집아이였다. 아니면 그 요선의 혼잣소리 식 물음이 효과를 본 것인지도 몰랐다.
 "그러게 너는 이 섬에 대해 아무것도 모른댔잖아. 모르면 입 다물고 가만히나 있잖구."
 예상을 앞지르고 그녀가 답답하다는 듯 냉큼 다시 말을 받고 나섰다. 그를 흘기는 시늉으로 돌아보는 그녀의 눈가엔 이미 아무 허물기도 담지 않은 짓궂은 웃음기가 번지고 있었다.

하여 이날 요선은 다시 마음을 돌린 금옥으로부터 한두 가지 매우 긴요한 사실을 얻어듣게 되었다. 말할 것도 없이 그 첫째가 한사코 섬을 나가고 싶어 하는 그녀의 소망에 대한 것이었다.

"너 이 섬 무당들이 끼고 사는 당신(堂神)이 어떤 것인지 알아? 그건 다 거지 귀신들이야. 다른 세상에서는 원래 부러운 것 없는 귀한 신령들이었다지만, 거기서 이런저런 허물을 짓고 이 섬으로 쫓겨 들어와 이곳 심방들에게 의탁해 동네 당제나 받아먹고 살아가는 거지 귀신 신세들이란 말야. 그러니 어느 동네를 정해 그 거지 당신을 끼고 사는 심방들 신세 꼴도 거지 한가진 거지 뭐야."

이윽고 금옥이 자신의 신세 푸념을 겸해 털어놓기 시작한 제주도 당신과 심방들의 처지였다. 금옥은 그래 그 거지 당신의 심부름꾼으로 제 삶이 없이 마을 사람들의 눈치나 보아가며 살 수는 없댔다. 게다가 그녀의 해정리 뱀 당신 심부름꾼 노릇은 더욱 참을 수가 없댔다. 그리고 당신 중에도 금옥이넨 어째 하필 구렁이 귀신을 모시게 됐느냐는 요선의 궁금증에 그녀는 다시 길게 한숨을 짓고 나서 대충 이런 이야기를 털어놨다.

— 옛날에 하늘을 아버지로 땅을 어머니로 하여 귀하게 태어난 상제님의 자식 하나가 있었는데, 위인이 자꾸 천상의 영화를 마다하고 어머니의 땅으로 내려갈 생각만 하고 지냈다. 아버지 상제님이 이를 괘씸히 여겨 결국 그 벌로 그에게 여자의 모습을 주어 이 막다른 제주 섬으로 쫓아 내려보냈다. 그런데 그 암신령이 어느 동네를 지나다 나무 그늘 아래 앉아 바둑을 두고 있던 그 동네 당신의 눈에 띈 게 더욱 큰 화근이었다. 느닷없는 여색에 음심이 동

한 그 당신은 이 해정리까지 따라오며 계속 그녀의 손목을 붙잡으며 희롱을 건넸고, 그를 분하게 여긴 암신령은 제 팔목을 칼날로 깎아버렸다. 한데다 더욱 운이 없으려니 그 짓궂은 당신은 천계와는 정반대 쪽 용궁에서 온 신령이었고, 그 바람에 분이 난 위인의 고자질에 용왕이 그를 다시 흉칙스런 뱀의 모습으로 만들어버렸다.

"그래서 결국 원령이 된 그 사신은 다른 당신이 없는 이 해정리로 우리 할머니를 찾아들어와 이 동네 당신으로 좌정을 하게 된 거래여. 그러니 그 원망 많은 당신을 모신 심방 내림으로 무슨 대단한 길흉화복을 상관할 수나 있었겠어. 마을 사람들 앞에 겨우 제 신세타령 원망이나 늘어놓은 '본풀이' 굿으로 겨우겨우 동네 당신 노릇이나 해가는 거지. 하긴 이것도 다 우리 할머니나 어머니 본풀이 당굿 사설 가운데에서 줏어들은 것이지만, 그러니 그 징그런 뱀 귀신이 운 나쁘게 다른 사람 다 놔두고 어째 하필 우리 할머니에게 들려들었는지 원!"

무가 내림 핏줄답잖게, 자신은 그런 일과 더 이상 상관될 수 없다는 듯 그녀의 말투는 험상궂고 거칠었다. 그러나 그 조심성이라곤 찾아볼 수 없는 막된 말투 속에 그녀의 어미 변 심방이 다른 고을 귀신을 씻기지 않는 연유가 담겨 있었다. 그리고 무엇보다 금옥이 그 원망스런 숙명의 굴레를 벗고 육지부로 나가고 싶어 하는 소망의 깊이와 솔직한 호소를 읽을 수 있었다.

다음으로 요선이 이날 금옥에게서 들어 확인한 일은 애초에 그가 그녀에게 물으러 온 그 한라산 동굴의 유골 발굴 사실이었다.

예상했던 대로 금옥도 이미 그 일을 알고 있었다.

"그 이야기 나도 다 들었어. 나만이 아니라 이 제주도 사람들은 다 알고 있을 거야. 누가 아무리 비밀로 덮어둔 일이라도 우린 금세 알 수 있는 길이 있으니까. 그런데 넌 그걸 어디서 들었지? 아, 그렇겠구나. 그 작은당집 사람?"

요선이 처음 그 이야기를 꺼냈을 때 금옥은 그가 어디서 그런 말을 들었는지 이상해하기부터 했다. 그리고 그가 이야기를 들은 것이 작은집 쪽이 아니라 고종민이란 청년을 통해서라 절반쯤 경위를 털어놓자, 금옥은 요선이 이미 고종민에게서 들은 사실을 제풀에 한 번 더 확인해주었다.

하지만 그 금옥도 고종민이 추만우에게서 듣고 귀띔해온 사실 이상은 알지 못하고 있었다. 그 유골들은 보나 마나 4·3사건 때의 희생자들일 거라는 추정 이외에 그것이 누구의 유골인지, 심지어 어느 편 사람들의 유골인지도 아직은 확실치가 않댔다. 그때의 상황으로 보아 대개는 무장대 쪽 희생자들이기 십상이겠지만, 어딘지 섣불리 그렇게 단정짓기도 어려운 수수께끼 같은 대목이 있어 이곳 작은집에선 물론 한얼회나 청죽회 사람들까지 아직 비밀로 덮어두고 있는 것 같다는 소리였다.

하지만 그건 어쨌든, 그리고 그것이 어느 쪽 사람들의 유골이든 일이 이렇듯 어려운 판에 아직 그 포한과 저승길을 돌보아주지 않은 혼백들이 나타난 것이 확실해진 것은 요선에게 우선 퍽 반가운 일이 아닐 수 없었다.

"어쩌? 굿판이 소원인 판에 일이 그리 어려우면 작은집 사람들한테 부탁해서 그 유골들이나 맡아 씻겨보지그래."

이야기 끝에 덧붙인 금옥의 떨떠름한 참견이 아니더라도 요선으로선 아무래도 그냥 넘어갈 수 없는 일이었다. 하지만 이 섬에선 무슨 일이나 섬사람들 간에 먼저 기미를 나누는 길이 있는 듯 말하던 금옥의 은근한 자랑 투처럼 그 노릇 또한 말처럼 쉬울 일일 수가 없었다. 이곳 작은당집에다 부탁은 해볼 수 있겠지만, 갓 입도한 뭍 당골에게 그 일을 쉽게 맡겨줄 리 없었고, 설령 허락이 떨어진다 해도 이것저것 절차가 가닥 나자면 시일이 한참이나 걸릴 일이었다. 그걸 믿고 기다릴 수도 없는 일이거니와, 무엇보다 그 일이 제 몫으로 돌아오리라는 보장이 없었다. ―그 추가네는 하필 임자가 없는 귀신들만 골라 맡는다지 않던가.
 추가네와 다투기로 한다면 승패는 물론 보나 마나였다. 금옥의 말마따나 추가네는 더욱이 이 섬 터주 무당 처지인 터. 이미 다 일을 알고 필요한 단속을 나섰을지도 몰랐다.
 "그 일이라도 맡겨준다면 우리 어머니 소원 풀일 시켜드리겠지만, 어디 그게 그리 쉽겠어."
 금옥 앞에 모처럼 자신 없는 소리로 말하고 나서, 이번엔 어쩌면 자신의 일이 될지도 모르는 그 경화네의 남선리 굿판 일에 대한 이야기를 꺼냈다.
 "어쨌거나 그 일은 그 일이고, 저 한림 쪽 해변 근방 남선리라는 동네에서도 옛날 모진 일이 많았다던데, 너도 그 사건을 알고 있어? 뭍에서부터 자주 굿손을 맞잡아온 사람이 그때 희생자 중에서 토벌대 사람 혼백 둘을 씻기게 될 모양인데 말여."
 "물론 알고 있지. 그때 무장대가 그 토벌대 군인들을 먼저 해친

게 그런 끔찍한 재앙을 불러들이고 말았다대."

금옥은 짐작대로 그 일도 훤히 꿰고 있었다. 게다가 육지부 무당이 하필 그 토벌대 귀신들을 씻겨도 별일 없겠느냐는 요선의 걱정에도 생각보다 별 신경을 쓰지 않는 눈치였다.

"왜? 그 귀신들 씻기는 데에 뭐 걸치적거릴 일이 있을까 봐?"

그녀는 오히려 마음에 걸려 하는 요선이 우습다는 투로 되물었다. 그간에 겪어온 이 섬 사람들이 으레 그렇듯 누구도 남의 일에 상관을 하고 나설 일이 없으리라는 투였다. 하지만 요선은 그걸로 마음을 놓을 수가 없었다.

"이곳 심방들이 여태까지 씻기지 않고 버려둔 귀신을 외지 굿잽이들이 새삼스럽게 씻긴다고 나서는 걸 마을 사람들이 가만히 보고 있겠느냔 말이지."

"가만 보고 있지 않으면?"

"터놓고 앞에서 반대는 않더라도 등 뒤론 기분 나쁜 웃음거리가 되지 않을까 해서지……"

여전히 석연찮아하는 요선의 뒷소리에 금옥은 속이 답답한지 차츰 더 목소리에 힘이 들어가고 있었다.

"거 참 별 걱정을 다 하네. 제집 귀신은 씻기고 남의 집 귀신은 씻기지 말란 법 있어? 그리고 그 혼령들이라고 그 험한 죽음길에 포한이 없었겠어? 풀리지 못한 해원거리로 치면 죽어서까지 여태 그리 버려져온 귀신들이 누구보다 더하면 더했지 덜하진 않을 텐데 뭘. 자기들이 버려둔 귀신을 이제라도 누가 나서 해원을 시켜준다면 외려 고마워들 해야지."

요선이 지금까지 들어 짐작해온 이 섬 사람들의 태도와는 완연히 다른 소리였다.

게다가 금옥은 거기서도 한술 더 떠 지금까지 요선에게 불가사의한 일로만 보이던 그 섬사람들과 이곳 토박이 심방들의 큰당집 사업에 대한 냉랭한 무관심과 외면의 사연 한 가닥을 제법 이로정연(理路整然)하게 설명했다.

"이렇게 말하면 넌 그럼 왜 이곳 심방들이 여태 그 귀신들을 씻길 생각을 안 했느냐고 묻겠지만, 그건 그럴 만한 때를 넘겨버린 탓일 거야…… 이 섬에서도 그동안 바깥세상 눈치나 틈을 보아가며 돌봐줄 만한 귀신들은 제집에 숨어 그럭저럭 다 씻겨 보낸 듯싶지만, 그건 이편저편 어느 편도 못 되면서 어느 한편으로 몰려 무고하게 죽어간 이 섬 사람 혼백들 경우지. 여기선 그동안 온 섬사람들을 빠짐없이 네편 내편으로 갈라놓고 서로 상대편은 죽은 혼백 넋굿으로 달래 보내는 것조차 그냥 두고 보아 넘기려질 안 했으니까. 그런데 그 두 귀신은 누구보다 편이 분명했잖아. 그러니 그 동네 사람들이 '원수 놈 편'으로 이름 붙여진 귀신은 아예 그럴 생각들을 안 했겠지. 해주려 한다고 함부로 나설 수도 없는 일이었을 테고. 그 귀신들도 제 고향 동네나 집안에서 넋굿을 해주었을진 몰라도 그 동네 죽은 자리 눈앞 굿판을 벌이는 건 다른 쪽 사람들이 그냥 보고 놔두려질 않았을 테니까…… 지금까진 그렇게 편이 분명한 혼백은 적어도 이 섬 심방 넋굿은 치러줄 수가 없었을 거야. 그렇게 때를 놓치고 지나온 거지. 그리고 이젠 이 섬 사람들 이도저도 다 잊고 싶은 거야. 그 시절 일은 다시 생각하고 싶지 않은 거야. 그래 이참에 이곳 작은집에서 그리 설쳐대도 새로 나서는 귀신이나 심방이 없다잖아…… 하지만 그건 이 섬 사람들이나 심방들의 경우고, 느넨 그런 섬 내력하곤 상관없는 외방 당골이잖아. 무엇보다 그 큰당집 사람들이 불러들여온 육지부 외방 당골!"

 명색이 굿무당집 물색이라 여기저기서 그만큼 들은 소리가 많았던 덕일 게다. 아니면, 그게 이 섬 사람들의 상식과 정서가 되어온 때문인가. 금옥에게 그렇게 웅숭깊고 대범스런 데가 있었던가 싶어 요선은 그 금옥 앞에 새삼 가슴속이 얼얼해오기까지 하였다. 이번 조복순네의 외방 굿일에선 그녀가 그만큼 미더운 대목도 있어 보였다. 그리고 경화네를 위해서든 자신을 위해서든 그는 이제 그 굿일이 어느 면 훨씬 쉬워질 것 같은 기분까지 들었다. 그래 내친김에 다시 한 가지 엉뚱한 주문을 덧붙이고 나섰다.

 "알았어. 그럼 그 사람들, 일을 좀 서둘러도 좋겠구먼. 그런데 그 일엔 아마 너도 곁에서 좀 도와줘얄 것 같은데? 그게 아직 내 일이랄 수는 없지만, 그 사람들한테도 그게 이곳의 첫 굿판인 데다, 우리가 손을 보탠대도 이것저것 뒷손이 모자랄 것 같아서 말야."

 금옥의 낌새를 살피기 위해 짐짓 한번 내던져본 소리였다. 하지만 금옥은 그 열띤 설명으로 이미 그런 주문을 앞서나간 셈이었다. 보다 그 험상스런 드잡이질 끝에도 여전히 요선의 곁을 지키고 앉아 있던 그녀였다. 요선의 부탁에 대한 금옥의 대꾸는 오히려 싱거울 만큼 선선했다.

 "그야 뭐 육지부 당골굿 구경도 좋겠지. 난 어차피 이 섬 암무당집 딸년인걸. 하지만……"

그런데 그때 웬일이었을까. 무언지 아직 더 말꼬리가 남아 있는 듯싶던 금옥의 얼굴색이 갑자기 하얗게 변하며 입을 다물고 말았다. 그리곤 한동안 속이 답답한 듯 어딘지 조급하고 초조한 표정 속에 제 가슴께를 조심조심 쓸어내리는 시늉이더니 이윽고는 후우 한숨 소리와 함께 서서히 다시 화색이 돌아오며 뜻을 잘 알아들을 수 없는 혼잣소리를 흘리며 서둘러 자리를 일어서고 말았다.
 "아니야…… 상관없어. 난 괜찮을 테니까. 하지만 오늘은 이만 돌아가. 나 지금 기분이 좀 안 좋으니까."

5

 아버지 고한봉(高漢峰) 씨가 일본 국적을 취득하여 귀화를 결행하면서도 자신과 아들의 이름을 옛 한국식 그대로 둔 것을 종민은 아들로서 잘 납득할 수가 없었다. 그것은 어쩌면 조국을 버린 아버지의 옛 고국에 대한 마지막 애정의 표시였을지도 몰랐다.
 고한봉 씨는 그렇듯 아들이 성장할 때까지도 그가 버린 조국에 대해 아무 말이 없었다. 이국살이가 아무리 힘들고 어려울 때도(지금은 늙은 택시 운전사지만, 처음엔 그나마도 직업다운 직업이 없었다니까), 어린 아들이 종족이 다른 아이들에게 어떤 차별과 멸시를 당하고 다녀도 한봉 씨는 한 번도 누굴 원망하거나 자신의 귀화를 후회하는 일 없이 묵묵히 그걸 받아들이며 고국을 잊어갔다. 이웃 아이들의 놀림이나 멸시가 아니더라도 그 생김새에 어눌한 일본말 투와 일상의 조선말(종민은 그 덕에 어렸을 적 조선말부터 배웠고 아버지는 그걸 말릴 수도 없었지만), 무엇보다도 아들에게까지 물려준 외자 성의 조선식 이름으로 그가 한국 출신, 그것도 반도의 맨 남쪽 섬 태생인 것은 일찍부터 알고 있었지만, 실제로 언제 어떻게 그가 일본으로 건너와 일본 사람이 되었는지 자신의 입으로 속사연을 털어놓은 일이 한 번도 없었다. 일본 사람들과의 어울림도 많은 편이 아니었지만, 한국 사람들과는 아예 발을 끊고 지내는 데다 바다 건너 분단국의 낯선 글자로 된 편지 같은 걸 받은 일도 전혀 없었다.

그런 사정은 어머니 쪽도 마찬가지였다. 어머니 역시도 전쟁 전 일본에서 한국인의 피를 받고 태어난 처지였다. 하지만 태어나자마자 고아로 버려져 떠돌다가 7년 연하의 남자인 아버지를 만나 살다가 나이 쉰 살도 다 못 살고 세상을 떠나기까지 그녀 또한 두 사람 간에 무슨 약속이나 한 듯 그런 일에 대해선 전혀 입을 땐 일이 없었다.

종민이 어렸을 땐 그저 막연히 그러려니만 여기고 지낸 일들이 그러나 차츰 나이가 들면서는 그 아버지에 대한 일들이 쉽게 지울 수 없는 궁금증과 호기심으로 자라갔다. 아버지는 정말 한국 사람인가. 이름이 암시하고 있는 그의 고향 한라 봉우리의 땅 제주도는 어떤 곳인가. 그는 왜 그곳을 버리고 이 나라로 왔으며, 어째서 아주 그 땅을 버리고 일본 사람이 되고 말았는가…… 그렇다고 이제나마 시원히 속을 털어 보일 아버지도 아닌 터라 그런 궁금증은 결국 그 아들에게 직접 한국을 한번 나가볼 궁리를 하게 만들었고, 그것이 민속사학과를 선택해 간 대학 공부 과정에서 한국 역사와 풍속에까지 적지 않은 관심을 갖게 했다.

그렇게 찾아든 한국행이요 제주도 길이었다. 다행히 고한봉 씨도 그 아들의 여행길을 굳이 막아서려 하지 않은 게 다행이었달까. 그도 이제는 이국살이에 지쳐 늙은 탓이었는지 모른다. 새삼스레 무슨 귀띔을 얻기란 기대도 할 수 없는 터에 종민이 굳이 자세한 여행 목적이나 행로를 고한 바는 없었지만, 그 아버지 역시 짐작이 있으면서도 그를 모른 척 용납해준 덕이었다.

하지만 그걸 무슨 은덕이라 하랴. 그는 이 섬으로 와서야 비로소 아버지의 조국과 고향을 알 수 있었고, 그 아버지를 이해할 수 있었다. 너무도 끔찍하고 무서운 역사의 땅이었다. 그리고 사람의 이름으론 차마 헤아릴 수조차 없을 만큼 아프고 저주스런 아버지 고한봉 씨의 인생 역정이었다.

아니 그건 차라리 허망하고 슬프기 그지없는 한 마당 희극이라고나 해야 할지—

종민은 제주도로 들어오는 길로 먼저 이곳 대학을 찾아갔고, 그곳 사학과의 양서진 교수에게서 소개받은 도청 문화진흥과의 이 과장이라는 사람을 통해 이곳 큰당집의 존재와 거기서 벌이고 있는 '역사 씻기기' 사업을 알게 되었다. 그런데 그 이 과장에게서 얻어 온 섬의 역사와 현황 자료집을 뒤지다가 「4·3사건의 전말과 섬의 과제」라는 항목에서 한 가지 놀랍고 기이한 사실을 발견했다. 소위 '백조일손지묘(百祖一孫之墓)'의 사연 중에 끼어 있는 한 망자의 이름 때문이었다.

백조일손지묘란 그 명문(銘文)만큼 기막힌 사연을 지닌 합동 묘지였다. 제주도가 4·3의 큰 환란을 겪고 난 직후인 1950년 6·25

사변이 터지자 섬에선 다시 사상 성향을 의심받은 많은 4·3사건 전력자들이 예비 검속 명목으로 끌려갔다. 그리고 그런 사람들 중 다수가 또 집단 희생을 당했는데, 그런 사례의 하나가 1950년 8월 20일 섬 서쪽 모슬포 섯알오름 부근의 옛 탄약고 터 참사였다. 일이 있고 나서 당국자들은 그 사실을 숨긴 채 수년간 사람의 접근을 금하여 유골도 수습을 못하다가 나중에 유족들이 현장을 찾았을 땐 누가 누군지 서로 백골만 엉켜 있었다. 유족들은 할 수 없이 132구의 유골들을 대충 나눠 수습하여 공동 무덤을 조성하고 '백할아버지의 한 자손(모든 유골을 자기 조상으로 함께 모시는)'이란 뜻의 '백조일손지묘'로 함께 제사하기 시작했다……

종민으로선 그런 사실 자체만으로도 벌어진 입을 다물 수 없는 충격이었다. 그런데 더욱 놀라운 일은 그 공동 추모비의 희생자 명부에 '고한봉'이란 이름이 함께 끼어 있는 이변이었다. 종민이 놀라 현장을 찾아가보니 그곳 공동묘지에도 분명 대정면 출신의 고한봉이라는 인물이 추모비 이름과 함께 다른 희생자들에 끼어 묻혀 있었다. 종민은 놀라움이나 충격보다 도대체 곡절을 알 수가 없었다. 마을을 찾아가 물어보아도 당시 대정면 출신의 고한봉이란 청년이 분명 그곳으로 끌려가 다른 사람들과 함께 희생당했다는 증언이었다. 하지만 종민으로선 물론 알 수 없는 수수께끼였다. 그는 서둘러 살아 있는 아버지, 일본의 고한봉 씨에게 전화를 걸었다. 그리고 비로소 그 기이한 수수께끼의 곡절을 알게 됐다. 뿐더러 그 웃지 못할 희극 속에 이 황폐한 섬과 아버지 고한봉 씨의 숨겨진 삶의 그늘 목, 그 운명의 얼굴을 어슴푸레 떠올릴 수 있었다.

"네가 결국 그 섬을 찾아갈 줄은 알았다. 하지만 그 섬에 대해 더 이상 너무 많은 것을 알려 하지 말고 그쯤 돌아오도록 해라. 그 섬에 바치고 잃을 것은 내 한 삶만으로도 이미 충분할 거다. 그것이 비록 그 섬 사람들의 원죄일진 모르겠다만, 그 땅으로 하여 내 자식의 삶까지 무너뜨리고 싶지는 않구나."

이제는 더 이상 어쩔 수 없어진 한봉 씨는 뭐가 우스운지 처음엔 그저 허허 웃기만 하다가 이내 정색을 한 목소리로 당부부터 앞세웠다. 하지만 그것으로 이미 지나간 삶의 숨겨진 행로의 한 토막을 시인하고 난 한봉 씨는 아들의 계속된 채근에 못 이겨 적잖이 긴 통화 속에 종민으로선 더욱 상상할 수 없는 일들을 털어놓았다.

그날의 통화와 뒷날 다시 서면으로 알려온 한봉 씨의 그간의 사연을 종합하면 대개 이러했다.

─네 할아버지와 할머니는 다른 많은 사람들처럼 4·3사건의 와중에서 돌아가셨다. 우리 집은 중산간 지역에 들어 있었는데도 소개령이 내렸을 때 두 분은 거동도 어려운 데다 늙은이들이야 어떻겠느냐며 열여덟 살 젊은 나만을 모슬포 쪽 해안으로 내려보내고 그대로 남아 계셨는데, 어느 날 무장 산사람들이 찾아 내려와 어쩔 수 없이 그 사람들 밥을 지어주다가 토벌대들에게 함께 죽음을 당하셨다……

그 소식과 함께 나는 모슬포 해안 소개소에서 무장대와 내통해온 불온분자로 몰려 죽을 고생을 하다가 용케 정세가 잠시 부드러워진 바람에 목숨을 부지해 풀려났다. 그러나 얼마 뒤 전쟁이 터지자 다시 전과 기록이 있는 예비 검속자로 끌려 들어가 수용소에서 죽음을 기다리는 신세가 됐다. 수용소에선 남자나 여자, 노인이나 젊은 사람 가릴 것 없이 날마다 한 사람 한 사람씩 차례로 불려 나가 종적이 사라지는 바람에, 나도 물론 피가 타는 두려움과 긴장 속에 내가 끌려 나갈 차례를 기다리는 꼴이었다. 그리고 마침내 어느 날 수용소의 무장 감시 요원들이 나를 지목하고 달려들어 사납게 밖으로 끌어냈다……

그런데 그때 뜻밖에 상상할 수 없는 일이 일어났다. 죽은 듯 숨을 죽인 채 떨고 있던 사람들 중에 영락없는 내 죽음길을 가로막고 나선 사람이 있었다. ─그 젊은이는 살려줘라. 사람의 목숨이 정 필요하면 대신 이 늙은이를 데려가거라! 한 노인이 벽력같은 외침 소리와 함께 의연히 위인들의 앞을 막아섰다. 나는 알지도 못하고 본 적도 없는 노인이었다. 그러나 노인은 오래 버티지 못했다. ─뭐야 이건, 재수 없게! 늙은이가 정말 죽고 싶어 환장했구만! 모진 호통 소리와 함께 한 제복의 사내가 들고 있던 총 개머리판으로 노인의 가슴팍을 사정없이 후려 찍었다. 노인은 그 자리에서 가슴을 안고 쓰러졌고, 나는 그대로 그곳을 끌려 나왔다……

그러나 나는 알다시피 다시 목숨을 부지했다. 내 젊음 때문이었다. 그들이 나를 끌어낸 건 알고 보니 당장의 죽음길은 아니었다. ─어려운 나라에 네 젊음을 바쳐 네 죄과를 씻어라. 그들은 나를 죽이는 대신 지원 입대 형식을 거쳐 육지 군영으로 보냈고, 나는 그나마 큰 행운으로 여기고 달게 받아들였다. 하지만 당시의 전세로 보아 그것은 시기가 잠시 뒤로 미뤄진 것뿐 죽음의 길은 어차피 마찬가지였다. 실제로 그때 나와 비슷한 곡절로 함께 죽음의 전선을 향해 섬을 떠났던 청년들은 이후 다시 그 땅을 살아 밟을 수가 없었으니까. 그러니 내가 그 전쟁터에서 살아남을 수 있었던 것 역시 지극히 예외적인 행운이었달 수 있을 것이다. 나를 제외하고 모두 그 죽음길을 간 것은 네가 거기서 알 수 있듯이 그 청년들뿐 아니라 이전의 수용소 사람들도 마찬가지였으니까……

 이제 너는 내가 그 땅을 등지고 이 일본으로 건너와 일본 사람이 된 연유를 어느 정도는 짐작할 수가 있으리라 믿는다. 하지만 내가 더 분명한 것을 말하자면, 나는 그 섬으로는 다시 돌아갈 수가 없었기 때문이다. 그 섬이 무서웠기 때문이다. 나는 그때 섬을 떠나는 배 속에서 이미 내 죽음길을 막아서려 한 노인을 포함해 함께 있던 사람들이 그날 저녁 모두 그 탄약고 터로 끌려가 집단 처형을 당했다는 소문에 자신도 모르게 새삼 치를 떨면서 안도의 한숨을 내쉬고 있었으니. 무엇보다도 그 노인의 일, 두고두고 나를 따라다니던 노인의 노기 어린 목소리와 형형한 눈빛이 무서워, 더 이상 아무것도, 찢기고 허물어진 상처투성이의 마음밖에 아무것도 남은 것 없이 5년여 만에 혈혈단신 군문을 나선 나로서는 그 눈빛과 목소리를 차마 잠재울 길이 없어 그곳을 다시 찾아들어갈 수가 없었다……

 군문을 나와서도 그의 고향 섬 대신 남의 나라 일본 땅으로 건너가 일본 사람이 되어 살아온 그간의 곡절을 모두 털어놓고 나서 고한봉 씨는 그날 마지막으로 이렇게 덧붙였다.

 ―그런데 내가 거기 죽은 사람으로 묻혀 있다니, 함께 묻힌 혼령들에게 죄스러운 일이기는 하다만, 이제 와서 그걸 굳이 웃을

일만은 아닌 것 같구나. 나는 실제로 그때 죽은 게 사실일 수도 있지 않으냐. 내 한국 사람으로서의 넋은 그때 이미 죽어 그곳에 묻히고, 지금 나는 남의 땅에서 남의 얼굴을 빌려 덤 살이를 하고 있는 꼴인 게다. 그러니 알고 싶다면 내가 제대 후에 이 섬나라로 숨어들어 네 어머니를 만나 너를 얻게까지 된 과정은 네가 돌아와 원한다면 다시 들려줄 수도 있겠지만, 그곳에서의 일은 일종의 운명이나 역사의 희극쯤으로 짐작하고 너무 깊이 캐려 들지 말거라. 어떤 사정으로 그런 착오가 생겼는지 모르지만, 다른 사람의 백골을 안고 누운 내 이름자 대신 자기 이름의 유글과 무덤을 빼앗기고 아예 삶의 흔적까지 지워져버린 영혼한테는 미안하기 짝이 없는 일이다만, 그 시절엔 그런 일도 흔했던 걸 알고…… 허허허.

지난날의 자신의 끔찍스런 사연들을 모두 한바탕 웃음결에 실어 날려버리는 양한 허탈한 목소리였지만, 그 실은 종민에게 더 이상 그런 일에 부질없는 관심 쏟지 말고 서둘러 일본으로 돌아오라는 당부의 뜻이 더 컸을 터였다.

―아닌 게 아니라 당신의 당부대로 난 그쯤에서 그만 일본으로 돌아가야 했을까?

섬에서의 시간이 길어질수록 종민 자신도 이따금 그 아버지의 허허한 목소리를 떠올리며 이따금 되새겨본 생각이었다. 지내다 보니 더러는 사실 그래야 옳았을 것 같은 생각이 들 때도 있었다. 자신이 무슨 몹쓸 희극 조 악몽 속에 붙잡혀 있는 것 같은 느낌이 들곤 한 때문이었다.

하지만 그는 역시 그럴 수가 없었다. 게다가 그 희극 조는 아직도 막이 다 내리지 않은 데다 갈수록 어두운 색조를 덧칠해가는 느낌이었다. 이 섬엘 들어오던 길로 처음 대학으로 찾아가 만났던 이곳의 젊은 사학도 양서진 교수의 비소(鼻笑) 어린 말투 속에 처음 그 '역사 씻기기'라는 굿판 이야기를 들었을 때, 그리고 그 모슬포의 한 공동묘지에서 살아 있는 아버지의 무덤과 이름을 보았을 때, 그리고 무엇보다 그 모처럼 만의 당신의 긴 고백을 접한 이후부터 그는 때마다 이 섬의 역사가 갈수록 어두워져가는 느낌이었고, 그만큼 섬을 나가고 싶은 마음도 더해갔다. 하지만 다른 한편으로 그는 또 그만큼 그 역사의 어두운 그늘 속에 꼼짝없이 갇혀든 느낌 속에 실제론 섬을 떠나갈 엄두를 낼 수가 없었다. 그것은 물론 자신을 위해서도 아니었고 아버지를 위해서도 아니었고, 그로선 더욱이 이 섬이나 섬을 위한 일이랄 수도 없었다. 한국 역사나 문화에 관심해온 민속학 전공 학도로 이즘엔 특히 육지 무당 조복순 만신이 미구에 그 남선리에서 죽은 두 토벌대 망자의 혼백을 새로 씻길 예정이라는 소식을 접하고 적지 않은 기대 속에 그 육지굿을 기다리는 중이었지만, 그의 섬 체류가 이렇듯 자꾸 길어지고 있는 것은 물론 그 때문도 아니었다.

그런저런 마음 구실들 말고도 이번에 그의 섬 체류를 지연시킨 또 하나의 사건 탓이었다. 그것도 아버지 고한봉 씨의 일에 적지 않은 시사점을 던져준 또 다른 몇 구의 유골들이 발견된 탓이었다. 그리고 그 일을 계기로 섬사람들 간에 빚어진 석연치 못한 다툼과 갈등의 기류로 하여 종민은 더 한층 그의 발목을 끌어 잡는 깊은 음지의 수렁을 만난 것이었다.

용두 마을 추만우 청년에게서 불시에 전해 들은 그 한라산 중산 간 지역 동굴의 이름 모를 유골들. 그 여덟 구의 유골이 발견된 일을 두고 종민에게마저 여태 입을 다물어온 도청의 이 과장은 짐작대로 이것저것 무척 조심스럽고 신중했다. 처음엔 종민에게 사실을 시인조차 하지 않고 계속 시치미 떼려 했을 만큼 그 일을 될수록 비밀리에 처리하려는 낌새였다.

하지만 이미 사실을 알고 있는 종민 앞엔 이 과장도 끝내 입을 다물고 넘어갈 수가 없었다. 일본의 아버지로부터 그간의 자초지종을 확인하고 난 뒤 종민은 비로소 이 과장에게 사실을 알리고 그 시정의 길을 의논하려 했다. 이 과장은 사실을 알고 나자 처음엔 몹시 난처하고 귀찮은 일을 만난 듯 달갑잖은 얼굴을 했다. 하지만 나중엔 별 대수롭잖은 일이라는 듯 얼굴색을 고치며 얼렁뚱땅 사정 조가 되어갔다.

"그거 사실이라면 퍽 잘된 일이구먼요. 돌아가셨던 아버지가 다시 살아나신 격 아니오?"

그러니 지금은 이 나라 국적도 버리고 귀화해 살아가는 마당에 그 일에 대해선 그냥 입을 다물고 넘어가달라는 부탁이었다. 그런 사실이 밝혀지고 보면 이번의 역사 씻기기 사업에까지 바람직스럽지 못한 불신과 말썽을 빚을 듯싶으니, 이곳 일에 자신이 표면에서 실무 책임을 맡고 있는 동안만이라도 조용히 지내다 떠나달라는 당부였다.

"고 형이 그래준다면 내 고 형이 이곳에서 지내는 동안 다른 일은 무엇이든 힘껏 도와드릴 테니까요. 사실을 드러내서 무얼 바꾼다고 이미 이 섬과는 아무 상관없는 일본인 국적의 고 형한테 특별히 무슨 이득이 될 일도 없지 않소."

깊은 속셈을 알 수는 없었지만 이 과장 개인적으로도 그 일에 그렇듯 불편한 데가 있는 듯싶은 데다, 그의 부탁 역시 크게 패륜적인 것만은 아닐 듯싶어 그로서도 당분간 입을 다물고 지내기로 약속을 한 터였다. 그리고 그 약속에는 종민 자신이 누릴 권리와 이 과장의 보장이 함께 따랐음도 물론이었다.

"이 과장님, 이 일 좀 편리 봐주지 않으면 저 그만 우리 아버지 무덤 일이나 바로잡고 일본으로 갈까 봐요."

하여 종민은 이번 이 과장을 향해 불가피 그 권리를 행사한 것이었다.

"그거 정 저한테 알려주기 싫으면 전 여기서 더 머물러 있을 일이 없을 듯싶으니까요. 제가 일본으로 떠나자면 살아 계신 우리 아버지의 무덤 일만이라도 바로잡아놓아야 하지 않겠어요……"

그렇게 해서 결국 이 과장으로부터 전후사를 대충 다 알게 된 그 동굴 유골 사건은 그러나 그 처리 과정이 시종 이상한 방향으로 흘러가고 있었다.

"현장엔 지금 유골을 모두 수습해 와서 아무 흔적도 남아 있는 게 없어요. 그 대신 내가 직접 가본 것 못지않게 그동안의 조사 자료를 보여드리지요."

사실을 알고 나서 유골이 발견된 동굴을 직접 한번 올라가보고 싶다는 종민을 만류하며 이 과장이 내어준 현장 사진과 유골 수습 경위 문건들에 의하면 사실의 구체적인 내용 이외에 추만우 청년에게 들은 것과 다른 사실이 없지도 않았는데, 우선 그 유골 수가 그랬다.

  1980년 11월 모일. 북제주군 조천면 어후오름 배후 지역 한라산 중턱께의 바위 동굴 안팎에서 발견된 유골은 처음 들은 것과 달리 모두 아홉 구였다. 그중 동굴 안쪽에서 발견된 일곱 구는 한자리에 서로 뼈가 뒤엉켜 있었지만, 비교적 부식이 덜하여 수습 후의 유골 검식 과정에서 세 사람의 여자까지 함께 끼인 사실이 밝혀졌고, 나머지 두 구는 각각 동굴 입구(와 그 입구 아래쪽 20여 미터 거리)에서 부식이 매우 심한 상태로 발견된 남자의 유골들이었다. 일견하여 남녀가 끼인 4·3 당시의 무장대 한 무리가 토벌대에게 산 위쪽으로 마지막까지 쫓기며 버티다가 어느 날 그 동굴 안팎에서 전원이 함께 최후를 맞은 정상이었다. 물론 새로 드러난 원혼들이었고, 새 해원굿거리였다.

  하지만 원래 이 지역 원혼의 숫자가 느는 쪽보다 기왕의 숫자 굳히기가 목적인 큰당집 사람들에겐 그게 썩 반가운 일이 못 되었다. 도청의 이 과장은 이 일 역시 큰당집 뜻을 좇아 일을 될수록 조용히 처리하고 넘어가기를 원했다. 그러나 그것은 그의 가당찮은 희망이었을 뿐이다. 일은 곧 몇십 년 동안 줄기차게 숨은 희생자를 찾아온 청죽회 사람들에게 알려졌고, 이후부터 그 유골들의 신원을 밝히고 연고자를 찾아 위령굿을 치르는 일은 그 청죽회 쪽으로 넘어가 있는 형편이었다.

  "그 일의 관리가 그 사람들 소관처럼 되고부턴 조용히 넘어가주길 기대할 수가 없었지요. 그 사람들은 으레껏 그 유골이 토벌대의 화염방사기나 기관단총쯤으로 한자리 떼죽음을 당한 무장대 희생자들의 것으로 단정하고, 한편으론 그 무고한 희생자 수 불리기와 장렬한 저항 정신 드러내기에, 다른 한편으론 그 죽음의 억울한 포한과 토벌대의 잔학성 부각에 은근히 다시 열을 올리기 시작했으니까요. 그건 물론 유골의 신원을 밝히고 연고자를 찾는 일을 효과적으로 수행해나가기 위한 방편이기도 하겠구요."

서면 자료를 다 보여주고 난 이 과장의 덧붙임은 그러나 그 이름 모를 유골들을 둘러싼 희비극의 서막에 불과했다. 잠시 더 계속된 이 과장의 뒷이야기 속에 드러난 이후의 일들은 종민에게 다시 한 번 이 섬의 비극적 역사의 그늘을 떠올리게 했다.

다름 아니라 그 같은 청죽회 쪽의 비분강개와 열정 어린 노력에도 불구하고 유골들의 신원과 연고자가 쉽게 밝혀지지 못한 것이 탈이었다. 유골 수가 아홉이나 되는데도, 그리고 죽음이 확인되지 않았거나 신고되지 않은 실종 희생자의 숫자가 섬 전체에 아직 1만 5천에 이른다는 청죽회 쪽 주장에도 불구하고, 근처 산 아랫마을이나 온 섬을 통해서도 그 유골들의 신원이나 연고자에 대한 제보를 해오는 사람이 하나도 없었댔다. 동굴 입구와 안쪽에는 녹에 삭아 형적만 남았을망정 개인 무기류와 산 아랫마을에서 가져왔음 직한 취사 용구들이 몇 점 함께 발견되었지만, 그 무기류의 출처는 물론 식칼이나 밥그릇 솥단지 따위 형체가 비교적 온전히 남아 있는 취사 용기들의 출처나 연고지에 대한 제보 역시 단 한 건도 없었다는 것이다. 섬사람들은 그게 누구의 것이든, 그것이 비록 옛날 제 집안사람들의 것이라 하더라도 도대체 관심을 두거나 상관을 않으려는 태도들이랬다. 그러니 청죽회 쪽 사람들도 그런 처지에서 당장 유골을 씻길 굿판부터 벌이고 나설 수 없어 미적미적 시일을 끌고 있던 참이었댔다.

"그런데 일이 더욱 고약하게 꼬인 것은, 이번에는 한얼회 쪽에서 그 희생자들의 신원을 다르게 주장하고 나선 거예요."

이 과장의 설명은 갈수록 태산이었다. 청죽회 쪽 일 처리가 별 진전이 없자 그동안엔 말이 없던 한얼회 쪽이 이번엔 이런저런 근거를 내세워 그 유골들의 곡절을 달리 설명하고 나선 것이다.

— 우리는 그동안 그 유골들에 대한 정밀한 사망 원인 감식과 현장 답사 등을 통해 지금까지 알려지지 않은 새로운 사실을 발견했다. 그것은 유골들이 동굴 외부로부터 누구의 공격을 받아 살해된 희생자들의 것이 아니라, 모종의 자체 분란이나 합의에 의해 강제 혹은 동반 자살을 감행한 자들의 것일 가능성이 크다는 사실이다.

그 한얼회가 내세운 주장과 근거는 이러했다.

첫째, 유골 가운데에 여자가 세 사람이 끼인 것으로 보아 희생자들은 전원 무장 전투원이 아니라 일부는 중산간 지역에서 징발된 보급물 조달 및 취사 역의 민간인들일 가능성이 크다. 유골과 함께 발견된 무기류가 동굴 안쪽 유골 무더기 가운데에 소총 한 정, 입구의 남자 유골 곁에 한 정뿐인 것도 그것을 시사하는 사실이다.

둘째, 이들이 외부 공격자(토벌군)의 공격을 받아 사살되거나 소사했다면, 유골의 위치가 그 공격을 피해 들어간 동굴의 깊은 안쪽이어야 하는데, 동굴 입구와 아래쪽 두 구를 제외한 대부분의 비무장 유골 위치가 평상시 취침과 취사 공간으로 보이는 중간쯤이다. 더욱이 외부 공격을 받았을 시 동굴 중간 위치에서 발견된 소총은 외부 공격자를 향한 전투 위치가 아니다.

셋째, 동굴 안쪽과 아래쪽 20미터 거리의 유골들에 나타난 총상의 흔적은 비교적 원거리 사격으로 인해 신체 각 부위에 산재한 데 반해 동굴 입구 유골의 것은 지근거리의 정확한 조준 사격에 의한 것으로 추정된다.

넷째, 당시 한라산 토벌 부대의 작전 일지에는 당 지역의 작전이나 전투 기록이 전혀 없다. 당시의 무질서와 혼란상을 감안한다 해도 모든 군부대의 작전에는 반드시 동원 부대, 출동 병력, 지휘관, 전과 등을 포함한 상황 일지를 남기는 것이 상식인바, 외부 토벌 부대가 아홉 명의 적대적 은신자를 사살하고도 그 전과는 물론 작전 기록을 일절 남기지 않은 점을 납득할 수 없다.

따라서 당소의 유골들은 외부 토벌대에 의한 희생자들이 아니라, 총기를 소지한 한두 명 소수의 무장대가 강제 징발해 간 중산간 지역 민간인들을 사역꾼으로 부리다가, 사태가 절망적으로 악화하자 그간 자신들이 자행한 비인도적 노역과 잔학상을 숨기기 위해 지휘자 격인 동굴 입구의 감시자가 먼저 안쪽과 바깥쪽 인원을 모두 사살하고 마지막으로 자신이 자결한 것으로 추정하는 것이 타당하다. 이 경우 한두 명 소수의 무장대가 세 명의 여자까지 포함된 다수 인원 중 아무도 귀가를 시키지 않은 점을 의심해볼 수도 있겠으나, 그것은 동굴의 보안 유지상 불가피했던 일로 볼 수 있으며, 그렇더라도 다수의 민간인 사역자가 외부 사역 중 이

탈이나 탈출을 시도하지 못하고 소수의 무장대에게 순순히 장악될 수밖에 없었을까 하는 점에 대해서는 희생자들 가운데에 세 여자를 중심으로 서로 인질 역할을 하는 혈연관계가 있었으리라 추정해볼 수 있다……

"이 모든 정황을 감안할 때 그 유골들은 전원이 좌익 무장대나 좌익 성향의 희생자가 아니라 오히려 좌익 무장대에게 희생당한 일반 민간인이거나 우익 쪽 희생자들일 개연성이 앞선다는 것이지요. 그러니 그 유골을 관리하고 신원시키는 일도 다른 어느 곳보다 한얼회 쪽이 맡아야 마땅하다는 주장이구요. 말하자면 청죽회와 한얼회 간에 그 이름 없는 희생자들을 서로 자기 쪽 자리에 옮겨두려는 유골 쟁탈전이 벌어진 셈이지요."

그간의 사정을 털어놓고 난 이 과장의 푸념 섞인 결론이었다.

지난 역사의 희생자들을 다시 씻기는 실무 책임을 맡은 이 과장으로서도 이번 일로 하여 한얼회와 청죽회 사람들(비록 이들이 이 섬의 무고한 희생자들을 대신할 수밖에 없는 입장이라 하여도)이 서로 죽은 백골들까지 이쪽 저쪽 편을 나눠 자기 쪽 희생자 수 늘리기 다툼에 열을 올리는 것이 달가울 리 없었다. 하지만 그 이 과장 역시도 희생자의 숫자가 새로 느는 것을 달가워할 입장이 아니고 보면 그 숫자 게임의 또 다른 당사자인 셈이었다.

종민은 거기에서 이 섬의 보이지 않는 황폐성, 30여 년의 세월에도 씻어지지 않은 오랜 불모의 유산을 보는 것 같았다. ─그래 이 섬 사람들은 어쩌면 그 유골들이 한얼회나 청죽회 어느 쪽 희생자에 속하는 것을 처음부터 바라지 않았는지 모른다. 어느 쪽에도 속할 수 없는 무고한 희생자임을 알고 있었는지 모른다. 한얼회나 청죽회 어느 쪽에서도 그것을 차지해가는 것보다 자신들이 그걸 씻기기를 원했는지 모른다. 그래서 아무도 그 유골의 죽음을 아는 체하지 않았을 수도 있었다. 이제 더 이상 이승의 삶을 구원할 저 아기장수의 꿈마저도 믿을 수가 없으므로. 더 이상 가짜 구세주를 기다리며 비참하게 속을 수가 없으므로. 이 섬마다에서 만날 수 있는 당신들마저 차라리 가엾은 유배자로 거두어 긴 세월을 함께 해왔듯이. 유배자로 떠도는 그 걸신들을 마을을 지키는 당신으로 맞아들여 이승의 삶을 근근이 함께해왔듯이. 용두 마을의 추 심방네가 오로지 그들만을 씻겨왔듯이. 이 섬 사람들은 그래 그 백골들을 어느 한쪽의 영웅이나 구원자로보다 이 섬 사람들의 지난한 삶의 운명을 함께하는 이름 없는 백성으로 해원시켜 보내고자 한얼회나 청죽회 어느 쪽을 위해서도 결코 입을 열고 싶어 하지 않는지 몰랐다. 그 두 자루의 무기류 소유자를 제외하면 그 백골들은 무엇보다 사실이 무장대나 토벌대 어느 쪽에도 속할 수 없는, 속해서도 안 되는, 오히려 그 영웅적 다툼의 빈 명분만을 지고 간 무고한 섬 백성들이었을지도 모르니까. 그래서 이름 없는 그들의 혼백을 거두고 그 유혼을 씻길 일 역시 이름 없는 이 섬 사람들, 비운의 아기장수와 당신들을 거두어 이승의 고달프고 허기진 삶을 더불어 의지하고, 그들의 이름으로 오랜 세월 이 섬을 씻기고 또 씻겨온 토박이 심방들 오로지 그들뿐인지도. 또는 그들뿐이어야만 하는지도.

   종민은 그 유골들의 기이한 처지와 그를 둘러싼 두 단체 간의 희한한 다툼을 통해 비로소 이 섬 사람들과 심방들의 묵연한 심중을 어슴푸레 짐작할 수 있을 것 같았다. 그리고 가능하기만 하다면 자신도 그 혼백들이 다른 누구보다 그 섬 사람들의 손길로, 이 섬 심방들의 위령굿으로 해원이 이루어지기를 바라고 싶은 심정이었다.

하지만 한얼회와 청죽회 간의 갈등상이 보여주듯 일은 물론 그렇게 되기가 어려웠다. 지금까지 이 섬의 일이 늘 숙명처럼 그래왔듯이 그 다툼이 어떤 식으로든 그들 간에 매듭이 지어지고, 또 한 섬사람들에겐 언제나 그렇게 보였듯이 그 유혼들이 그들로부터 무용히 버려져 놓여나야만 그렇게 할 수 있었다. 그렇게 되기까지는 어떤 고비와 일들을 거쳐야 할지 알 수 없었다. 더욱이 이번에는 새 유골 숫자 자체를 무시해 지워버리고 싶은 큰당집 쪽 이 과장까지 크게 상관된 일이고 보니 앞일을 점치기가 더욱 어려웠다.

─하지만 알 수 없는 일이지. 이 섬과 섬사람들의 일은 한 번도 누구의 예측이나 바람대로 되어간 일이 없었으니까. 섬 토박이가 아니고는 아무도 예측이나 예정을 말할 수가 없으니까.

그 예측 불허의 섬 일들은 그만큼 더 어두운 호기심으로 종민을 긴장시켰고, 그래저래 그는 더욱 섬을 떠날 생각을 못했다. 이 섬 사람들만이 진실로 섬을 씻길 수 있는 마당에 육지부 물무당 조복순네가 과연 그 남선리 유혼들을 어떻게 씻겨낼지 의구심이 들긴 했지만, 종민으로서는 그보다 그 본토 강신무의 굿판에 대한 기대감이 앞선 것도 아직은 섬을 훌쩍 떠날 수 없는 구실의 하나였으니까.

─그래, 이젠 이 섬을 다 알 때까지 기다리는 수밖에.

종민은 마침내 긴 상념을 빠져나오며 다시 한 번 자신을 다짐하듯 혼잣소리로 중얼거렸다.
　―새 유골 일은 시일이 걸리더라도 그 육지부 조 만신네 남선리 굿판은 그리 머잖은 모양이니까.
　때마침 그의 여관 숙소 창문 너머론 일요 예배를 알리는 교회당 종소리가 한동안 그악스럽게 울려 퍼지고 있었다.

6

 그로부터 며칠 뒤 설 명절을 지난 음력 정월 초순께의 어느 날, 정요선은 예의 한림 쪽 남선리에 예정된 조복순 만신 진혼굿판에 앞서 뜻하지 않게 서남제주 중문 고을 예송리 본향당신의 새해 굿판을 구경하고 있었다.
 누구의 말처럼 이 섬 사람들의 일은 도대체 속내나 예정을 알 수 없었다.
 "제주 당신굿 구경한 일 있어? 이참에 한번 구경할 염사 있으면 내일 이쪽으로 넘어와봐. 이쪽 중문 근처 예송리에서 내일 새해 당제가 있으니까."
 금옥이 무슨 생각에선지 전날 해질녘쯤 느닷없이 전화를 걸어 이날 있을 이웃 고을의 당굿 소식을 알려왔다. 그럴 기회나 필요가 없어서였는지 몰라도 전날 그녀를 만났을 때나 도청의 이 과장 따위 다른 누구에게서도 전혀 낌새를 엿볼 수 없었던 갑작스런 굿판 소식이었다. 하지만 내가 왜? 요선은 그 금옥의 예상찮은 귀띔에 그닥 달갑잖은 그녀의 속내가 궁금했다. 그렇다고 그걸 길게 괘념할 그의 성미도 아니었다. 굿판 구경이 목적이 아닐 게 뻔한 년의 속셈이야 깊이 캐지 않아도 결국엔 한 가지뿐이었다. 뿐더러 정작에 섬 굿판을 한 번도 본 일이 없는 요선으로선 임도 보고 뽕도 딸 겸 이 기회에 그걸 한번 구경해둘 필요도 있었다. —도대체 이 섬 무당들 굿판은 어떤 꼴인가? 어떻게 돼먹은 굿판이길래 죽은 사람 넋풀이는 이리저리 가리면서 제 신주풀이엔 새해 초장부터 그리 정성이란 말인가?

그래 며칠 뒤로 예정이 잡힌 경화네의 남선리 두 묵은 들귀신 넋굿 채비를 잠시 미뤄두고 이튿날 아침 굿판이 벌어지는 동네를 찾아 곧바로 찻길을 달려온 것이었다.

굿판이 벌어진 동네나 당신을 모셔온 본향당 굿청을 찾는 데에도 별 어려움이 없었다. 성산포에서 중문까지는 섬 일주 버스로, 중문에서 다시 굿이 치러지는 예송리까지는 지역 버스를 타고 들어가니 찻길에서부터 마을 안팎이 온통 제차 인파로 수런거렸다. 알고 보니 이날 마을에선 새해를 맞아 남자들은 따로 토신제(포제)를 올리러 산으로 올라가고, 아녀자들은 신과세굿을 지내기 위해 집집마다 각기 음식을 장만하여 동네 심방 굿청으로 줄을 잇고 있었다. 마을 서쪽 외곽, 멀리 바다를 내려다보고 서 있는 팽나무께의 본향당 굿청은 이미 마을 아녀자들 일색으로 안마당이 가득하여 요선은 선뜻 울안으로 발을 들여놓을 수조차 없었다. 더욱이 뭍에서와는 달리 지전과 한지 조각(기메), 요령 들을 매단 청대를 높이 세운 굿청 입구에서부터 당신을 맞아들일 흰 무명 길베 다리를 중앙으로 길게 늘여 깔아놓은 앞마당 양쪽으론 마을 사람들이 빙 둘러앉거나 뒤쪽으로 늘어서 있었고, 마땅한 자리를 차지하지 못한 사람은 뒤켠 돌각담이나 고방께에 몸을 기댄 채 구경을 하고 있어 누구도 함부로 얼씬댈 수 없는 분위기였다.

그런데 요선이 이날 오정쯤 굿판엘 당도하여 검은 곰보 돌각담 너머에서 어정어정 안을 엿보게 된 것은 때가 한참 늦은 시각이었다. 그땐 이미 굿판의 첫 제차인 옥황상제, 시왕, 요왕 등 천상계의 제신을 청하여 노래와 춤과 음식으로 대접해 보낸 다음으로, 신주와 신청이 세워진 대청 앞마루에 새 제상을 차리고 그 앞에 오색과 관복과 붉은 머리띠를 동여맨 여편 심방이 방금 혼자 장고를 두들기며 이 마을 본향당신을 청해 들이는 초감제 본풀이(내력담) 무가를 시작하고 있던 참이었다.

─둥더더 둥둥 둥두더 덩…… 예에, 귀신은 본을 풀면 신나락 만나락 하고, 사람은 본을 풀면 백 년 원수를 지는 법이라, 이 경신년 정월 초이레, 올해도 새해 새 천지를 맞아 한 해 동안 이 동네의 무사 안녕과 풍년을 빌고자 수호 당신이신 소천국 님과 백주또 마누라님 내외분의 본풀이 올립네다아. 둥드더 둥둥…… 여기 신주의 가운데에 좌정하신 소천국 님은 이 제주 큰 어른 산 한라봉에서 솟아올라 우리 예송리에 인간으로 태어나시고, 배필이신 백주또 님은 저 북방의 동명성국 압수의 백사장에서 솟아오르셨는디, 둥두더 덩덩…… 그 백주또 님이 인간으로 태어나 좋이 하루는 천기를 살피시니, 이 봐라 당신의 천생배필 되실 분이 조선국

이 제주 섬 예송 마을에 살고 있는지라, 그길로 훨훨 제주 섬을 찾아가 소천국 님을 만나서 천생배필 부부의 연을 이루셨더라. 둥더 더 둥둥 둥두더……

굵고 탁탁한 목청으로 당신의 탄생과 좌정의 내력을 읊어가는 심방의 제주말 사설은 요선으로선 무슨 소린지 잘 알아들을 수가 없었지만 그 첫 대목부터 굿마당에 모여든 마을 사람들을 자못 숙연하면서도 흥겨운 분위기로 이끌어갔다.

하지만 요선은 물론 그런 남의 섬 동네 당신의 내력 따위에는 관심이 없었다. 그보다 자신도 함께 굿 구경을 오겠다던 금옥의 모습이 아직 눈에 띄질 않았다. 울담 밖에서 이리저리 아무리 고개를 내둘러 살펴도 안마당 쪽엔 그녀의 모습이 안 보였다.

"그럼 내일 굿판에서 봐. 동네가 가까우니 내가 먼저 그리로 가 있을게. 그치만 나를 보더라도 거기선 물색없이 함부로 아는 척하고 들지 말구."

주제에 답잖게 웬 내외를 한답시고 통화 끝에 덧붙여온 소리를 그저 흘려들어 넘기고 만 요선은 그녀가 아직 눈에 띄지 않는 것이 그닥 서운할 것은 없었다.

―흠, 고것도 뭔가 남의 눈길 편찮은 건 안단 말이지? 하지만 네년이 어디 안 오고 배겨낼까.

문제는 그 금옥이 년 대신 다른 예상찮은 화상이 먼저 눈에 들어온 것이었다. 요선이 울 밖에서 불청객 꼴을 보이기보다 사람들의 눈길이 덜한 굿청 뒤쪽의 한갓진 담벼락 밑쪽을 찾아들어갔을 때였다.

"여기서 다시 만나는군요."

그에 앞서 그늘로 어둑한 담벼락 아래 몸을 기대고 서 있던 사내가 슬그머니 고개를 돌리며 아는 척을 해왔다. 고종민이었다. 금옥이 년 생각에 위인이 나타나리라는 것을 예상 못한 것이 오히려 이상한 일이었다. 그쪽에선 미리 기다리고나 있었던 듯 요선이 나타난 것을 보고 너무 차분하면서도 갑작스레 건네오는 아는 체에 요선은 우선 자신의 속내를 들킨 것 같은 떨떠름한 느낌이었다. 그렇다고 굳이 위인을 경계해야 할 일도 없었다.

"역시 소식이 빠르구랴. 섬 구석구석 안 찾아다닌 데가 없이."

자신도 으레 그가 나타날 줄 알았다는 듯 인사 대신 삐끗이 한마디를 내뱉고는 짐짓 굿판 쪽으로 눈길을 돌려버렸다. 굳이 자리를 피해 갈 일이 없는 터에 위인의 귀찮은 참견을 막아두자면 이제는 굿판 쪽에다 관심을 기울이는 수밖에 없었다. 그동안에도 물론 늙은 무녀의 본풀이 무가는 쉼 없이 계속되고 있었다.

―글씨, 넓디나 넓은 조선 천지 다 놔두고 우리 당신님은 어째 하필 이 척박하고 피폐한 섬 땅을 찾아들어 연명할 좌정처를 구하신고. 고단하고 서러워라…… 어쨌거나 내외쿤은 그럴수록 정분을 도타이 하여 저 뭍 동네 흥부네 밤 살림처럼 해거리로 줄줄이 아들 다섯을 낳고 여섯째 아들까지 복중에 품기 되니…… 하루는 백주또 님이 궁리 끝에 소천국 님께 여쭈더라. 이보, 소천국 님아. 우리가 이렇게 하는 일 없이 비둥비둥 놀기만 하면서 밤농사만 지어대면 그 아이들을 장차 어떻게 다 기르겠소. 내일부턴 밖에 나가 산밭이라도 일궈보오…… 둥더러 둥둥……

사설이 계속되어나갈수록 요선이 처음 생각했던 것보다는 부드러운 분위기 속에 일정한 틀이 없이 여기저기 자기 객담을 섞어 엮어나가는 사설은 차츰차츰 흥을 더해가는 가운데에 간간 청중의 웃음기까지 부르며 이제는 소천국과 백주또 내외의 어려운 섬살이 처지를 읊어가기 시작했다.

— 소천국…… 이 섬 당신이 바다 건너 뭍에서 건너온 소천국님이시라……! 그런데 하필 이 섬 구석까지 좌정할 곳을 찾아든 떠돌이 신령이라면 육지에선 정처를 못 잡고 쫓겨 온 처질 테니, 그 신령 팔자가 뻔할 테지!

요선은 속으로 웃으면서도 어미 유정남에게서도 흔히 들어온 신령 타령이라 이젠 대충 그 뜻이 짐작되기 시작하여 계속 고종민을 무시한 채 그 사설의 내용에만 열중하려 하였다. 하지만 굿판에서 유일하게 아는 얼굴을 만난 위인은 그 알아듣기 어려운 소리들을 어디서 미리 외워두기라도 한 것처럼 이것저것 자꾸 혼잣소리 비슷이 참견을 하고 들었다.

"이 섬은 일테면 이곳 당신이나 사람이나 모두 육지부에서 죄 아닌 죄를 짓고 쫓겨 들어온 유배지인 셈이라지요. ……그래 신령이나 사람이나 한가지로 헐벗고 굶주리는 운명들이라……!"

요선에게 확인이나 동의를 구하듯 위인이 참견하고 드는 소리도 요선 자신의 생각과 크게 다른 데는 없었다. 하지만 작자가 뭐라든 요선은 굿판 사설을 좇는 척 계속 입을 다문 채, 금옥이 늦게라도 나타나랴 묵묵부답 이따금 사립 쪽으로 눈길을 흘려 보내고만 있었다.

그러는 사이 본풀이 사설은 숫신령 소천국 님이 할 수 없이 산밭을 갈러 갔다가 쟁기질 중에 자기 점심거리를 지나간 중에게 내주고 자신은 허기를 이기지 못해 그 자리에서 밭을 갈던 제집 소를 잡아먹고, 그래도 허기가 덜 가셔 근처 풀밭에 매여 있는 남의 소까지 한 마리 더 잡아먹고서야 간신히 식탐이 꺼지는 대목이 엮어져나갔다. 그리고 사설은 이어 그 소천국과 받주또의 내력에서 그 자식 대의 이야기로 바뀌어갔다. 배고픔을 못 이겨 남의 소까지 잡아먹은 허물로 하여 대식가 소천국 부부는 그 고을 집을 떠나 서로 다른 곳에 따로 정처를 정해 살다가, 뒷날 뱃속의 아이를 낳게 된 아내 백주또가 다시 그 아이를 데리고 큰 산악으로 자기 혼자 산짐승들을 사냥해 먹고사는 남편을 찾아 올라갔지만, 거기에서도 아들의 운명은 아비와의 불화를 빚어 그 아비처럼 자신도 다시 버려지는 처지가 되고 있었다.

그런데 그 아들까지 공연히 아비의 수염을 끄들어댄 허물로 소천국의 노여움을 사 무쇠상자에 담겨 바닷물에 띄워 버려지는 판국에 이르자, 굿판의 분위기는 지금까지보다 사뭇 숙연해졌다. 이전에도 이미 같은 심방으로부터 수없이 되풀이해 들어왔을 그 옛날이야기 같은 사설에 쥐 죽은 듯 귀를 기울이고 있던 마을 사람들의 입에서 이윽고 이따금 참을 수 없는 한숨과 탄식의 소리가 흘러나오기 시작했다. 그리고 그 쇠상자가 바닷물에 흘러흘러 종당에 풍운조화의 덕을 입어 어느 바다 건너 먼 해안가에 이르러 한 산호수 가지에 걸리게 되는 대목에 이르러선 분위기가 더욱 고조되어 더러 눈시울을 붉히는 사람이 생기는가 싶더니 끝내는 여기저기서 숨은 오열의 소리가 흘러나오기까지 했다.
 요선이 알아들은 대충의 줄거리로도 치면, 세상에 태어나자마자 제 부모로부터 버려져 천신만고 험난한 위험 끝에 누군가의 도움으로 목숨을 구해 살게 되는 이야기는 대개 조복순 같은 서울 근방지 무당들의 바리공주 무가 문서 그대로였다. 그렇듯 같은 굿판을 떠도는 처지에서 뭍에서부터 그것을 귀에 못이 박히도록 들어온 요선은 넋굿이나 혼굿 마당도 아닌 터에 그 뻔한 사설에 금세 가슴이 축축하게 젖어들고 있는 섬사람들의 심중과 호응을 쉽게 이해할 수가 없었다. 그런 만큼 자신은 그 분위기에 마음이 휩쓸려들 수가 없었다. 하지만 그 무거운 분위기를 섣불리 거스르고 들 수도 없었다. 그는 묵묵히 사설을 뒤쫓으며 눈으로는 계속 사립 쪽을 지키고 있었다.
 그러다 어느 참엔가 얼핏 사립을 들어서는 금옥의 모습을 찾아냈다. 하지만 그 금옥 역시 제 속의 무가 내림피를 속일 수 없어서였을까. 년은 분명 그를 알아봤을 텐데도 웬일인지 이쪽엔 짐짓 눈길을 외면한 채 곧장 문간 옆 구경꾼들 뒤로 자리를 잡고 서서 그 굿판 사설에 몰입해들기 시작했다. 그리고 이윽곤 년까지도 다른 사람들 한가지로 이따금 제 눈시울을 훔쳐내는 낌새였다. 도대체 전날의 그녀답지 않은 꼴이었다. 년의 그런 모습을 보고는 미리 아는 척을 말라던 전일의 오금 박이가 아니더라도 섣불리 무슨 알은체를 보내거나 자리를 건너가볼 엄두를 낼 수가 없었다. 굿청 분위기가 그만큼 더 무거워진 때문이기도 하였다.
 그런 기이하고 무거운 굿판 분위기에 기가 꺾인 것은 물론 요선만이 아니었다. 이제는 고종민도 마찬가지 낌새였다. 굿청 제차나 늙은 안심방의 사설에 대해 위인이 정말 무얼 이해할 수 있는진 알 수 없었지만, 그 역시 이제는 별 군소리가 없었다. 이것저것 줄곧 아는 체를 해오던 객소리가 사라지고 묵묵히 굿판 사설에만 이끌려드는 기색이었다.

— 작은딸이 칠첩반상 상다리 휘어지게 푸진 음식을 차려 들이나 공자는 도통 거들떠보지도 않는다. 둥두더 둥둥…… 조선국 공자님아, 뭣을 잡수시렵니까. 공자가 대답하되, 내 나라에선 돛도 통으로 뜯고 쇠도 머리째 먹는다. 작은딸아이가 놀라 그 소리를 부왕께 여쭈니 대왕이 듣고 말씀하시되, 내 이 나라 왕으로 그만한 사위손 대접을 못하겠느냐. 날마다 돛을 잡고 쇠를 잡으니 동창 서창이 다 비어간다…… 둥더더 둥덩……

굿판의 사설은 다행히 상자 속에서 그간 기골이 장대한 거인으로 자란 소천국의 아들이 그 바다 건너 나라 임금의 구함을 받아 그의 막내 공주와 내외의 연을 맺는 것으로, 이번에는 청자들로부터 안도의 한숨과 탄성을 자아냈다.

하지만 나라의 창고가 거덜 날 지경으로 심한 그의 대식증이 빌미가 되어 다시 공주와 함께 무쇠상자에 넣어져 바다에 버려지는 비운을 맞게 된 아들은 다시 멀고 먼 물길을 흘러흘러 이번에는 제 어미가 태어나 떠나온 동명성국에 이르게 된다. 그리고 이어 이런저런 우여곡절 끝에 큰 체구와 용력으로 나라의 위기를 구하는 공을 세운 뒤 그 보상으로 주어지는 모든 재물과 영화를 마다하고 나선 그의 소망대로 마침내 그리던 조선국 제주도로 돌아와 이곳의 당신으로 좌정하는 과정이 펼쳐졌다.

―제주 바다로 배를 몰아 들어가니 들물은 떨어지고 썰물을 만나서 소섬 모퉁이로 배를 대어 들어가는구나. 섬의 좌우에서 종선들이 몰려나와 보살내기 해변으로 배를 끌어 올려놓고 섬을 한 차례 휘둘러보니, 이곳은 말과 쇠나 가둬 기를 땅이구나. 다시 뭍섬으로 들어가자! 둥더더 둥둥……

요선은 이제 그쯤에서 그만 자리를 뜰 때가 된 것 같았다. 이 고을 당신의 좌정 내력이라면 뒷이야기는 더 들어봐야 뻔했다. 한 차례 본풀이 무가 제차가 끝나서 옆의 고가가 더 귀찮은 참견을 해오기 전에 미리 금옥이 년을 눈치해 함께 데려 나가는 게 상책일 듯싶었다.

하지만 금옥은 그를 불러놓고도 그런 요선의 속내를 아는지 모르는지 전혀 틈을 주지 않았다. 이제 더 이상 눈물기는 보이지 않았지만 이따금 목제비질을 곁들인 그녀의 꼿꼿한 눈길은 계속 굿판만 좇고 있었다. 년의 그런 태도가 새삼 낯설고 냉랭하게 느껴져 요선은 여전히 그쪽으론 냉큼 발길이 떨어지질 않았다. 그리고 그렁저렁 망설이다 결국은 그 자리에서 자신도 그 본풀이 제차의 종국을 맞고 말았다.

소천국의 아들은 그렇듯 당당히 섬으로 들어오고 나서도 그의 거식증을 채워줄 좌정처를 쉽게 찾지 못했다. 소천국이 그를 버린 예송리를 찾아가서도 그 부모가 자식 버린 허물이 두려워 도망치다 죽어 제각기 먼저 '당신'이 되게 한 것뿐 자신은 제대로 제수를 받아먹을 당소를 얻지 못한다. 그러나 이번 제차가 그 마을 당신의 내력 풀이인 만큼 결국엔 이 동네가 당연히 그의 편안한 좌정지로 결말나게 마련이었다.

―이땅 저땅 만난고행을 다 겪은 소천국 닛 아들이 상제의 명령을 받아 예송리 신당으로 제사상을 받자 하니 이것이 만민의 풍운조화로다. 두둥둥둥……

무가 사설은 드디어 얼시구 절시구, 지금에 바로 그 당신의 좌정을 반기듯 한 마을 사람들의 흥겨운 추임새 속에 그렇게 마지막 절정을 치달아갔다.

―드높은 느티 아래 서낭 자리를 고르고 큰 당우를 지어 수톳 암톳으로 제청을 차려 올리니, 만민은 일녀일도…… 청룡도리 백호도리 열두 설반 물 한 점도 아니 새들게 의하는 귀한 신당입네다…… 둥둥둥둥…… 자 이제 우리 당신님의 본풀이로 오늘 이 자리로 좌정해 오실 길을 다 닦았으니, 어서 이 베다리를 건너오셔서 이 마을 백성들에게 새해 복을 내리소서…… 두둥둥둥둥……

심방은 이제 그쯤 본풀이 제차를 끝내고 자리에서 일어나 그 당신을 제청으로 맞기 위해 지금까지의 관복 차림을 붉은 쾌자의 장군복으로 갈아입고 신칼과 요령, 댓가지에 백지를 동여맨 감상기들을 챙기기 시작했다.

그렇게 굿 제차가 바뀌어가는 틈을 타서 고종민이 어느새 또 자못 감개 어린 어조로 아는 척을 해왔다.

"그러니까 이곳 당신들은 원래 천상의 세계나 육지부에서 매우 비범한 능력을 지니고 태어난 신령들이었겠지요? 지금 들어보니 오늘 이 마을 당신도 내력이 그런걸요."
 그 역시 같은 무가 사람인 요선에게 확인을 겸해 주워섬긴 소리였다.
 ─도대체 그동안 위인이 이 섬에서 이것저것 무얼 그리 주워들었길래?
 요선은 그 고종민의 굿에 대한 진지한 관심과 열성에 기가 질릴 지경이었다. 그리고 그 시도 때도 없는 데데한 말 걸이에 무슨 대견스런 마음커녕 귀찮고 지겨운 생각만 앞을 섰다. 하지만 동네 당신을 신청으로 맞아들이는 이번 제차엔 요선도 함부로 몸을 움직이고 나설 수 없는 계제인 만큼 그가 한 번 더 참았어야 옳았다.
 "글쎄, 그렇게 잘난 신령들이 어째서 이 섬 구석까지 쫓겨 들어 왔길래 저 사람들이 아까 그토록 한숨에 장탄식에 넋을 놓는지 모르겠습디다."
 무가 사람답지 않은 어깃장 투 한마디를 내뱉어버린 게 잘못이었다.
 "그야 저 사람들이 그 신령들의 불운한 처지를 함께 공감한 때문 아니겠어요? 제가 이 섬에서 들어 알기론……"
 혹 떼려다 붙이게 된 격이랄까. 물색없는 위인이 얼씨구 때를 만났다는 듯 제물에 다시 길게 사설을 늘어놓기 시작했다.
 "당신의 신화나 영웅 장수 전설에서나 이 섬 신령들은 자기가 난 세상에선 그 힘이나 뜻을 제대로 펼 수가 없었지요. 남다른 능력이나 풍모 때문에 오히려 화를 입을까 두려워한 부모에게 죽임을 당하거나 버림을 받은 처지가 되어 간신히 이 섬 고을까지 쫓겨 들어온 처지들이었다지요. 지금 제 말 맞지요?"

─얼씨구, 그래서? 제 사설 저 혼자 멋대로 엮기 좋아하는 게 썩 무당 소질이 있어 보이는걸. 자꾸 옆엣사람 귀찮게 하지 말고 혼자서 계속 읊어나가 보시라구!

하지만 고종민은 그런 요선의 불편스런 기색을 알아차리지 못한 모양이었다. 하긴 요선의 어깃장 투 속마음도 그런 투였던가. 고종민은 그걸 알았거나 말았거나 요선의 속내 따윈 아랑곳없다는 듯 계속 혼잣말을 이어나갔다.

"이 섬엘 들어와서도 거인 장수들이 겪는 거식성 때문에 늘 배가 고파 이런저런 우여곡절을 겪다가 요행히 아직 당신이 없는 동네를 만나 마을 사람들에게 제사를 허락받으면 그때부터 그 마을의 길흉화복을 관리하는 수호신으로 좌정을 하게 되는 거더군요. 그러니 마을 사람들 쪽으로 보면 그렇듯 버림받고 쫓기는 당신의 불운한 처지와 자신들의 척박하고 억눌려온 삶에 어떤 동질성을 느끼게 되고, 그런 일체감 속에 자신의 삶에 대한 새로운 각성과 위로를 얻게 되는 것 아니겠어요. 이 섬 사람들이 당신의 기구한 생애 이야기에 그렇듯 탄식하고 눈물을 짓는 것은 그런 일체감의 표시인 셈이지요. 당신이 애초 그 거식증을 채우기 위해 하필 이 섬을 찾아온 것이나 이 섬 사람들이 그 신령을 자신들의 당신으로 받아들여 서로를 보살피는 상호 의존의 관계를 영위해가게 된 것도 바로 그런 동질성과 일체감 때문이랄 수 있을 테니까요. 그래 이 섬 사람들은 이미 수없이 되풀이해 들어온 그 신의 일생 이야기를 시시때때 일 년에도 몇 번씩 다시 모여 자신들의 이야기로 들으며 한숨과 눈물로 그 당신과 마을 사람 간의 공동 운명체로서의 일체감을 다짐해나가는 것이겠지요. 이런 제 생각 크게 틀린 거 아니지요? 공자님 앞에 문자를 쓰는 격이랄까, 이런 거야 물론 같은 일에 종사해오신 정 형이 더 잘 아실 일이니까요……"

무슨 숙제 복습이라도 하고 있는 듯한 고종민의 일방적인 요설은 끝이 없을 것 같았다.

요선은 위인의 그 일사천리 식 연설 투를 별로 귀담아들을 일도 없으려니와, 금옥이 년 눈치를 살피느라 좀더 일찍 자리를 뜨지 못한 것이 후회스럽기만 하였다.

하지만 고종민의 데데한 쳇소리는 다행히 그쯤에서 기세가 꺾이고 말았다.

─신령과 생인이 다를 바 있으오리까. 생인도 문을 열어야 들어오삽고, 귀신도 문을 열어야 오고 가는 법이라……

그동안 노란색 천으로 오른쪽 팔소매를 감아 묶고(팔짝거리) 본 당신을 맞기 위한 신문열림(군문열림) 사설을 끝낸 심방이 설쇠와 북을 안은 소무들의 무악 속에 양손에 명두칼, 요령, 감상기들을 나눠 쥐고 하얀 베다리가 깔린 사립께를 향해 둥실둥실 춤을 추며 나아가고 있었다. 사람들은 그 심방과 함께 당신을 맞이하기 위해 일제히 자리에서 일어났고, 고종민도 분위기에 눌려 제풀에 입을 다물어준 바람에 요선은 한동안 그 춤 구경에 열중할 수 있었다.

심방의 이번 제차는 이를테면 육지부의 진적굿에서 자기 조상신을 모셔 들이는 절차와 같은 것으로, 자연히 엄숙하고 정성스런 분위기를 자아낼 수밖에 없었다. 하지만 자기 몸에 직접 조상 당신을 청해 모셔 들이는 데는 그 춤사위가 조용하고 경건할 수만은 없었다. 이른바 도랑춤이라 칭하는 그녀의 춤은 처음에는 느릿느릿 조심스럽던 춤사위가 시간이 흐르면서 소무들의 연물 소리와 함께 점점 더 빠르고 거칠어져갔다. 그런데 이곳의 당신은 그 성깔이 얼마나 거칠고 사나운지 굿판이 어우러질수록 무녀의 춤동작이 요선의 예상을 훨씬 뛰어넘었다. 그녀는 베다리 길을 따라 제상과 대문간 사이를 오가며 몸을 뱅뱅 돌려 빠른 회무를 추기도 하고 때로는 땅바닥에 넙죽 엎드렸다 훌쩍 공중으로 솟구쳐 오르기도 하는 격렬한 동작을 거듭 되풀이하였다. 더러는 몸이 금세 쓰러져 어디를 크게 다치지 않을까 싶게 비틀거리는가 하면 이내 바람처럼 가볍게 제장을 휘감아 내닫기도 하는 그 무아경의 격렬한 춤사위 앞에 요선도 고종민도 사람들은 한동안 숨을 죽인 채 넋없이 바라보고만 있었다. 게다가 마침내 무녀가 그 요란한 춤사위를 멈추고 왼손의 신칼 치마(끈)를 오른손으로 화살을 메겨 당기는 시늉을 하며 온몸을 달달 떨어댈 때에는 그 무녀의 부릅뜬 눈과 창백한 얼굴색이 한껏 괴기스럽고 공포스러워 보였다.

 그것은 바로 본향신이 심방에게 접해 오는 순간이었다. 하여 지금까지 긴장과 흥분 속에 숨을 죽이고 있던 사람들은 일제히 합장을 하고 머리를 숙여 그 당신을 함께 맞이했고, 그러자 무녀는 그 신령을 제상 앞 신대로 좌정시키기 위해 다시 빠른 춤사위 속에 제장을 몇 차례나 오갔다.

 그런데 그럴 무렵, 요선은 불의에 더 이상 굿판을 지키고 있을 수가 없게 됐다.
　요선은 그간에도 중간중간 금옥 쪽의 낌새를 살피고 있었음이 물론이었다. 그런데 그 활을 겨누는 시늉을 하는 심방의 몸짓 속에 당신을 맞고 있던 긴장된 순간이었다. 여태까지는 그녀도 다른 사람처럼 눈길을 꼿꼿이 한 채 긴장해 있던 금옥이 그 순간 왠지 무엇에 불시에 머리를 얻어맞은 듯 깜짝 놀라며 제 뒤를 돌아보았다. 그녀의 뒤에는 물론 아무도 사람이 없었다. 하지만 일은 그것으로 끝나지 않았다. 금옥은 그때부터 전날의 해변가에서처럼 얼굴이 하얗게 질려 어쩔 줄 몰라 하는 기색이었다. 무엇인지 자신 속에 치솟아 오르려는 것을 참으려는 듯 얼굴이 다시 불그락푸르락 눈을 지그시 감아보기도 하고 두 손을 한꺼번에 입으로 가져가기도 하였다. 그러다 마침내 그 알 수 없는 자신 속의 어떤 충동기를 더 이겨내지 못한 듯 발작적으로 몸을 휙 돌이켜 사립 쪽으로 내달아 나가고 말았다.
　금옥의 그 일련의 예상찮은 행동에 줄곧 넋이 빠져 있던 요선은 이제 더 보고만 있을 수가 없었다. 그는 아직 낌새를 알지 못한 고종민을 혼자 남겨둔 채 자신도 급히 굿청 뒤꼍 텃밭 쪽을 질러 돌아 그녀를 쫓아갔다.
　금옥은 짐작대로 사람이 뜸한 골목 담벼락 아래에 구역질을 하듯이 몸을 구부려 접고 엎드려 있었다.
　하지만 요선은 이제 더 이상 그녀를 어쩔 수가 없었다.
　"상관 말어! 내 일은 이제 상관 말란 말야!"
　무작정 그녀에게로 다가가 몸을 건드리려는 요선의 기척을 느낀 금옥이 순간 불에라도 덴 듯 몸을 비켜내며 갑자기 사납게 소리쳤다. 그리곤 왠지 노여움기에 떨리는 매서운 눈길로 그를 잠시 노려보다간 이내 또 화들짝 몸을 일으켜 순식간에 골목길을 달려가 버렸다.
 요선도 이젠 그 금옥을 내버려두는 수밖에 없었다.
 ─그렇구나, 네가. 이제 알겠다. 가엾은 것……
 그도 이젠 대충이나마 지금 그녀에게 일어난 일이 무슨 변괴인지를 짐작할 수 있었기 때문이다.
 그녀는 이날 실상 요선을 보고 싶어 그곳으로 그를 부른 게 아니었다. 차라리 그녀는 자신 속의 그 참을 수 없는 위험한 욕구, 그 참혹스런 충동에 쫓기고 시달리는 자신의 위태로운 모습을 보여주기 위해 짐짓 그랬기가 쉬웠다.
 하지만 이제 그것은 그녀의 거역할 수 없는 운명이었다. 요선으로서도 그것은 어찌할 수 없었다. 그는 어슴푸레나마 그걸 느끼고 있었다. 그래 한동안 그녀가 사라진 빈 골목길만 응시하고 있다가 이윽고 무슨 낌새가 이상했던지 어정어정 뒤늦게 그를 찾아 나타난 고종민도 본 척 만 척 혼잣소리로 중얼댔을 뿐이었다.
 ─그래, 네년은 결국 암무당이 되고 말 테지.

 하지만 요선은 이날 그것으로 금옥을 깨끗이 잊고 마음이 편해질 수 없었다. 전에 없이 오히려 마음이 더 무겁고 애틋해져가기만 하였다. 무엇보다도 물색을 알지 못한 고종민의 참견 때문이었다.
 "아까 그 아가씨 아마 저 서귀포 너머 해정 마을 당집 처녀 아니었어요?"
 요선의 혼잣말을 알아들었는지 어쨌는지 위인이 쭈볏쭈볏 아는 척을 하고 나섰다. 그러다간 여전히 앞뒤 사정을 헤아리지 못한 듯 요선에게 뜻밖의 사실을 덧붙여왔다.
 "그런데 여긴 웬일이지요? 그 동네도 오늘 당굿이 있다던데, 심방집 딸이 제집 당굿판을 놔두고 왜 이 동네엔?"
 ─그쪽 동네서도 오늘 당제가 치러진다?
 요선은 이제 더욱 그 금옥의 속내와 변괴의 곡절이 확연해진 느낌이었다.
 ─그래 년이 일부러 제집 굿판을 피해 이쪽으로 나를 불러냈겠다?
 생각이 거기까지 미치고 보니 마음이 편해지기는커녕 갈수록 그 금옥의 처지에 대한 막막한 연민이 앞을 섰다. 한데다 그런 요선의 속내나 심사를 알 길 없는 고종민이 다시 엉뚱한 제의를 해왔다.
 "어때요. 이곳 굿판은 이쯤 봤으니 지금 그 동네 당굿 구경을 가시겠어요? 그 집 여드렛당 뱀신굿은 얼마 전 다른 동네서 구경해서 오늘은 이쪽으로 왔지만, 나도 그 동네 뱀 당신굿을 한 번 더 구경하고 싶으니 말이오. 정 형넨 신당을 성산포에다 잡았다면서요? 내가 마침 차를 렌트해 왔으니 이따가 정 형을 거기까지 태워다 드리기로 하면, 해정리는 그 중간 길목 아니에요? 오늘 점심 요기는 여기서보다 그 동네 굿판 음식을 얻어먹기로 하고 말이오."
 무당의 자식으로 태어난 운명으로 금옥이 그런 꼴로 시달리며 넋을 놓고 떠도는 마당에 지금 해정리를 찾아가 그 어미 변 심방의 당굿판을 구경하자니 말도 안 되는 소리였다. 요선은 어이없는 눈길로 묵묵히 한동안 고종민을 건너다보고만 있었다. 그러니 위인도 비로소 뭔지 심상찮은 낌새를 느꼈던지 슬그머니 다시 말을 바꾸고 나섰다.

"그나저나 이젠 점심도 해야 하니 어쨌든 서귀포로 나가지요. 남의 동네 굿판에서 고사 음식부터 내놓으랄 수도 없는 일이고, 그렇다고 그냥 굶고 넘어갈 수도 없는 일이니, 우선 함께 서귀포로 나갑시다."

하고 보니 요선은 뱃속의 시장기도 시장기지만 이날로는 위인을 떨쳐버리기가 아예 그른 일 같아 어정쩡하니 입을 다물고 있으려니, 그것이 위인에게 응낙의 꼴이 되어버렸다.

"자 갑시다. 얻어먹지는 못했지만, 쌀밥 나물이야 돼지고기야 정한 제물 진 제물 푸짐한 굿 음식 구경 끝이니 그 눈안주 대접 삼아 모처럼 함께 술도 한잔씩 하게요."

고종민이 반강제로 요선의 팔을 이끌었고, 그렇게 동구 밖 길가에 세워둔 그의 차로 두 사람은 함께 서귀포 길을 나섰다.

그런데 위인은 생각보다 능숙한 운전 솜씨로 차를 몰아가면서도 아깟번 금옥의 일로 하여 요선의 기분이 아직 견치 못해 보인 모양이었다. 아니면 그렇듯 둘이 먼저 굿판을 떠나려니 못다 한 당굿 구경이 새삼 아쉬워져서였을까. 하긴 사람을 먼저 청해 태우고 가는 처지에 그냥 입을 다물고 있을 수만은 없을 터, 더욱이 요선 같은 무당가 사람과 자리를 함께하고 보면 그 밖에 다른 마땅한 이야깃거리가 있었을 리도 없었다.

"그나저나 아까 그 늙은 여심방 춤거리 대단했지요? 특히 그 신맞이를 하는 순간의 마을 사람들의 호응도 인상적이었고요."

파란 쪽물빛 바다 풍광에 취해 한동안 해안 도로를 달리던 고종민이 이윽고 옆자리의 요선을 의식한 듯 새삼스레 또 굿판 이야기를 꺼냈다.

하지만 요선은 물론 이제 굿판 이야기 따위엔 흥미가 있을 리 없었다. 그래 여전히 입을 다문 채 창밖만 내다보고 있으려니, 위인이 우정 그의 기분을 바꿔주려는 듯 다시 말을 이어갔다.

"오늘 굿에서 그 당신과 마을 사람들의 감동적인 만남을 보니 당신과 섬사람들 양쪽이 어떻게 서로 의지하고 지내는지 분명히 알겠어요. 아마 당신이 처음 이 마을로 좌정처를 정해 들어왔을 때 마을 사람들이 그 당신을 맞아들일 때도 그렇게 감동적이었겠지요."

고종민은 자못 황홀하기까지 한 목소리였다. 이제는 요선이 뭐라고든 한마디쯤 대꾸를 보내야 할 차례였다. 하지만 그는 별 할 말이 없었다. 그리고 그렇듯 계속 그냥 입을 다물고 앉아 있는 게 상책일 뻔하였다.

"이곳 당신들은 애초 마을 사람들이 받아줄 수도 있고 다시 내쫓아버릴 수도 있는 떠돌이 거렁뱅이 신령이었다면서요? 그럼 정말로 마을 사람들이 싫다고 마다하여 내쫓아버리기라도 한다면 그 신령의 신세는 어떻게 된다지요?"

그닥 하고 싶은 말이 없어 비소(鼻笑)거리 삼아 한마디 떨떠름한 소리를 건넨 것이 또 한 번 빌미였다.

"그래요. 이 섬에선 실제로 마을 사람들이 좌정을 마다하고 내처버린 경우도 많았다지요. 그런 경우 그 신령은 당신이 없는 다른 동네로 계속 좌정처를 찾아 헤매야 했구요."

요선을 상대로 이 섬 당신들에 대한 제 무당 공부를 복습하고 싶어 하는 위인의 조바심에 다시 물꼬를 터준 셈이었다.

"그거야 물론 정 형이 더 잘 아실 일이지만, 원래 내력은 더없이 고귀한 혈통 출생인데도 여기저기 굿판에서 주인 없는 혼백들을 위해 베푸는 잡귀풀이 음식을 곁다리로 함께 얻어먹어가면서 말이오."

그는 아깟번 굿판에서처럼 요선의 기분을 무시한 채 한동안 더 제 무당 공부의 내용을 되새겨나갔다.

"하지만 대개의 신령들은 이 섬 어느 마을에서 결국 자기 당 자리를 얻어 좌정을 하게 되지요. 이 걸신들이 끝내 좌정지를 찾지 못해 막다른 처지가 되고 보면 흉악하고 무서운 원신(怨神)으로, 어떤 고을에 심한 가뭄이나 흉년이 들게 한다든지 지독한 돌림병이 돌게 한다든지 하여 마을 사람들이 결국엔 그 신령의 도움을 청해 받아들이지 않을 수 없게 만들었다니까요. 정 형도 이미 아시는 일이겠지만, 그 해정리 여드렛당 뱀 당신 같은 게 그런 경우 아니겠어요. 사람들에게 흉악하고 끔찍스럽기로 말하면 구렁이를 앞설 형상이 없고, 사람들 마음속 느낌으로 말하더라도 구렁이보다 제 속 원망이 깊은 생령도 없을 테니까요. 해정리 뱀신의 내력을 듣다 보면 사실 이 섬 사람들 누구나 한숨과 눈물을 참기 어려울 만큼 사연이 험난하고 한이 깊어 보이거든요."

이 위인 집안에도 혹시 무당의 피가 섞인 거 아닌가? 말끝마다 요선을 의식하여 '이건 정 형이 더 잘 알 일이지만' 따위의 소리를 되풀이하면서도 위인의 데데하고 거침없는 아는 척에 요선은 갈수록 심사가 더 뒤틀려왔다. 도대체 주객이 뒤바뀐 위인의 굿에 대한 관심과 열성을 갈수록 이해할 수가 없었다. 요선은 더 참지 못하고 심통스럽게 다시 한마디 내뱉었다.

"그래 그 동네선 어디 모실 귀신이 없어 하필 구렁이 귀신을 마을 당신으로 들어앉혔게요?"

하지만 그도 물론 위인의 신바람만 돋워준 격이었다.

"그러게 말이에요."

고종민은 기다렸다는 듯 냉큼 동감을 표시하고 나서 내처 다시 신명 나게 이야기를 계속했다.

"예에, 서로서천 저 해정 여드레 한집 본산국 난산국 본풀이 올립네다아. 이런 식으로 시작하던가…… 하여튼 그 곡절을 여기서 지금 다 이야기할 수는 없지만, 이 섬 뱀 당신들의 본풀이를 들어보면 아까 그 예송리의 소천국 백주또 부부와는 비교도 할 수 없을 만큼 험난하고 절박한 처지였지요. 오죽하면 사람들이 그토록 싫어하는 구렁이 형상이었겠어요? 하지만 그런 모습의 당신을 모신 것은 다름 아닌 이 섬 사람들 자신의 저주스런 운명의 형상, 절망과 원한과 서러움의 공감적 표상으로서가 아니었겠어요. 이 섬 사람들이 오랜 세월 본래의 사람값이나 제 모습을 잃고 살 수밖에 없었듯이, 그런 당신의 형상도 그 어쩔 수 없었던 내력에 더욱 가슴 저려했을 테니까요."

고종민은 이제 먹물을 먹은 사람답게 요선의 응대 따윈 아랑곳 않은 채 먹물기가 잔뜩 밴 첫사설 투 속에 저 혼자 그 당신들의 사연에 취해 들어가고 있었다.

"사실을 말하면 저도 처음엔 왜 하필 구렁이 당신인가, 징그럽고 끔찍했지요. 하지만 이제 이 섬과 섬사람들의 혹독한 역사나 황폐한 삶, 그 남루하도록 사무친 삶의 소망을 알고부터는 그런 한스런 당신의 내력을 이해할 수 있었지요. 그 구렁이 원신만이 아니라 이 섬 모든 당신들의 처지를 말예요."

"……"

"그래서 난 이제 구렁이 형상이든 무어든 이곳 당신들이나 그런 당신을 모시는 이곳 사람들이 징그럽다거나 이상스러운 느낌이 들지 않게 되어가고 있어요. 그보단 오히려 그런 당신들과 이승의 삶을 함께할 수밖에 없는 이 섬과 섬사람들의 오랜 숙명, 무엇보다 그 가혹한 운명의 굴레를 벗어나고자 발버둥 쳐온 섬사람들의 고난에 찬 역사가 역력히 다가오곤 하지요."

그렇듯 이야기에 열중하다 때로는 찻길 운전을 비틀대기까지 하면서 장황하게 이어진 위인의 해정리 구렁이 원신 이야기는 때마침 차가 서귀포로 들어서는 바람에 그쯤에서 일단 끝이 났다.

그리고 두 사람은 쉬운 대로 눈에 띄는 노변 식당을 한 곳 찾아들어 자리를 마주해 앉았다.

하지만 요선은 고종민이 본식단에 앞서 청해 나온 소주를 거푸 두 잔째 비울 때까지도 계속 아무 말이 없었다. 고종민의 그 끊임없는 먹물기 요설에 그는 계속 심사가 어지러워진 때문이었다.

그는 물론 그 고종민의 데데한 먹물기 변설을 잘 알아들을 수도 없었고, 굳이 알아들으려고 하지도 않았다. 그러니 섬 당신들의 기박한 내력과 원망을 알 수도 없었고, 징그러운 구렁이 당신을 이해할 수도 없었다. 그런데 위인의 계속된 지껄임 속에 그는 언제부턴지 다시 금옥을 생각하고 있었다. 무슨 섬사람들의 고난스런 숙명? 그 숙명의 굴레를 벗어나려 발버둥 쳐온 섬사람들의 역사? 고종민의 그런 소리들이 그에게 다름 아닌 금옥의 팔자와 발버둥질을 떠올리게 한 것이었다. 그리고 그렇듯 섬을 벗어나려 발버둥을 쳐대는 금옥의 모습이 녹슬어 무딘 칼날처럼 그의 가슴을 무겁게 저며들기 시작한 것이었다.

뿐만이 아니었다. 그런 요선의 속내를 아는지 모르는지 고종민은 마치 그 섬사람들의 운명을 자신에게 옮겨 건네주려거나 하듯, 또는 그걸로 자신과 금옥의 운명을 한데 얽어 묶고 싶기라도 하듯 줄곧 그 한 가지 이야기에만 열심이었다.

—이자가 내 년에 대한 낌새를 알고 짐짓 해보는 소리들인가? 그렇담 도대체 내가 년을 엎어 뭉개주라는 소리여 말라는 소리여?

그는 무엇보다 위인의 속셈을 알 수가 없었다. 바로 그 금옥의 운명을 자신에게 건네 옮겨주듯 시시콜콜 섬 이야기에 열심인 위인의 속내가 갈수록 의아스럽고 두려워지기까지 했다. 그래 마침내 원주문 음식으로 이곳 특산의 자리돔 횟그릇이 들어오고 위인이 그의 잔에 세번째 술을 따르려 했을 때 요선은 그에게 잔을 거꾸로 건네 채워주고 나서 더 이상 참지 못하고 모처럼 한마디 내뱉었다.

"한 가지 물어봅시다. 도대체 당신은 무엇 때문에 이 섬 일에 그리 열심이우. 당신은 실상 이 섬 사람도 조선 사람도 아니라면서!"

하지만 고종민은 이미 그런 요선의 속을 다 읽고 있었던 것 같았다. 뿐더러 요선의 그런 시비조에도 그는 이미 대답이 준비되어 있었다.

"하, 그러고 보니 정 형은 여태 그 생각을 하고 있었구려. 그게 궁금하시다면 제가 다 설명을 해드리지요."

고종민은 다시 활기를 얻어 솔직하게 털어놓기 시작했다.

"그야 물론 전 이 섬에서 난 사람도 아니고 지금은 이 나라 사람도 아니지요. 하지만 내 몸속을 흐르는 한국 사람의 피나 혼백은 국적까지 바꿔버린 지금에도 어쩔 수가 없는 모양이라서요. 어쩌면 국적을 바꾸고 바깥 나라에 살다 보니 이 섬과 이 나라 역사가 더 잘 보이는 것 같기도 하고요. 어떤 일의 한가운데에 오랫동안 휩쓸려 지내온 사람은 때로 그 일의 모양새를 제대로 짚어보기 어려울 때가 있거든요."

요선은 내친김에 잠시 더 따지고 들지 않을 수 없었다.

"그래, 그렇게 바깥 사람의 눈으로 본 이 섬과 이 나라 꼴은 대체 어떻게 보인다는 거요?"

그런데 그렇듯 내내 거침이 없어 보이던 고종민도 이번에는 왠지 좀 자신이 덜한 눈치였다.

"아니, 그렇다고 지금 내가 이 섬을 제대로 다 보았거나 알았다는 건 아니구요……"

무엇인지 잠시 말을 망설이는 투였다간 차츰 다시 자신을 회복

한 듯 역시 그 데데한 먹물기 투의 대꾸를 이어갔다.

"하지만 우선 지금 말할 수 있는 것은 나도 어느 면에선 어쩔 수 없는 이 섬 사람이라는 것, 이 섬 사람이면 한국 사람이기도 하다는 것, 그래서 이 섬과 이 나라 일에 눈을 돌리고 살 수 없고, 오늘 이 먼 길에 예송리까지 찾아간 일이나 이렇듯 정 형과 마주 앉아 되는 소리 안되는 소리 이야기를 나누고 싶듯이 앞으로도 계속 이 섬과 이 나라 일에 눈을 크게 뜨고 살게 될 거라는 것만은 다짐해도 좋을 겁니다."

"그야 당신이 이 섬 사람이라면 틀림없이 이 나라 사람이기도 하겠지러. 당신은 대학물까지 먹어가며 많이 배운 사람이니, 그런 처지에 이 섬 일이나 나랏일까지 걱정을 하고 드는 것도 알 만하겠고요. 그런데 그런 당신 눈으로 보니 이 섬이나 나라 꼴이 지금까지 어떻더냐니까요."

"내가 이 섬의 숙명을 느끼고 이 섬과 이 나라의 일을 알려고 하는 대학물 먹은 사람이어서가 아니라, 바다 건너 나라에서도 여전히 같은 운명의 굴레 속에 배고프고 억눌리며 쫓겨 살아온 비슷한 삶의 내력 때문이겠지요. 그리고 이 제주도의 역사의 숙명을 이 나라 전체의 것으로 말한 것은 단순히 지역의 확대에서가 아니라, 정 형도 알고 있을 그 가엾은 아기장수 이야기가 이 나라 어디에나 전해지고 있는 데서도 알 수 있듯이 그 억눌림과 쫓김의 제주 섬 역사가 곧 바다 건너 전라도의 역사나 이 나라 전체의 역사와 같은 맥을 이루고 있기 때문이겠구요. 오래전 옛날부터 근자의 4·3사건에 이르기까지 이 섬은 늘 뭍 동네나 이 나라 전체의 큰일을 대신해 어쩔 수 없는 굿마당 노릇을 해온 것 같거든요. 섬사람들이야 싫든 좋든 저희끼리 이쪽 저쪽 편이 다른 뭍 세력이 건너들어와 제각기 그럴듯한 명분을 내세워 때마다 억지 굿마당을 내놓으라 얼러 몰아붙이니 당해낼 재간이 없었구요. 그렇더라도 섬사람들은 그저 마당이나 빌려주고 굿 구경 뜨이나 먹으랬으면 또 모르지요. 커녕은 이쪽 저쪽 다투어 섬사람들을 굿판 한복판으로 끌어내다 떼죽음을 시키곤 했으니, 그 일방적인 명분 놀음에 피를 본 건 애꿎은 이 섬 사람들뿐 아니었겠어요."

생각을 망설이거나 자신이 없어지면 그렇듯 상대를 염두에 둘 수 없을 만큼 말이 어려워지고 우왕좌왕 장황해지는 것인가. 새판잽이로 다시 활기를 얻은 고종민의 어조는 이제 아예 요선의 이해를 고려하지 않는 투였다. 그 엉뚱한 굿마당의 비유부터가 그런 식이었다.

요선으로선 물론 고종민의 그런 비유를 정확히 읽어 들을 수가 없었다. 하지만 그에게도 뭔가 한 가지 꺼림칙하게 짚여오는 대목이 있었다. 그래 그는 새삼 떨떠름한 기분 속에 혼잣소리처럼 내뱉었다.

"지금 이 자리에 대체 어째서 그런 이야기가 나오는지 알다가도 모르겠네. 이 섬이 그럼 지금도 육지 사람들 굿마당 노릇만 하고 있다는 건가. 굿거리는 쥐뿔도 내놓지 않는 판에."

하지만 요선이 쉽게 알아들을 수 없었을 뿐 고종민의 이야기는 물론 거기까지 깊은 맥이 닿아 있었다. 요선의 이해가 옳건 그르건 간에 상관없이 그가 거침없이 단정하고 나섰다.

"맞아요. 이 섬은 지금도 그래요. 그리고 앞으로도 그럴 공산이 크구요."

"그건 아깟번 같은 이 섬 심방들의 굿판을 두고 하는 소리요, 아니면 우리처럼 육지부에서 굿판을 벌이러 뱃길을 건너온 뭍 무당들을 두고 하는 말이오?"

요선은 어딘지 계속 속을 찔리고 있는 듯한 기분을 떨치려 다시 공박 투를 이었다. 하지만 이 섬을 바라보고 읽어내는 고종민의 눈길은 요선이 상상한 것보다 훨씬 깊고 매서웠다. 그가 망설임 없이 다시 말을 이었다.

"오늘 같은 굿판이나 정 형네같이 이번에 육지부에서 들어온 사람들 일이나 큰 줄거리에서 보면 다 그렇달 수 있겠지요. 나도 며칠 전 이 과장한테 들은 일입니다만, 정 형네랑 함께 온 조 만신네가 예정하고 있는 그 남선리 진혼굿판 일까지도 모두요. 근본적으론 모두가 그 육지부 사람들, 큰당집 같은 사람들에게 이용을 당할 뿐이에요. 그리고 지금 이 섬엔 분명 그런 조짐이 시작되고 있구요."

"큰당집 사람들에게 당하다니, 이 섬 사람들이나 우리 육지부 무당들까지 무얼 어떻게 말이오. 이 섬에 대체 무슨 조짐이 있길래요?"

하지만 그 요선의 연거푸 물음에 고종민은 뭔가 다시 자신이 없어진 것인지, 아니면 일부러 말을 아끼려는 것인지 모처럼 대꾸가 아리송하게 짧아지고 있었다.

"두고 보면 알겠지요. 정 형도 이미 들으셨을 테지만, 그 한라산 동굴에서 발견된 옛날 유골들 말이오. 그 주인 없는 유골을 두고 지금 이 섬 사람들이 두 편으로 갈라져서 각기 자기편 위령제를 계획하고 있다지 않아요."

"그 두 편 사람들이 누구누구들인데요? 그리고 그게 어째서 큰당집하고 상관된 일이구요?"

"그게 누구누군지도 두고 보면 알 일이겠지만, 어쨌든 그 사람들은 이 섬 사람들인 게 분명하고, 큰당집에선 여태껏 그런 사태를 기다렸을 거라는 거지요."

"큰당집 사람들이 그걸 무엇에 이용하려걸래요?"

"……"

고종민은 이제 더 이상 대꾸하기가 싫어진 듯 잠시 침묵을 지키고 있었다. 그러다간 그새 두 사람의 술잔이 빈 것을 알고는 차례로 술을 따라 채운 뒤 자신의 잔을 쳐들어 요선을 권하며 새삼 엉뚱한 곳으로 화제를 돌렸다.

"그런데 참, 그 남선리 조 만신네 일행 굿은 정 형네도 함께하실 예정이라면서요? 그래, 그 굿일은 예정대로 잘 진척돼가겠지요? 날짜가 언젠지요? 그날은 나도 모처럼 육지부 굿판을 한번 구경해야 하니까요."

7

종민이 보아라—

한동안 잠잠해 있던 일본의 아버지로부터 아들의 위험한 호기심과 참견을 꿰뚫어 본 듯한 심한 경계의 서신이 날아들었다.

……아비는 너처럼 배우지 못해 여태까지 이 땅에서 택시나 끌면서 연명해온 처지라, 네가 아직 그 섬에 머물면서 무슨 일을 하고 어떤 생각을 하는지는 알 수가 없구나. 하지만 전번 전화 통화나 서찰에서 내 뜻을 말했듯이 아비는 네가 계속 그 섬에 머물러 있는 것이 부질없고 불안하게만 느껴지는구나.
이 말은 그 섬에 내 거짓 무덤이 만들어져 있는 걸 네가 나서서 굳이 상관하려 들지 말라는 뜻만이 아니다. 너는 지금 그 섬에 들어가 박혀 있어 한국의 정세가 얼마나 험악한지를, 더욱이 그 섬

이 지금 어떤 위험에 처해 있고 네 앞에 어떤 생지옥이 닥쳐들고 있는지를 알지 못한다. 하지만 그 섬에서 일찍이 생애를 결딴내고 만 이 아비는 그 나라 역사에서 정정이 불안해질 때마다 일부 힘 있는 사람들이 그 섬을 어떻게 이용해왔고 그 섬 사람들을 어떻게 희생시켜왔는지를 내 삶으로 겪어 알고 있다.

  너도 대강은 알고 있을 일이다만 지금 그 나라의 불안스런 정정과 총칼을 앞세운 사생결단 식 권력 다툼은 이미 상상을 초월할 만큼 위태롭고 험악하다. 이것은 아비의 공연한 기우나 추단에서가 아니다. 신문에서도 보고 택시 손님들에게서도 이따금 듣는 소리다만, 이미 계엄령까지 선포한 한국 군부는 애당초 민주 절차에 의한 새 정부의 수립보다 자신들의 무력으로 계속 권력을 장악해가려는 계획을 노골화하고 있다는 것이 이곳 일본 사람들의 대체적인 생각이다. 그야 한국의 정치권력을 누가 잡느냐는 문제는 내가 관심할 바가 아닐지 모르지만, 문제는 항상 죽기 살기로 맞서 싸워온 그 나라 정치판의 생리로 볼 때 이번에도 다른 한쪽 세력인 재야 민주 세력이나 국민들이 가만히 보고만 있겠느냐는 것이다. 필경은 무한의 대립과 투쟁이 계속되고 막판에 가서는 와중에 무고한 사람들까지 피를 흘리게 될 수도 있는 일이다.

  이곳 일본 사람들의 생각만 그런 것이 아니다. 어제는 마침 한 한국인 유학생을 손님으로 태웠는데, 몇 마디 이야기를 주고받다 보니 그의 생각 또한 우리와 크게 다르지 않음을 알 수 있었다. 아비는 깊은 뜻을 알아듣기 어려운 이야기더라만, 한마디로 그 나라에선 세월이 아무리 흘러도 정치나 사상적 풍토가 별로 달라질 것 같지 않아 보인다며 쓸쓸하게 웃더구나.

　한국의 정정이 위험의 벼랑까지 치달으면 이번에도 그 섬이 별 이유도 없이 어느 하루 세상으로부터 멀리 격리 고립되고 무고한 섬사람들이 까닭을 모른 채 피를 흘릴 위험을 이 아비는 상정해보지 않을 수 없다. 그리고 그렇게 되면 너는 아마 그 섬에 갇혀 일이 어떻게 되는지도 알 수가 없게 되기 십상이다. 이 아비의 생각엔 아무래도 그런 날이 머지않은 것 같구나. 나보다 네가 지금 그 나라 땅엘 들어가 있으니 더 잘 알 일이겠다만, 그 서울에서 남쪽 자기 고향 M시를 향해 횃불 남행길을 나섰다는 재야 민주 인사 일 말이다. 그 사람 일이 아무래도 마음에 걸리는구나.

　그런 소리 저런 소리 장황하게 늘어놓는 아비의 뜻을 족히 헤아릴 줄 믿는다. 모쪼록 그 섬이 어느 날 졸지에 암흑천지 고립지경에 들기 전에 섬을 나오도록 하여라……

　종민은 그 편지 속의 아버지의 뜻을 충분히 헤아리고 남았다. 아버지의 걱정 내용이 바로 며칠 전 육지부 굿잽이 요선 앞에 토로한 적이 있는 그 자신의 생각과 한 치도 다름없듯, 지금의 불안스런 이 나라 정정에 대해선 그로서도 그간 충분한 견문을 쌓아온 처지였다. 게다가 근자 들어 갑자기 세인의 관심을 집중시키기 시작한 그 재야 지도자의 횃불 남행길이 아버지의 말 그대로 여간 심상치가 않았다.

　큰당집 사람들의 '역사 씻기기' 사업으로 한동안 세상을 어지럽히던 온 나라 원귀들이 잠잠해진 덕에선지, 아니면 자신들이 저지른 일에 지레 계엄령부터 선포하고 나선 신군부 세력의 살벌한 서슬에 짓눌려선지, 한동안 이 나라 민주화의 깃발을 내세워 막강한 군부 세력을 궁지로 몰아붙이던 재야 민주 진영까지 세력이 한풀 꺾이며 소위 서울의 봄 기운이 차츰 시들어가는 듯싶던 이번 초봄녘께— 이전부터 한국인들의 만만찮은 지지 속에 집권 세력에 대한 정치적 도전을 일삼아오던 한 지도적 재야 인사가 쌀쌀한 들바람기를 무릅쓰고 서울에서부터 남쪽 항구도시 M시를 향해 측근 몇 사람과 함께 먼 행군길을 나섰다는 소식이었다. 하지만 그 앞엔 처음부터 적지 않은 어려움이 뒤따랐음이 물론이었다. 그는 무엇보다 한쪽 다리를 조금씩 절뚝거려 지팡이에 의지하는 걸음걸이가 불편하댔다. 몇 년 전 그가 고향 M시를 찾아 내려가다 중도에서 원인을 알 수 없는 차량 추돌 사고를 당해 생긴 후유증이랬다. 그런데 사고 당시 그는 그 정체를 알 수 없는 차량과의 돌발 사고를 그저 우연이 아니라 그를 해치려는 권부 쪽 테러 집단의 음모라 주장하며 진상을 밝히려 했지만, 당시의 수사기관은 사건을 흐지부지 통상적인 교통사고로 덮어 넘어가고 말았댔다. 뒤에 떠돈 소문으로는 가해 차량의 색깔이 당시의 어떤 권력기관을 상징한 것이어서 수사다운 수사가 불가능한 상황인 데다, 배후의 사주나 숨은 위협 때문이었던지 증인도 언론도 사건 해결을 위해 나서주려는 사람이 없었던 탓이었다고. 하지만 이제는 당시의 권력이 무너진 상황이니 그는 그 사고의 비밀을 밝히겠다는 결의와 명분 아래 새삼 M시행을 결행하고 나선 것이었다. 그것도 또 한 번 같은 사고를 부르지 않겠다는 구실로 차량 이동을 물리친 채 굳이 불편한 도보행을 감행하고 나섰다는 거였다. 다만 그 밤낮으로 이어지는 도보행을 밝히기 위해 큰 횃불 하나만을 앞세운 채.

하지만 그 남행 인사의 목적은 물론 옛날 사고의 배후나 진상을 밝히려는 것이 아니었다. 그의 진짜 목적은 그 노중의 동행자의 힘을 모으려는 것이었고, 그것으로 다시 시들어가는 서울의 봄 기운에 불씨를 불어 일으켜 이 나라 민주화의 도정을 힘 있게 밝히려는 것임이 분명했다. 그가 앞세우고 나선 횃불이 그것을 여실히 잘 말해주고 있었다. 그래 이 나라 사람들은 어떤 뜻에서든지 각기 자신의 처지에서 긴장한 눈길로 그 행렬의 귀추를 바라보지 않을 수 없었다.

비록 국적은 달라졌더라도 고종민 역시 그런 관심은 마찬가지였다. 아니 어쩌면 그는 처음 겪는 이 나라 사람들의 기이한 정치 행태에 누구보다 흥미가 깊고, 그만큼 불안스런 긴장감도 더해왔는지 모른다.

생생한 사정을 알 수 없는 까닭에 길게 말하지는 않았지만, 아버지는 그 남행 인사가 미구에 몰고 올지 모르는 어떤 파국적 상황을 상상하며 아들에게 그 위험을 경고한 것이었다. 종민은 그런 아버지의 심정을 충분히 헤아릴 수 있었다.

하지만 그는 아직 아버지의 권유를 따라 자신의 계획을 쉽게 바꿀 생각이 없었다. 본심이 무엇이든 아버지의 뜻은 그의 모처럼만의 육지 굿 구경 기회를 자르려는 격이었다. 게다가 그는 이즘 들어 이 제주도나 한국의 굿에 대한 관심과 기대가 더욱 깊어지고 있는 터였다. 무엇보다도 아버지가 말한 대로 한국 역사의 흐름

속에서 늘 일방적인 제물이 되어온 이 섬 문화와 섬사람들의 삶에 자신도 알 수 없는 애정이 싹트고 있음을 느끼기 시작한 터였다.

그는 그 아버지에게 바로 답장을 썼다.

물론 아버지의 불안감을 더치지 않도록 나날이 동행 숫자가 늘어가는 그 남행 행렬에 대한 위태로운 정황은 모른 척 생략한 채였다. 뿐만 아니라, 시위를 한 허물로 졸지에 재학 중 군 징집령을 받아 입영한 대학생의 총기 사고사, 산행 중에 누구도 접근이 쉽지 않은 위험한 절벽길 벼랑 아래서 목격자 없는 변사체로 발견된 노년기 민주 인사의 실족 추락사, 이적 표현물 소지 행위로 해당 수사기관에 연행됐다 갑자기 심장 발작을 일으켜 죽은 젊은 시위 주동자의 심장마비사, 까닭 모를 자살 사건, 종적 없는 실종 사건…… 당사자의 가족이나 이웃들은 위장이네 조작이네 끝끝내 유관 기관의 발표와 해명을 받아들이지 못하고 있는 수많은 의문사와 수수께끼 실종 사건들, 근자의 계엄 정국 아래 줄줄이 터져나온 이 나라 무당들의 새 씻김거리 원혼들(하기야 이름과 죽음의 자리라도 분명한 그 혼백들은 이 섬의 이름 없는 무주고혼들에 비해 얼마나 축복스러운 처지인가!)의 사연 또한 다른 때 같았으면 아버지의 생각을 물을 겸 한두 가지 말을 흘렸을 법했지만 이번에는 입을 꼭 다문 채였다.

— 아버지, 이곳에서의 일은 잠시 동안 제게 맡겨두시고 조금만 기다려주십시오. 전 이곳에서 꼭 구경해두고 싶은 일이 있으니까요.

그는 이 섬이나 한국의 굿에 대한 그의 관심을 말하고, 이 나라 정치 상황이 급작스럽게 위급해지지만 않는다면, 그 추이를 예의 주시해가며 한두 달쯤만 더 이곳 굿에 대한 공부를 하고 돌아가겠노라는 다짐 정도로 사연을 짧게 끝냈다. 공연한 변명투로 아버지를 더 불안하게 할 일도 없었지만, 그의 생각이 실제로 그랬기 때문이었다. 무엇보다 이번 육지 굿은 꼭 구경을 하고 싶었고, 아버지의 재촉이 아니더라도 자신의 일정에 그만큼 마음이 조급하기도 했기 때문이다.

하지만 그가 아무리 서둘러도 자신이 그 굿판을 앞당겨 벌이게 할 수는 없는 일이었다.
그는 아버지에게 답장을 보내고 나서 그 굿판을 기다리는 동안 다시 그 기이한 섬의 역사와 무가의 신화들에 매달려 지냈다.
그런 가운데에 이곳 심방가의 두 줄기 내력과 관련하여 이런 전설이 전해 내려오고 있는 게 특히 그의 흥미를 끌었다.
……고려조 때의 일이다. 이 나라 어느 마을에 한 과부가 살고 있었는데, 남자를 본 일도 없이 언제부턴지 배가 점점 부풀어 오르기 시작했다. 동네 사람들이 그런 낌새를 알아채고 서방 없는 여자가 어떻게 그럴 수 있느냐고 수군댔다. 과수댁은 마침내 사연을 털어놓지 않을 수 없었다. ─나는 항상 방문을 꼭꼭 잠그고 자건만, 매일 밤 어디로 들어오는지 어떤 남자가 그림자처럼 나타나 나를 상관하고 가곤 한다.
과부의 실토를 들은 마을 사람들은 그 과수댁에게 다음부터 그 남자가 찾아올 때면 그 몸에다 몰래 가는 실을 묶어두면 그가 가는 곳을 알 수 있으리라 일러주었다. 그리고 과수댁은 이웃 사람들 귀띔대로 미리 긴 실을 준비했다가 이튿날 밤 다시 그녀를 찾아온 남자의 허리께에 몰래 실을 묶어두었다.

그런데 남자가 사라지고 날이 새어 살펴보니 그 실이 창문 구멍을 통해 밖으로 빠져나가 노둣돌 밑으로 뻗어 들어가 있고, 그 실 끝에 지렁이 한 마리가 매달려 있었다. 과수댁은 그로써 그 미물이 밤마다 사람으로 변해 찾아와 잠자리를 같이하고 간 것을 알게 됐지만, 그럴수록 그 지렁이가 징그럽고 끔찍스러워 그만 무참하게 죽여버리고 말았다.

하지만 과수댁은 그로부터 허리가 점점 더 부풀어 올라 마침내는 외모부터가 비범하기 그지없는 옥동자를 하나 낳았다. 그런데 놀랍게도 그 아이의 온몸에 번쩍번쩍 비늘이 덮여 있고, 양쪽 겨드랑이 밑에선 조그만 날개들이 돋아나고 있었다. 과수댁은 몹시 겁이 났지만, 그것을 자신의 운명이라 여기고 일체 그런 사실을 숨긴 채 정성껏 아이를 길렀다. 그리고 그 잉태의 곡절을 아는 동네 사람들은 지렁이와 정을 통해 낳았다 하여 아이의 성을 '지렁이 진(螴, 蚓)' 자로 정해 '진통정'이라 불렀고, 후일 아이의 비범함을 탐낸 이웃의 김씨가에서 '진'과 '김'이 비슷하다 하여 김통정(金通精)으로 불러 전하게 되었다.

김통정은 자라면서 더욱 재주가 비범하여 활을 잘 쏘는 것은 물론 하늘을 날아다니는 도술까지 곧잘 부려 마침내는 큰 장수로 자라 도탄에 빠진 백성을 구하려는 삼별초의 우두머리가 되었다. 하지만 그는 끝내 관군의 세력을 이기지 못하고 궁지에 몰리게 되어 육지를 버리고 남은 군졸들과 함께 진도를 거쳐 이 제주도로 건너왔다.

제주도로 들어온 김통정은 첫 상륙지 군항리에서 마땅한 진 터를 찾아 산속으로 올라가다 항바들이라는 요지를 발견하여 그곳에 안팎의 토성을 쌓아 두르고 궁궐을 함께 지어 스스로 '해상왕국'이라 칭하였다. 그리고 이후부터 이 제주 섬을 다스리며 백성들에게 세금을 거둬들이되 돈이나 쌀이 아니라 반드시 잿가루 닷 되와 빗자루 한 자루씩을 바치게 하였다. 뿐더러 그 잿가루를 토성 위에 잔뜩 뿌려두었다가 그를 쫓아오는 조정의 관군이 멀리 바다 위에 나타나기만 하면 날랜 말 꼬리들에 빗자루를 달아매고 채찍을 세차게 휘둘러 성벽 위를 내달렸다. 그러면 먼바다 위의 배에서는 먼지 안개가 자욱한 섬의 모습이나 방향을 제대로 가늠할 수 없어 번번이 그대로 물러갔고, 김통정 장군은 위세가 더욱 높아졌다.

오랜 세월 이 섬에 전해오는 전설이자 저 성산포의 한 마을에서는 당신으로까지 모셔져 해마다 철마다 본풀이로 읊어지는 김통정 장군의 설화였다……

하지만 김통정 장군은 물론 전설상의 인물 이전에 역사상 실재했던 인물이었고, 그 사실도 물론 전설과는 많이 달랐다.

고려 원종 시(1270년대) 중앙정부에 대항해 일어선 삼별초군은 사세부득 서남해안의 진도까지 퇴각했다가 다시 여·몽 연합군에게 쫓겨 제주도로 건너온다. 이때 패퇴한 삼별초군을 이끌고 온 김통정 무리는 제주도를 마지막 항쟁 거점으로 삼아 성을 구축하고 병력을 정비하여 남해안을 비롯 내륙 지방까지 침투하여 여·

몽 연합군을 습격하는 등 세력을 떨쳤다. 하지만 원종 14년 김방정의 운명은 종말을 맞게 된다. 그해 4월 고려 장수 김방경이 전라도 지역 선박 160여 척에 수륙군 1만여 명을 동원하여 탐라를 치니, 삼별초 무리는 크게 무너지고, 그 싸움 중에 김통정은 죽임을 당한 시체로 발견된다. 그리고 그러한 사실은 다시 김방경을 중심한 전설이나 그를 당신으로 모시는 안덕 고을의 한 본향당신본풀이 사설 속에 이렇게 신화화되고 있다.

……어느 해에 김방경 장군이 거느린 고려군이 김통정을 잡으러 갔다. 그러자 김통정은 말 꼬리에 빗자루를 매어 잿가루를 뿌린 성벽 위를 내달아 먼지 연기를 자욱하게 피워 올렸다. 하지만 김방경 또한 도술이 능하여 김통정은 마침내 전세가 매우 위급하게 되었다. 성이 위태로운 상황에서 그는 황급히 사람들을 성안으로 불러들이고 철성문을 닫아걸었다. 그런데 일을 너무 급히 서두른 바람에 아기 업저지(아기 업개) 한 사람을 그만 성 밖에 빠뜨려 놓고 말았다. 김통정에겐 그것이 큰 실수였다.

김방경 장군은 이내 토성까지 진격해 와서 입성을 기도하였다. 그러나 성벽이 너무 높고 철성문이 굳게 잠겨 있어 들어갈 길이 없어 성 밖만 빙빙 맴돌고 있었다. 그때 성 밖에 남겨진 아기 업개가 그 꼴을 우스워하며 장군에게 물었다.

─어째서 장군님은 그렇게 성 밖만 뱅뱅 돌고 계십니까?

─성안으로 들어갈 수가 없어 방책을 궁리하느라 그런다.

김방경의 대꾸에 아기 업개가 다시 대수롭잖게 일러주었다.

─원, 장군님도 딱하십니다. 성문을 여시려면 그 쇠문 아래에

큰 풀무를 걸어놓고 두 이레 열나흘 동안만 부쳐대 보십시오. 그러면 어떻게 되는지 알게 되실 것입니다.

힘없는 천민이던 아기 업개가 저 혼자 억울하게 버려진 앙갚음을 하려는 것이었다.

김방경은 무릎을 치고 곧 성문 아래에 큰 풀무를 걸어놓고 더운 불바람을 불어대기 시작했다. 그리하여 열나흘이 되어가니 철문이 벌겋게 달아 녹아내려버렸다……

김통정, 김방경 두 장수의 도술 겨루기와 무훈담은 조금 더 계속된다.

성문을 무너뜨리고 김방경 장군의 군사가 몰려들자, 김통정 장군은 깔고 앉았던 쇠방석을 급히 앞바다로 내던졌다. 그 쇠방석은 먼 수평선 물마루 위로 날아가 떨어졌다. 김통정 장군은 곧 날개를 펼쳐 그 물 위의 쇠방석 위로 날아가 앉았다. 김방경은 그를 붙잡아 죽일 길이 난감했다. 그래 다시 아기 업개에게 방책을 사정했다. 그러자 아기 업개는 이번에도 그 방법을 쉽게 일러주었다.

— 장수 한 사람은 새로 변하고 또 한 장수는 모기로 변하게 하여 김통정을 쫓아가면 잡아 죽일 수 있을 것입니다.

김방경 장군은 그 말대로 곧 자신은 모기로 변하고 다른 한 장수는 새로 변하게 하여 함께 쇠방석을 타고 있는 김통정 장군에게로 바다를 건너 날아갔다. 그러자 이를 눈치챈 김통정 장군도 곧 쇠방석을 띄워 올려 이번에는 뭍 위의 한 냇가로 날아갔다. 모기와 새로 변한 김방경 장군 들은 물론 그를 계속 쫓아갔다. 그리하여 새로 변한 장수는 김통정의 투구 위에 내려앉고, 모기로 변한 김방경 장군은 그의 얼굴 주위를 빙빙 날며 앵앵거렸다. 그러니 김통정 장군은 낌새가 이상하면서도 머리 위의 새를 올려다보며 혼자 중얼거렸다.

— 이 새는 도대체 나를 살리려는 것이냐, 죽이려는 것이냐?

그러자 머리가 뒤로 젖혀진 김통정의 온돔을 감싸고 있던 쇠갑옷 목 비늘에 틈새가 벌어졌고, 그 순간 모기로 변해 있던 김방경은 칼을 빼어 그 틈새로 김통정의 목을 찔러 베어냈다. 그리고 피를 흘리며 땅바닥으로 떨어져 나뒹구는 김통정의 머리가 다시 몸으로 달라붙지 못하도록 잿가루를 뿌려두었다.

그뿐만이 아니었다. 김방경 장군은 그런 연후 다시 후환이 없도록 김통정의 아내를 붙잡아다 전일 그가 인공 연못을 만들어 뱃놀이를 즐겼다는 수면 위에 설치한 나무 길마 위에 올려 앉혀 물 위에 어린 그림자로 뱃속에 든 아이를 찾아냈다. 그리고 그 어미와 아이를 함께 태워 죽이려 길마에 불길을 붙이니 매 새끼 아홉 마리가 죽어 떨어졌다. 날개를 달고 태어난 김통정의 자식이니 매의 새끼를 잉태하였다 죽임을 당한 것이었다‥‥‥

한마디로 김통정과 김방경 두 장수의 이야기는 그럴듯이 서로 정반대로 대립되고 있었다. 하고 보니 고존민은 제주도 설화와 전설을 모아 엮은 책자에서 그 이야기를 처음 읽고서야 비로소 쉽게 드러나 보이지 않는 이 섬 역사의 비극적 이면을 어느 정도 짐작할 수 있었다. 바로 그 김통정 장군과 김방경 장군 설화의 대립과 갈등상은 다름 아닌 이 제주도 사람들의 숨겨진 의식의 발현일 수 있었기 때문이다.

신화를 삼킨 섬 175

어려서 몸에 비늘과 날개를 달고 태어난 김통정은 이 나라 곳곳에 전해온다는 아기장수의 모습 그대로였다. 하지만 그는 대부분 다른 아기장수들의 비극과는 달리 어려서 죽임을 당하지 않고 자라 삼별초의 우두머리 역장으로 억눌린 백성을 위해 관군과 대항해 싸우다 죽는다. 그리고 후일 두고두고 이 제주도 사람들의 한 당신으로 추앙을 받는다. 실재했던 김통정 장군이 이 섬 사람들의 아기장수 영웅담 속에 다시 태어나 한 마을의 당신으로까지 좌정한 드문 예로, 그것은 이 섬 사람들이 그의 의로운 무훈과 이 섬까지 쫓겨 들어와 죽게 된 좌절의 생애를 깊이 공감하고 통분해한 때문이었을 터였다. 사실상 아기장수 이야기를 포함한 모든 설화는 어느 시대 어느 곳을 막론하고 바로 그런 이야기를 엮어 전해가는 그 지역 사람들의 삶의 소망과 비원이 담기게 마련이었기 때문이다. 몸뚱이에 갑옷 비늘이 덮이고 겨드랑이에 날개가 돋은 신이한 징상(徵像)의 아이가 태어나면 육지에서처럼 그를 죽여 없애지 않고 날개를 잘라 힘을 못 쓰게 하여 일생을 그저 평범한 장사로 살아가게 하는 섬사람들의 삶과 역사의 정서였다. 김통정 장군의 무훈담과 불행한 좌절은 바로 긴 세월 쫓기고 억눌리며 살아온 제주도 사람들 자신의 소망과 비원의 표현인 것이었다.

하지만 그것은 제주도나 제주도 사람들의 의식과 정서의 한쪽 면이었다. 김통정 장군이 당신으로 좌정해 있는 성산포 본향당의 반대쪽 고을 안덕면의 한 동네에는 김통정 장군의 설화에 이어 그를 잡아 죽인 김방경 장군이 당신으로 모셔져 긴 세월 그의 설화가 되풀이 읊어져오고 있었기 때문이다. 섬으로 쫓겨 들어온 김통정 장군의 의로운 거사나 이 섬 사람들과의 동질적 좌절에 대한 공감에도 불구하고 김통정은 이를테면 또 다른 부류의 섬사람들이 설화 속에 내세운 김방경에 의해 배척을 당하그 영락을 면치 못하는 것이다.

  그렇다면 이 섬에 왜 그런 대립과 갈등 현상이 빚어지게 된 것인가. 그것은 김통정 장군이 이 섬 사람이 아닌 외래 지배자라는 데에서부터 소이를 유추해볼 수 있었다. 김통정 장군은 누가 뭐래도 섬사람들과는 뿌리가 다른 외래의 지배자로, 섬 백성을 동원하여 성을 쌓고 잿가루와 빗자루로 세금을 거두었으며 섬 안에 인공 호수를 만들어 뱃놀이를 즐긴 권력자였다. 그 김통정의 채찍 아래에서 섬사람들이 당한 고초는 물론 불문가지. 한 예로 김통정이 백성들을 부려 성을 쌓을 때는 유난히 흉년이 극심하여 역군들이 인분까지 주워 먹어야 했는데, 어느 한 사람이 일을 보고 자기 똥을 먹으려 돌아보면 이미 다른 사람이 먼저 주워 먹고 없기가 예사라는 기록이었다. 김통정은 이를테면 오랜 세월 섬사람들이 피눈물 속에 숨겨 죽여 묻으면서 뒷날에 다시 오기를 꿈꾸고 기다려온 저 아기장수, 그 가짜 구세주의 본색에 다름 아니었고, 섬사람들은 이번에도 가짜 구세주에 속아 무고한 피땀만 흘리고 만 격이었다. 그런 사정이고 보니 도탄에 빠진 백성들의 원망은 이제 한낱 난폭한 역장에 불과한 김통정에 대항하여 김방경 장군을 내세워 새 영웅 전설을 만들고 뒷날에는 당신으로까지 모셔 섬겼을 법한 이치였다.

  하지만 그 또한 김통정을 부인하고 김방경을 받드는 선택적 갈등이 아니라, 김방경 역시도 함께 부인당해야 할 양비론적 대립의 길이었다. 왜냐하면 김방경 역시도 섬사람들과는 운명을 같이할 수 없는 외래 장수로서 그 섬과 섬사람들을 다스리는 지배 권력자였기 때문이다.

  요컨대, 김통정과 김방경의 대립 갈등상 속에 투영된 이 섬 사람들의 의식은 표면적으로는 두 경향으로 이분되어 있는 듯이 보이지만, 근본적으로는 두 인물을 모두 부인하는 전면적 부정의 정서가 깔려 있는 것이었다. 그리고 그것은 표면에선 청죽회와 한얼회 두 단체 사람들이 제주도 사람들의 정서적 편향을 대표하고 있는 듯 보이면서도 정작에 이들이 주도해 추진하려는 '역사 씻기기' 사업의 위령굿에는 아무도 동조하려는 기미가 없는 데에서 그 진면목을 읽을 수 있었다. 이를테면 청죽회나 한얼회 일 역시도 섬사람들은 이 섬과는 상관없는 육지부 세력과 그를 대신하고 나선 일부 섬 유력자들의 제 편 힘 불리기 놀음쯤으로 아예 상관을 하려 들지 않고 있는 분위기 같았다.

  종민은 지금까지 그 섬사람들의 외면과 깊은 침묵을 그렇게 읽고 그쯤 이해해온 것이었다. 그리고 그 육지부 사람들에 의한 가혹한 편 가르기 속에 끝없이 되풀이되어온 섬의 비극을 나름대로 이해하며 치를 떨어온 것이었다.

  며칠 전 중문골 굿판을 구경한 날 그가 요선 앞에 제법 아는 척을 하고 나선 것도 바로 그런 이해의 줄거리 위에서였고, 그것은 이제 나름대로 그의 신념이자 새 배움의 보람이기도 하였다.

그런데 이 며칠 동안 사정을 알고 보니 그 비극적 징후가 지금까지 그가 접하고 이해해온 것보다도 훨씬 더 심각하고 황당스러웠다.

예상찮은 소동으로 예송리 굿판을 중도에 빠져나와 서귀포를 거쳐 요선을 성산포 신당집까지 데려다 주고 돌아온 날 저녁이었다. 차를 빌려 나선 김에 그동안 무슨 일이 없었는지 궁금하여 지나는 길에 용두 마을의 추 심방네를 들렀더니, 집 안에 늙은 심방 내외만 남아 있고 만우 청년이 보이지 않았다.

"그 아인 저 해정리에 해거리 당제에 쇠를 좀 잡아주러 아침부터 그쪽으로 넘어갔소."

노인의 덤덤한 한마디를 듣고서야 종민은 아차 싶었다.

— 오늘 그쪽에서도 당굿이 있는 걸 알면서도 추만우가 으레 손을 보태러 갈 것을 짐작하지 못했다니!

후회 속에서도 제집 굿판을 놔두고 부러 밖으로 떠돌던 금옥의 행실이 새삼 더 의미심장하게 느껴져 이날 저녁 그녀와 추만우의 뒷행적을 다시 넘어가보고 싶었다. 하지만 날이 너무 저문 데다 거리도 만만찮아 이날은 그냥 숙소로 돌아왔다가 이튿날 다시 전화를 넣었더니, 추만우는 짐작대로 심기가 썩 불편한 듯 금옥의 뒷일은 아무 기미도 내비치지 않은 채 불쑥 뜻을 알아들을 수 없는 소리만 한마디 남기고 전화를 끊어버렸다.

"왜 또 저전화유? 나난 일이 바쁜 사람이니 하할 일 없으면 저 도도청 이 과장이라는 사사람한테 하한라산 유곧 일이 어떻게 되됐는지나 알아보슈! 그 유골들이 지지금 어디에 가 있는지."

말투가 워낙 퉁명스런 데다 무슨 소린지 재우쳐 물을 틈이 없었다. 다시 전화를 걸어봐도 마찬가질 게 뻔했다.
　하지만 이날 그 추만우의 시비조 한마디가 종민에게는 역설적이게도 매우 고마운 귀띔이었다.
　무엇인지 새로운 사실을 알고 있는 듯한 위인의 어투에 종민은 처음부터 기미가 심상찮기는 하였다. 그러나 하룻밤 좋이 궁금한 심사를 누르고 지난 그가 이튿날 아침 먼저 전화를 넣고 나서, 전에 없이 두 사람 간의 자리 약속을 미루려는 이 과장을 일방적으로 찾아갔을 때까지도 그는 아직 사태를 제대로 예상하지 못했다. 그런데 도청 앞 찻집에서 다시 건 전화를 받고 마지못해 얼굴을 내민 이 과장의 표정이나 말투가 갈수록 예사롭지가 않았다.
　"한라산 유골들 일엔 무슨 진척이 좀 있었어요? 일전엔 합동 위령제라도 지내야 할 모양이라더니."
　인사를 대충 끝내고 변죽을 울리듯 슬쩍 한마디 던져본 소리에 이 과장은 전에 없이 더욱 짜증스런 대꾸였다.
　"사람 심사 사납게 왜 또 아침부터 그 소린 꺼내고 그래요. 그러지 않아도 골치가 아파 죽겠는데."
　"실은 그 일 때문이지요? 저도 이미 이야기를 들은 대목이 있어 이렇게 일부러 왔으니 애써 숨기실 것 없어요."
　추만우의 말투와 어딘지 비슷한 색깔이 느껴져 종민이 한 번 더 넘겨짚고 드는 소리에 이 과장은,
　"이야길 듣고 오긴 어디서 무슨 이야길 들어요?"
　허물을 따지고 들기라도 하듯 짜증 섞인 어조 속에 한 번 더 시

치미를 떼고 들었다. 하지만 그쯤에서 이미 심증을 굳힌 종민이,
"과장님도 이 섬 사람들을 잘 아시지 않아요. 이 제주에서 일어난 일은 무슨 일이고 이 섬 사람들이 먼저 아는 거 말입니다."
짐짓 더 느긋한 말투로 다그치고 드는 소리에 그는 비로소 혼잣말 투 속에 손을 들고 말았다.
"그러고 보니 고 형도 이제 이 섬 사람 다 되어가는 모양이구만. 하여튼 이 동네 사람들 못 말린다니까. 어디 용두리 추가네가 그럽디까. 그렇고 그런 소문이 있으니 나한테 가보라고?"
그런데 그쯤 눈치놀음 끝에 이 과장이 제풀에 대충 털어놓은 사실이 종민으로선 우선 배꼽부터 끌어 쥐어야 할 사건이었다.
"깊은 산속에서 하두 오랜 세월을 보내고 나니 산 사람 동네 창고에선 지낼 수가 없었던 모양이에요. 그 유골들 다시 산으로 돌아가버렸어요."
이 과장 자신도 너무 황당한 일이라 그런지 그렇게 농 투로 시작한 이야기의 곡절인즉, 그 유골들이 얼마 전 이곳의 한 공립 병원의 임시 비밀 안치소에서 감쪽같이 사라지고 말았다는 것이었다. 물론 이 섬 '작은집'에서는 보이지 않는 가운데에 큰 소동이 벌어졌고, 은밀하고 철저한 행방 탐색에 나섰지만 아직까지 탈취범이나 소재를 색출해내지 못하고 있다는 실토였다.
"혹시 그동안 기미를 숨기고 있던 유골의 연고자가 있었던 거 아닐까요?"
한동안 어이없는 웃음을 참을 수 없어하던 종민은 짐짓 그런 우둔한 추측으로 자신을 달래야 했을 정도였다. 이 과장은 물론 그

런 단순한 추측 따위 한마디로 부인했다.

"그거 왜 큰당집 사람들을 어떻게 알고 하는 소리요? 그쪽으론 이곳 작은집에서도 일차 손을 써본 모양이지만, 그동안 사십 년 가까운 세월이 흐른 지금에 와서 그럴 가능성은 전무한 형편이고……"

하지만 이 과장은 그것이 어떤 부류 인간들 소행이라는 것쯤 이미 짐작을 하고 있는 눈치였다.

"그렇다면 이 섬 안에서 그런 무모한 짓거리를 저지르고 들 만한 이들이 누구겠소? 그 유골이 필요하거나 욕심을 낼 만한 사람들…… 다만 그것이 어느 쪽 사람들인지가 아직 드러나지 않았다뿐이지."

이 과장의 매우 단정적인 어조에 종민도 비로소 한 가지 떠오르는 생각이 있었다. 추만우에게 그 유골 일을 처음 들었을 때부터도 그랬지만, 이 과장 말대로 숨은 연고자가 아닌 담에 삭아빠진 유골을 욕심낼 만한 쪽은 필시 한얼회나 청죽회 어느 한 곳 사람들이기 십상이었다. 그래 종민은 다시 한 번 아둔한 의구심이 일었고, 이 과장은 거기 대해서도 나름대로의 확신이 있어 보였다.

"그게 어느 쪽 소행이건 아무래도 좀 너무 심했군요. 도대체 그 사람들 그걸 가져다가 어쩌려고 그랬을까요?"

"그야 이번의 역사 씻기기 행사를 핑계로 여봐란 듯이 자기편 굿판을 벌여 크게 한번 위세를 떨쳐보려는 거겠지요. 어느 한쪽에서 그렇게 위령굿을 치르고 나면 그 유골들은 영락없이 그쪽 희생자 처지가 되고 말지 않겠어요? 그런 굿판 주도권과 명분을 위해선 무엇보다 그 유골들을 확보해두는 것이 필요했겠지요."

"그런데 일이 그렇게 뻔한 사정이라면 이곳 작은집에서들은 어째 아직 앞뒤를 확실하게 가려내어 유골을 다시 찾아올 생각을 안 하고 있다지요?"

자신이 직접 책임질 일이 아니라는 듯 이날따라 자꾸 더 이곳 작은당집을 내세우고 드는 이 과장의 방관자적인 어조에 종민이 다시 물었다.

"일을 조용히 처리하고 싶어서겠지요. 작은당집이고 누구고 이 섬에선 그런 일을 될수록 조용히 처리하는 게 상책이니까요. 이 섬 일에 관한 한 그게 이곳 작은집 사람들의 기본 지침이기도 하구요. 내놓고 떠들어봐야 그 사람들 계책에 거꾸로 말려드는 꼴밖에 될 게 없을 테니까. 기다릴 수 있을 때까지 조용히 기다려라. 이를테면 결자해지(結者解之), 자신들이 저지른 일 자신들이 풀어내도록, 작은집에선 뒤에서 조용히 그런 쪽으로 일의 해결을 유도하고 싶은 거지요."

"유도를 한다면 어느 쪽에 대해서요? 아직은 그것이 어느 쪽 소행인지가 확실치 못하다면서요."

사태의 난감성에 비해 비록 작은집 사람이 아닌 표면적 실무자로서조차도 여전히 책임을 미루는 듯한 이 과장의 말투에 종민은 계속 추궁 투로 물었다. 한데 이 과장의 그런 방관자적인 태도나 말투는 알고 보니 무슨 책임 회피의 의도에서가 아니었다. 그것은 어쩌면 이번 사태에 대한 그의 자신감에서 연유한 느긋한 여유 때문이었던 것 같았다.

"그도 이미 짐작되는 쪽이 있지만, 그게 어느 쪽이든 마찬가지니까요."

무슨 생각이 들어선지 이 과장이 비로소 사건 유관 당사자다운 자세로 돌아가 직설법으로 대답해왔다.

"이번 일은 어느 면 두 쪽의 대립과 갈등이 빚은 일이니, 실제의 책임이 어느 쪽에 있든 내용은 양쪽이 공동으로 저지른 일인 셈이고, 그 책임이나 해결책도 공동으로 풀어가야 할 일이지요."

"만약에 일이 그렇게 여의치 않게 되면요? 이곳 작은집이나 이 과장님 기대처럼 어느 쪽도 결자해지의 길로 나서지 않고 결과적으로 유골도 돌아오지 않게 되면요?"

하지만 종민의 그 물음은 아직도 이 과장의 사람됨이나 그의 흉중을 미처 다 읽지 못한 부질없는 기우였다.

작은당집 지침인지 자신의 생각인지 이 과장은 역시 그에 대한 대비도 나름대로 다 마련이 되어 있었다.

"그야 그때는 공동 위령제를 더 서두를 수밖에요. 이번 일은 처음부터 공평하게 공동 위령제로 갈 수밖에 없는 사정이었으니까. 일이 어차피 그리될 바엔 굳이 한편의 과실을 드러내고 나설 필요도 없겠지요."

합동 위령제 가능성에 대한 말은 전에도 이 과장이 한번 입에 올린 소리였다. 그런데 이젠 일이 거의 그쪽으로 정해져가고 있는 투였다. 그때는 섬 심방들이 전혀 그 일에 호응해오지 않는 데에 연유한 불만 투에서였지만, 이번에는 그 못 말릴 한얼회와 청죽회 간의 대립 갈등이 빚은 불가피한 방책으로서였다.

그러고 보면 동일한 사안에 대한 이 섬 사람들의 정서적 반응과 갈등상은 그 한얼회와 청죽회 외에도 심방들로 대표되는 섬 전래의 말 없는 백성층까지 세 갈래가 빚어온 셈이었다. 종민으로선 그 세 갈래의 갈등 층을 이곳 작은집 사람들이나 이 과장이 어떻게 한자리에 불러 모아 어떤 모습으로 공동 위령제라는 것을 치러 넘길 것인지 귀추가 새삼 궁금해지지 않을 수 없었다.

하지만 고종민은 거기서 더 이상 소상한 이야기는 캐어 들을 수가 없었다. 이 과장이 이제 그쯤 자리를 일어설 기색이었기 때문이다.

"어쨌거나 그건 나나 고 형이나 좀더 조용히 기다려보면 알게 될 일이고……, 그보다 오늘은 내가 고 형을 만난 김에 한 가지 일러드릴 일이 있어요."

그가 뒤늦게 마음이 바빠진 듯 갑자기 어조를 바꾸며 새 소식 한 가지를 전했다.

"그 황해도 조복순 만신이 맡아 치르기로 한 남선리 위령 넋굿 말이에요. 그거 그런대로 다행히 제 꼴을 좀 갖춰서 치르게 되었어요. 내가 일전에 부탁을 보냈더니, 서울 큰집 사람들이 그 토벌대 희생자 두 명의 신원을 밝혀냈다는군요. 그중 한 명은 충청도 어딘지서 그 아우 되는 사람까지 하나 찾아냈구요. 이젠 굿판의 제주가 생긴 셈이지요. 그쪽 육지부의 한 작은집에서 굿 당일에 그 아우를 이곳으로 보내기로 이미 다 주선해두었다니까요. 아마 굿날이 며칠 남지 않았을 텐데 고 형도 물론 구경을 가시겠지요?"

이 과장은 말을 마치고 나서 서둘러 자리를 일어섰다.

종민도 물론 이젠 그쯤에서 그만 자리를 일어서야 하였다. 생각 같아서는 내친 발걸음에 이 과장을 좀더 붙들어두고 이즈음 육지부 돌아가는 사정을 알아보고 싶긴 했다. 그 남행길 인사들 무리의 형세는 아버지의 걱정 편지를 받고부터 그에게 갈수록 긴장기를 더해왔고, 이 과장은 물론 그 남행 행렬의 위험성과 나날의 사태 진행 상황을, 그리고 큰당집을 비롯한 서울 쪽 계엄 당국의 그에 대한 대응책을 누구보다 깊이 꿰고 있을 처지였다.

하지만 종민은 그 한라산 유골들 망실 소동과 조 만신네 위령굿 연고자가 나타났다는 소식만으로 이날 이 과장과의 자리를 만족하고 더 이상 그를 붙들지 않았다. 이 과장 자신이 한 식구는 아닐지 몰라도 그 큰당집 사람들—, 그 사람들을 어떻게 보고 하는 소리냐던 핀잔 투가 바로 아깟번 그 이 과장의 말이었다. 종민은 그 큰당집 사람들의 광범하고 빈틈없는 수색력에 어딘지 이 과장에게까지 차갑게 등골을 타고 내리는 소름기 같은 걸 느끼며 그가 찻집 문을 나갈 때까지 배웅 인사조차 못한 채 한동안 멍청하게 앉아 있기만 하였다.

8

 이른 봄날의 아침 햇볕이 여물기를 기다려 추만우가 남선리 뒷고갯길목께에 흰 포장막을 치고 그 앞에 오색 헝겊을 매달아 세운 임시 서낭목 근처로 조복순 만신의 현장 위령굿판을 찾았을 때는 이미 생자들을 위한 초반 굿 순서가 끝나고 시왕맞이와 사자(使者)굿을 거쳐 그녀가 육지부 무복 차림을 하고 나와 북소리와 징 소리 제금 소리들이 질펀하게 어우러진 소무들의 무악에 맞춰 자신도 요령과 부채를 흔들어대며 제 조상 신령을 위해 한창 흥겨운 춤사위를 엮어가고 있었다. 그 주위에선 그녀의 신딸과 정요선네 일가를 비롯해 이 근래 섬으로 들어와 이곳저곳 떠돌던 다른 육지부 무당패 몇 명이 더러는 무악 바라지로 더러는 소무 제비 노릇으로 제각기 소임대로 바쁘게 돌아갔다. 그리고 그 한켠엔 이날의 기주 격인 묵은 망자의 아우라는 늙은이까지 함께 서성거리고 있었다.

물론 이곳 작은집의 보이지 않는 거들음이 있어서긴 하겠지만, 남의 당골 터를 떠도는 육지부 무당들의 일 수완이 추만우 자신이 생각한 것보다는 제법인 듯싶었다. 굿마당 내력이 내력인지라 그가 예상했던 대로 도청의 이 과장을 비롯해 약방의 감초 격인 반쪽발이 고종민이나 그 역시 이따금 아버지 추 심방을 찾아오곤 하던 양서진 교수 같은 몇몇 지체 있는 외지 사람들 얼굴을 제외하면 한 동네 구경꾼은 별 보잘것없었지만, 청홍색색 현란한 굿청 꾸밈이야 푸짐한 음식 준비야 굿마당 분위기는 이 섬 어느 넋굿판 못지않을 만큼 썩 걸판지고 틀이 잡힌 차림새였다.

추만우는 그런 굿거리 마당을 대충 한번 둘러보고 우선 마음이 놓였다. 그거야 만우로선 물론 그 육지 무당패 굿판의 성패를 염두에 두어서가 아니었다. 그 자리에 해정 마을 금옥의 모습이 보이지 않았기 때문이다.

얼마 전 성산포 쪽으로 신당을 옮겨 갔다던 정요선이 고맙잖이 웬일로 그에게 다시 전화를 걸어 이날의 굿판 소식을 전하며 별일 없으면 육지부 넋굿 구경 겸 길을 건너와 연물이나 좀 도와줬으면 싶은 낌새를 건네왔을 때까지도 추만우는 그 알량한 남의 굿판 연물잽이 노릇은 물론 길을 넘어올 생각을 전혀 안 했었다. 그런데 하루하루 날짜가 다가들수록 은근히 마음이 편칠 못했다. 금옥이년 때문이었다. 근래 들어 금옥이 그 고종민이나 정요선 패거리와 물색없이 자주 어울려드는 눈치였다. 금옥은 그것을 숨기려는 기색도 없었고, 오히려 전화질로 자랑하기까지 서슴지 않았다. 만우는 물론 그런 금옥의 속마음을 빤히 다 짐작했다. 그래 그간엔 그러는 그녀의 겉수작을 별 생각 없이 짐짓 더 무관스레 받아넘길 수가 있었다. 그런데 며칠 전 이 섬 마을들의 서해맞이 당제 때는 제 집 제차를 찾아간 그를 외면하고 남의 동네 굿판에서 위인들과 다시 헛수작을 벌이다 온 줄 아는데, 그때부턴 또 웬일인지 금옥이 한 번도 그에겐 그 전화통 시비를 안 걸어왔다. 예송리에서의 일은 물론 소식을 알고 있을 게 분명한 이날 굿판에 대해서도 전혀 아무 소리나 낌새가 없었다. 금옥이 그 몰래 혼자서 굿판엘 가려는 속내 같았다. 년이 또 분명 위인들과 어울리려는 수작이었다. 만우는 그렇게 짐작을 하고 나서도 역시 계속 무심하려고 하였다. 이제 와서 그가 도대체 무엇 때문에 그렇듯 년의 일에 참견을 하려 드는지 자신의 심사를 알 수 없었기 때문이다. 그래 년에겐 그편이 오히려 좋은 일이 될지 모른다 생각하며 불편한 심기를 근근이 달래오던 참이었다. 하지만 이날 아침 그는 이상하게 새삼 더 마음이 불안했다. 년이 위인들과 어떤 식으로 노는지 자신의 눈으로 직접 한번 확인해봐야 할 것만 같았다. 이번에도 자신이 거기서 무엇을 확인하고 싶은 것인지, 그걸 확인하고 나면 무엇을 어쩌겠다는 것인지 여전히 심사가 아리송한 채였다.

그렇게 별 생각이나 예정이 없이 불쑥 길을 나서 찾아든 굿판이었다. 그런데 그의 불안스런 예상과는 달리 왠지 그 금옥의 모습이 눈에 띄지 않았다. 그리고 만우는 그게 우선 마음이 놓인 것이었다. 마음이 놓였다기보다 한편으론 자신이 싱겁고 실없게 느껴지기까지 하였다. 생각 같아서는 그길로 그냥 다시 발길을 돌이켜 세워버리고 싶기도 하였다. 하지만 이제 그는 당장 그럴 필요가 없었다. 금옥이 나타나지 않는다면 그는 이제 이 굿판에서 아무것도 신경을 쓸 일이 없었다. 굿판잽이 녀석 정요선이고 고종민이고 어느 누구 눈치도 살필 필요가 없이 차분한 마음으로 육지 무당들 굿마당이나 구경하고 갈 수 있었다. 게다가 아직은 금옥이 끝끝내 굿판엘 나타나지 않는다고 장담을 할 수도 없었다. 거리가 거리니만큼 년이 언제 길을 나서 내달려 올지 알 수 없었다. 잠시간의 뒷일도 종잡을 수 없는 금옥의 뒷향배도 좀더 기다려볼 필요가 있었다.

하지만 그 추만우가 미처 아직 예상치 못한 일이 있었다. 그렇듯 느긋해진 만우 앞에 이윽고 그가 예상치 못한 훼방꾼이 나타난 것이었다. 이날은 시종 굿판 일에 매달릴 수밖에 없는 정요선은 몰라도 굿판 일이라면 눈에 불을 켜고 막무가내 식 질문 공세를 펴고 다니는 열성파 고종민까지 안심을 한 것이 잘못이었다. 그리고 그와 방금 무슨 얘긴가를 나누고 있던 양서진 교수가 웬일인지 이내 혼자 한쪽으로 자리를 슬그머니 피해 서버리는 낌새를 알아차리지 못한 것이 더 큰 불찰이었다.

"먼 길에 여기까지 굿 구경 오셨어요?"

만우가 미처 아직 제 자리 가림을 못하고 굿판 한쪽에 어정쩡하게 서성대고 있을 때였다. 양서진을 놓치고 난 고종민이 이번에는 도청의 이 과장마저 버리고 뒤늦게 그를 알아보고 건너와 곁으로 다가서며 알은체를 해왔다. 그리곤 만우의 대꾸가 있기도 전에 또 아심찮이 반갑잖은 소리를 덧붙였다.

"그런데 어째서 그냥 혼자세요? 난 추 형이 해정리를 들러 금옥

씨랑 함께 올 줄 알았는데요. 어제 제가 금옥 씨에게 이곳 굿 소식을 전해주며 두 분이 함께 구경을 오겠느냐니까, 추 형한테 한번 물어보겠다고 했거든요."

하고 보면 역시 위인들과 금옥 사이엔 그쯤 허물없는 내통이 있어왔다는 소리였다. 그리고 그건 어쩌면 위인들도 금옥과 자신과의 사이를 예사롭잖게 여기고 있는 소리 같기도 하였다. 그런데 년은 어째 하필 위인에게 나를 핑계 대놓고 본인에겐 정작 아무 통기도 없이 여태도 나타나지 않는 것인가? 만우는 새삼 의구심과 함께 마음이 다시 불안해지기 시작했다. 이 계집아이가 결국 나중에라도 나타나는 건 아닐까— 하지만 그는 정작 그 금옥이 나타나기를 기다리는지 말기를 바라는지, 자신의 마음이 어느 쪽인지조차 알 수 없었고, 그래 슬그머니 쓴웃음이 나오기도 하였다.

하지만 고종민은 물론 그런 만우의 속마음을 깊이 읽었을 리가 없었다. 그는 한번 그의 곁으로 정해 잡은 자리를 떠나지 않은 채 계속 붙어 서서 굿거리가 바뀔 때마다 그를 상대로 이것저것 아는 체를 하고 들었다.

— 오늘 저 굿마당은 서울이나 경기도식에다 이북의 황해도 지방 굿을 혼합한 형식이라죠? 망자의 아우 되는 기주는 태생이 중부 지역 충청도라 서울 굿을 원해서 굿을 맡은 조 만신이 원래 황해도 굿 전문에다 더러는 서울 굿까지 배워 해온 터라 오늘은 두 가질 적당히 골라 섞어서 치른다구요. 어쨌든 오늘 난 두 가지 굿을 한꺼번에 보게 된 격이 되어 다행이지 뭡니까.

— 그래서 이승의 아우가 제주로 참례한 망자부터 씻기는 오늘

굿 내용도 원통하게 죽은 망자의 한을 풀어 새 저승길을 열어주는 육지부 진오기 넋굿에다 나중에 함께 죽은 동료의 혼백을 손님으로 불러 씻기는 조상굿을 겸하는 식이 된다더군요.

만우에게 묻는 것인지 혼잣소린지 알 수 없는 고종민의 경우가 바뀐 그런 참견은 좀체 그칠 줄을 몰랐다.

고종민의 아는 척대로 굿판은 그새 한동안 즐거운 춤사위로 그 조상 신령의 흥을 돋우어 조 만신이 이날의 기주 격인 망자의 아우 되는 노인에게로 다가가 '때늦게나마 오늘 같은 좋은 굿마당을 마련하게 되어 다행'이라며 '모쪼록 가엾은 형님의 원혼을 잘 씻겨 바른 저승길을 보내주고 망자의 아우 되는 자신도 이후부터 복 받아 잘 살라'는 요지의 공수 축원을 준 다음, 이제는 잠시 굿상 앞으로 들어가 앉아 휴식을 취하기 시작했다.

하지만 굿마당은 그러는 가운데에도 비는 시간, 멈추는 자리가 없었다.

"자, 그럼 이번에는 내가 좀 나서 놀아볼 거나. 내 한동안 굿마당을 못 봤더니 오만 삭신이 들쑤셔서 사람 상하겠다. 아우님 자네 굿마당이 내 굿마당, 내 굿마당이 자네 굿마당, 오늘 내 몸살기를 여기서 다 풀고 가야겄다. 어서 장고 가락 던지거라!"

여태까지 굿상 앞에서 조 만신의 춤사위에 장고 장단을 거들고 앉았던 그녀의 일행 유정남이 춤을 끝낸 조 만신 대신 자리를 차고 나왔다. 그리고 이 고을 풍색에 맞추려 해선지 그 깐깐한 몸피에 느닷없이 저 창원하고 구성진 육자배기 진양조 가락을 뽑아대며 흥청낭청 새로 신명을 돋우기 시작했다.

고나 헤에
사람이 살면은 몇백 년이나 살더란 말이냐
연당의 밝은 달 아래 채련하는 아이들아
십리 장강 배 띄우고 물결 곱다 자랑 마라……

추만우는 그러나 처음부터 그 굿판 일에는 별 흥미가 없었다. 명색이 무당가 사람 앞에 이것저것 아는 척을 하고 드는 고종민의 참견도 귀찮았거니와, 육지부 굿이라 해도 죽은 영혼을 불러 위로하고 편안한 저승길을 보내는 과정과 절차는 크게 다를 것이 없을 터이기 때문이었다.

추만우는 이제 웬만하면 그쯤에서 그만 자리를 떠나고 싶었다.

그런데 그때 고종민이 다시 그의 발길을 붙들고 늘어졌다.

"겉으로 보기엔 자기 집안 굿일을 그리 달가워하지 않는 것 같더니, 굿마당엘 나서니까 사람이 아주 달라진 것 같은데요. 저 요선 씨 말예요. 잘은 모르지만 연물 솜씨도 보통이 아닌 것 같고, 이것저것 손을 바꿔가며 굿판 일을 단속해가는 모습이 퍽 신명스럽고 진지해 보이지 않아요?"

나름대론 그게 썩 대견스러운 마음에서겠지만, 고종민은 이제 제법 그 굿판 일에 여념이 없어 보이는 정요선의 됨됨이까지 평가하려 들고 있었다. 하지만 추만우는 실상 언제부턴지 그 요선의 일에 관해선 고종민과 전혀 다른 생각을 하고 있었다. 굿판의 한계집아이의 심상찮은 거동새가 그의 눈길에 띈 다음부터였다. 굿판 안에 금옥과 비슷한 연배의 여자아이 하나가 요선 들과 어울려 이날 조 만신의 굿을 거들고 있었다. 금옥이 무슨 일에나 늘 어긋뻐긋 엇나가는 성미에다 어딘지 좀 밴들밴들 퉁기는 인상을 주는 얼굴 생김새임에 반해, 드물게 하얗고 포동포동한 살결에 때 없이 생글생글 야릇한 웃음기를 담은 눈매가 은근히 도드라져 보이는 아이였다. 그런데 만우가 잠시 눈길을 숨기고 지켜보니 그녀의 생글거리는 눈매가 늘상 요선을 향하고 있었고, 그녀의 일손 또한 위인 곁만 쫓아다니는 기미가 역력했다. 요선이 연물을 두드리면 자신도 그 요선 곁으로 연물을 붙잡고 앉았고, 요선이 이윽고 자리를 비켜 나가 다음 제차 일거리를 단속하고 들라치면 그녀도 슬그머니 연물을 제쳐두고 그 요선을 쫓아가 그의 일을 거들었다. 아무래도 두 사람 간에 심상찮은 사연이 있음이 분명했다. 그것도 쉬 낌새를 알아차릴 수 없는 다른 사람들 눈길만이 아닌 제 가까운 굿식구들 앞에서 그런 행세라면 더 깊이 따져보지 않아도 곡절을 대충 알조였다. 요선이 연물을 다루는 솜씨에 대해서까진 몰라도, 그가 이것저것 손길을 바꿔가며 굿마당 일을 두루 돌보고 돌아다니는 것은 필경 무슨 신명기나 정성에서보다도 그 계집아이의 채근을 꺼려서이기가 쉬웠다. 위인이 슬금슬금 자꾸 그녀를 피하는 듯한 동태가 미심쩍기는 했지만, 그의 속내가 어쨌든 금옥에게 일단 한번 보여주고 싶은 풍경이었다. 그 일에 대해서만은 아직도 금옥이 나타나지 않은 것이 오히려 아쉬울 지경이었다.

내 딸이야 내 딸이야 아이고오 내 딸이야

굿의 제차는 어느새 중간 춤놀이가 끝나고 만우가 처음 구경하는 서울 굿의 바리데기 말미가 시작되고 있었다.

반짝반짝 눈뜬 자식을 어디다가 버릴 거나
죽은 자식을 버리려도 일천간장 다 녹는데
반짝반짝 산 자식을 어디 갖다 버릴소냐
너도 울고 나도 울고 심야삼경 깊은 밤에
송죽 바람 쓸쓸히 불고 산새도 슬피 운다

정갈한 쪽머리에 큰머리를 쓰고 무지개 치마에 겹겹이 화려한 당의 차림의 바리공주 복색을 한 조복순이(망자의 혼령을 저승으로 인도해 갈 중부나 황해도 지방의 진오기 넋굿 오구신 바리데기 말미를 서울 무당들의 조상신 바리공주의 화려한 복색을 뽐내기 위해 조복순이 부러 그렇게 차리고 나선 것이었다) 굿상 앞에 다시 장고를 안고 앉아 이야기하듯 노래하듯 낮고 구성진 목소리로 그 바리데기 무가를 외워나갔다.

하지만 추만우는 그쯤에서 다시 자리를 떠날 차비를 하였다. 고종민의 귀찮은 참견이 지겹기도 하거니와, 보아하니 그 조복순의 육지 굿거리들 역시 처음 예상한 대로 이곳 심방굿과 별나게 다른 데가 없어 보인 때문이었다. 망자의 혼을 부르기 위해 무조신이나 제 조상신을 먼저 불러 모시고 즐겁게 대접해 보내드리는 청신과 오신 송신 과정도 그랬고, 제주도에서 청신 절차인 초공 본풀이로 무조신의 내력을 읊듯이 서울 무당의 조상신인 바리공주의 무가를 노래하는 것, 신령과 혼백들의 오고 감을 칼을 던져 그 칼점으로 알아보는 것도 대개 그랬다.

"이 제주도에선 무조신으로 세쌍둥이 명두신을 모시는 데 비해 오늘 굿은 바리공주를 모시는 게 다르지요?"

고종민이 또 아는 체를 하고 나선 것과는 달리 그 이름이나 내력이 다른 무조신도 근원은 크게 차이가 없었다. 제주도 심방들이 각기 다른 유래의 당신을 모시면서도 위로는 모두 같은 명두신을 모시듯, 그리고 육지부 무당들이 자기 몸주 신령을 각기 다른 산신령으로 모시면서도 그 윗무조신으로 제석천이나 바리공주를 모시듯, 초공 명두신을 모시는 제주 심방들이나 바리공주 제석천을 모시는 뭍 무당들이나 다시 한 단계 할아버지뻘 신으로 다 같이 천상의 최고 신 옥황천신을 함께 모셨다. 게다가 제주도의 명두신이나 서울의 바리공주는 그 내력도 비슷했다. 본명두 신명두 삼명두 3형제가 억울하게 죽은 어머니를 구하기 위해 북과 징을 만들어 삼천천제석궁으로 들어가 열나흘 동안 그 북과 징을 울려 살려내고 무조신이 된 과정이나, 그가 전부터 육지 굿에 대해 들어온바 옛날 어느 딸 많은 왕가의 일곱번째 공주로 태어나 바로 그 아버지로부터 버려졌다가 뒷날 그 부왕이 죽을병에 걸린 것을 알고 자신을 낳아준 은공만은 갚고자 산 몸으로 저승까지 들어가 그곳 약물지기를 위해 물 3년 길어주고 불 때기 3년 밥시중 3년에 아들 3형제까지 낳아준 끝에 겨우 신약수를 얻어 와 아버지를 살려낸 바리데기의 사연이나, 죽은 사람을 살려냈기에 무당의 조상이 되고 저승을 다녀왔기에 망자들의 저승 혼백을 다스리게 된 무조신으로서의 내력(그 효성에서부터)이 비슷한 데가 많았다. 제주 심방이나 육지부 무당이나 근본은 같은 조상의 다른 자손이라 할 수 있었고, 그래 그 굿거리 과정도 근본이나 목적이 비슷할 수밖에 없었다. 깊은 관심을 두고 보지 않아 그런지, 제주 굿과 육지부 굿이 확연히 달라 보이는 점은 제주 굿에는 없는 '공수'라는 기주에 대한 무당의 축원 절차가 육지 굿에 따로 마련된다는 것과, 무당의 말이 아닌 신령의 말을 이곳 세습 심방은 '분브 아룀'으로 기주에게 건네 전해줄 뿐(더러 예외적인 들림 현상이 있긴 하지만)임에 반해 육지부 조 만신은 자기 몸속에 그 신령이 쓰어 들어 자신이 직접 그 신령이나 혼백의 말을 한다는 것 정도였다. 하지만 그 육지부 굿무당의 공수라는 것의 내용은 제주 심방의 기주에 대한 '산받아 분부 아룀'의 내용과 비슷한 것이었고, 조 만신 자신이 들려나선 신령이나 망자 혼백의 행세 또한 이즈음 들어선 이곳 신 내림 심방들에게선 흔히 볼 수 있는 일이었다. 그 밖에 무악기의 종류나 춤가락, 무가의 내용 따위는 혼백의 내세 평안을 비는 소지 올리기 경우에서처럼 그 구성이나 시연 시기가 다를 뿐 뭍이나 이곳이나 본뜻은 대개 같았다.

그러니 이윽고 그 바리공주 말미가 끝나고 바르 다음번 굿거리가 시작될 쯤 만우는 정말로 자리를 떠나려 하였다. 게다가 이때쯤엔 도청의 이 과장까지 슬금슬금 종민 쪽으로 건너와(심방 내림 핏줄 주제에 굿마당 일을 거들지 않고 구경만 하고 서 있는 것이 못마땅해선지 만우를 향해선 얼핏 고갯짓만 한번 보내고 말았지만) 아마도 큰집 사람들에게 무슨 급한 전갈이라도 받은 듯 자신은 '일이 바빠 먼저 돌아가겠노라'는 귀띔을 남기고 서둘러 몸을 빼내어 갔다. 그래 만우도 이젠 다른 제차 상관없이 이번에야말로 정말 굿판을 떠날 생각이었다.

하지만 그가 진짜 무당가 피물림인 때문이었을까. 그는 자신의 속마음과는 달리 이번에도 선뜻 발길을 돌이켜 세워버리지 못했다.

─ 혼이로다 넋이로다. 무주공산 삼원혼령 혼이라도 다녀가요 넋이라도 다녀가요.

바리공주 말미에 이어 잠시 춤사위가 격렬하기 그지없는 도랑춤을 거쳐 제차는 이제 바야흐로 주무 조복순과 요선 어미 유정남이 다시 자리를 바꿔 앉아 치르는 망자의 혼받이 순서가 시작되고 있었는데, 그 구슬픈 무가 가락이 다시 그의 발길을 붙잡고 만 것이었다.

─ 우리 단군대왕 님 건국 사천이백팔십칠 년 정묘 사월 초순, 이 한림골 남선 마을 당지에서 숨을 거둬가신 박씨 성 고혼께서는 오늘 당신을 위해 베푼 이 굿청 제단으로 어서어서 강림하시어……

일찍이 인천에서 서울까지 조복순을 따라다니며 이따금 서울 굿과 북쪽 굿 문서(무악사설)까지 익혀둔 덕에 그럭저럭 그녀의 굿판을 도와온 유정남이 장고를 안고 앉아 무가를 한 대목씩 끊어던지면, 주무 조복순이 한 손으로는 이날의 기주가 정성껏 지어 온 망자의 한복 저고리를 묶어 세운 소나무 넋대를 붙잡고 서서, 다른 한 손으로는 요령 소리를 낭자하게 흔들어가며 유정남의 사설을 반복해 받아나갔다. 그런데 그런 노래와 춤사위가 한동안 계속되고 나더니 어느새 넋대 끝이 심하게 흔들리기 시작하고, 조복순이 혼절하듯 얼굴색이 하얗게 변하며 한동안 고통스럽게 몸을 비틀어대다 이윽고 그 요란하던 무악 소리가 잦아들고 만 조용한 정적 속에 천천히 자세를 바로 세워 망자의 늙은 아우 앞으로 다가섰다.
―아우야, 내 가엾은 아우님아, 이 못난 형을 찾아서 자네가 이 먼 길을 왔네그려!
드디어 만신의 몸에 망자의 넋이 내려 실리고, 만신은 이제 바리데기도 조복순도 아닌 망자의 혼령으로 그 아우를 만나고 말을 하기 시작한 것이었다. 제주 심방 굿도 구경을 다 못해온 초심자인 데다 육지부 무당이 직접 망자의 말을 하고 육친을 만나는 굿거리를 보지 못해온 만우에게도 그것은 새삼 흥미가 끌리는 광경이었다. 저 육지부 암무당은 정말로 자기 몸에 망자의 넋을 받은 것인가. 그렇다면 저 무당 속의 망자는 누구인가. 긴 세월 이 제주도 사람들에게서조차 잊혀지고 버려져온 망자는 정말로 저 무당의 입을 통해 오늘 자신의 지난날을 말할 수가 있을까. 지난날 자기 죽음의 원통한 사연과 설움을 털어놓을 수 있을까. 그 무당의 행작과 망자에 대한 궁금증에 만우는 저도 모르게 전에 없이 긴장이 되기까지 하였다. 곁에 선 고종민도 새삼 얼굴 표정이 변한 채 제주도 굿으로 치면 '영개울림'에 해당하는 그 넋맞이 굿판만 묵묵히 지켜보고 있었다.

그런데 산 자와 죽은 자로 만난 두 형제의 수십 년 만의 상봉은 그가 예상한 것보다도 훨씬 더 극적이었다.

— 그래, 이 물 멀고 산 선 섬 땅 험한 풍우 속에 긴긴 세월 이 형의 혼백을 버려두고 어째 이제사 나를 거두러 왔단 말인가, 아우님아, 이 무정한 내 아우님아.

형은 어딘지 좀 기운이 빠지고 조심스런 남정의 목소리로 동생을 원망하면서도 그동안 머리가 허옇게 센 늙은 아우에게 몸을 굽혀 하염없이 등짝을 어루만져주었다. 그러자 처음엔 다소 얼띤 표정 속에 긴가민가 말을 망설이고 있던 아우도 비로소 복받쳐 오르는 감정을 참을 수 없는 듯 엉거주춤 형의 두 손을 잡고 일어섰다. 그리곤 이내 그 형의 가슴에 얼굴을 파묻으며 울부짖기 시작했다.

— 아이고 형님! 이것이 정말로 우리 형님이시란 말씀이오? 그때 달랑 돌아가셨다는 종이쪽지 한 장을 보내온 것밖에 시신은커녕 머리카락 한 가닥 재 한 줌 받아볼 수 없고, 졸지에 그리되신 곡절이나 혼백의 행방조차 알아볼 수 없던 그 불쌍코 막막하던 우리 형님이시란 말씀이오?

울음 섞인 넋두리 하소연 속에 아우는 이제 반백 년의 세월을 거슬러 조복순 만신의 얼굴에서 그 젊었을 적 형의 모습을 찾으려는 듯 머리를 쳐들어 찬찬히 살피는가 하면, 다시 두 사람이 서로 몸을 부여안고 함께 통곡을 터뜨리기도 하였다.

그러다 두 사람의 입을 통해 어렴풋이 망자의 지난 처지와 사연이 밝혀지기 시작한 것은 첫 해후의 감격과 슬픔이 한고비를 넘기고 어느 정도 마음의 여유를 되찾기 시작하면서부터였다.

― 하늘도 무심하고 세월도 무정하구나. 내가 너를 마지막 보고 떠날 때는 새파랗게 어리던 사람이 그동안 긴 세월 너 혼자 얼마나 모진 풍상을 겪었길래 이제 이토록 호호백발 늙은이가 다 되어 나타났단 말이냐. 그동안 지내온 이승 소식이나 좀 들어보자. 답답해죽겠구나.

이윽고 무당 속의 형이 먼저 격한 감정을 추스르며 아우에게 비로소 말을 놓고 물었고, 그것을 시작으로 형과 아우 간엔 그동안 막혀 있던 이승 소식과 저승의 소식을 서로 하염없이 나누었다.

― 저는 형님한테 말 못할 사정이 있어 이날 이때까지 형님의 혼백조차 찾아 나서지 못하고 깜깜 어둠 속에만 살아왔지만, 형님은 돌아가신 혼령이 되셔서도 하늘에서 제가 사는 꼴을 보지 못하고 계셨단 말씀이오. 그거야 그 시절 형님이 경비대를 지원해 가신 것이 우리 집 살림 가난을 벗으려는 길이었으니 형님이 그리되신 뒤에 저나 형수님 지내온 형편이야 말씀을 드려 무엇합니까. 그보다 그 시절 그렇듯 착하고 인정이 많았던 형님이 대체 어인 곡절로 젊은 나이에 그 원통한 일을 당하셨습디까. 일을 당하고도 일러준 사람이 없고 알아볼 길도 없어 답답하기만 했더니, 오늘 형님 입으로 직접 사연이나 좀 일러주십시오. 그 시절 소문처럼 형님도 정말 이 섬 사람들을 원통하게 떼죽음시키다가 그리되셨습디까, 아니면 다른 말 못할 사연이 있었습디까.

― 내가 죽은 혼백이 되어서도 네 일을 알지 못한 것을 원망하지

마라. 내가 죽었다고 어디 저승길이라도 온전히 갈 수 있는 귀신이드냐. 나는 죽어서도 이 섬조차 못 떠나고 깜깜한 어둠 속을 떠도는 생귀신으로 아직도 네 일 내 일이 다 답답하기가 너하고 한가지 처지구나. 나는 내가 어째서 어떻게 죽게 된 줄도 모른다. 네 말대로 나는 가난해 배가 고파 군대밥을 얻어먹으러 경비대엘 들어갔고, 그 군대밥 얻어먹으며 위에서 가라는 대로 이 섬으로 건너왔고, 다시 가라는 대로 이 동네 뒷길을 지나가다 졸지에 총에 맞아 죽은 것뿐이구나. 그러니 나는 이 섬 사람들이 어느 쪽 누구 편인지도 알지 못하고, 나를 죽인 사람이 누구인지도 알지 못한다. 그래서 더 답답하고 원통한 세월이었구나. 그런데 네가 이렇듯 여태까지 나를 찾을 수 없었던 말 못할 사정이란 무엇이냐? 내 이런 꼴 이런 처지로 염치가 없어 못 물을 일이다만, 네 형수는 어떻게 됐느냐. 이미 세상을 버리고 말았느냐, 혹시는 아직 살아 있느냐. 살아 있다면 그동안 어떻게 지내왔느냐?

정말 혼령의 말을 하는지, 무당의 신통스런 직감에선지 조복순의 몸에 실린 형의 혼령은 이승의 아우를 향해 때마다 막힘없이 잘도 주워대고 묻고 하였다.

하지만 추만우는 이제 그게 비록 거짓말이면 어떠랴 싶을 만큼 가슴이 뜨거워져 올랐다. 형의 혼령은 자신의 말대로라면 아직 저승길을 가지 못하고 무서운 죽음의 사슬에 묶여 있는 생귀신〔死靈〕 신세였다. 그것도 반백 년 긴 세월 죽음의 내력도 제대로 혈육에게 전하지 못한 채 외롭고 원통한 원귀의 처지로. 그래 이날 굿거리가 묵은 넋 신원굿에 다름없는 격이지만, 제주도에서라면 죽음 뒤 2,3년 안에 그 죽음의 사슬을 풀어 온전한 혼령으로 저승길을 떠나보냈어야 할 '귀양풀이 굿'감 처지였다. 그런 원혼이 이날 굿거리 속에 살아 있는 아우를 만나 지난날의 한을 풀고 비로소 온전히 저승길을 떠나갈 수 있게 된다면, 그래서 저승의 문중신 반열에 올라 온전한 선영으로 이승의 아우와 유족들을 돌보고, 이승의 피붙이들도 그것으로 연유를 알 수 없어 더욱 한에 맺혀온 당자의 죽음을 받아들이고 마음을 고루어 평상의 삶을 살아갈 수 있게 된다면, 그것이 비록 참말이면 어떻고 거짓이면 어떻단 말인가. 제주 심방들의 '산 받아 분부 아룀'이 혼령의 마음과 말을 직접 말하지 않는 것뿐, 그 혼령의 뜻을 받아 전하는 것은 결국 같은 노릇 아니던가. 게다가 지금까지 인두겁을 뒤집어쓴 금수 떼들로만 전해 들어온 그 토벌대들의 희생자들 가운데에도 그렇듯 생전의 삶이 무고하고 착했던 사람이 섞여 있을 수도 있었다는 사실에, 그는 어슴푸레나마 그동안 자신이 무엇인지 잘못 알아온 듯싶은 느낌에다 이날의 굿이나 그 큰당집 사람들의 역사 씻기기 사업이라는 것이 어느 면 잘하는 대목도 있다는 생각이 들었다.

   그런데 형의 물음을 받은 다음번 아우의 통곡 어린 실토는 그 만우뿐만 아니라 곁에 선 종민을 비롯한 굿마당 사람들 모두를 뜻하지 못한 놀라움과 충격 속에 함께 눈물을 감출 수 없게 하였다.

   ―아이고 형님, 용서하십시오. 이 동생 정말로 죽을죄를 지었습니다. 저 역시 형수님 일은 형님 앞에 차마 입을 열 수 없고, 그래서 여태까지 형님의 혼백마저 찾아뵐 수가 없었는데, 오늘 이렇게 형님을 만났으니 이제는 털어놓고 다 말씀드리겠습니다. 형님이

그렇게 원통하게 돌아가셨다는 소식이 왔을 때 형수님은 실은 뱃속에 조카아이를 가지고 계셨소. 그런데 그 망극한 아버지 소식도 모르고 태어난 아이까지 일이 년 뒤엔 그 몹쓸 6·25전쟁을 만나 형수하고 셋이 함께 피난길을 나서지 않았겠소. 그랬는데 그만 어찌어찌 일이 잘못되어 그 피난길 중도에서 나하고 형수님이 서로 길을 갈라서게 되고 말았지 뭡니까.

—아니 그게 사실이냐. 그런 일이 있었더란 말이냐. 대체 뒷일이 어떻게 되었느냐?

예상치 못한 아우의 토설에 깜짝 놀라며 거듭 묻고 드는 형. 그리고 다시 늙은 아우의 울음 섞인 사연이 잠시 더 이어졌다.

—그렇습니다. 사실입니다, 형님. 하지만 그것으로 형수님의 소식은 지금까지 종적을 알 수가 없습니다. 그런 일이 있고부터 저는 이날 이때까지 그 피난길 근처 동네는 물론이고 옛 살던 우리 동네로 형수님 친정 동네로 백방으로 소식을 찾았건만, 형수님이고 조카아이고 그쪽 일을 끝끝내 알 수가 없었지 뭡니까.

그 형은 이제 한동안 망연자실 말을 잃고 있었다. 그리고 이윽고 짚여오는 생각이 있는 듯 조용조용 탄식조 속에 아우를 달래기 시작했다.

—죽은 사람들이다. 네가 그토록 애를 쓰는데 어디서든지 살아 있다면 그사이 백 번도 소식이 있었을 세월인 것을. 그 사람들도 벌써 죽은 사람들인데, 네가 너무 오래 가슴을 태워왔구나. 그러니 이제나마 그 불쌍한 모자도 내가 있는 저승 명계로 떠나보내고 동생이라도 남은 세상 그 사람들 일을 잊고 마음 편히 살다 오소.

하지만 그럴수록 아우는 더욱 목이 메어갔다.

―아니오, 형님! 어찌 제가 형수님을 그렇게 떠나보낼 수가 있겠소. 돌아가신 것을 보았어야 떠나보내드리지요. 돌아가신 데라도 알아야 잊고 지낼 수가 있지요. 이도 저도 아무것도 알 수가 없으니 제 살아생전엔 제 가슴에라도 묻고 살아야지요. 그러다 이 세상에서 정 찾을 수가 없다면 뒷날 제가 형님 계신 저승으로 들어가 함께 그 혼령이라도 잊지 않고 찾아봐야지요.

―……

형은 다시 말을 잃고 동생은 그 형 앞에 새삼 용서를 빌기 시작했다.

―그러니 형님, 그렇듯 제 가슴에 두 생죽음을 묻은 제가 어떻게 이승에서 혼백이나마 형님을 찾아뵐 수 있었겠습니까. 형님의 그간 설움과 원통함이야 어찌 이 아우에 견줄 수나 있겠습니까만, 지난 일을 생각하면 참말로 원통하고 한이 사무칩니다. 그러니 부디 이 몹쓸 아우를 꾸짖고 용서하여주십시오. 형님!

형은 여전히 말이 없는 채 그 동생을 멍하니 내려다보고만 있었다.

하지만 저승 혼백과 이승의 생자 처지 간에도 형은 역시 형이요 아우는 아우였다. 조 만신의 몸속에 태인 형의 혼령은 이제 그것으로 웬만큼 서로간의 해원이 이루어진 듯 자신이 먼저 침착을 되찾기 시작했다. 그리고 죽은 혼령이나마 아직 생시의 형답게 그 괴로운 마음의 짐을 덜어주려는 듯 천천히 아우의 엎드린 등을 쓸어주며 조용조용 말했다.

―그래 알았네. 하지만 누가 누구를 용서한단 말인가. 이 모든 일이 남편 구실 형 구실 아비 구실을 못하고 자네한테 어려운 짐을 떠맡기고 간 내 허물 탓이 아닌가.

그러는 그는 이제 다시 아우의 늙은 모습을 의식한 듯 말씨까지 달라지고 있었다.

―용서를 받을 쪽은 자네가 아니라 내 쪽이네. 그러니 이젠 자네 가슴에 묻은 그 사람들 짐을 그만 내게로 내려놓으시게. 내가 여태도록 명부의 어둠 속에 묻힌 생귀신 꼴로 지내다 보니 만날 수가 없었는지 모르지만, 그 둘이 정녕 저승길을 갔다면 이승 생면이 없는 아이는 몰라도 자네 형수는 혼령이라도 족히 알아볼 만할 것이니, 이제나마 내가 찾아서 잘 돌볼 것이네. 그러니 이제 자네는 가슴속 짐을 풀고 이승의 남은 세상을 편안히 살다 오시게.

그러니 그 형의 말이 채 끝나기도 전에 늙은 아우가 다시 설움에 북받쳐 형의 가슴에 머리를 박고 오열을 참지 못했다.

하지만 이제 그것으로 이승과 저승을 사이한 두 형제의 한 맺힌 해후는 이미 한고비가 지나간 셈이었다.

―자 이제는 우리 이렇게 오랜만에 만났으니 마냥 울고불고 하지만 말고 이제부턴 좀 흥겨운 춤가락으로 서로간 맺힌 마음을 즐겁게 풀어보도록 하세.

이번에는 그 형을 대신해오던 조 만신이 몸속의 혼령을 내려놓듯 슬그머니 노인을 품에서 밀어내며 갑자기 분위기를 바꾸고 나섰다. 그리곤 굿상 앞에 놓아두었던 부채를 다시 집어 펼쳐 들며 그녀 본래의 컬컬한 목청을 돋워 올렸다.

―자, 형님 춤가락 나가신다. 소리들 울려라!

만우는 비로소 그쯤 슬그머니 몸을 움직여 굿청을 빠져나왔다.

낭자한 연물 소리와 춤사위가 어우러지기 시작한 굿판 뒤쪽의 임시 고방에선 바야흐로 구경꾼들 점심 음식이 차려지고 있어, 그는 이제 더 보고 싶은 굿거리도 없거니와 고종민과 그 요기상을 함께하기도 싫었기 때문이다.

"왜, 벌써 가시려구요? 굿이 아직 다 끝나지 않았는데 천천히 더 구경하고 가잖구요?"

어름어름 애매한 눈인사를 남기고 혼자서 자리를 비켜 나오는 그에게 고종민이 좀 의아스런 얼굴로 물었지만, 그는

"이까짓 유육지부 선무당 굿 더 보보나 다나…… 당신이나 마저 다 보고 가시오."

짐짓 시큰둥하게 한마디를 내뱉곤 곧바르 발길을 재촉하고 만 것이었다.

하지만 만우는 그러면서도 마음속 한편에선 그 고종민 앞에 전에 없이 뿌듯한 기분을 숨기고 있었다.

―무당 새끼가 뻔한 남의 무당굿에 마음이 이리 아리다니…… 무당굿이 원래 이런 것이던가. 우리 굿도 다른 사람 눈에는 그렇게 보였던가.

9

―충청도 진천 산골 마을로 형의 전사 소식이 전해져왔을 때 형수의 뱃속엔 아비가 알지 못한 유복자가 자라고 있었다. 그리고 얼마 뒤 그 믿기지 않는 아비의 전사 소식 속에 태어난 아이는 비탄 속에 졸아붙은 산모의 젖선까지 터지지 않아 한동안 큰 애를 먹었다. 근심 끝에 하루는 형수가 이웃의 조언을 듣고 와서 열여섯 어린 시동생이 형 대신 형수의 젖꼭지를 빨아 갓난아이의 생명줄을 열어주었고, 그로부터 조카아이는 어미와 어린 삼촌의 보살핌 속에 그럭저럭 잘 자라갔다. 그런데 아이가 아직 말귀도 알아들을 수 없는 두어 해 뒤 여름철 그 뜻하지 않은 전란이 터졌고, '국방군 유가족' 표딱지가 붙은 세 식구는 벌써부터 어수선해진 마을 인심을 걱정하며 세상이 뒤바뀌면 무사히 넘어가기 쉽지 않으리라는 한 이웃의 귀띔에 놀라 서둘러 남행길을 떠났다. 하지만 정해진 목적지도 없이 무작정 피난 행렬에 끼어들어 낯선 산길 들길을 쫓

아가기란 여간 힘든 일이 아니었다. 무엇보다 제 발로 험한 길을 걸을 수 없는 어린 조카아이가 문제였다. 하여 며칠 뒤 형수는 결국 청주 부근에서 아이를 데리고 다시 길을 꺾어 보은 산골의 친정 동네 쪽을 찾아갔고, 적치살이가 아무래도 더 위험한 시동생 혼자서 피난 행렬을 따라 남행길을 계속했다. 그런데 그것이 실은 세 식구의 마지막 작별이었다. 전세가 바뀌어 시동생이 진천 고향 마을로 돌아가는 길에 먼저 보은 형수네를 찾아가보니 웬일인지 형수는 그곳에 와 있지 않았다. 이판사판 아예 진천 집으로 돌아가 있는가 싶어 급히 다시 고향 동네로 달려가봤지만 그곳에도 마찬가지였다. 사람은 물론 종적도 소식도 알 수가 없었다. 청주와 보은 또는 청주와 진천 길 사이에서 두 사람은 아무 흔적도 남기지 않은 채 사라져버린 것이었다. 이후부터 형수와 조카를 찾으려는 시동생의 발길은 충청도와 경기도 일대 심지어는 강원도 일부 지역까지 미치지 않은 곳이 없었고, 그것은 그의 생애의 숙제가 되고 만 것이었다. 형의 죽음은 이제 둘째 문제였다. 이미 죽은 사람보다는 두 사람의 행방을 찾는 일이 급선무였고, 그것을 알지 못하곤 형의 혼백을 찾아갈 수도 없었다. 하지만 아무리 길을 좇아 헤매고 수소문을 하고 다녀도 행적이나 생사를 알 수가 없었다. 필경엔 어디서 이미 죽어간 사람들의 일이었다. 어디에 아직 살아 있기만 하다면 이미 열백 번도 돌아왔을 사람들이었다. 돌아오지 못할 이유가 없었다. 아우는 차츰 두 사람의 일을 가슴에 묻기 시작했다. 그리고 그렇게 지금까지 살아왔다……

"두 사람의 일을 그렇게 가슴에 묻어둔 채 내가 어떻게 형의 혼백 앞에 나설 수가 있었겠소."

고종민은 해거름녘의 5·16도로를 넘어오면서도 아직 그 노인의 말이 귀에 쟁쟁했다.

그러니까 이날 그 조복순 만신의 위령굿은 추만우가 자리를 떠난 뒤로도 두어 시간 동안이나 더 계속되었다. 그리고 종민은 물론 그 모든 굿거리 제차를 한순간도 빠짐없이 내내 한자리에서 지켜보고 있었다. 생사를 달리한 망자와 생자 형제의 기막힌 사연도 사연이지만, 두 사람의 묵은 한을 신령의 힘을 빌려 한자리로 불러내어 춤과 노래와 사설로 풀어나가는 그 육지부 넋굿 제차의 대목대목이 기대 이상으로 너무 역연하고 감동적이었기 때문이다. 그 장면들 하나하나가 그의 마음속에 너무 생생한 실감으로 다가왔기 때문에 그는 그 제차의 고비고비에서 혼자서 아슬아슬 마음을 졸여대곤 했을 정도였다. 망자의 아우가 형수와 조카아이를 잃고 평생을 찾았건만 아직도 그 생사조차 알 수 없다는 포한을 털어놓을 때가 바로 그런 심정이었다.

그는 한국의 한 토속종교학자가 쓴 『우리에게 무굿은 무엇인가』라는 책에서 이런 희한한 경우를 읽은 일이 있었다. ……어느 시골 마을의 한 여자가 결혼 후 첫아이를 낳고 산후증으로 죽고 말았다. 그 아이는 남자 혼자 기를 길이 없어 외가에서 데려가 외할머니가 기르기 시작했고, 이후 얼마 되지 않아 젊은 홀아비는 재혼을 하게 됐다. 그로부터 오래잖아 남자와 새 결혼을 해 온 새댁이 까닭 없이 시름시름 앓기 시작하여 점쟁이에게 알아보니 저승의 전처 혼령이 아직 이승에 미련이 많아 여자데게 여한을 의탁하려 들기 때문이랬다. 하여 그 내외는 어느 하루 무당을 청해 그녀의 위령굿을 치러주었다. 그런데 그 굿거리 진행 중에 뜻하지 않은 사태가 벌어졌다. 죽은 망자의 혼령이 내린 굿거리 무당 앞에 다른 한 원혼이 나타난 것이었다. ─나는 당신이 낳아놓고 죽은 아이의 혼백이다. 바로 그 외할머니가 데려가 기르던 아이가 죽어 굿판의 한 친척의 입을 빌려 어미의 혼백 앞에 함께 나타난 것이었다. 사람들은 물론 그것을 믿을 수가 없었다. 하지만 알고 보니 그것은 사실이었다. 남자의 집에서는 애초 재혼을 성사시키기 위해 새색시가 쪽에 신랑의 상처 사실을 말했을 뿐 아이가 살아남아 외가로 보내진 사실을 숨겨온 터였다. 그런데 두 사람의 혼사가 이루어지고 얼마 지나지 않아 섭생이 좋지 않던 그 아이마저 사나운 역질을 얻어 숨을 거두게 되었지만, 외가에서는 그런 사실을 제집에 알릴 수가 없었다. 새댁은 어차피 아이의 일을 알지도 못하는 터에 그런 궂은 소식을 새삼스럽게 알릴 필요가 없었기 때문. 그래 그 아비조차도 아이가 죽은 사실을 모르고 있었으리라는 것이 외가 쪽 동네일에 밝은 한 아낙의 뒤늦은 통기였다…… 아이는 그 어미의 굿마당을 통해 비로소 그의 죽음이 알려진 것이었다. 그리고 그 어미의 굿마당에서 죽은 혼백으로 어미를 만나고 아비를 만난 것이다. 굿판은 놀라움과 회한과 통곡의 눈물바다가 될 수밖에 없었다.

하지만 고종민은 당시엔 도대체 그걸 믿을 수도 이해할 수도 없었다. 혼령과 혼령, 산 사람과 죽은 사람이 어떻게 살아 있는 무당의 힘으로 서로 만나고, 생사 간의 일을 서로 전할 수가 있단 말인가…… 도무지 허황스런 괴담 같기만 하였다.

하지만 이날 그 형제의 해후를 직접 대하고 보니 가슴속 느낌이 전혀 달랐다. 아마 그 애절한 정황이 책 속의 사례에서와 비슷해서였기도 했을 터였다. 그는 어디선지 금세 그 아이의 혼령이 누구의 몸을 타고 나타날 것만 같았다. 어미나 아이의 혼령이 나타나는 것은 바로 그 죽음을 말하는 것이었다. 경우를 따지자면 두 혼령은 이날 굿청에 나타나지 않아야 하였다. 하지만 그는 왠지 조마조마 줄곧 그것을 기다리고 있었다. 사실 이제 두 모자는 십중팔구 살아 있는 사람이기가 어려웠다. 살아 있는 사람의 일이 아니라면 차라리 그 죽음이라도 분명해져야 하였다. ─ 돌아가신 것을 보았어야 떠나보내드리지요. 돌아가신 데라도 알아야 잊고 지낼 수가 있지요…… 그 늙은 아우의 절규처럼 진정 죽은 이의 혼령이 아우를 찾아온 것이라면 그 죽은 형은 물론 살아 있는 아우의 소망도 오히려 그쪽이기가 쉬웠다. 종민은 이를테면 그것을 기다리며 빌고 있었던 것이다.

다행인지 불행인지 이날 그 형수나 조카아이의 혼령은 종민의 기다림과는 달리 끝내 나타나지 않고 말았지만, 어쨌거나 그 절절한 소망과 기원이 눈물바다를 이룬 굿마당의 충격과 감동은 아직도 감당하기가 벅찰 지경이었다.

하지만 이날 굿청에서의 그의 감동은 그것으로 끝난 게 아니었다.

굿마당은 이후 한동안 이런저런 제차와 휴식을 거쳐 드디어 생자와 사자 간의 모든 적한과 업고를 풀고 이제는 더없이 편안하고 맑게 씻겨진 망자의 영혼을 저승으로 떠나보내고, 망자 역시 비로소 이승의 모든 일을 안심하고 마지막 명부길을 떠나가는 '길가름' 마당에 이르렀고, 그러자 그 마지막 무녀의 춤과 함께 종민의 감동도 절정으로 치달았다.

—잘 있거라, 내 아우야. 이 형은 이제 이승의 한을 다 풀고 편안한 마음으로 저승길을 떠나가니, 아우님 자네도 이제는 이 형의 일을 잊고 마음 편히 살다 오소.

—잘 가시오, 우리 형님. 이 길을 떠나시면 우리 형제 언제 다시 만나리까. 이승이나 저승이나 우리 다시 만날 날까지 부디부디 편안한 명부 복락을 누리시오!

형과 아우가 마지막 이별을 고하고, 조 만신이 망자의 편안한 저승길을 위해 하얀 무명베 가닥을 덩덩구덩덩구 신명스런 연물소리와 춤사위에 맞춰 힘 있게 갈라나가는 동안, 그 형의 혼백을 떠나보내며 하염없이 눈물을 짓고 선 노인은 물론, 멀찌감치서나마 끝까지 자리를 함께한 양서진 교수를 포함한 굿판의 누구도 무슨 말이 있을 수가 없었다. 그리고 그 애틋하그 숙연한 분위기 속에 종민은 혼자 새삼 뜨거운 감동에 젖고 있었다. 아, 이것이구나. 이것이 한국의 굿이구나! 죽은 사람은 죽어서나마 이승의 한을 풀고, 산 사람은 산 사람대로 그 가슴 아픈 망자의 짐을 벗고 다시 제 고난스런 삶의 자리를 찾아 돌아가는 재이별의 자리. 그 서럽고도 아름다운 영별 의식, 그것이 이 한국의 굿이구나. 그래서 한국 사람들은 그 굿을 하며 살아왔고, 굿이 있어 그 삶이 다시 일어서 이어질 수가 있었구나……

그런 그의 생생한 체험과 감동은 그가 일상 의심해왔듯 무당에게 정말 망자의 혼령이 씌어 내렸는지 아닌지 따위는 조금도 문제가 되지 않았다. 그는 그동안 조 만신의 말과 춤사위에서 더없이 완연한 망자를 보았고, 그의 한 맺힌 생전의 삶과 원망을 보았고, 그 아우에 대한 근심과 사랑을 보았었다. 그의 아우 또한 조 만신에게서 한 점 의심 없는 형의 혼백을 만나고 그 절절한 기원 속에 다시 그 형을 떠나보내는 생생한 장면을 목도한 것이었다. 종민으로선 거기서보다 더한 무굿의 미덕과 신앙적 믿음의 증거를 찾을 필요가 없었다. 그리고 굳이 그에 대한 어떤 증거를 찾는다면 굿판 막바지에 어디선지 갑자기 뛰어든 그 해정리 변 신방네 딸아이 금옥의 이변에 가까운 행장 한 가지만으로도 족했다.

하고 보니 그 연금옥이라는 처녀 아이는 심방집 내림기가 있어 그런지 그 예송리 당굿 마당에서처럼 매번 행신이 예사롭질 않았다. 이날은 굿판이 막바지에 이를 때까지도 눈에 띄지 않던 그녀였지만, 이번에도 어디선지 주위를 은밀히 숨어 맴돌고 있었는지 모른다. 굿판이 마지막 길가름 마당에 이르러 바야흐로 망자를 떠나보내는 조 만신의 베가르기 춤사위가 한창 진행되고 있을 때였다. 어디선지 그녀가 갑자기 신발을 벗어던지고 버선발로 굿판으로 뛰어들어 조 만신과 함께 너울너울 그 베가름 춤을 추고 돌아가기 시작한 것이었다. 그렇듯 돌연스런 그녀의 출현이나 즉흥적인 춤사위에 요선만이 잠시 어이가 없다는 듯 멍청한 눈길을 하다 말았을 뿐 굿판 사람들 누구도 그걸 별로 괘념하는 기색 없이 오히려 흥겹고 대견스러워하는 눈치였고 보면 무당들 굿판에서는 흔히 있는 애무당의 신기풀이쯤으로 여겨 넘기는 것 같았다. 하지만 벌젛게 달아오른 그녀의 얼굴빛하며 갈수록 힘이 태이고 마치 그녀 스스로 자기 운명의 길을 갈라나가듯 점점 더 빠르고 격렬해지는 춤사위가 아무래도 보통 신명기가 아닌 듯싶었다. 필시 자신도 제 신명기를 이기지 못한 무아지경의 행동인 것만 같았다. 그래 그 굿판의 막바지가 종민에겐 더욱 감동적이었는지 모르지만, 그는 그 여자의 돌연스런 춤사위 어울림에 차라리 어떤 무서운 전율감마저 느꼈으니까. 그리고 그 스스로 늘 자신의 처지를 비웃듯 굿일을 시큰둥해하며 이날도 예외 없이 무뚝뚝한 비소(鼻笑) 투 속에 일찍 자리를 뜨고 만 추만우와 함께 그걸 보지 못한 것이 못내 아쉬웠으니까. 하긴 그가 그간 느끼고 살펴온 정황으로 보아 추만우가 그녀의 그런 모습을 보았다면 무슨 일이 생겼을지도 모르지만, 어쨌거나 그 무가 굿판에 대한 어떤 믿음의 증거를 구해야 한다면 종민은 그 금옥 한 사람의 일만으로도 충분할 것 같았다.

  종민은 그래저래 기주의 업장을 풀어주는 마지막 고풀이까지 끝나고도 한동안 자리를 떠나지 못하고 있었다. 무엇보다 그 가슴속 사연이 얼마나 아프고 저린 처지가 되었든 그는 아무래도 그 아우라는 노인이 굿을 치르고 난 감회를 알고 싶어서였다. 하지만 그 굿판의 숙연한 여운 때문에 그는 선뜻 노인 앞으로 나설 수가 없어 한동안 망설이고만 있었다. 그러다 이윽고 양서진 교수를 찾았지만 그는 이미 눈에 띄지 않았고, 게다가 고방 쪽에선 이어서 다른 한 주인 없는 망자의 혼백을 위한 간단한 조상굿 형식의 제차와 함께 남아 있는 구경꾼들을 위한 요기상이 차려져 나오고 있어 더 이상 어물거리고만 있을 수가 없었다.

그래 끝내는 그 음식상을 사양할 겸 그 역시 이젠 좀 마음이 가라앉은 듯 한쪽에서 담배를 피워 물고 있는 노인 곁으로 다가가 조심스럽게 한마디 알은체 인사 소리를 건넸다.

"오늘 참 애쓰셨습니다. 시장하실 텐데 뭐 요기 좀 안 하시겠습니까?"

그러나 노인은 처음 자기에게 하는 말로 듣지 않은 듯 아무 대꾸가 없이 담배만 뻐금거리고 있었다. 종민은 내친김에 다시 용기를 내어볼 수밖에 없었다.

"주제넘은 말씀입니다만, 형님 되신 어른의 혼백을 이제나마 그렇게 위로해 보내드리고 나니 마음이 좀 놓이시겠습니다."

그는 슬그머니 노인의 곁으로 자리를 잡아 앉으며 한 번 더 참견을 하고 들었다.

그런데 과연 이날의 굿거리가 그 노인의 마음속 회한을 그만큼 덜어준 것이었을까. 노인이 비로소 그를 바로 쳐다보았다. 그리고 다시 한 차례 담배 연기를 휘 내뿜고 나선 예상 밖으로 쉽게 응대를 해왔다.

"그러게 이런 굿이라도 해드리자고 예까지 먼 섬 동네 길을 쫓아온 거 아니겠소. 하지만 이만 걸로 어찌 그간의 무거운 심회를 다 풀어놓았다 하겠소."

하기야 아직도 그 노인의 말끝에는 못다 한 한숨기가 역력했다. 그리고 그 축축한 한숨기는 내친김에 한마디 더 거들고 든 종민의 궁금증 앞에 이내 뒷사연으로 이어졌다.

"그러시겠지요. 어른께서 형수님과 어린 조카님을 잃으신 경위만 해도 아까 그 형님 되신 분의 혼백 앞에 다 말씀을 드리지 못한 듯싶었으니까요. 형님께서도 그걸 굳이 더 알리고 하시지 않으신 것 같았구요."

"그러다마다요. 이미 저승 혼령이 되신 형님께서도 그걸 짐작하시길래 더 묻지 않으셨겠지만, 그 기막힌 사연을 거기서 어떻게 다 말할 수가 있었겠소······"

······그렇게 해서 장외 뒤풀이로 다시 들은 노인의 뒷사연이 그랬었다.

듣고 보니 아닌 게 아니라, 저승 귀신이 된 형님에겐들 어찌 그 말을 다 털어놓을 수 있었겠느냐며 다시 긴 한숨을 내뿜던 노인의 포한처럼 두 형제 간의 통한은 그 오랜 세월 속에서도 삭아 묻혀버릴 수 없고, 사자와 생자 간의 처지에서도 차마 서로 입에 담을 수 없는 잔혹스런 상처의 자국을 남기고 있었다. 게다가 노인 형제의 비극은 이 제주도 섬 안에 한정된 일도 아니었다. 그 상처의 아픔은 물 건너 육지부까지 멀리 번져 나가 있었고, 6·25전란기까지 무서운 촉수를 뻗어 내려가고 있었다.

―그래서 이 섬의 비극은 바로 이 나라의 비극이요, 그 비극의 역사는 이 나라 전체의 비극사가 된다는 말인가?

종민은 그 음습한 이 나라 역사의 무게가 새삼 등덜미를 짓눌러 오는 듯한 느낌에 잠시 상념을 접고 길가로 차를 세웠다. 그리고 핸들에 두 팔과 머리를 얹은 채 멀리 한라산 정상, 그 옛날 천계의 신령이 흰 사슴을 타고 노닐었다는 산 정봉 너머로 지금 막 천천히 식어가는 보랏빛 잔광에 한동안 이마를 식히고 있었다.

10

제주 성내 여관으로 돌아온 고종민이 다시 시내 거리의 한 주점을 찾아 나선 것은 때마침 전화를 걸어온 도청 이 과장의 부름 때문이었다.
"지금에야 돌아왔어요? 몇 번씩 전화를 해도 받질 않더니 오늘 굿이 그만큼 재미있었던 모양이지요? 별일 없으면 지금 이리 나와요. 나 오늘 모처럼 고 형하고 술 한잔 하고 싶어 아까부터 이렇게 기다리고 있으니까. ……여기? 여기도 일종의 술집에다 여관을 겸한 내 단골집인데 '문주란'이라고 지난번 고 형을 만난 다방에서 옆 골목으로……"
여관방을 들어서자마자 기다렸다는 듯 바로 전화벨을 울려댄 이 과장이 이날은 웬일로 그를 일방적으로 술자리로 불렀다. 그가 섬을 찾아들어온 뒤 이 반년 동안 위인을 자주 쫓아다니며 이것저것 캐고 드는 바람에 그를 늘 귀찮아해오던 이 과장으로선 전례가 없던 일이었다. 위인의 목소리는 이미 술기가 완연했지만, 이날 낮 굿판의 감회가 아직 머리에서 떠나지 않아 어딘지 뒷기분이 미적지근하던 종민은 사양할 이유가 없었다. 그러지 않아도 왼종일 끼니를 제대로 치르지 못해 뱃속까지 몹시 출출하던 참이었다.

전화에서 일러준 그 골목길의 '문주란'은 어렵잖게 찾을 수 있었다. 그리고 이 과장은 예상대로 이미 술기가 꽤 오른 모습으로 혼자 술상을 지키고 앉아 있다 진심으로 그를 반기는 눈치였다.

"어, 왔구먼. 암, 오셔야지. 어서 들어와 앉아요. 내 오늘은 고형이 얼마나 보고 싶었다구. 허허."

그런데 이날 밤 종민은 여느 때와 달리 처음부터 썩 질펀하게 나오는 그 이 과장의 어투나 분위기가 어딘지 자꾸 자연스럽지가 못한 느낌이었다. 아니 분위기가 자연스럽지 못한 것은 이 과장뿐 아니라, 주점의 꾸밈새나 사람들 돌아가는 품새가 다 그랬다. 무엇보다 그는 골목길 깊숙이에 자리한 그 '문주란'을 찾아놓고도 아닌 게 아니라 여관이라고도 술집이라고도 할 수 없는 어정쩡한 느낌의 낡고 무성의한 간판 앞에서 한동안 발길을 망설이다, 그것도 손님을 밀쳐내듯 안으로 닫혀 있는 청색 철대문을 밀치고 들어온 터였다. 대문을 들어서고 나서도 어느 쪽이 술청인지 입구가 분명치 않은 데다 따로 손님을 맞아주는 사람도 없어 무작정 한옥 댓돌 같은 계단을 올라가 다시 한 번 현관 비슷한 반투명 유리문을 밀치고 들어가보니, 그제서야 마루청 바로 입구 계산대에 문지기처럼 지키고 앉아 있던 사내 하나가 미리 알고 있었던 듯 별말이 없는 가운데에도 공손히 그를 이 과장에게로 안내해 갔다. 여염집을 개

조해 새로 꾸민 듯한 안쪽 회랑을 따라 들어가다 보니, 양쪽으로 연이어진 작은 내실들에는 그런대로 드문드문 술손들이 들어앉아 있는 기미였고, 이 과장은 그 맨 끝 쪽 방에서 한 아가씨의 술 시중을 받던 중 그를 맞아들였는데, 입구의 사내나 그 아가씨의 손님 응접 태도 또한 종민은 이상하게 느낌이 썰렁했다. 이 과장의 거침없는 말투나 옆방 술손들의 호방한 목소리에 비해 종업원들의 태도가 지나치게 공손하고 말들이 없었다.

— 이곳이 이 과장 같은 이 동네 유력 공무원들 전용 비밀 단골집쯤 되는 모양인가. 그래서 종업원들도 저리 주눅이 든 꼴인가?

종민은 이 과장이 손짓으로 권하는 대로 그의 맞은쪽에 자리를 잡아 앉으면서 얼핏 그런 생각이 들었다. 그렇다고 처음부터 그런 내색을 보일 수도 없어 제풀에 말없이 눈인사를 남기고 방을 나가는 여자의 뒷모습을 바라보고 있으려니, 이 과장이 바로 자기 소주잔을 비워 건네오며 다시 엉뚱한 소리를 서슴지 않았다.

"왜, 저 아가씨 맘에 들어요? 이 집 아이들 워낙 심장이 없는 것처럼 마음들이 차갑지만 고 형이 원한다면 내 오늘 밤이라도 당장 내보내줄 테니."

마치 자신이 이 집 관리인이나 되는 것처럼 실없는 장담 투 역시 낮 동안의 공손하고 깔끔한 태도와는 전혀 딴판이었다. 그런데 무슨 사람이 아닌 사물을 다루듯 하는 그 이 과장의 일방적이고 호방한 태도나 거의 기계적으로 느껴질 만큼 말이 없는 종업원들의 일사불란한 분위기는 이날 밤 시간이 흐를수록 정도를 더해갔다.

"야, 너 이제부턴 다른 데 가지 말고 이 오빠 곁에 가만히 붙어

앉아서 요령껏 기분 좀 내드려!"

한두 가지 안주와 새 술병을 마련해 들어온 여자에게는 물론,

"이 과장님은 일찍 자리를 떠나셔서 모르시겠지만, 오늘 굿판은 끝에 가서 한 가지 예상찮은 이변이 있었지요."

첫 대면의 여자 앞에 공연히 어색해진 분위기를 돌려보려 이 며칠 부쩍 궁금증이 더해온 그 해정리 연금옥의 일을 꺼내어 육지부 청년 정요선과 토박이 추만우 들과의 관계를 물었을 때도 이 과장은 이날 금옥의 춤 소동을 포함하여 이 섬에 대해선 모든 것을 자기 일처럼 알고 있다는 듯 거침없이 늘어놓았다.

"그 연금옥이라는 계집아이 제 어미 무당 노릇을 대물림 받기 싫어 뭍 동네 사람만 보면 기를 쓰고 쫓아 나서곤 하는데, 그것 때문에 두 총각 사이가 좀 껄끄러운 게 사실인 모양이에요. 두 녀석다 어차피 무당 대물림 처지긴 하지만, 정가 쪽은 그래도 섬을 나갈 꿈이라도 꿔볼 수 있어, 계집아인 전서부터 맘에 두어온 추가 쪽을 놔두고 요즘엔 뭍 총각 정가 녀석을 가까이하려는 낌새라니까요. 하지만 이 섬 무당 딸로 태어난 팔자를 쉽게 벗어날 수 있나요. 철이 들면 제 진짜 임자가 될 사내를 알아보게 되겠지요. 이번에 혹시 고 형 맘에라도 들어서 아예 일본쯤으로나 데려가준다면 몰라도. 어때요, 고 형도 그 계집아이한테 염사가 좀 있어요?"

늙은 여심방 집 계집아이의 일쯤 어떻게 되어도 상관없다는 듯한 막소리 끝에선 엉뚱하게 종민까지 끌어들이며 실없이 웃고 있었다. 종민은 공연히 옆에 앉은 아가씨가 불편하여 눈치를 살필 수밖에 없었지만, 그녀 또한 그쯤 농 투는 전혀 아랑곳을 않는 표

정이었다. 아랑곳은커녕 아예 두 사람 사이의 일은 듣지도 보지도 못하는 양 그저 무표정한 얼굴로 그의 어깨나 주물러대다간 술잔이 비어나면 그걸 공손히 다시 채워주곤 할 뿐이었다.
하지만 이날 밤 이 과장이 그 분위기 아리송한 '문주란'에서 종민을 부른 것은 물론 실없는 농 투 속에 그저 술이나 마시자는 것이 아니었다.
"그런데 고 형, 나 참 골치가 아파죽겠네요. 고 형도 알다시피 요즘 아무래도 그 역사 씻기기 사업이 영 지지부진해서 말요."
이 과장이 다시 술잔을 들어 올리다 말고 비로소 조금 정색스런 얼굴을 하며, 그러나 여전히 허튼 엄살기를 섞어 말했다. 그건 종민도 이미 알고 있는 일이었다. 알고 있을 뿐 아니라 어느 면에선 이 과장 못지않게 아쉽고 답답하게 여겨온 일이었다. 하지만 이 과장 입에서 직접 그런 소리가 나온 김에 그의 속내를 좀더 깊이 캐어보고 싶었다.
"왜…… 이 섬에 과장님 힘으로도 안되는 일이 있어요?"
그는 짐짓 위인의 심기를 건드려놓고 자신은 다시 대범스레 뒤로 물러서는 척하였다.
"하지만 그 일이 잘 안돼온 건 어제오늘의 일이 아니잖아요. 그런데 새삼스럽게 무슨 걱정은요……"
이 과장은 그 종민을 방심한 듯 더욱 머리를 흔들어댔다.
"허, 새삼스럽게 무슨 걱정? 허허, 그야 이 섬 사람들 우리 일에 협조 않으려는 건 그동안 고 형이나 나 익히 겪어서 아는 일이지. 하지만 그걸 우리 큰집 사람들이 어디 이해해줘야 말이지요.

실적 보고가 없다고 연일 저 야단이니 눈치가 보여서 어디, 원."

"이 섬 일은 이 과장님이 사실상 책임자신 줄 아는데, 과장님까지 그렇게 큰집 눈치를 봐야 합니까?"

종민은 이 섬 일에 대한 이 과장의 힘을 가늠해보기 위해 다시 한 번 그를 부추기고 들었다. 하지만 그의 짐작과는 달리 이 과장은 여전히 한낱 현장 심부름꾼에 불과한 사람의 방관적 언사였다.

"내가 책임자는 무슨…… 진짜 내 고유의 청내 업무는 제쳐두다시피 하고 그저 늘 눈에도 보이지 않는 큰집 사람들 손발 노릇이나 하고 지내는 처지에. 그러다 어쩌다 뭐가 좀 잘되면 도청 아무개 이름으로다 엉뚱한 공적의 표창장이나 한 장 얻어 챙기게 되면 그나마 다행이구. 하지만 이러다 이번엔 표창장커녕 금명간에 호된 추궁이나 당할 판이니……"

"큰당집 사람들이 아무 때나 모습을 잘 나타내지 않는 모양이지요? 그럼 이 과장님이 직접 한번 그 사람들을 찾아가 만나보시지 그러세요. 서울 큰집이든지 이곳 작은집이든지 그 사람들도 그간에 그런저런 사정은 다 알고 있을 테니 말예요. 뭣하시면 그 큰당집 힘을 조금 더 빌릴 겸해 말씀예요."

그런데 그에 대한 이 과장의 대꾸는 이제 자신의 처지에 대한 무력증을 넘어선 자탄과 호소에 가까워지고 있었다.

"글쎄, 난들 왜 그런 생각을 안 해봤겠어요. 생각도 해보고 전화나 서면으로 면담 요청도 해봤지요. 하지만 서울의 큰집이고 이곳 작은집이고 도대체 책임지고 만나주는 사람은 없이 돌아오느니 기껏 얼굴 없는 전화 목소리나 전통 지시문뿐, 어쩌다 사람 얼굴이 나타난대도 이곳 윗주재관을 대신한 입 심부름꾼 정도니…… 이건 내가 무슨 헛귀신 놀음에 놀아나고 있는 기분이랄까. 실상은 내 뒤엔 아무도 없는 어둠 속에 오직 나 혼자서 일을 꾸미고 나 혼자 꾸민 일에 내가 자꾸 쫓기고 있는 것 같은 답답한 악몽……, 나도 모르는 그런 어떤 몹쓸 가위 눌림에 빠진 것 같은 기분이 들기까지 한다니까요……"

사뭇 푸념 투를 털어놓고 난 이 과장은 이제 그런 자기 기분을 알겠느냐는 듯 이윽히 종민을 건너다보았다.

하지만 종민은 이제 그 이 과장 앞에 아무 말도 할 수가 없었다. 이 과장 자신도 자신의 일을 잘 알지 못하겠는 듯한 말투였지만, 종민은 실은 그 위인의 일뿐 아니라 그의 말 전부를 잘 이해할 수가 없었기 때문이다. 이 과장과 큰당집과의 관계가 원래 그런 식이었던가? 그렇다면 도대체 그 큰당집이란 어디서 어떤 사람들이 어떻게 움직여가는 조직이란 말인가? 그동안 제법 힘깨나 휘두를 수 있는 사람인 줄 알았던 이 과장의 처지가 그 정도뿐이라면 그는 도대체 이 섬에서 무얼 하는 사람이란 말인가— 종민은 마치 보이지 않는 덫에라도 걸려 버둥대고 있는 듯한 이 과장의 모습이 터무니없이 고적해 보이기까지 하였다. 그리고 어떤 심한 고립감 같은 것에 연유하고 있음에 분명한 그런 고적기는 돌이켜보니 이 섬 사람들에게선 그리 특별한 것이 아니었다. 무언지 단단한 자기 껍질 속에 들어앉아 지내는 듯한 그 용두리의 늙은 심방 부자가 그랬고, 부러질 듯 꼿꼿한 성깔에 매사 거칠 일이 없어 보이면서도 앞뒤를 종잡을 수 없는 서귀포 해정 마을 변 심방 모녀가 그랬고, 누구보다 한사코 사람 대하기를 꺼리는 그 대학 훈장 양서진 교수 또한 그랬다. 그중에서도 특히 그를 처음 도청의 이 과장에게로 안내해 보냈던 양서진 교수는 이후 한 번도 그의 전화 통화조차 부드럽게 받아준 일이 없었다. 그동안 종민이 한번 만나보고 싶다거나 찾아가고 싶다는 전화를 몇 차례나 걸었지만, 그는 그때마다 한두 마디 짧은 핑계 끝에 냉랭하게 그의 발길을 막아버리곤 하였다. 그러다 이날 낮 남선 마을 굿마당에선 모처럼 그를 만나 반가움이 앞섰지만, 이번에도 그는 마지못해 몇 마디 알은체 인사 소리 외에 자꾸만 이리저리 혼자서만 겉돌았고, 그러다 끝내는 작별 인사 한마디 없이 슬그머니 굿청을 빠져나가고 말았다. 몇 차례 전화 시도 끝에 일찌감치 단념을 했고, 이날 낮에도 얼굴을 본 김에 한 번 더 말을 꺼내보려다 금세 기대를 접어버린 일이었지만, 그에게 이 제주도 사람들 이야기나 더욱이 이번 역사 씻기기 사업에 대해 무슨 낌새를 알아본다는 것은 생각도 못할 일이었다. 그런 위인의 처신을 두고, 아직 그 굿청에 종민과 함께하고 있던 이 과장마저 '저 얼음가시 막대 같은 인간, 사람을 꺼리는 버릇은 여전하구만. 그러려거든 무엇하러 이런 덴 나타나가지고서……!' 어쩌고, 심기가 그리 편찮아하는 정도로 짐짓 대범하게 넘어가고 만 것을 보면, 그런 껄끄러운 양서진의 성벽 탓에 그간 두 사람 사이도 서로 소 닭 쳐다보듯 매끄러운 처지가 못된 대신, 이 과장 역시 위인의 그런 태도엔 이력이 날 대로 난 모양이었으니까……

종민은 이를테면 이날 낮 그 양서진의 태도에서 그런 어떤 격절스런 고립감, 그 스스로 울을 둘러치고 다니는 단단한 외로움기 같은 것을 본 것이었다. 그리고 이번엔 거꾸로 그런 고립과 외로움의 빛을 이 과장의 모습에서 다시 본 것이었다.
 하지만 이날 저녁 이 과장이 그런 자신을 내보이려거나 무슨 하소연을 하기 위해 그를 불러낸 것은 아닐 터였다. 뿐더러 종민에겐 그 모든 일이 자신이 풀어낼 수 있는 수수께끼 놀음이 아니었다. 이 과장 또한 그에게 그것을 기대할 처지도 아니었다. 그래 종민은 조용히 입을 다문 채 한동안 그 이 과장의 기미만 기다리고 있었다. 하니까 이번에는 이 과장도 그런 종민의 낌새를 알아차린 듯 비로소 자세를 조금 고쳐 앉았다. 그리고 술이 아직 반쯤 남아 있는 종민의 잔에 손수 첨작 술을 채워주며 새삼 정색을 한 어조로 천천히 다시 끊겼던 화제를 잇기 시작했다.
 "그래서 오늘은 내 고 형한테 한 가지 개인적인 부탁을 드릴 일이 있어 이렇게 자리를 따로 마련한 것인데……"
 종민의 예상대로 이 과장이 드디어 그를 부른 용건을 꺼내고 있었다. 종민은 잠자코 듣고 있는 수밖에 없었다. 이 과장이 이어 그 부탁이라는 것을 말했다.
 "내 부탁이란 건 다름이 아니라, 고 형이 근간 내 대신 이 섬 심방가 사람들을 좀 만나주겠소? 예를 들면 아까 그 추만우나 해정리 변 심방 같은 사람들을 말요. 오늘 그 조복순 만신이나 유정남 일가처럼 뭍에서 불러들인 무당들은 그런대로 고분고분한 편인데, 이곳 섬 무당들은 도대체 내 말엔 콧방귀만 뀌고 들어먹질 않아서들 말이오."
 자탄기를 금치 못하던 아깟번과는 달리 어느새 표정이나 말씨가 확연히 달라져 있었다. 부탁이라곤 했지만, 평소 위인에게서 볼 수 없었던 일방적인 위압기마저 느껴지는 무거운 분위기였다. 게다가 일의 내용은 차치하고 그의 주문이 전혀 예상을 못했을 만큼 너무 갑작스러웠다.

하지만 종민은 그 돌연스런 이 과장의 기세에 눌려 엉겁결에나마 이미 반응낙 조의 소리를 지껄여대고 있었다.

"제가 새삼 그 사람들을요? 과장님이 안되신 일을 제가 나선다고 그 사람들이 뭐 달라질 게 있을까요?"

그런데 그쯤 종민이 금세 동조의 빛을 보이고 나서자 차근차근 다시 털어놓기 시작한 이 과장의 속사연은 그를 더욱 놀라게 했다.

알고 보니 언젠가 이 과장이 푸넘처럼 늘어놓았던 그 한라산 동굴의 유골들에 대한 합동 위령제 이야기는 그저 한번 스치고 지나간 소리가 아니었다. 이 과장은 그동안 실지로 그 일을 추진해오고 있었다. 하지만 위령제는 이 섬 사람들과 유관 단체들의 협조와 동참이 절대로 필요했다. 유골 연고자가 끝끝내 나타나지 않은 사정에서는 더욱 그러했다. 그런데 이 지역 대표적인 유관 단체로 이번 역사 씻기기 사업에 처음부터 적극적이었던 청죽회 쪽은 새 유골들의 진혼제 계획에 대해서도 퍽 적극적인 반응인 데 반해, 한얼회 쪽은 여전히 방관적인 태도랬다. 하지만 그런 건 아직 별 문제가 아니었다. 일이 정작 구체화되고 보면 자체 세력과 영향력 확보에 열을 올려온 두 경쟁 관계 단체로선 어차피 어느 쪽도 팔짱을 끼고 구경만 하고 있을 수 없는 처지였고, 한얼회 쪽은 특히 그 설립 동기나 구성원의 성분상 전통적으로 친정부적 성향인 데다 그동안 이 과장이 즐겨 이용해온 큰당집 방침을 내세워 밀어붙이면 될 일— 두 단체의 협조를 얻어내는 것은 그다지 문제가 될 것이 없댔다.

  그런데 말썽은 종민의 짐작대로 섬 심방들이었다. 육지부 무당들이 들어와 있기는 하지만 섬 귀신을 씻기는 데는 아무래도 이 섬 무당을 빼놓을 수가 없었다. 섬에 와 있는 뭍 무당들을 다 동원한다 해도 섬 무당을 몇 사람쯤 섞어 넣어 거도적 명분과 모양새를 갖추어야 하는 것이 당연한 요구였다. 하지만 관부 주도의 냄새를 내세워 이 역사 씻기기 사업에 대해 처음부터 담을 쌓고 지내온 섬 심방들은 이번 계획에 대해서도 전혀 귀를 기울이려지 않는 게 문제였다. 귀를 기울이긴 고사하고 자신들과는 아무 상관도 없는 남의 일이듯 이곳 작은집 쪽 말도 아예 외면 일색들이랬다. 심지어는 이 일에 적극적인 청죽회 사람들의 설득은 물론, 사나운 힘에 쫓겨 살아오기만 하다 이제는 더 쫓길 데가 없어 자신을 내던져버린 사람들처럼 이 과장 쪽의 은근한 압력조차 아랑곳하지 않는 식이랬다.

  "그러니 솔직히 말해 이 사람들은 설득도 소용없고, 그렇다고 다른 데처럼 마구잡이 식 억압으로 밀어붙일 수도 없고…… 그래 이번엔 고 형이 그간 개인적으로 알고 지내온 이곳 심방가 젊은것들하고 이 일을 한번 깊이 의논해주었으면 하구요. 고 형도 알다시피 그 위인들 우리 일만 외면하지, 자기 동네 굿들은 봐란 듯이 열심히 하고 있지들 않아요. 그게 실은 내 입장을 더욱 난처하게 만들고 있지만 말요."

종민은 그 섬사람들의 보이지 않는 불신감과 저항적인 태도가 새삼 놀라웠다. 하지만 그 섬 심방들에 대한 이 과장의 결의도 이젠 여간 강경한 것이 아니었다.
 "누구보다 우선 그 용두리 추가 녀석부터 한번 만나봐요. 그래도 작자가 정 우리 일에 협조를 하지 않으면 내가 당장 군대로나 쓸어 넣어버린다구요. 그 추가고 누구고 요즘 무당 새끼들 제때에 군대밥 먹고 나온 놈 하나도 없으니까."
 이 과장은 마지막으로 종민에 대한 다짐처럼 그런 막소리 협박까지 덧붙였다. 하긴 이 과장은 그 일이 아직 지지부진해 있는 것을 이 섬 누구보다 노심초사 걱정해야 할 처지였으니까. 그리고 그간의 설득과 기다림에 대한 배신감도 그만큼 컸을 테니까. 하지만 그런 막소리 협박 투마저 서슴지 않는 이 과장의 말투나 표정은 조금 전이나 평소의 그의 것이 아니었다. 불길할 정도로 결의가 살벌했고, 위험스럴 정도로 자신이 너무 만만했다. 그도 그럴 것이 이 과장의 입장에선 이즈음 그 육지부의 어수선한 정세에 심하게 쫓기는 처지이기 때문이기도 할 터였다. 이즈음 그 육지부의 정정은 계엄령까지 선포했음에도 소란이 가라앉기는커녕 갈수록 분위기가 불안해져가는 형세였다. 바로 그 남행길 인사의 횃불 행렬 때문이었다. 그 행렬은 이 며칠 사이에 이미 대전을 지나 호남 지역을 향하여 논산 인근 가도로 들어섰다는 소식이었다. 그리고 갈수록 그를 따르는 횃불 무리나 행렬을 기다리는 목표지 M시 인근의 K시 쪽에까지 인파가 늘어간다는 뉴스였다. 이제는 신문이나 방송들까지 연일 이런저런 조심스런 명분을 내세워 그 행렬을 뒤좇으며 현장 보도를 일삼다시피 하는 바람에 나날이 분위기가 고조되어가는 데다 온 나라의 관심이 그쪽에 쏠려 있는 참이었다.

그 행렬의 위태로운 형세나 향후의 귀추 또한 누구보다 이 과장의 관심사가 아닐 수 없었다. 그리고 그만큼 심사가 쫓기고 있음이 분명했다.

"새끼들이 지금 이 섬은 계엄령을 펴지 않아 뭘 잘 모르는 모양인데, 고 형도 알다시피 그 지팡이 사내의 행렬 말요. 그 행렬이 지금처럼 계속 K시까지 내려가게 된다 쳐봐요."

종민이 예상한 대로 이 과장은 역시 그 행렬의 일을 염두에 두고 있었던 듯 마지막으로 혼잣소리처럼 씨부려댔다.

"그렇게 되면 누가 또 박살이 나냐. 육지부가 온통 불난 집 꼴이 되고 보면 이 섬이라고 그냥 무사할 것 같으냐 이 말요. 내 그래도 이 섬까진 다시 그런 꼴 당하게 하고 싶지 않아 그 전에 섬 귀신들 창궐을 막아두자는 것인데, 새끼들이 기어코 험한 꼴을 보려고……"

제 본색이라도 드러내듯 막소리를 씨부려대는 이 과장의 분위기는 그만큼 더욱 살벌하고 위태로워 보일 수밖에 없었다. 다름 아니라 그가 바로 그 행렬의 향배와 귀추에 그만큼 신경을 곤두세우고 있다는 증거였다.

하지만 종민은 이날 그 이 과장의 불길스런 예언의 뜻을 미처 다 알아차리지 못한 셈이었다. 잠시 뒤 그 이 과장의 입에선 종민이 그보다 더 놀라야 할 일이 흘러나온 때문이었다.

"무어, 제가 손봐드릴 일 있어요?"

이 과장의 언성이 좀 높아지는 걸 듣고서였는지 그때 어디선지 검정 정장을 한 사내 하나가 불쑥 방 안으로 머리를 디밀어대며 이 과장에게 물었다. 그리고 왠지 기분이 서늘해진 종민의 표정을 의식한 듯 이 과장이 그를 향해,

"아니, 여긴 상관 말고 가봐."

손짓과 함께 서둘러 그를 쫓고 나서는,

"실없는 녀석! 내가 여기서 가끔 신셀 지는 친군데, 신경 쓸 거 없어요."

지레 멋쩍은 소리 끝에 잠시 입을 다물고 있는 사이에 종민이 그 어색한 분위기를 바꾸기 겸해 문득,

"그런데 일전에 사라졌다던 유골들의 행방은 찾아냈는가요? 위령제든지 진혼제든지를 치르려면 우선 그 유골부터 찾아야잖아요."

며칠 전 이 과장으로부터 귀띔을 받은 유골 증발 사건이 떠올라 그 귀추를 물었을 때였다. 그 종민의 우연찮은 물음에 이 과장이 느닷없이 허허 웃으며 정작 그 굿판의 주인공이 되어야 할 유골들의 행방에 대해 참으로 기상천외한 소리를, 그러나 뜻밖에 아무렇지 않은 어조로 천연스럽게 늘어놓았다.

"허허, 그 유골들요? 글쎄, 첫번 의심이 가는 자들을 조용히 설득해서 겨우 실토를 얻어냈는데, 이번에는 거기서도 또 행방이 사라졌다고 분기탱천이구만요. 보나 마나 이번엔 반대쪽 위인들이 저지른 야반 탈취극이겠지요…… 하지만 난 그런 건 걱정 안 해요. 반백 년이나 삭은 유골이 무슨 고질병 특효약일 수도 없으니 소재가 제대로 밝혀지면 이젠 굿까지 기다릴 것 없이 매장부터 서

둘러야 할 모양이니까. 행방이 드러나기까진 아직 그 두 곳을 교대로 몇 차례 더 왔다 갔다 할지 모르지만, 위령제에 꼭 그 유골이 필요한 것도 아니니까."

11

 남선리 넋굿을 치른 지 며칠 뒤. 일찍 어우러져든 남녘 봄기운 속에 제주 시내와 해안 도로의 아열대목 가로수들이 한층 짙은 푸르름을 머금기 시작한 어느 날 오정녘쯤 조복순 모녀가 섬 반대편 길 성산포까지 유정남의 숙소를 찾아왔다.
 "내 이젠 여기 와서 굿판도 한 마당 치렀겠다. 오늘은 좀 홀가분한 마음으로 형님네 전날 수고도 치하할 겸 두 식구 함께 한나절쯤 쉬고 가려고 왔수다."
 사립을 들어서는 길로 털썩 무거운 몸을 토방 위에 부려 앉은 조복순은 날씨도 푸근하니 모처럼 두 집 식구가 함께 바닷가로 생물회라도 먹으러 나가자는 것이었다.
 "산신령 모시는 사람들이 산 고깃살 타령은 무슨……"
 유정남은 처음 그리 맘이 동하지 않는 기색이었다. 그 어미 한가지로 요선도 썩 달가운 생각이 안 들었다. 얼굴만 대하면 늘 눅눅한 기분이 앞서는 경화 년이 이날도 제 신어미 뒤를 따라 들어와 선 짐짓 흥허물이 없는 척 이따금 야릇한 웃음기를 보내오곤 했기 때문이다. 게다가 모처럼 두 식구가 자리를 한데 한 탓에 물색없는 순임이 년까지 그녀를 마치 제 오라비댁 대하듯 줄곧 '언니, 언니'를 외워대며 주위를 맴돌고 있었다. 요선은 그래저래 공연히 짜증이 나고 비위가 엇틀렸다.

하지만 유정남도 요선도 끝내는 그 조복순의 제안을 따를 수밖에 없었다. 알고 보니 이날 조복순이 먼 길을 찾아온 것은 전날의 수고에 대한 보답이나 행락 나들이를 위해서만이 아니었다.

"나 오늘 실상 형님 얼굴만 보러 온 것 아니야요. 형님하고 차분히 약주라도 한잔하면서 긴히 의논할 일이 있단 말야요. 그러니 두말 마시고 어서……"

뭔지 마음속에 요량하고 온 일이 있는 듯 반어거지 격으로 유정남을 부추겼다. 성화에 마지못해 유정남이 행장을 서두르면서부터는 다시 마음에 없어하는 요선에게까지 한사코 동행을 강요했다.

"그래, 우리 두 식구 모처럼 나들이에 아녀자들끼리만 나서라고? 그게 대체 무슨 재미고 경우란 말여? 우리가 취해 나자빠지기라도 허면 사내 꼭지가 하나쯤 곁에 지켜얄 거 아닌가 말여. 어서, 더 잔말 말고 사내대장부부터 어서 썩 앞장서 나서겨!"

평소에도 남정 못지않은 조복순의 막무가내 식 밀어붙이기 앞엔 요선도 종당 두 식구 뒤를 어정어정 뒤따라 나설 수밖에 없었다.

그런데 그렇게 일출봉 아래께 해녀들의 물질 갯거리 횟집을 찾아 내려간 일행이 조복순의 일방적인 주문에 따라 갓 잡아 올린 전복과 자리돔 회 등속으로 순임이나 경화 년들까지 어설픈 대로 한 두 잔씩 소주잔을 비워가고 있을 때였다. 경위야 어찌 됐든 물결 푸른 바닷가엘 나와보니 요선도 이젠 술기와 함께 제법 기분이 헐겁게 들떠 오르던 참인데,

"오늘 형님하고 의논 드리려고 한 것은 다름 아니라……"

조복순이 비로소 이날 나들이길의 본론을 꺼내었다. 하지만 조복순의 의논거리란, 남의 식구 일에 요선이 처음부터 크게 관심을 가질 바도 없었지만, 듣고 보니 별일이 아니었다. 한마디로 조복순네는 미구에 다시 이 섬을 나가겠다는 것이었다.

"한두 달 지내보니 이 섬에선 굿일 다 틀렸어요. 섬사람들도 틀렸고, 그 이 과장이란 사람 말도 다 틀렸어요. 애초에 그 큰당집 사람들 말만 믿고 헛생각 잔뜩 품고 이 섬엘 건너온 것부터가 잘못이었어요."

이제 자신들은 그런대로 일전의 남선리 넋굿판을 한번 벌여보기도 했으니 그나마 다행이라 여기고 더 다른 미련 없이 다시 뭍으로 나가겠다는 결심이었다.

"자넨 굿판이라도 한번 벌여봤으니 그래도 좋고 저래도 좋겠네만, 그나저나 우리 맘대로 들어온 길이 아닌데 나갈 때라고 맘대로 나갈 수나 있을지? 그 도청 이 과장이란 사람과 먼저 의논을 하잖아도 괜찮겠는가 말이네. 이 과장한텐 아직 그런 내색을 안 해봤제?"

요선 어미 유정남이 은근히 앞뒷단속을 하고 나서는 데에도 조복순은 내처 도리질뿐이었다.

"그 사람 말 들을 일 있고 못 들을 일이 있지. 그 사람들이 언제 우리 목구멍살이꺼지 책임져준답디까. 형님도 알다시피 지금 우리 꼴이 이 지경이 되었는데."
 하지만 조복순이 그렇듯 유정남 앞에 의중을 털어놓은 것은 물론 자신들이 섬을 나가려는 일 때문이 아니었다.
 "그런데 형님은 이 지경이 되어서도 이 섬 구석에 그냥 눌러앉아 있으려우?"
 그녀가 드디어 속내를 드러내어 이쪽 유정남의 의향을 물었다. 조복순은 실상 자신의 결정보다 유정남 쪽의 의향을 알고 싶은 것이었다. 뿐더러 은근히 그녀와의 동행을 원하고 있음이었다.
 하지만 아직 굿판다운 굿판을 한 번도 벌여보지 못한 유정남은 요선의 예상대로 아직은 섬에 대한 미련을 버리지 못했다.
 "우리야 여기 들어와서 아직 조상님 나들이도 한번 제대로 못 시켜드렸는데 이대로 그냥 되돌아설 수는 없는 노릇이제. 그 한라산에서 새로 찾았다는 귀신들 굿이라도 함께 놀아볼까 했더니, 자네가 먼저 섬을 떠난다니 소리가락 빌릴 데가 없어 그도 걱정이구만."
 하지만 그쯤에서 냉큼 물러서고 말 조복순이 아니었다. 유정남의 속내를 알아차린 조복순이 이번에는 느닷없이 말길을 돌려 요선을 향해 물었다.
 "그래, 자네 생각은 어뗘? 자네 생각도 어마니하고 한가진 게여? 저런 어마니 자네가 잘 설득해 모셔 나갈 생각이 없어? 젊은 사람이 자네도 마냥 여기 이렇게 허송세월을 하고 있을 거년 말여!"

옳거니! 그녀가 드디어 숨겼던 내심을 마저 드러낸 셈이었다. 늘상 해온 대로 자기 사위 대하듯 '자네' 투 하대 속에 한 식구 취급으로 허물기를 자르고 나선 말투도 그러려니와, 그런 제 신어미 등 뒤에서 찡긋쨍긋 제 깐엔 이쪽의 동의를 재촉하는 눈웃음 짓을 보내고 있는 경화 년의 얼뜨고 눅눅한 행티에 그 어미의 어둑신한 속내가 더욱 확연했다.

요선도 물론 이 답답한 섬 구석에 길게 머무르고 싶은 생각은 추호도 없었다. 도대체 굿일거리도 없었고, 그렇다고 사람들 대하고 지내기가 쉬운 것도 아니었다. 굳이 그 굿일 놀음이 아니더라도 섬엘 들어온 뒤부턴 되는 일이 한 가지도 없었다. 처음 장담과는 달리 별 힘도 없어 보이는 이 과장이라는 사람이나 얼굴만 마주치면 이것저것 부질없는 말참견이나 하고 드는 얼치기 쪽발이 고종민을 제외하면, 그나마 이 섬 사람들은 무당이고 누구 가릴 것 없이 만나느니 외면이요 영문을 알 수 없는 적의의 눈길뿐이었다. 하루하루가 늘 목구멍에 가시를 삼키고 살아가는 기분이었다. 심지언 그 금옥이 년 일까지도 이즘 들어선 생못을 한 줌이나 삼킨 것같이 어정쩡하고 거북스런 기분이었다. 도대체 그런 식으로 이 섬 구석에 길게 썩어 엎드리고 있을 이유가 없었다. 그나마 어느 쪽으로든 그 금옥이 년과의 일에 어떤 가닥이 분명해졌다면 그 길로 자신이 먼저 섬을 나갈 구실을 서둘렀을 터였다.

하고 보면 조복순 만신은 막바로 그 요선의 간지러운 곳을 잘 건드려준 셈이었다.

하지만 요선은 그 조복순 모녀의 속셈을 알아차린 이상 생각이 금세 바뀌고 말았다. 두 모녀가 섬을 나가는 데에 굳이 이쪽과 뱃길을 함께하고 싶어 하는 속내가 너무도 뻔했다. 한마디로 모든 건 경화 년 곁에다 그를 묶어두려는 수작이었다.

"이 섬 구석에 썩어 엎드려 게를 잡든 고동을 잡든 상관 마시고 섬을 나가고 싶은 사람들이나 먼저 나가슈. 어머니 말씀처럼 합동위령젠가 뭔가 하는 큰당집 일도 있고, 우린 여기 좀더 남아 기다려볼 모양이니께요."

요선은 더 두고 볼 것 없이 매몰차게 자르고 나서 끙, 자리를 차고 일어나 주인 여자에게 물어 바깥 화장실로 사라져버렸다. 그리고 일을 보는 둥 마는 둥 한동안 누우런 색향의 암모니아 냄새가 진동하는 화장실 사기 변기 앞에 버티고 서서 며칠 전 굿판에서의 금옥의 느닷없는 행동과 서늘한 표정을 떠올리고 있었다. 겉으로는 칼날을 입에 문 듯 차겁고 매서워 보였지만, 요선은 이 며칠 그 속에 깊이 숨어 너울거리는 어떤 뜨거운 불길을 느끼며 무시로 혼자 심한 가슴앓이를 해온 탓이기도 했다. 하지만 이날은 경화 년 모녀의 마뜩잖은 수작 탓엔지 그 금옥의 무아경 같은 춤사위나 냉찬 안색이 자신의 무병처럼 더욱 가슴을 아리게 해왔다.

―내가 섬을 나가자면 아무래도 고년의 일부터 먼저 가닥이 나얄 거 아닌가 말여……

그런데 경화 모녀들 은근히 들뜬 그 요선의 심기를 알아차리지 못할 리 없었다. 한데다 그 경화 년이나 제 신어미나 속마음을 지그시 참아 다스리거나 말리고 넘어갈 요조숙녀들이 아니었다.

하지만 그렇대도 이날 경화 년의 행투는 요선이 미처 예상을 못한 도발이었다.

　요선이 한동안 그러고 멍청하게 서 있으려니 그새 어른들 눈을 피해 혼자 홀짝거리던 술기로 안색이 붉어진 경화 년이 어느 순간 소리도 없이 그 남녀 공용의 화장실로 불쑥 들어섰다. 그리고 기척을 듣고 무심결에 뒤를 돌아다보는 요선에게 제풀에 제법 약이 오른 듯 잠시 허물기 어린 눈 흘김질을 보내는가 싶더니 미처 앞섶을 추스르지 못한 그의 뒤로 다가들어 거침없이 남정의 양물을 빼앗아 쥐고 쓰다듬어대는 시늉이었다.

　하고 보니 정녕 알 수 없는 일이었다. 남정의 양물은 사람의 기억보다 육신의 기억을 쉽게 지니는가. 아니면 특정한 사람을 가리기보다 그저 암컷의 손길이면 참지를 못하는 요물인가. 요선의 거친 몸짓 타박에 경화 년은 이내 손을 놓고 저 혼자 킬킬거리며 여자 용변소 칸으로 사라져 들어갔음에도, 그것이 뒤늦게 꿈틀꿈틀 년의 그 손길을 기억해내기 시작하는 것이었다.

　하지만 그도 물론 부질없는 짓이었다. 요선은 그 요령부득의 경직성 육괴를 바지 속에 가둔 채 잠시 더 앞섶이 가라앉기를 기다렸다가 의연스레 화장실을 나섰지만, 녀석이 새록새록 옛 손길을 기억해내려 했을 때도, 그리고 하릴없이 그것을 다시 지워가기를 기다리면서도 그는 경화 년보다 보이지 않는 금옥의 그 굿마당에서의 오연스런 얼굴만 떠올리고 있었으니까.

　그런데 이날 저녁 조복순네를 헤어져 보내고 일출봉 자락의 신집으로 돌아온 요선은 아심찮게도 두 모녀 앞에 계속 섬에 머무를 구실거리로 내세운 합동 위령제 건과 무관찮은 소식 한 가지를 전해 들었다. 그것도 요선으로선 거의 생각 밖의 인물 격인 고종민 위인으로부터였다.

"요선 씨, 오늘 저녁 신문 보았어요?"

숙사 문을 들어서자마자 기다렸다는 듯 전화벨을 울려댄 위인이 이날은 또 댓바람에 웬 신문 타령부터 늘어놓았다. 요선은 물론 이날이고 저날이고 신문이나 세상일엔 별 관심이 없어온 인간이었다.

"나 신문 같은 거 읽는 일 없어요. 그런데 신문은 또 왜요?"

요선의 대답은 퉁명스럽기 그지없었다. 무뚝뚝한 그의 대꾸에 고종민이 다시 물었다.

"그럼 도청 이 과장한테선 혹시 무슨 소식 못 들었어요? 정 형도 들어서 알고 계시겠지만 합동 위령제를 치르기로 했다는 그 한라산 유골의 연고자가 나타났다는 거 말이에요."

"유골의 연고자가 나타났다구요? 이 과장한테선 합동 굿판이 열린다는 것밖에 다른 소리는 못 들었는데, 언제 그런 일이 있었대요?"

요선의 목소리에 비로소 얼마간의 관심기가 어리기 시작했다. 그러자 고종민은 대개 그럴 줄 알고 전화를 걸었다는 듯 생색기 섞인 조언을 보내왔다.

"오늘 저녁 제중일보에 그런 기사가 나왔어요. 그 유골의 증인 겸 연고자가 나타났다구요. 하긴 이 과장은 이미 알고 있는 일인지 모르지만, 나도 아까 청죽회 쪽 소식을 빌려 나온 석간 기사에서 알았으니까. 하여튼지 정 형네도 아마 알아둘 필요가 있는 일일 테니 지금 동네로 내려가 오늘 저녁 제중일보를 한 장 구해봐요."

"그런 일이 왜 나한테 필요한 거요? 다 저녁에 내가 지금 그런 신문을 구해보러 동네까지 내려가게!"

고종민의 은근한 호들갑기에 요선은 괜히 기분이 시큰둥해지려 하였다. 하지만 고종민은 아랑곳없이 요선을 몰아붙였다.

"필요한 일이 아니잖구요. 이번 그 혼령들 합동 굿은 아무래도 정 형넬 중심으로 치러지게 될 것 같던데, 유골의 연고자가 나타났다면 일이 훨씬 쉽고 빨라지지 않겠어요? 굿판 모양새도 그걸로 제법 격식이 갖춰지게 된 셈이구요. 정 형니도 실상 그걸 바라오지 않았어요?"

고종민의 목소리에는 그 굿판에 대한 자신의 기다림과 기대의 빛이 더욱 역력했다. 하지만 요선은 이제 그 고종민을 더 타박하려지 않았다. 하긴 위인의 말이 틀린 게 하나도 없었다. 그 금옥이 년과의 일을 제외하고 나면 그에겐 이제 이 섬에 별다른 미련이 남아 있지 않았다. 하지만 어머니 유정남의 토로처럼 이대로 그냥 섬을 나간달 수도 없는 처지였다. 조복순 모녀 앞에 구실로 끌어댈 수밖에 없었듯 요선 일가는 이 얼마 동안 그 묵은 한라산 유골들 위령굿에 대한 기대에나 매달려 지내온 꼴이었다. 그 위령굿은 이 답답한 섬살이보다 차라리 섬을 나가기 위한 최소한의 꼴 갖추기 절차가 되어 있는 셈이었다. 그런데 그 유골의 연고자가 나타났다면 아닌 게 아니라 굿판 모양새를 짜기가 훨씬 쉬워지고 그만큼 일의 진척도 빨라질 터였다. 그는 공연히 더 고종민을 거스르고 나설 건덕지가 없었다. 신문 기사나 뒤늦게 나타난 연고자의 사연. 무엇보다 자신의 마음속에 이미 그 굿판을 예정해온 무가 사람으로 그 유골들의 숨은 사연이 새삼 궁금해지기도 하였다.

하여 요선은 이날 저녁 다시 성산포 저잣거리로 내려가 몇 군데 가게를 뒤진 끝에 가까스로 제중일보 한 부를 구해 돌아왔다.

그런데 과연 그 신문 기사가 소개하고 있는 연고자의 증언이나 유골의 사연은 고종민이 전화로 간단히 일러온 것과는 비교도 안 될 만큼 생생하고 소상했다.

─지난 초봄 한라산 심곡 동굴에서 발견된(4·3사건 당시 희생 추정) 아홉 구의 무명 유골의 연고자가 나타나, 오늘 아침 청죽회 사무실에서 당시의 상황을 상세히 증언함으로써 그동안 베일에 가려졌던 유골들의 신분과, 입산에서부터 집단 희생까지의 경위가 분명히 밝혀지게 됐다.

"한라산 동굴 유골의 연고자 나타나다"라는 제목 아래, '4·3사건의 숨은 생존자, 당시 상황을 증언'이라는 부제를 단 한 면 전체 분량의 긴 기획 취재 기사는 그 숨은 생존자를 찾아내어 기자와의 면담을 주선한 청죽회 사무실에서 찍은 증언 장면 사진(검은 띠로 눈을 지워 가려 얼굴을 제대로 알아볼 수 없었지만)과 함께 먼저 그렇게 자신 있게 단정하고 나서, 잠시 청죽회 쪽의 경위 설명을 빌려 그 신뢰성을 보장했다.

─지난 초봄 발견된 한라산 무명 유골들에 대해서는 그동안 정확한 사연이나 연고자가 밝혀지지 않아 갖가지 추측과 주장만 난무해왔다. 이에 4·3사건의 올바른 이해를 위해 사실 규명과 연고자 찾기에 나선 청죽회에서는 그간 한 달여에 걸쳐 전도 지역을 통

한 수소문과 탐색 작업으로 4·3사건 당시의 사망 희생자와 실종자 중 미신고자 명부를 새로 작성해온 바 있었다. 그리고 그런 끝에 근래 들어 유골 발견지와 가까운 애월면 산간 마을(본인의 요청에 따라 당분간 마을 이름과 성명을 밝히지 않음)의 한 퇴락한 독립가옥에서 지금껏 혼자 거주해온 김상노(가명. 51세) 씨를 발견한 것이 이번 문제 해결의 단서였다. 김상노 씨의 그간의 행적과 주변 정황을 추적한 결과 그가 바로 사건이 발생한 1948년 겨울부터 54년 봄까지 5년여 동안 동반 희생자들과 이곳저곳 동굴에서 함께 지냈던 인물로 밝혀진 것이다.

그런데 청죽회에서 그를 처음 사건의 유관 가능 인물로 지목한 것은 4·3사건 당시 김 씨 일가가 함께 무장대에 의해 동반 입산한 뒤, 4·3사건과 6·25 당시의 혼란 정세가 다소 진정된 뒤(60년)에 그 혼자 돌아와 지금껏 단신살이를 해오면서도 그 가족의 생사에 대해선 전혀 말이 없고, 본인의 행적은 물론 일족의 사망이나 실종 신고도 하지 않고 지내왔다는 인근 부락민의 제보 때문. 이는 사건을 겪은 다른 도민들의 사후 관리 경우와도 유사하지만, 김 씨의 경우는 입산 생활 5년여간의 행적에 남다른 의문점이 있어 그를 집요하게 추궁하고 설득한 결과 마침내 신분상 안전을 보장해준다는 조건으로 사실을 모두 고백받게 된 것이다.

문정국이라는 이름의 기명으로 씌어진 그 기사는 이어 김상노의 입산 경위와 산중 활동에 대한 본인의 증언을 직접 문답으로 싣고 있었다.

— 입산을 하게 된 때와 경위는?

*1948년 겨울 군경 토벌대에 쫓겨 한라산으로 올라간 무장대 몇 사람이 며칠 만에 한 번씩 우리 집으로 내려와 밥도 해 먹고 잠을 자고 가기도 했는데, 하루는 집에 남은 식량을 모두 털어 지고 온 식구 함께 자기들 은신처로 올라가자고 해서였다. 그러지 않으면 미구에 토벌대가 올라와 무장대를 도운 허물로 온 가족이 몰살당하리라는 말에 우리도 따를 수밖에 없었다.

— 그때 함께 따라간 식구가 누구누구 몇 명이었나?

*처음에는 숙부님 내외하고 나까지 세 사람이었다. 그러다 두어 해 뒤 마지막 동굴 시절 무렵엔 중산간 지역 외딴집에 혼자 남아 계시던 70대의 조모님이 노환과 굶주림으로 돌아가실 지경이 되어 내가 어느 날 그 동굴 은신지까지 업어 올려 우리 가족만 모두 네 사람이 되었다. 조모님은 그러니까 내가 돌아가시게 한 셈이었다.

— 당신의 양친은?

*내 부친은 내가 어렸을 적 바다엘 나갔다 풍랑을 만나 돌아가시고 몇 해 뒤에 어머니까지 집을 떠나 종적을 감춰버린 바람에 나는 그때부터 숙부님 댁에서 조모의 손에 자랐다.

— 동굴에서 무장대들과 함께 지낸 민간인은 당신네 네 사람뿐이었나? 그리고 당시 무장대 인원은?

*몇 달 뒤 이른 봄쯤 젊은이 두 사람이 다시 식량을 짊어지고 무장대를 따라 올라와 함께 지냈다. 그리고 일 년쯤 뒤에 그 한 사람이 사고로 죽고 나서 은신처를 옮기면서 다시 한 젊은이가 올라

와 함께 지냈다. 무장대는 처음 열 사람이 훨씬 넘었지만, 처음 은 거지에서 군경 토벌대의 공격을 받아 자꾸 더 깊은 산속으로 쫓겨 들어가면서 수가 줄어갔다. 내가 마지막 산을 내려올 때는 여자 한 사람이 포함된 무장대 네 명하고 민간인은 우리 식구까지 여섯 명이었다.

― 산에선 주로 무엇을 하고 지냈나?

*인근 민가나 산 아래로 내려가 식량거리를 구해 오는(주로 주인 몰래 훔쳐 오는 것이었지만) 일을 했다. 그 일은 여자들도 했지만, 여자들은 입성거리를 깁거나 끼니를 마련하는 일이 주였고, 마지막 동굴 은신처에서는 주변 숲 속에 더러 므나 옥수수 감자 같은 밭작물을 심어 가꾸기도 했다.

― 그곳이 지난번 유골들이 발견된 곳인가?

*그렇다. 그곳엔 아직도 밭갈이를 한 흔적이 남아 있을지 모르겠다(본지가 확인 결과 그간의 풍상으로 흔적을 발견하지 못함).

― 그동안 무장대의 활동은?

*낮 동안엔 동굴에 남아 잠을 자고, 밤이면 그들도 보급 전투라 하여 산을 내려 다녔다. 여자 한 사람은 원래 여학교 출신으로 대원들의 부상이나 질병을 돌보는 것이 주 임무였다. 우리 조모님도 그 여자의 도움으로 한동안 기력을 회복할 수 있었다.

― 마지막 동굴 은신처에서는 전투나 위험한 일이 없었는가? 그 무렵 무장대의 무장 상태는?

*몇 차례 위험한 고비는 있었지만 별 위험한 일은 없었다. 그때는 전투보다 숨어 살아남는 것이 목적이었으니까. 내가 마지막

떠날 때 그 사람들 무장 상태는 낡은 99식 소총 두 정뿐이었다. 무기가 없는 사람들은 누구와 싸울 만한 무장대라 할 수도 없었다.

― 당신이 마지막으로 산을 내려온 것은 언제 무슨 일로 해서였나?

* 1954년 4월 초순쯤 다른 때처럼 중산간 마을 근처에서 식량을 구해 가기 위해서였다.

― 식량을 구하러 내려와서 다시 돌아가지 않을 생각을 한 적은 없었나?

* 그런 생각을 수없이 했지만 남아 있는 늙은 조모와 숙부님 내외 때문에 다시 돌아가지 않을 수 없었다. 무장대는 늘 우리를 감시했고, 사람을 마을로 내려보낼 때도 매번 남은 식구들의 일을 잊지 말라 위협했다. 사실 나 혼자 살아남자고 돌아가지 않은들 이미 입산살이를 한 죄과 때문에 산 아래서는 살 곳도 숨을 곳도 없었다. 그래저래 다시 돌아갈 수밖에 없었다. 그런 처지는 아마 우리 식구나 무장대들 간에도 마찬가지였을 것이다.

― 그래서 매번 다시 산으로 돌아갔더니 끝내는 어떤 일이 벌어졌나? 마지막 날 일을 말해달라.

* 그날도 물론 대원들 식량을 구하기 위해 당시 나이 스물네 살로 가장 젊었던 내가 야음을 타고 산을 내려가게 되었다. 그런데 밤새 이 동네 저 동네서 몰래 돌소금 몇 줌하고 시래깃거리 나부랑이를 거둬 지고 이튿날 새벽 일찍 산엘 올라가보니 사람들이 모두 죽어 있었다. 무장대 네 명은 물론 우리 가족을 포함한 남은 민간인 다섯 명까지 모두 총을 맞고 쓰러져 죽어 있었다.

―그래서 당신은 어떻게 하였나?

*겁에 질려 이것저것 자세히 살펴볼 겨를이 없었다. 우리 식구들 형편만 대충 돌아보고 그길로 곧장 다시 산을 내려와 천신만고 끝에 며칠 뒤엔 사람이 많은 제주 성내 쪽으로 숨어들어가 요행히 인근 추자도로 건너가는 멸치잡이 배를 타게 됐다.

―그래 지금의 옛 거처로는 언제 다시 돌아왔나?

*세상이 한참 조용해졌다가 1960년 늦은 봄 무렵 학생들 데모 속에 새 세상이 된다고 다시 나라가 어수선해진 때였다. 그때도 물론 산엘 들어간 사실은 말할 수 없었고, 인근 사람들에게는 그동안 고깃배에서 지내고 온 걸로 말해왔다.

―그 이후 다시 참사가 있었던 동굴을 찾아가본 일이 있는가?

*가보지 않았다. 누구에게 눈치를 채일까 두려워서이기도 했지만, 그보다 그때 일이 무섭고 치가 떨려 다시 돌이키기가 싫었다. 그 동굴을 당신들 무덤으로 생각하고 그게 아직 세상에 알려지지 않는 것이 오히려 안심이 되었다. 그런데 이번에 일이 이렇게 되고 보니 말을 하지 않을 수 없게 됐다.

―지금까지 계속 그렇게 숨어서만 살아왔는가?

*숨어 살았는지 어쨌는지. 내 전사를 캐묻거나 고발한 사람이 없었으니 이렇게 살아남은 것 아닌가.

―다시 한 번 묻겠다. 그때 마지막까지 남은 무장대와 민간인 숫자가 네 명과 여섯 명, 합해서 열 명이 틀림없었는가? 그러니까 이튿날 아침 죽은 희생자가 당신을 빼고 아홉 경이 틀림없는가?

*틀림없다. 그날 내가 본 대로다.

―무장대의 무기도 소총 두 정이 틀림없는가?
*내가 산을 내려올 때까지 그랬다.

지면의 대부분을 차지한 문답 기사는 그쯤에서 끝나고, 다음에는 취재기자의 마무리 글이 조금 더 계속됐다. 그가 마지막에서 김상노 씨에게 재확인한 피살자나 무기류의 숫자들로 미루어 김 노인은 예의 한라산 동굴 유골의 분명한 연고자이자 살아 있는 증인이 분명하다는 결론이 그 요지였다.

요선에겐 무엇보다 그 결론이 눈길을 끌었다. 그야 요선으로선 애초 그 김 씨가 어떻게 산엘 들어갔고 어떻게 지내다 이제 와서 사실을 털어놓게 됐는지 따위 그간의 장황한 경위엔 그닥 관심을 둘 바가 없었다. 그런 건 아무려나 그에겐 별 상관이 없는 일이었다. 요선에겐 무엇보다 모처럼의 위령굿이 예정되어 있는 그 한라산 유골들의 연고자가 실제로 나타났다는 사실이 중요했다. 고종민 위인이 그에게 전화를 해온 것도 분명 그 때문일 터였다. 그런데 이야기의 앞뒤가 제법 맞아떨어지는 것으로 보아 그가 보기에도 김상노 씨의 증언은 거의 사실인 것 같았다. 정말로 그 유골들의 주인이 한 사람 나타난 것이었다. 굿판 꼴이 제법 갖춰지게 된 셈이었다.

―그렇담 위인의 짐작처럼 굿판을 벌일 시기도 그만큼 앞당겨질 수 있는 일 아닌가.

그는 은근히 자신 속의 기대감이 꿈틀거림을 느끼며, 전례 없이 저녁 어스름 속에 신문을 사 들고 돌아온 그를 궁금한 얼굴로 지키고 앉아 있는 어머니 유정남(과 순임이 년)을 돌아다보며 모처럼 생기에 찬 한마디를 내던졌다.
"굿판을 못 벌여 그리 몸살을 치더니 어쩌면 어머니 몸 풀 날이 정말 오겠수다. 그 한라산 묵은 떼귀신들하고 생전에 함께 지내던 사람이 나타났대요."

12

 이튿날 아침 고종민이 다소 흥분된 목소리로 도청의 이 과장에게 전화를 걸었을 때 그는 종민의 예상과는 달리 왠지 대꾸가 별로 시원칠 않았다.
 "아, 그 기사 나도 보았어요. 그런데 그 일로 고 형이 왜 또 아침부터 내게 전화까지?"
 "유골의 연고자가 나타난 게 사실이라면 과장님 소관사인 합동위령제 일에 추진력이 붙지 않겠어요? 더욱이 그 김상노란 사람은 사건 현장에서 한동안 희생자들과 행동을 함께한 척족 간이라면서요."
 "글쎄, 그게 다 사실이라면 위령제 일이 훨씬 쉬워지긴 하겠지요."
 "그럼 기사가 사실이 아닐 수도 있다는 겁니까?"
 "글쎄, 나로선 아직 정확한 걸 확인해보지 못했으니까요. 하지만……"
 종민의 계속된 물음에도 이 과장은 연신 글쎄 소리를 되풀이하며 어딘지 석연찮아 하는 기미가 역력했다. 한데다 이것저것 궁금증을 못 이긴 종민이 잠시 사무실을 들르겠다는 소리에도 전날과는 달리 바쁜 일거리를 핑계로 슬금슬금 그의 방문을 피하려 했다.
 종민은 물론 거기서 호기심을 접고 물러설 수가 없었다.
 그는 결국 이날 저녁 도청 정문 앞에서 마음 놓고 퇴근길을 나서는 이 과장의 발길을 막아섰다. 그리고 막무가내 식으로 다짜고짜 전날의 뒷골목 그의 단골 주점 '문주란'으로 발길을 이끌어 갔다.
 "나 정말 고 형의 끈질긴 극성은 못 당하겠구만."
 주점으로 들어가 안쪽 깊숙한 내실로 자리를 잡고 앉아 술잔을 앞에 하게 되자 어딘지 자꾸 시치미를 떼는 듯싶던 이 과장도 마침내는 제풀에 숨겼던 속내를 털어놓기 시작했다. 그런데 이번에는 별 대수롭잖은 일이듯 또는 지나가는 소리처럼 슬쩍슬쩍 내비쳐온 이 과장의 귀띔 투에 종민은 전날의 김상노 씨 일에서보다 더한 충격과 긴장을 느끼기 시작했다.
 "그 김 씨가 혼자 현장을 떠날 때까지의 상황은 대개 그가 말한 대로일 겁니다. 하지만 거기에도 확실치 않은 사실이 한 가지 있는 거 같아요. 사건 당시 동굴 현장에 마지막까지 남아 있었던 사람 수에 대해선데요. 내가 듣기로 그때 현장에는 아마 총을 지닌 무장대가 한 사람 더 있었을 겁니다."
 모든 것을 이미 훤히 꿰뚫고 있었던 듯한 그 이 과장의 느닷없는 추측성 토설인즉, 그러니까 김상노가 산을 내려간 다음에 일어난 사건 현장에는 남은 민간인 다섯 명, 무장대 다섯 명, 모두 합해 열 사람이 있었고, 그것이 사실이라면 이번에 발견된 유골 숫자가 아홉 구인 데 비추어 무장대 가운데엔 살아서 현장에서 빠져나가 사라진 사람이 하나 더 있으리라는 거였다. 거기 덧붙여 당시의 현장 무장대 무기류도 김상노 씨가 증언한 바 유골과 함께 발견된 두 정이 아니라 무장대 세 명이 각기 그 시절 대부분이던 99식 소총을 소지하고 있었으리라는 가정 위에, 현장에서 발견되지 않은 다른 한 정은 사라진 생존자가 소지하고 갔으리라는 추측이었다.

나름대로 무슨 근거가 있음 직한 이 과장의 그런 추측은 거기까지만 해도 참으로 보통 놀랄 일이 아니었다. 현장에서 살아 빠져나간 무장대가 한 사람 더 있었고, 더욱이 그가 지금까지 발견되지 않은 또 한 정의 소총을 소지하고 갔다면, 그것은 현장의 참극이 군경 토벌대에 의한 총격이나 화공의 결과일 가능성을 훨씬 감소시킬 수 있었다. 이를테면 그 참극의 배후엔 군경 토벌대에 의해서보다 투쟁 노선과 방법을 둘러싼 무장대원 상호간의 갈등이나 극단적 대립 끝에 수수께끼의 한 인물이 자체 숙청극의 승리자로 현장을 빠져나갔을 개연성을 배제할 수 없었다. 아니 실제로 군경 토벌대의 공격이 있었을 경우라면 무장대 쪽의 결사 항전 끝에 동료 무장대와 민간인 협력자를 모두 잃고 겨우 한 사람이 살아서 현장을 빠져나갔을 가능성도 상정할 수 있겠지만, 그럼에도 불구하고 그 생존자의 존재가 사실이라면 그 김상노 씨의 위증 사실과 함께 무장대 자체 간의 참극의 가능성은 여전히 새 의혹거리로 떠오르지 않을 수 없었다. 내놓고 그렇게 말하지는 않았지만, 남의 말을 전하듯 툭툭 한마디씩 내던지는 추측 투 가운데도 은근히 어떤 확신이 깃들어 보이는 이 과장의 어조나 표정도 대개 그런 가능성을 염두에 두고 있음이 분명했다.

그런데 그 이 과장이 고종민을 더욱 놀라게 한 것은 위인의 그런 추측이 그 나름의 단순한 상상이나 희망적 예단에서가 아니라는 사실이었다. 그는 이미 짐작했던 대로 그에 대한 상당한 근거와 증언까지 찾아둔 상태였다. 그리고 그것이 앞서 말한 그의 추측들을 썩 결정적인 사실처럼 만들어갔다.

"도대체 과장님은 어떤 근거로 그런 엄청난 추측을 하신 거지요?"

미심쩍은 느낌을 지울 수 없는 종민의 추궁 투에 이 과장은 이날 처음 면대조차 꺼려 하던 것과는 달리 기왕 내친김이라는 듯 계속 놀라운 사실들을, 그것도 남의 말을 하듯이 쉽게쉽게 털어놨다.

"그야 이 판국에 나라고 무슨 할 일이 없어 더운밥 먹고 그런 망상을 일삼겠소. 그럴 만한 증인이 새로 한 사람 나타났다는구만요."

"뭐라구요, 새 증인이라구요? 그 김상노 씨 말고 또 다른 증인이요? 언제 어떤 사람이요?"

"새 증인이라면 그가 누구겠소. 그 참극의 현장에 있었거나 목격했을 다른 한 사람이지요. 현장을 살아서 빠져나간 사람 말요."

"그래 그런 사람이 정말 아직까지 어디에 살아 있다 나타났단 말입니까?"

"나도 그런 사실을 이곳 작은집 쪽에서 며칠 전에야 들은 터라 아직 확실치는 않지만, 사실은 이곳 작은집에서 그간 그런 증인을 한 사람 확보해두고 있었던 모양이니까요."
 이 과장은 그러고서 그 사람의 증언인지 자신의 추측인지 모를 새 증인의 사연을 여전히 좀 방심스런 어조 속에 이렇게 이어갔다.
 "그러니까 그 무장대를 이끌던 사내가 첫 화근이었던 모양이에요. 그 위인을 중심으로 무장대 간에는 미리부터 만성적 식량 부족과 신변의 안전을 위해 민간인들을 죽이고 은신처를 더 깊은 곳으로 옮겨 들어가기로 계획하고 있었다니까. 그러다 그날 밤 나이 젊은 김상노가 산을 내려가고 나자 위인들은 바로 행동을 개시하여 그의 가족을 포함해 민간인들을 모두 죽였고, 그러자 그 무장대 중에서도 평소 그들과 생각을 달리해온 바람에 자신도 크게 위험을 느낀 한 무장대원이 동굴 안팎으로 총구를 거꾸로 돌려 총을 지닌 제 동료들을 사살하고 그길로 현장을 떠나간 거라던가. 그리곤 어디로 어떻게 피신해 들어갔는지 모르지만 그게 이번에 흑산도 어디에서 찾아낸 당시의 그 사내의 일관된 증언이라는구만."
 그 이 과장의 사연에 종민은 다시 한 번 놀라지 않을 수 없었다. 참극의 현장을 살아서 떠나갔다 나타난 사람이 있다는 것도 놀라웠지만, 때맞춰 그를 찾아낸 큰당집 사람들(하긴 그 남선리 굿판 때는 출신지는 물론 이름도 성도 확실찮은 귀신의 형제간까지 찾아온 사람들이었으니까)의 능력엔 등골이 오싹할 지경이었다. 하지만 그와 함께 그럴수록 고종민은 궁금증과 의구심 또한 더해갔다. 그 판국에 현장을 살아 빠져나간 사람이라면 이 과장 말이 아니더라도 그는 물론 무장대원의 한 사람이었을 게 분명했고, 뒤에 남아 발견된 백골 수로 보아 애초 그 무장대는 네 사람이 아닌 다섯 사람일밖에 없었다. 하지만 그가 정말 다른 네 동료를 죽이고 혼자서 현장을 살아 빠져나간 무장대원의 한 사람인가? 그렇다면 그는 그때 산을 내려간 김상노를 기다리거나 찾아갈 수도 있었지 않은가? 그런데 그는 어째서 아예 자수의 길을 외면한 채 긴 세월 그렇듯 어두운 세월을 숨어 살아오기만 했는가? 그리고 그 귀신같은 큰당집에선 어째 하필 지금 와서 그를 어떻게 찾아내게 되었는가. 그를 찾아내고서도 어째서 지금까지 그런 사실을 말하지 않고 있는 것인가? 큰당집은 그에게 더 무엇을 알고 싶은 것인가? 아니 그보다 그가 정말 그 무장대의 한 사람이었다면, 그 김상노라는 생존자는 어째서 여태 그런 사실을 숨기며 므기류의 숫자까지 다르게 말했는가. 거기 또 무슨 말 못할 무서운 곡절이 숨어 있는 것 아닌가…… 김상노의 증언이 사실이라면, 그리고 새 무장대 생존자의 출현도 사실이라면 어느 쪽이 진실이고 어느 쪽이 거짓인가. 그 참극 현장의 진실은 무엇인가.

하지만 그렇듯 꼬리를 문 종민의 궁금증들에 대해 이 과장은 여전히 남의 일을 말하듯 대범스런 추측 투들로만 일관했다.

— 하긴 이곳 작은집에서 아직 몇 가지 그런 점들이 석연찮아 발표를 미루고 있었던 모양이에요. 그야 물론 우리 작은집 사람들 손발이 제중일보 쪽보다도 빨랐는데도 말요. 게다가 위인의 말이 다 사실이라 하더라도 무장대의 한 사람으로선 양심상으로나 현실 법리상으로나 사실을 다 털어놓을 수 없는 부분도 있을 테니까요. 그래 세월이 많이 좋아졌는데도 여태 자수 같은 건 엄두도 못 내고 한평생을 변성명 속에 숨어 살아온 것 아니겠어요. 하필이면 두

사람이 앞뒤로 겹쳐진 시기나 증언 내용이 다소 상반된 것도 걸리는 대목일 테구요.

— 하지만 고 형도 짐작하다시피 그 큰당집이 어떤 곳입니까. 결국은 사실이 사실대로 다 밝혀지게 될 겁니다. 그러면 김상노와 두 사람 간에 어느 쪽 말이 사실인지, 참극의 진실도 백일하에 드러나게 될 테구요…… 물론 아직은 두 사람의 증언 중 어느 쪽이 진실에 가까운지 속단할 수 없는 일이겠지요. 김상노란 사람은 제중일보 쪽에만 증언을 하고 있어 이쪽은 아직 저쪽만이 아니라 자기 쪽 증언도 다 사실 여부를 확인하지 못한 형편이니까요. 하지만 김상노가 그날 밤 마을로 내려간 것도 사실이고, 이쪽 증인이 당시의 현장에서 살아 나왔던 것도 사실로 친다면, 참극 현장의 일은 당시에 산을 내려가 부재했던 김상노 쪽보다는 역시 현장을 지켜봤던 사람의 증언에 무게가 실릴 수 있는 것 아니에요? 그럴 경우 굳이 김상노가 지금에 와서 당시의 사람 숫자를 줄여 증언한 개인적 동기 따윈 고려하지 않는다면 말이오.

슬쩍슬쩍 지나치듯 한 흘림 투 속에서도 이 과장의 생각은 적잖이 치밀하고 신중한 편이었다. 그리고 그 큰당집 주변 사람들의 속성상 김상노보다는 작은집 쪽 생존자의 증언에 참극의 진실을 싣고 싶어 하는 이 과장의 어조 속에 고종민은 그런대로 사태의 윤곽을 대충은 읽을 수 있었다. 하지만 아직도 그 김상노에 대한 의문은 거의 풀린 것이 없었다. 이 과장이 내세운 또 다른 생존자의 존재를 인정한다면 그가 왜 그런 사실을 은폐시킬 수 있는 현장 사람 수를 틀리게 줄여 말했는지, 이 과장이 슬쩍 스치고 지나간 그의 숨은 동기나 증언의 진위 여부가 여전히 수수께끼였다.

그야 물론 종민으로선 누구의 기대가 어느 쪽으로 기울든, 그리고 참극의 진상이 어느 쪽으로 밝혀지든 어느 한쪽에다 기대를 걸 일도 상관을 해야 할 일도 없었다. 하지만 그는 어찌 보면 여태 다른 한 생존자에 대한 이 과장의 일방적인 정코만 들은 셈이었다. 그간의 사정이 그리된 탓이기는 했지만, 그는 제중일보 쪽의 김상노에 대해서는 기사 이상의 다른 정황을 들은 바가 없었다. 게다가 이 과장의 눈치로 보아 그쪽에선 아직 이 큰당집 쪽의 일을 모르고 있는 낌새였다. 그래 이번에는 그 동기나 사실이 무엇이든 그쪽 상황이나 알려지지 않은 뒷이야기를 좀 알아보고 싶었다. 그건 물론 누구보다 김상노의 기사를 쓴 제중일보의 문정국이라는 기자가 알고 있을 만한 일이었다. 그는 그 문정국 기자를 한번 만나보고 싶었다.

"그런데 그 제중일보의 문 기자라는 사람은 어떤 사람이에요? 김상노 씨에 대한 이야기를 좀더 들어볼 겸 틈나면 한번 찾아가 만나보고 싶은데요."

고종민이 이윽고 화제를 바꿔 이 과장에게 이번에는 그 문 기자에 대한 생각을 물었다.

하지만 예상대로 이 과장의 반응은 별로 달갑지가 않은 듯 시큰둥한 편이었다.

"문정국 기자요? 그야 일일이 말썽 만들기가 본업인 골수 신문사 기자지요. 이번에 김상노의 기사를 쓴 기자구요. 고 형이 무슨 생각으로 그를 만나려는 건지 모르지만 난 그것밖에 몰라요. 참

언젠가 보니 올해 초에 중남미 쪽을 다녀와서 여행기 겸해 쓴 글이 몇 편 있었던 것 같은데."

그러나 그 부정적인 느낌이 완연한 대꾸에 종민이 그쯤 위인의 빈 술잔을 채워주며 다시 화제를 돌렸을 때는 그의 어조가 이것저것 느닷없이 활기차고 단호해졌다.

"어쨌거나 예상찮게 사건 당시의 생존자가 두 사람이나 나타난 셈이니, 과장님이 추진해오신 합동 위령제 일은 얼마간 시기가 좀 늦어지는 것 아닙니까?"

"아니, 무슨 소릴! 별로 그럴 일은 없을 겁니다. 이번 위령제는 생존자가 몇이든 상관없이 서둘러 치러질 겁니다. 생존자가 몇이 됐든 그 유골들이 지금 어디에 숨겨져 있든 적어도 김상노는 세 구의 유골의 가까운 연고자인 셈이니까요. 굿판 주인 격인 제주가 나타났겠다. 그 백골들 죽어 누워 있던 장소도 알겠다. 게다가 생존자의 진위를 가리는 데에 큰당집에서 언제까지 기다리고만 있을 리도 없으니, 위령제는 우선 그 김상노 쪽 가족을 중심으로 일정이 잡히는 대로 곧 치러지게 될 겁니다. 고 형도 알다시피 무엇보다 그 육지 쪽 지팡이 부대 행렬이 더 남쪽으로 내려와 난장판이 나기 전에는. 지금 그 사내가 갈수록 상황을 시끄럽게 만들고 있어서 말요. 여기서 더 어물어물하고 있다간 훈장이고 뭐고 그 위인들한테 내 인생까지 날아가고 말 판이니까. 그러니 고 형도 일전에 부탁한 이곳 심방 사람들 일을 좀 서둘러줘야겠어요. 그날 내 당부 아직 잊지 않았겠지요?"

— 요즘 우리나라 정치판 되어가는 꼴을 보고 있으려니 지난 연초 중남미 여행 중에 만난 한 쿠바 작가의 말이 새삼 인상 깊게 떠오른다. 50년대의 사회주의화 이후 매우 빈곤하고 황폐해진 그 나라 현실에 대한 작가로서의 대응 방식이 무엇이냐는 본 기자의 물음에 대해 그는 은근히 격앙된 어조로 이렇게 대답했다.

'나는 50대 중년에 들어 비로소 대륙 유학의 기회를 얻어 늦은 공부를 하였다. 공부를 끝낸 뒤에는 그곳에서 좋은 일자리를 얻어 계속 편안한 삶을 얻을 수 있었다. 그러나 나는 오래지 않아 쿠바로 돌아왔다. 쿠바는 나의 조국이고 그 조국의 미래에 내 삶과 문학의 미래가 있었기 때문이다.'

나는 감동했고 마음속으로 큰 박수를 보냈다. 그러면서 한편으론 우리 소설 『광장』의 작가 C씨와 그 주인공 이명준의 망명을 생각했다……

도청의 이 과장을 만나고 돌아온 이튿날, 고종민은 아침 일찍부터 서귀포시 소재의 제중일보로 건너가 그곳 열람실에서 문정국 기자의 여행 기사를 찾아 읽고 있었다. 아침에 잠을 깨어 일어나자마자 전날 밤 이 과장이 시큰둥하게 훑이그 넘어간 그 여행기 이야기가 예의 기획물을 쓴 문정국에 대한 궁금증과 함께 새삼 그의 호기심을 이끌었기 때문이다. 그런데 여행기라기보다 서두에서부터 그의 국가관이나 정치관이 엿보임 직한 문학 담론 혹은 망명 담론에 가까운 글은 그 C씨와 작품의 주인공을 빌려 이렇게 계속되어나갔다.

— 1960년대 초엽 『광장』의 이명준에게 조국을 등지게 하고 제3

국 망명길을 택하게 했던 작가 C씨는 70년대 초반 자신이 실제로 몇 년간 미국 생활을 하다가 유신 시절의 어려운 정치 상황 속에 이 땅으로 돌아왔고, 그때의 그의 귀국을 당시의 한 동료 작가는 「작가의 작은 손」이라는 산문으로 기려 쓴 바도 있었다. 그 쿠바 작가의 말에 기자가 새삼 C씨의 일을 떠올린 것은 우선 쿠바에서나 이 땅에서나 모국은 과연 우리 삶과 문학의 탯줄이라는 생각, 그래서 작가는 제 조국을 등지고 떠날 수 없고 떠났다가도 끝내 되돌아올 수밖에 없는 숙명을 안고 살아야 하는 존재라는 생각 때문이었을 것이다……

문정국은 그렇게 한 작가와 모국과의 공동 운명론을 펴고 나서, 이번에는 반대로 그 작가와 작품 주인공의 망명 쪽으로 글길을 이끌어갔다.

―그러나 다른 한편, 한 작가의 제 나라 사랑이 '등지고 떠나지 않음'이나 '되돌아옴'에서보다 필요한 경우 그 땅을 떠나고 싶은 욕망이나 실제 망명의 결단 속에 더욱 힘차고 깊어지는 경우도 생각할 수 있을 듯싶다. C씨의 소설 『광장』에서 당시 한국의 한 젊은이가 겪은 전쟁의 비극상과 사상적 대립의 혹독성을 돌이켜볼 때 우리에게 다가온 소설의 문학적 감동과 성취는 작가 C씨의 되돌아옴에서가 아니라, 주인공 이명준의 제3국 망명의 선택과 그 뼈아픈 역설적 선택의 결행에 연유하고 있기 때문이다.

문정국은 이어 그 위태로운 망명론의 핵심으로 들어갔다.

―혹독한 유신 정권의 비극적 종말로 하여 우리는 지난 일 년간 '서울의 봄'이라는 부푼 꿈속에 젖어 살아왔다. 그러나 정녕 지금

이 나라에 봄이 오고 있는가. 결코 그렇지는 않아 보인다. 아련한 봄의 꿈은 바야흐로 신군부 세력의 노골적인 권력 음모와 억압 앞에 서서히 멀어져가고 미구엔 비정스런 겨울 폭풍이 몰아칠 작금의 정국 형세다. 하여 그 조국 앞에 차라리 제 온몸과 삶을 내던지듯 결연히 이 나라를 버리고 떠난 『광장』의 이명준이(그의 몸은 제3국행 항로 중에 이미 바다에 던져져 죽었지만 그의 혼령이나마) 한 세대 세월 저쪽에서 아직도 이 땅으로 다시 돌아오리라는 소식은 까마득하다.

　그래서 기자는 이 나라 문학인과 지식인들에게 묻고 싶다. 당신들은 지금 이 나라를 버리고 '망명'(그 망명은 차라리 조국 앞의 문학적 혹은 실제상의 자결의 뜻이기도 하거니와)을 떠날 생각은 없는가. 작품 속의 이명준처럼 실제로 그의 망명과 같은 온몸을 내던지는 저항을 보여줄 수가 없는가. 지금 이 가파르고 엄혹한 현실 앞에 우리는 왜 망명과 같은 전면적 거부와 저항을 보여주는 작가나 지식인을 한 사람도 가질 수 없는가. 그 같은 자신과 권력의 공동 부정의 길 이외에 어떤 다른 저항의 몸짓도 그 권력과의 상대적 공생 관계를 이루는 자기 생존 전략밖에 결과한 꼴이 돼오지 않지 않았는가. 그에 비해 그 망명의 길은 오히려 망명정부가 민족의 생존과 삶의 꿈을 담보하듯 당신들의 문학이나 독자들이 이 현실을 견디며 싸워 이겨내게 하는 전략과 힘이 될 수도 있지 않겠는가. 지금 당신들의 지적 자존심과 문학의 존엄성은 어디 있는가.

　글을 읽고 난 고종민은 잠시 그 한국이란 나라의 지도 위에 문정국이 살아온 이 제주도의 처지가 겹쳐 떠올라 그의 비장하고도 가파른 문면이 몹시도 절박하고 암울스럽게 다가왔다. 그리고 아버지 고한봉 씨의 기구한 운명이 새삼 되돌아보여 거기 자신도 일종의 유예적 공감을 보내지 않을 수 없었다. 그야 문 기자가 한국 작가들에게 그렇듯 망명을 주문하고 든 것은 물론 실제적인 요구이기보다 이 땅의 문학인과 지식인의 적극적인 현실 대응, 군부 세력의 불법적 전횡에 대한 전면적 저항을 촉구하는 역설적 수사였다. 하지만 고종민은 그 가열스런 역설 속에 문 기자 자신의 정치적 성향과 군부 세력에 장악되어가기 시작한 비정상적 국가권력에 대한 철저한 저항 의식, 혹은 그의 절망적 위기의식을 똑똑히 읽을 수 있었다.

그런데 주간 연속물로 계속된 그의 다음 횟수의 한 기사에선 한 특정 정권의 정통성 여부에 불구, 아예 그 국가권력 자체에 대한 회의와 부정적 시각이 역연했다. '국가와 인신 공희'라는 제목의 그 글의 대강은 이러했다.

―중미 대륙 중심지 멕시코시티 소재의 인류학 박물관 전시실을 들어서면 고대 멕시코인(아스테카)들의 주신 태양신의 거대한 암각 형상과 그에 대한 잔혹한 인신 공희(人身供犧) 석조 제단이 눈앞을 압도한다. 그리고 갖가지 상형문이 새겨진 그 제단의 중앙부에는 제물로 지목된 사람의 살아 있는 심장을 꺼내어 바치는 구멍이 입을 벌리고 있어, 주위에 전시되어 있는 날카로운 적출 기구(골제 칼)와 함께 전율을 금치 못하게 한다.

게다가 박물관 안내문이 밝히고 있는 그 인신 공희 제의의 동기와 목적에는 누구라서 더욱 아연해지지 않을 수 없다. ―첫째, 태양신이 살아 있는 사람의 피의 제물을 기뻐하기 때문이요(종교적 의의), 둘째, 신정 체제의 통치자가 정적을 제거하는 수단으로 이를 이용하였으며(이 경우 통치자는 사제를 통하여 태양신이 누구누구의 심장을 원하노라 그의 위험한 정적들을 지목하게 했을 것이다), 셋째, 인구 조절책으로 이용하여 유아들의 목숨을 희생시키기도 하였다(주변 전시실에는 어린 심장을 바친 유아의 유골들이 진열되고 있다). 인신 공희의 동기나 목적과 관련한 유골 연구자들의 설명이다. 뿐이랴. 지금 우리의 상상과는 달리 당시 사람들은 그 끔찍스런 제의를 회피하려 하기커녕 내세의 존재와 구원을 굳게 믿고 남 앞서 그 천국의 영락을 누리고자 기쁜 마음으로 자랑스럽게 자기 심장을 바쳤다는 것이다.

정말로 어떻게 그런 일이 일어날 수 있었을까? 기자에겐 아무래도 상상이 미칠 수 없는 불가사의한 수수께끼일 수밖에 없었다. 그런데 요즘 때마침 그와 관련해 퍽 의미 있는 시사를 읽을 수 있는 책을 한 권 만났는바, 본도 출신 문학평론가 송일 씨의 『국가와 시의 충동』이 그것이다. 송일 씨는 이 책에서 시(詩)의 빛이 솟아나는 시어의 궁극적 경계를 탐색하는 가운데에 국가, 교회, 철학, 역사 영역의 언어들을 광범하고 세심하게 검토한 끝에, 그 언어의 주어(국가)는 자신과 대상 사물(인민)들을 욕망하고 명명(의미 부여, 규정)하며 유지, 지배, 확장해가는 권력적 '술어의 세계' 가운데에 자리함을 밝힌다. 그것은 그 보상으로 인민의 삶을 보장해야 하는 국가의 의무이자 권리처럼 보인다. 그렇다면 그 고대인들의 인신 공희는 그 국가라는 주어의 '술어'가 구조해낸 권력의 지배

제도였음이 분명해진다.

그러나 그것은 아직 일차적 시사에 불과하다. 이 책은 나아가 그 국가가 술어의 세계를 넘어 시의(시적) 충동(죽음, 황홀, 작열)을 일으킬 때의 재앙에 대해서 말하고 있다. 그는 술어로 오염되지 않은(술어가 무의미한) 시어의 근원적 '존재성'과 그 솟아오름의 '황홀'을 말하고, 마지막으로 그 권력적 술어의 세계와 시의 세계를 프로이트의 초자아(아버지, 국가, 이성)와 이드(아들, 인민, 충동)의 대위 관계로 번역한 다음, 이렇듯 의미 깊게 적고 있다.

"'이드'는 '자아'의 아명이다. 이드는 야생마처럼 날뛰고, 자아는 이 짐승을 길들여 정해진 목표 지점으로 몰고 간다. 그러나 목표 지점을 정하는 것은 기수가 아니라(……) 초자아다. 자아란, 아버지에 의해 길들여진, 혹은 아버지의 눈치를 보는 이드 자신이다.

(……)자아는 이드의 생존 전략의 한 국면이다. 그러나 그의 전략은 빗나간다. 초자아는 이드의 에너지를 빨아먹고 사는 흡혈박쥐와 같은 존재이기 때문이다. 이드는 (아버지의 보상적 보호 속에) 안전할수록 점점 더 빈혈이 되고, 아버지의 거래는 늘 흑자를 기록한다. 그리고 이것이 정치의 예술화(충동, 황홀)가 홀로코스트(대학살)를 부르는 생물학적 이유이다. 정염에 휩싸인 국가는 불을 지필 에너지를 인민의 이드로밖에 달리 얻을 곳이 없다…… 저 나치즘의 유대인 학살, 군국 일본의 가미카제 광란이 바로 그런 끔찍스런 본보기 아닌가…….'

신정 체제의 멕시코도 아마(어쩌면 불가피하게) 그 위험한 시의 충동에 빠졌던 것이 아닐까? 백성들이 자신의 산 심장을 기쁨으로 바치는 인신 공희의 '황홀'은 그렇게밖에 달리 설명할 길이 없을 듯싶다. 그리고 본 기자는 여기 지금 우리 땅엔 이른바 국가 수호의 책임이란 미명 아래 그 같은 권력의 폭력적 징후가 일렁이고 있지 않은지 심히 우려스런 의구심을 덧붙여두고 싶을 뿐이다.

이 섬 출신 문학비평가라는 그 『국가와 시의 충동』의 저자 송일 씨가 다름 아닌 바로 문 기자와 같은 건물의 제중일보 편집국장이라는 사실을 알아내는 데에는 따로 수고가 필요 없었다. 기사를 대충 다 훑고 난 고종민은 열람실을 나서며 지나가는 사서 관리 직원에게 그런 사실을 알고는 선걸음에 곧바로 3층의 편집국으로 찾아 올라가 어렵잖게 그 송일 씨와 마주 앉게 되었다. 민속학도로서 기사에 인용된 책의 내용도 흥미롭거니와 글발에 늘 매섭고 비장한 서슬기가 느껴지는 문 기자를 막바로 마주하고 듣기보다는 그의 윗사람 되는 송일 씨 쪽을 먼저 만나 위인의 주위나 성향을 살펴두는 것이 손쉽고 편할 듯싶었기 때문이다. 그런데 다행히 그의 업무의 성격 때문엔지 송일 씨 쪽에서도 이미 어떤 경위로 이쪽의 이야기를 들어 알고 있는 처지였다. 아니 그저 거죽 이야기만이 아니라 그의 출생 내력이나 성장 환경까지도 어느 정도 다 꿰뚫고 있는 눈치였다.

"그러니까 당신이 이 섬의 풍속사와 위령제 일에 그토록 관심이 많다는 민속학도란 말이지요? 그 일본에서 왔다는 귀화인의 자제분?"

대충의 신분과 제주도 굿에 대한 관심을 들어 자기소개를 하고 난 종민에게 송일 씨는 바쁜 업무 중에도 특별히 그에게 시간을 내어준 데엔 그에 대해 미리 그만한 이해가 있었기 때문이라는 듯, 양쪽이 서로 속을 다 알고 있는 밀통자 사이처럼 은근한 눈빛 속에, 그러나 그만큼 편안하게 그를 대해왔다.

고종민은 이야기가 매우 쉬워질 수밖에 없었다. 그리고 뜨거운 내용의 책을 쓴 사람들의 성품이 대개 그렇듯 그 웅숭깊은 인용문에서의 인상과는 달리 자그마한 체구와 선량한 눈길에 지극히 온건하고 겸양스런(나중에 알게 된 일이지만 그는 독실한 기독교 신자였다) 응대 앞에 종민은 별 허물 느끼지 않고 이것저것 자신의 궁금증들을 털어놓을 수 있었다.

하지만 그가 성품이 온화하고 편하다고 자신의 속까지 쉽게 털어놓은 것은 물론 아니었다. 무슨 이야기를 책에서처럼 부러지게 단정하려 들지도 않았다.

"그런데 바로 이곳 신문에 기사가 나왔으니 누구보다 국장님께서 잘 알고 계실 줄 믿습니다만, 그 한라산 동굴 유골의 연고자로 나타났다는 김상노 씨란 노인 말씀입니다. 그 사람 대체 어떤 사람입니까? 그 사람 증언이 모두 사실일까요?"

이야기가 그 김상노와 그의 증언의 사실 여부에 이르자 송일 씨는 왠지 대답을 한발 물러서는 식이었다.

"아, 그 사람요? 그 김상노 씨에 대한 일이라면 기사에 나간 것 외엔 나도 더 이상 아는 게 없어요. 지금으로선 그가 말한 일들이 전부 사실인지 어쩐지도 단정해 말할 수가 없구요."

"기사를 쓴 문 기자님도 그럼 국장님처럼 아직 더 이상의 사실을 알지 못하거나 김상노 씨의 증언에 대한 확신이 없는 상황일까요?"

자기 책임으로 제작한 신문에서 내보낸 기사조차 믿지 못하는 듯한, 그러면서도 어딘지 한 자락을 깔고 있는 듯한 그의 어조에 또 다른 생존자의 출현에 대한 궁금증을 바로 묻지 못하고 에두르고 드는 종민의 반문에도 그는 그저 신문사 윗사람으로서의 완곡한 두둔 정도였다.

"그야, 기사를 쓴 사람으로선 취재원에 대한 나름대로의 신뢰가 있었겠지요. 나도 지면 책임자로서 그만한 믿음이 없이는 기사를 내보낼 수 없는 일이구요. 김상노 씨에 대해 무어 더 궁금한 게 있으면 문 기자를 한번 직접 만나보시지그래요?"

무언지 더 알고 있는 게 분명한데도 그렇듯 대답을 피하거나 떠넘기는 식이었다.

송일 씨의 그 어정쩡한 어조는 그러나 호제가 다시 그의 저서 『국가와 시의 충동』으로 옮겨 갔을 때부터는 완연히 달라지기 시작했다.

"내 책 말이오? 그 책은 실상 국가나 교회 제도보다 시어의 본질을 탐색해보려는 게 목적이었는데 거기선 좀 엉뚱하게 인용되었어요. 허긴 시어의 본질에 빗대어 국가나 교회 권력의 속성을 폭로하려는 쪽으로 읽을 대목이 없는 건 아니지만요."

그는 여전히 남의 일을 말하듯 겸양스런 어조였다. 하지만 말투가 부드럽고 온건하대서 주견이나 주장이 없는 것은 아니었다. 송일 씨의 경우엔 그 온건성 자체가 문정국 기자와의 역력한 차별성이었고, 그를 통해 드러난 보이지 않는 주견의 핵심이었다.

"고 형도 알고 있는지 모르지만, 문 기자는 원체 좀 열기가 많은 친구라서 그 청죽회 쪽 일에 늘 관심이 많았던 사람이지요. 그래 그 중남미 여행 노트나 이번 김상노 씨 일에도 그쪽과 호흡을 같이 하려는 면이 없지 않아 보이구요. 하다 보니 내 책에서 인용한 대목도 자연 국가권력의 태생적 속성 쪽보다 반정권적 차원의 상대적 해석과 이해로 흐른 면이 없지 않았지요. 하긴 지금 이곳 신문사 기자들 성향이 대개 다 그렇긴 하지만요."

여전히 겸양기를 잃지 않은 그의 부드러운 어조 속엔 평소 청죽회 쪽 일에 호의적인 문 기자의 정서적 성향에 대한 이해와 함께 그 권력의 태생적 폭력성을 반정권 논리의 근거로 상대화시켜버린 데에 대한 은근한 불만이 담겨 있었다. 그것은 곧 송일 씨의 문정국 기자에 대한 평가이자 일종의 자기 고백이었다. 이를테면 그는 바야흐로 동굴 유골을 둘러싼 이 섬의 갖가지 갈등과 국가 상황 모두에 대해 썩 객관적이랄까, 중립적이랄까, 아니면 그의 저서에서처럼 본질적이고 철학적인 태도와 접근 방식을 일관되게 견지하고 있는 셈이었다. 그의 천성적 온건성과 함께 그것이 그를 현실의 방관자나 국외자처럼 보이게까지도 했지만.

그런데 이야기가 좀더 진척되다 보니 그의 그런 중용적 성향, 어쩌면 초월적이기까지 한 일면이 더욱 확연해졌다.

"하지만 그 친구도 모를 리가 없지요. 그 반정권 세력화의 길 또한 또 다른 상대적 권력의 추구요, 자신도 필경엔 그 권력권의 회로 속에 갇히게 된다는 사실을 말이오. 하긴 이 섬 역사로 보면 그걸 깨달았거나 말았거나 실상 별 의미가 없는 일인 데다, 문 기자 또한 자신의 불행한 가족사 속에 그런 섬의 운명을 함께해온 셈이니까요."

"문 기자의 가족 중에서도 그런 불행한 희생이 있었습니까?"

예상치 못한 일은 아니었지만, 송일 씨의 새삼스런 언급에 종민이 다시 물었다. 그리고 송일 씨는 거기서 그 고종민의 막연한 추측 이상으로 비극적인, 어찌 보면 매우 우의적이기까지 한 문 기자 가족사의 한 자락을 귀띔해주었다.

"그도 물론 이 섬 사람이니까요. 그리고 일을 당한 건 물론 그 자신이 아니지만, 비유해 말하자면 그는 동촌 사람과 서촌 사람들한테 양쪽에서 함께 쫓기다 동촌 사람으로도 서촌 사람으로도 못 죽은 불운한 아버지의 자식이니까요……"

종민으로선 처음 얼핏 알아들을 수 없는 비유 속에 시작된 그 비극의 시말은 계속 비유를 빌려 요약하면 이런 식이었다. ……태생이 원래 동촌 쪽이라 동촌 사람 노릇을 하고 살아온 문 아무개 씨는 어느 날 그 동촌이 서촌 사람들 세상으로 바뀌자 이번에는 그도 살길을 찾아 그 서촌으로 가서 서촌 사람 노릇으로 살아갔다. 그런데 그 서촌이 어느 하루 다시 동촌 세상으로 바뀔 위험에 처하자 원래의 서촌 사람들은 그 문 아무개 씨가 다시 동촌 사람으로 돌아가 손가락을 거꾸로 겨눌 것을 두려워하여 미리 잡아 가두고, 여차하면 죽일 계획을 세우고 있었다. 문 아무개 씨가 살길은 그 서촌 사람들 손아귀를 빠져나가 동촌으로 돌아가는 것밖에 없었고, 그는 천신만고 끝에 그 목숨을 건 모험에 성공했다. 하지만 그가 목숨을 부지할 수 있었던 것은 그 서촌 사람들의 손아귀에 죽음을 기다리며 붙잡혀 있던 동안뿐이었다. 그가 다시 동촌으로 돌아오자 동촌 사람으로 서촌 사람 노릇을 하러 간 사람들을 찾고 있었고, 문 아무개 씨가 제 발로 동촌으로 돌아오자 바로 그를 배반자로 붙잡아 죽이고 만 것이었다……

"자세한 건 잘 모르지만 그게 아마 동촌 서촌 양쪽에 모두 배반자가 되고 만 문 기자 웃어른의 삶의 운명이었을 겁니다. 이 섬에서 그런 운명이 비록 그 한 사람만의 비극은 아니지만요."

송일 국장은 그쯤 문 기자의 가족사를 들추고 나서 다시 섬 이야기로 돌아갔다.

"이 섬 역사에서 보면 자신이 어느 쪽 권력권에 서려 했든지 결국은 이 섬 전체가 국가권력의 한 희생 단위로 처분되곤 했지요. 고 형도 아시겠지만 그래 이 섬 사람들, 이번 역사 씻기기 사업의 희생자 신고 사업에도 전혀 협조를 하지 않으려는 이들이 많잖아요. 그 사람들은 그 양지나 음지, 이를테면 한얼회나 청죽회 어느 쪽 영향권에도 속하지 않으려는 제3의 도민층인 셈이지요. 그리고 각자의 자리에선 나름대로 정의요 진실을 살고 있을 그 한얼회나 청죽회 사람들까지 포함하여 어찌 보면 그게 진짜 이 섬의 역사적 운명을 함께 살아온 한 생존 단위의 공동 운명체 백성들인지도 모르고요. 누가 옳고 그르든, 어느 쪽이 무슨 소리를 하든, 이쪽저쪽이 번갈아가면서 막판까지 서로 따지고 밀치고 해왔지만 이 섬에 무엇이 달라진 게 있었느냐, 사람이 살아온 동네를 두고 그 초토화니 뭐니 또 다른 화근만 부르는 일 아니었더냐. 차라리 이젠 다

잊어버리고 지내게 해달라, 숯덩이 잿더미로 까맣게 타버린 가슴 이젠 제발 잊고 살게나 해달라……. 그런 점에선 문 기자도 물론 갈등이나 고뇌가 많았겠지요. 언젠가 들으니 그 역시 아직 어디에도 그 부친의 일을 신고한 일이 없었대요. 지금까지의 그의 의식 성향으로 보아선 이번 역사 씻기기 사업에 대해선 생각이 달라짐 직한데 이번에도 한얼회, 청죽회, 어느 쪽에도 그럴 생각이 없다구요. 뭐랄까, 자기 생각이 무엇이든, 어느 쪽이 옳든 그르든, 기자이니까 사실에 충실한 기사는 쓰겠지만, 그 역시 다른 섬사람들처럼 그걸 되새기는 것 자체가 싫었던 것이겠죠. 의식적이든 무의식적이든 그게 어쩌면 진짜 자기 정체성의 마지막 보루로 여겨지고 있는지도 모르구요……"

송일 씨는 거기서 잠시 자기 생각을 되새기듯 말을 쉬었다가 결론처럼 덧붙였다.

"한 국가나 역사의 이념은, 실은 그 권력과 이념의 상술은 항상 내일에의 꿈을 내세워 오늘의 땀과 희생을 요구하고, 그 꿈과 희생의 노래 목록 속에 오늘 자신의 성취를 이뤄가지만, 오늘의 자리가 없는 인민의 꿈은 언제까지나 그 성취가 내일로 내일로 다시 연기되어가는 불가항력 같은 마술을 느끼지 못할 사람은 없지요. 국가의 본질이 그렇고 이 섬의 운명이 그럴진대 어느 누가 친체제 반체제 혹은 친정권 반정권 어느 쪽에 서느냐는 결국 별 뜻이 없는 거겠지요."

결코 어떤 단정적 주장이 없는 열린 수사 속에 오히려 쉽게 범접할 수 없는 송일 씨의 깊은 사색과 고뇌의 흔적 앞에 고종민은 이

제 선불리 다른 참견을 하고 들 수가 없었다. 더 이상 그에게 무슨 말을 묻고 싶은 것도 없는 것 같았다. 그에게 더 무슨 말을 듣는 것이, 더 이상 그의 속을 들여다보는 것이 마음 무겁고 두려워지기까지 하였다. 하지만 다만 한 가지 그 이 과장 쪽의 새 생존자의 존재에 대해선 끝내 입을 다물어버릴 수가 없었다. 이 섬 일에 관한 한 이 과장 못지않게 모든 것을 꿰뚫어 보고 있는 듯한 송일 씨 앞에 그 궁금증을 그냥 눌러 참고 돌아갈 수가 없었다. 그리고 그건 이제 그 깡마르고 왜소한 체구에도 어딘지 산봉우리처럼 둔중하게 느껴지는 송일 씨 앞엔 어딘지 하찮고 가벼운 이야깃거리처럼도 여겨졌다. 하여 종민은 잠시 침묵 끝에 이제 그만 이야기를 끝내고 싶어 하는 듯한 송일 씨를 향해 기어코 그 이 과장 쪽의 소식을 꺼냈다.

"바쁘신 중에 저에게까지 이렇게 긴 시간을 내주셔서 감사합니다만, 마지막으로 한 가지만 더 여쭙겠습니다. 이곳 큰당집 일의 실무 책임을 맡고 있는 도청 문화진흥과 이 과장을 만나봤는데 말씀입니다……"

종민은 이어 그 이 과장이 자신에게 일러준 이곳 작은집 쪽의 새 생존자 일을 말하고, 그 사실 여부와 송일 씨의 생각을 물었다. 그런데 과연 송일 씨는 그 일을 이미 듣고 있었고 사실 여부에 대해서도 나름대로 어떤 분명한 짐작이 있어 보였다.

"허허, 그 사람들로선 아마 그런 종류의 생존 증인이 또 한 사람 필요했던 모양이지요. 그리고 그 사람들이 필요하다면 그쯤은 언제 어디서든지 찾아낼 수 있는 일이구요. 우리 신문에서 나간 김상노란 사람은 이미 청죽회가 주장해온 쪽으로 사건의 증인 노릇을 하고 있는 셈이니까 한얼회 쪽 주장에 어떤 힘을 실어주려 한다면요…… 나도 이미 들어 짐작이 있는 일입니다."

자신의 말처럼 그에겐 그리 새로운 이야기가 아니라서 그런지 종민으로선 뜻밖일 만큼 시큰둥한 어조였다. 하지만 종민은 처음 자리를 마주했을 때와 같은 송일 씨의 그 남의 말을 하듯 하는 방관적인 어조나 그걸 어딘가의 조작과 계략으로 간단히 단정해버리고 있음에 분명한 그의 의중을 쉽게 이해할 수가 없었다. 그래 그 조작과 계략의 혐의에 대한 근거를 묻는 종민의 반문에 송일 씨는 여전히 무슨 수수께끼 놀음이라도 벌이는 듯한 가벼운 어조 속에, 그러나 그럴수록 어떤 확신이 깃든 목소리로 다시 그에게 되묻고 들었다.

"그래 고 형은 이 과장이란 사람이 그런 조심스런 정보를 어째서 함부로 고 형한테 흘렸을 것 같소? 고 형이 일본 국적이라서 별 상관이 없을 것 같아서? 아니면 그만큼 고 형의 인격과 입을 믿어서?"

"글쎄요?"

"모르면 몰라도 이 과장이란 사람은 지금 고 형을 통해 그 그림자 속의 증인의 실체를 가다듬어가고 있는 겁니다. 그 증인은 아직 실체가 허약하고 희미한 단계라서 고 형의 관심과 입을 통해 활발한 소문의 영양소를 공급해줄 필요가 있을 테니까요. 그리고 이미 나도 소식을 알고 있었듯 비록 고 형 한 사람만이 거기에 동원된 건 아니겠지만, 고 형은 지금 바로 내게 와서 거푸 그 소식을 전했지 않아요? 이 과장은 이미 고 형이 나를 찾아올 걸 알고 있었을 테니까요. 이 과장이 실제로 고 형에게 어떻게 했는지는 모르지만, 사람은 오지 말라면 더 오고 싶어 하고 가지 말라면 부득부득 더 가고 마는 습성이 있거든요. 그래저래 그 생존자는 지금 그렇게 한창 소문의 바람을 먹고 실체를 갖춰가고 있는 중일 겁니다. 허허."

종민은 비로소 송일 씨의 예단에 어느 정도 이해가 갔다. 그리고 어제 저녁 그 이 과장 앞에서처럼 왠지 서늘한 바람기 같은 것이 등줄기를 타고 흐르는 것 같은 으스스한 느낌이 들었다. 하지만 그는 아직 그 송일 씨의 일방적인 예단을 모두 믿을 수는 없었다.

"그렇다면 그 그림자 속의 생존 증인은 언제쯤 세상에 실체를 드러내고 나타나게 될까요?"

종민은 그 서늘한 한기 속에서도 한 번 더 묻지 않을 수 없었다. 하지만 송일 씨의 대답은 이번에도 그 대범스런 어투 속에 나름대로 확신에 찬 기미가 역력했다.

"글쎄요. 그 큰당집이란 데서 그가 필요해질 때가 되면 나타나게 되겠지요. 아니면 다시 제 그림자 속으로 모습이 사라져 가고 말든지."

"큰당집에서 그가 필요한 때라면요?"

"글쎄요. 그거야 우선은 그 합동 위령제라는 것이 언제 치러질지 그 때하고 상관이 되겠지요. 아니면 고 형도 들어 알다시피 물 건너 육지부에서 그 지팡이 횃불 행렬이 끝내 어떤 변통을 내고 말든지. 그게 어느 쪽이 될지는 모르지만, 사실 지금은 이 섬 위령제보다 그 행렬의 귀추가 더욱 큰 문제니까요. 이 섬으로서도 그게 가장 큰 걱정이구요."

송일 씨는 결국 모든 일의 향방과 이야기의 결론을 그 지팡이 사내들의 횃불 행렬로 귀결 짓고 말았다. 하지만 자신도 그 뭍 동네 일은 웬만큼 들어 알고 있었던 데다, 염치없이 시간을 너무 끌었다 싶어진 종민은 이날 송일 씨가 그 횃불 행렬의 귀추와 관련지어 섬 일을 걱정한 말뜻은 제대로 다 알아듣질 못했다. 그래 자리를 일어서기 전 여담 삼아 마지막으로 물은 소리에 대한 송일 씨의 무심스런 대꾸에 다시 한 번 등줄기가 서늘해왔을 뿐이었다.

"그런데 참. 그 도청의 이 과장이란 사람은 대체 어떤 사람입니까. 그는 이따금 자신도 그 큰당집 일이나 자신의 일을 잘 모르겠다고 푸념이 잦던데요?"

종민은 잠시 뒤 송일 씨에게 시간을 내어준 데 대한 감사의 인사를 건네고 자리를 일어서며 다시 그렇게 물었고, 송일 씨는 대답을 미룬 채 뒤쪽 책장에서 그의 저서 『국가와 시의 충동』을 한 권 찾아 서명과 함께 그에게 건네주며 비로소 농기 섞어 내뱉었다.

"허허. 자신이 누군질 모르는 사람의 일을 내가 어찌 알겠소. 그의 말대로 어떤 조직의 일은 내부 질서가 철저할수록 그 조직만 알 뿐이지 그 조직원은 조직 전체나 세부 구조를 알 수 없는 것 아니겠소. 조직의 주인은 조직 자체지 그 구성원이 아니니까요."

하긴 고종민으로선 그 송일 씨의 마지막 몇 마디에 대해서도 이 과장과 관련해선 뒤에 숨은 뜻이 그다지 확연치를 못했다. 이 과장이 그럼 그 큰당집의 정식 요원이란 말인가. 그런데 이 과장은 그런 자신의 일도 잘 모르겠다는 말인가? 그는 다만 이곳 작은집의 실무 책임 심부름꾼일 뿐이라 말하지 않았던가……

하다 보니 그는 이윽고 신문사 아래층 현관을 나서다가 그새 한창 사월녘 하순 고비를 넘어가는 화창한 아열대 봄빛 속에서도 어딘지 아직 텅 빈 맹점이 눈앞에 떠도는 것 같은 어지러운 착시 현상 속에 한동안 눈길을 두리번거리고 있었다.

13

 어디선지 알 수 없는 먼 노랫가락 소리가 끊임없이 시끌시끌 금옥의 귀청 속을 울려왔다. 마음을 가다듬어 사설을 좀 가려들으려 하면 가뭇없이 사라지고, 환청이었던가 싶으면 어느새 다시 머릿속을 가득 채워오곤 하였다. 어떻게 들으면 선율이 어릴 때 들은 적이 있는 중산간 테우리들의 말 모는 소리가락 같기도 했고, 다시 들으면 이따금 방송 같은 데서 들은 일이 있는 먼 육지부 수심가나 벽지 산골 아라리 가락 혹은 배따라기 사설 가락처럼 구슬프고 아득했다.

 금옥은 그 정체를 알 수 없는 머릿속 소리에 몇 달간이나 밤낮으로 시달리고 있었다. 소리가 시작되면 아무 일도 할 수 없고 아무 생각도 할 수 없었다. 아예 넋이 나간 사람처럼 끼니조차 잊은 채 머리를 싸매고 들어앉아 지긋지긋한 소리에 쫓기며 그 정체 모를 소리와 싸우고 지냈다.

"조상님이 다시 너를 부르신 게 분명하다."

어머니 변 심방은 그것을 새판잡이 신병 더침으로 단정했다.

"그런데 참 알 수 없는 조홧속이구나. 우리 조상님은 억지 대내림을 원하시는 어른이 아니신디, 한 번 다스려 넘긴 신병을 다시 덮어씌우고 드시다니……"

그도 그럴 것이 두어 해 전에도 한 번 그 비슷한 증상이 그녀를 스쳐 간 일이 있기 때문이었다. 그때도 알 수 없는 소리가락 같은 소음이 몇 달 동안이나 간단없이 그녀를 괴롭혔다. 그때는 어머니 변 심방이 굿무당 처지에 몇 번씩 조상님의 관용을 청하는 비손과 넋들임굿을 하여 간신히 그녀의 심중을 되발라주었었다. 하지만 그녀는 그때 그것이 자신에게 심방의 길을 점지한 조상의 부름 소리인 것을 알지 못했다. 그리고 변 심방의 비손굿과 자신의 안정이 다만 사단의 연기에 불과하다는 사실을 알지 못했다. 하지만 이번에는 변 심방도 금옥도 그것이 무슨 예징이라는 것을 익히 알고 있었다.

"어쩔 수 없는 일이구나. 조상님의 뜻이 정 그러시다면 이번에는 네년이 그 뜻을 얌전히 모셔 들이는 수밖엔."

괴로움을 보다 못한 변 심방이 마침내 그렇게 딸을 달래고 나서기 시작했다. 하기야 그녀도 애초 딸아이 하나를 대내림 무당으로 만들 생각이 아니었던지 첫번 땐 조용히 그 무병기를 막아주는 데에만 마음을 썼지만, 나이 아직 20대 청상으로 무가 내림도 아닌 멀쩡한 남편을 별 병고의 기미도 없이 졸지에 저세상으로 보내고 단신으로 긴 세월 외로운 안심방으로 살아온 처지고 보니 아무래도 그 무서운 '인다리' 앙화가 두려울 수밖에 없었고, 그래 언젠가는 일이 결국 그렇게 되리라는 체념과 기다림을 숨겨온 것이었는지도 모를 일이었다.

하지만 금옥은 물론 그걸 받아들일 수가 없었다.

"어림없는 소리! 난 죽어도 각시 무당은 안 될 거란 말예요. 무당 각시 되느니 차라리 죽어버리고 말 거예요. 아님 내가 먼저 조상 귀신을 죽여버리고 말든지."

자신이 무당이 된다는 것은 한 번도 상상을 해본 일이 없는 그녀였다. 그것은 생각만 해도 비참하고 끔찍했다. 무당의 딸 노릇만 해도 기가 찰 노릇인데, 거기다 아예 제 조상을 모신 심방으로 평생 박수 서방까지 거느리고 살아야 하다니. 그것은 차라리 그냥 온전한 처녀 귀신으로 죽어감만도 못한 팔자였다. 어떻게든지 그 괴로움을 이겨 넘어가야 하였다. 그리고 망령이 다시는 뒤따라오지 못하도록 이 섬을 떠나 뭍으로 나갈 길을 마련해야 하였다. 그래 그 용두리 추 심방 집안의 만우를 물리치고 그나마 일후의 뭍뱃길을 정하고 들어온 정요선에게 짐짓 살가운 정성을 들여온 그녀였다.

때문에 금옥은 그 소리의 집요한 괴롭힘을 이를 악물고 참아나갔다.

하지만 소리는 물러갈 줄을 몰랐다. 물러가긴 외려 시일이 지날수록 어떤 보이지 않는 존재의 실체가 더욱 가까이에서 느껴지곤 하였다. 때로는 누군지 바투 등 뒤에 서 있는 것처럼 귓가에 따스한 숨결이 느껴져 제풀에 심신이 심하게 후끈거리기도 하였고, 그 예송리 굿판에서처럼 갑자기 어깨를 건드리는 느낌에 놀라 화들짝 뒤를 돌아보기도 하였다. 그런 때면 그 소리가락의 극성은 더욱 심해져 종당 가선 그녀가 넋을 놓고 자신도 모르는 짓까지 서슴지 않게 만들곤 하였다.

그러던 어느 날, 금옥은 마침내 그 소리의 근원과 본색을 어느 정도 분명히 짐작하기에 이르렀다. 바로 그 남선리 조 만신의 북쪽 넋굿 마당에서였다.

금옥은 그날 조 만신의 망자 혼받이 제차가 시작될 무렵쯤 하여 혼자 몰래 굿청 근방에 도착해 있었다. 사실 그녀는 이날의 굿판 소식을 미리 듣고도 전날 요선 등을 앞에 한 예송리에서의 소동도 있고 하여 그냥 모른 척 집에나 들어박혀 지낼 심산이었다. 그러나 일이 이미 그녀의 마음 바깥 소관이었다. 도대체 그놈의 귓속 소리가락이 사람을 계속 못살게 들볶아댔다. 소리가락이 이날따라 더욱 심한 신열기 속에 그녀의 심사를 못 견디게 어지럽히고 든 것이었다.

그런 끝에 결국 그녀가 굿청까지 당도하여 바야흐로 그 남도 무당 유정남의 느닷없는 육자배기 한 가락이 끝나고 그날의 주무 조 복순의 망자 혼받이 사설 가락이 흐르기 시작했을 때였다. 그렇듯 끈질기게 그녀의 귓속을 떠돌던 그 아득하고 혼잡스럽던 소리가락이 문득 그 조 만신의 사설 가락과 한데 어우러지기 시작한 것이었다. 그리고 지금껏 그녀의 머리와 몸속을 떠돌던 소음들이 비로소 제 길을 만난 듯 확연한 율조를 이루며 그녀를 안팎으로 함께 휘둘러대기 시작했다.

금옥은 본능적으로 그 느닷없는 소리의 조화가 무엇인지를 알아차렸다. 그리고 그 불가사의한 힘과 자신이 두려웠다. 그러나 그녀는 그 힘을 쉽게 억누를 수 없었다. 그녀는 서둘러 사람들의 눈길을 피해 굿청 뒷마당 헛간께로 우선 몸을 숨겨 들어갔다. 그러나 그것도 결국엔 소용이 없었다. 아무리 귀를 막고 두 무릎 사이에 머리를 박고 안간힘을 써대도 소리가락은 끊임없이 그녀의 심현(心絃)을 흔들어댔고, 풍물 소리가 더욱 요란해진 바깥 굿청의 길가름 제차 소리엔 드디어 가슴속 심지의 갈피를 놓치고 말았다.
 이후의 일들은 분명하게 기억하지도 못했다. 어떻게 하여 그날 자신이 갑자기 그 저승길 가름 춤으로 뛰어들게 되었는지, 그리고 그 무아경의 황홀한 도무(跳舞) 속에 무엇을 보고 무슨 소리를 들었는지 아무것도 확실한 것을 말할 수가 없었다.
 하지만 그녀는 그날 이후부터 소리가락 소리에 더하여 또 하나 알 수 없는 형상(形像)을 안고 살게 되었다. 봉우리 모습이 하얀 바위산, 혹은 정수리께에 늘 암회색 구름 띠를 두른 험준한 영산(靈山)의 모습이 문득문득 그녀의 눈앞에서 아득히 멀어져 가곤 하였다. 이른 아침 부엌 아궁이 앞에 쪼그리고 앉아 빨간 불길을 지키다가도, 저녁녘 빨랫줄의 하얀 입성들을 걷다가도, 눈을 뜨고 있다가도 감고 있다가도 때 없이 그 산을 보고 산의 소리를 들었다. 그리고 언제 그것을 알았는지 기억이 분명치 못하면서도 그녀는 어머니 변 심방 앞에 단정적인 어조로 호소하곤 하였다.
 "나는 늘 서울 삼각산을 봐. 더 북쪽 멀리로 황해도 구월산도 보고 평안도 묘향산도 봐. 그 산들이 소리가락으로 나를 불러. 몹쓸 소리를 해오는 곳이 그 산들이야. 그 산들을 좀 쫓아줘. 소리를 쫓아줘!"

그저 혼잡스런 소리가락 한 가지 때보다도 그 산들의 소리는 숨결이 막힐 만큼 그녀의 가슴속을 더욱 답답하게 옥죄어오고 괴로운 신열기를 부추기곤 했기 때문이었다.

그런 딸아이를 두고 변 심방이 이번에는 전번보다 더욱 분명하고 단호한 처방을 내렸다.

"니년이 아무래도 뭍으로 나가고 싶어 환장병이 난 모양이구나. 우리 조상님 산을 옆에 두고 그 먼 산신 헛것까지 불러댄 꼴을 보자니. 하지만 너한테 씐 신병을 여읠 길은 그쪽이 아니라 이 섬 가까운 산에 있어! 그러니 공연한 헛지랄 떨지 말고 어서 제 조상님 맞아들일 준비나 서둘러!"

그 금옥의 신병을 둘러싼 모녀간의 분란이 그에 그치지 않고 며칠 뒤 용두리 추 심방네와 만우에게까지 번져 갔다.

"그래 만우 너는 어떻게 생각허냐?"

무슨 일로 해선지 한 이틀 혼자 속꿍꿍이를 굴리며 이리저리 아들의 눈치를 살피는 듯싶던 추 심방네가 하루 아침엔 결국 방을 건너와 아들 만우 앞에 속을 털어놓기 시작했다.

"내내가 어떻게 생각하다니, 무무얼 말여요?"

"며칠 전에 해정리 변 심방한테서 통기가 왔는디, 아무래도 그 집 딸아이 신굿을 서둘러야 할 모양이라드라."

아들의 무뚝뚝한 반문에 심방네는 일단 거기까지 말을 해놓고 다시 만우의 기색을 살피고 있었다. 분명 무엇인가를 떠보려는 낌새가 역력했다. 만우 역시 전부터 이따금 겪어온 일이라 그 속을 뻔히 짐작할 수 있었다. 공연히 혼자 속이 뜨끔해지면서 그 어미뿐 아니라 자신에게까지 짜증이 불쑥 솟았다. 그러나 그는 그 어미의 은근한 기대와 성화를 다스리는 방법을 알고 있었다.

"그 집에서 무슨 구굿을 서두르든지 말든지 엄니가 무무슨 상관이세요. 그런 일을 내내한테 물을 일은 또 무무어구요."

그는 짐짓 무관심한 핀잔 투로 말을 피해 넘어가려 하였다. 하지만 이날은 심방네가 쉽게 물러서려질 않았다. 그녀는 그럴수록 치맛자락을 높이 휘어 감고 나섰다.

"너나 나나 어째서 그 일에 상관이 없냐. 그 일이 왜 그 집만의 일이냐."

"사상관없지 않구요. 우리가 그 집과 무무슨 상관이 있어요?"

"너 지금 그걸 몰라 나한테 묻는 것이냐? 그 금옥이라는 아이 내림 신굿에 우리 조상 맹두를 모시자는데도? 그래도 그것이 무슨 소린질 모르고, 우리하고 상관이 안 되어?"

그녀는 이제 막바로 아들을 몰아붙이고 들었다.

"그러니 이잔 니 생각을 말해보거라. 이게 도대체 몇 해를 끌어온 일인디 너한테도 나름대로 생각이 있을 것 아니냐. 너도 그만큼 이 심방 노릇 일을 보아왔으면, 덮어놓고 모른 척만 하고 들 것이 아니라, 그 불똥이 뉘게 튈지도 생각해얄 거 아니냐."

눈에 띌 만한 말썽이 없이 지내온 지난날의 만우와 금옥의 사이를 알고 있을 심방네는 신기가 찾아든 것을 거역하려다 곁엣사람이 대신 화를 당하는 인다리 벌징까지 들어가며 노골적으로 그를 협박했다.

그러니 이젠 만우도 막말을 들이대고 나설 수밖에 없었다. 그도 물론 변 심방네와 어머니가 그렇게 부쩍 마음을 서두르고 나서는 연유나 근자 들어 금옥의 신병기가 심상치 않음을 두루 다 짐작하고 있었다. 하지만 그 금옥의 생각은 오로지 뭍길에 매달려 있음도 알고 있었다.

"내한테 무무슨 생각이 있어요. 아무 새생각 없어요. 혹시 내내게 무슨 생각이 있다 해도 그 아이 새생각은 천 리 바같이구요. 나도 아직 마마음을 정한 건 아니지만, 그 아인 처처음부터 소소미질 생각이 없는 아이예요. 무당질을 하더라도 나낯모른 육지부로나 나가 할 아이구요. 그러니 나하곤 어차피 사상관을 짓지 마세요."

하지만 추 심방네는 거기서 다시 한발을 앞서 나갔다.

"그래 나도 그 이야기는 들었다. 그 아이 요즘엔 바깥 산신령기까지 들었다드구나. 그래 제 에미는 일이 아예 글러지기 전에 그 헛귀신을 쫓고 우리 조상 멩두코를 안겨버리자는 거 아니겠냐."

"그그 소리 아버지도 아세요?"

만우는 마침내 맥이 풀려 딴전을 부리듯 아버지 추 심방을 끌어들이려 하였다. 아버지는 여직껏 만우의 일에 큰 관심을 두는 일이 없었고, 오히려 안방의 아들에 대한 성화를 못마땅해해온 편이었기 때문이다.

하지만 이번에는 그게 더욱 심방네를 부추긴 꼴이었다.

"알고 있기는 허지야. 하지만 니 아부지란 사람이 그런 일에 언제 똑 부러진 생각을 내놓은 일이 있드냐. 너만 괜찮다면 아부지야 고줌말 흘러내리듯 그냥저냥 따라올 양반이제. 더구나 요 참엔 그 한라산 무주고혼들 내력을 지닌 임자가 나타났다는 소식을 듣고 그쪽 일에선 아여 마음을 돌린 모양이시니 한동안 마음도 한가하시겠고."

아버지와도 이미 의논이 있었다는 투였다. 만우의 반대나 그에 대한 당신의 말 없는 수긍에도 불구, 그동안 내력 모를 유골들을 두고 실종 상태의 옛 아우의 일과 상관하여 마음 한구석에서 다시 새 넋굿판을 꾸며오는 듯싶던 아버지까지 심중을 비우고 나섰다면 보통 일이 아니었다.

"하여튼 괘괜히 신 김치국들 마마시지 마세요. 그 아이 소속요량도 요량이지만 나나도 아직 앞날을 다당골 밥에 묻을 생각 안 하고 있으니께요."

그럴수록 한 번 더 어깃장을 단단히 건너지르고는 그 윗입술가 마마 자국이 다시 이지러지려는 심방네를 놔둔 채 자신이 먼저 훌쩍 방을 나와버렸다. 그리고 시종 모자의 건너방 대거리에 귀를 기울이고 앉았을 아버지 추 심방의 무심찮은 잔기침 소리를 뒤로 한 채 아예 사립문을 나서고 말았다.

하지만 그렇게 갑자기 집을 나선 만우는 어디보다 일찍 왔다 일찍 떠나가는 이 섬의 늦봄철 바람결에 등을 떠밀리며 언덕길을 내려오면서도 자신의 본심을 분명하게 읽을 수가 없었다.

사실 무당살이에 앞날이 묶이기를 싫어하고 그런 만큼 제 내림 신굿을 두려워해온 것은 만우 자신이나 금옥이나 똑같은 처지였다. 두 사람 다 심방집 태생으로 성장해오면서 무가 사람들의 삶이 얼마나 힘들고 외로운 것인지를 똑똑히 보아 알고 있었기에 자신에게 들씌워진 그 숙명의 굴레를 벗어나려 한사코 도리질을 쳐온 것이었다. 아버지 추 심방은 만우 앞에 이따금 무당 무(巫) 자를 내세워가며 무가의 하는 일이 하늘과 땅과 사람 삼자 간에 서로 편안한 조화를 얻어 지켜나가려는 노릇이라 입에 바르듯 아리송한 소리를 일삼아온 터였지만, 만우 자신이 보기에 그 무당은 한마디로 사람이 아니었고, 그 삶도 사람의 삶이 아니었다. 심방은 오로지 자신이 모시는 당주 신령과 마을 사람들(당골)을 위해 온갖 노력과 정성을 바치며 살아갈 뿐 자신을 위해 사는 일이 없었다. 당주님의 지혜와 사랑을 빌어 늘 이웃의 어려움과 질병과 불행한 일을 찾아 살피고, 그 액고를 풀어주며 복덕을 빌어 나눠줄 뿐, 자신들을 위해서는 항상 조상의 노여움을 사지 않고 떳떳할 수 있도록 심신을 정갈하게 가다듬고 단속하는 일뿐이었다. 그러면서도 어려운 사람들의 액풀이를 위한 굿판 자리를 제외하곤 늘 주위 사람들의 하대와 천시 속에 죄인처럼 기가 죽어 눈치를 살피고 살아야 했다.

내림 신굿은 이를테면 지금까지의 사람의 길을 버리고 그렇듯 새 숙명의 삶을 받아들이는 의식이었다. 그것은 차라리 지금까지의 삶의 죽음이자 무당으로 새로 태어남이라 할 수 있었다. 그렇게 새 무당으로 태어나면 그로부터 그는 생전의 가계뿐 아니라 죽어 영계를 들어가서도 인간의 신(시왕)이 아닌 무조신 삼시왕의 돌봄을 받고 그를 모시는 저승 무가의 일족이 되어야 했다. 그 자신이 신에게 바쳐지는 가엾은 제물의 길이었다. 그래서 새 신받이를 빌고 기다리는 자리에서는 비장한 설움이 복받치지 않을 수 없고, 눈물과 통곡 속에 그 운명의 야속함과 원망을 털어내야 마음이 편안해진다지 않던가. 남 같은 세간사를 누리고자 태어난 자 누구라서 그 자리에 함부로 나설 수 있으며, 그 보이지 않는 고난의 길을 두려워하지 않을 것인가. 게다가 그 신굿 제차는 열흘간이나 되는 긴 시일에 걸쳐 제주도의 어느 굿보다 복잡한 절차와 큰 규모로 치러지는 것이어서 여간한 각오와 재력이 없이는 좀체 감당해내기 어려운 것이었다.

어머니 추 심방네의 오랜 바람에도 불구하고 만우 자신이 아직 마음을 분명히 하지 못한 터에 금옥을 그 자리에 내세울 수는 없었다. 하기야 금옥이 그새 마음이 변하여 스스로 그 일을 원하고 나선다면 자신의 앞날도 대개 거기 함께 휩쓸려 조심을 따로 해야 할 일이 없을지도 몰랐다. 그도 물론 만우로선 아직 달가운 일일 수만은 없었다. 금옥의 신병 증세가 어느 정도인지는 알 수 없었지만, 그리고 지금으로선 금옥이 그러고 나설 공산도 크지 않았지만, 만약에 그런 일이 생긴대도 만우 쪽에선 우선 발을 벗고 말리고 들어야 할 처지였다.

그래저래 만우는 도대체 자신의 심사를 알 수가 없었다. 한데다 또 한 가지 아직은 그가 금옥을 받아들일 수 없는 큰 이유가 있었다. 그와의 전날 일이 어쨌든 그리고 지금의 그녀의 생각이 어느 쪽이든 금옥은 그에게서 이미 한 번 마음이 떠나간 사람이었다. 전날 그와의 일이나 정가 놈과 어울려 돌아가는 근자의 헤픈 행신으로 보아 년은 그에게서 마음만 잠깐 떠난 것이 아니었다. 몸뚱이도 믿음도 모두 놈에게 흘려든 낌새였다. 일찍이 자신과 어울렸던 은밀스런 수작기를 녀석과도 함께한 사실을 숨기려 하기커녕 넌지시 자랑하고 나서기까지 한 계집이었다.
―그런 드러운 년이 어떻게 뻔뻔스럽게 내 앞에 다시……
그는 결연히 고개를 가로저으며 금옥을 저주했다. 하지만 그 정가와의 은밀한 수작을 상상한 가운데에 슬그머니 또 자신과의 달콤했던 지난 일이 떠오른 때문인가. 만우는 그 금옥을 더럽다 하면 할수록 그녀가 정말 영영 자기를 떠나가 정가의 사람이 되어버릴지도 모른다는 생각에 문득 참을 수 없는 질투가 치솟았다. 그리고 아무래도 그 금옥을 섬을 떠나기까지의 임시 놀이감으로밖에 여기지 않을 것 같은 위인의 됨됨이나 언동을 떠올리며 년의 일이 한편으론 통쾌하기 그지없으면서도 다른 한편으론 아리고 쓰린 마음을 지울 수가 없었다.
―그런다고 위인이 제 년을 뭍에까지 데려가주기나 하려구. 데려 나가준들 누가 지를 몇 달이나 제 계집으로 데리고 살아줄 거구.
입으로는 그런 혼잣말을 짓씹어대면서도 마음속에선 자꾸 그 금옥의 모습이 애틋하게 떠올라 목구멍이 뜨거워지고 있었다. 게다가 그는 그런저런 상념들―, 체념과 의심과 추억과 질투가 한데 뒤섞인 요령부득의 심사 속에 자신도 모르게 어언 금옥과의 첫 입맞춤을 나누었던 용두암 해변 가까이에까지 발길이 닿아 있었다. 그리고 그 한나절 젖은 바위틈에 몸을 부리고 누워 쉬임 없이 밀려드는 파도 소리와 바람결, 푸른 하늘의 흰 갈매기 떼를 상대로 내내 자신을 달래보려 하였다. 하지만 그럴수록 그는 더 마음이 산란하고 초조할 뿐 갈피를 잡을 수가 없었다. 게다가 이날은 금세 하늘로 날아오르려는 듯한 그 검은 용두암마저 전에 없이 그의 기분을 불안하게 하였다. 뭍에서 제 주인을 잃고 이 섬까지 새 주인을 찾아들어왔다는 검은 용마. 하지만 이 제주도에서도 번번이 제 주인을 잃는 비운 속에 끝내는 다시 이 해변으로 나와 뭍으로 돌아갈 날을 기다리고 있다는 용마바위. 그래서 항상 이 섬 사람들의 소망과 비탄기를 함께해온 그 용두암이 왠지 이날은 그 만우 앞에 금세 힘찬 울음소리와 함께 홀연 하늘로 박차고 오를 듯 새삼스런 형상으로 비쳐왔다. 그리고 그것이 그 금옥에 대한 일에 겹쳐 그의 심사를 더 허망스럽고 불안하게 하였다.

하다 보니 만우는 끝내 그 자신의 불안기를 이겨낼 수가 없었다. 그래 마침내 한 가지 결심을 굳히기에 이르렀다.

이날 오후 추만우는 모처럼 만에 제 쪽에서 먼저 전화를 걸어 고종민을 불러냈다. 그리고 어차피 이 과장이 당부한 공동 위령제 건에 대한 만우 쪽의 예정을 알아볼 겸 고종민이 바로 그가 기다리겠다는 버스 정류소로 나갔을 때 어디선지 이미 술기가 얼큰해져 나타난 그는 일언반구 설명이 없이 종민을 앞장서 성산포행 버스부터 올라탔다. 차를 올라타고서도 그는 그저 떠듬떠듬 자기와 함께 성산포까지 따라가 정요선을 만나는 걸 곁에서 지켜보아주기만 하면 된다는 싱거운 소리 외에 별다른 말이 없었다.

"그러니까 내가 두 사람 사이에 무슨 증인을 설 일이 있다 이건

가요?"
 종민은 무언지 속을 단단히 다져 먹고 나선 듯한 그 막무가내 식 행투에 쓴웃음이 솟는 걸 참고 물었지만, 만우는 이미 종민도 짐작할 만한 그 요선과의 이날 용건을 쉽게 털어놓으려지 않았다.
 "그렇담 그건 이따 가보면 알 일이겠고…… 그럼 우선 그 합동위령제 일엔 뭐가 어떻게 좀 되어가고 있어요? 이 과장이 많이 궁금해할 텐데 뭘 좀 생각해둔 게 있어요?"
 문득 그 이 과장과의 일이 떠올라 그렇게 물었을 때도 그는 여전히 생각을 딴 곳에 둔 채로,
 "아알아서들 하래요. 나도 차차라리 제 발로 구군대라도 가고 싶은 놈이니께요."
 그나마 그 이 과장이 그를 두고 군 입영 조치까지 들먹이더라는 전날 종민의 전화가 떠올랐던지 그렇게 한마디 퉁명스럽게 내뱉었을 뿐이었다. 추만우는 이를테면 그렇듯 내내 정요선과의 일만을 맘속에 별러대 온 꼴이었다.
 그러니 이날 해질녘 그 역시 느닷없는 전화질에 불려 나온 정요선이 첫 술잔을 들고 나기 무섭게 불쑥 볼멘소리로 내던진 추만우의 첫마디는 그 자신을 향해서도 이미 골백번이나 묻고 또 물었을 소리였다.
 "다당신, 그금옥 씨 신굿을 다당신네가 치치를 수 있어?"
 하지만 다른 때보다 더 심하게 떠듬거리면서도 무언지 불신과 추궁기가 완연한 그 만우의 물음은 처음부터 성내 쪽 두 사람의 출현과 일방적인 전화 호출에 어리둥절 심사가 편치 못할 요선은 물

론 자리의 증인 역을 맡아 따라온 고종민이나 심지어는 추만우 자신도 아직 그 뜻을 단언하기가 어려운 것이었다.

그래 용심이 잔뜩 태인 만우의 물음과는 달리 요선이 대체 무슨 낯도깨비 방귀 같은 소리냐는 듯 평소의 그답게 금세 비아냥 투로 되받고 나선 게 오히려 당연했다.

"금옥이 뭘 어쩐다구? 지금 그거 나한테 묻는 소리여?"

그러니 이번엔 그 두 사람 앞에 대충 사태를 짐작할 만해진 고종민이 불가피 몇 마디 끼어들지 않을 수 없었다.

"그러니까 만우 씨는 말을 좀 천천히 하세요. 만우 씨가 요선 씨에게 무엇을 알고 싶은지 앞뒤를 가려서 처음부터 차근차근 말예요. 만우 씨는 지금 금옥 씨 일에 대해 요선 씨에게 무엇을 묻고 싶은 거예요?"

추만우는 그제서야 좀 주춤해지는 표정이었다. 그리고 잠시 혼자 말을 참으며 생각의 줄거리를 추려보는 기색이었다. 그러나 그 투박한 성깔이나 떠듬거리는 말투가 금세 달라질 수는 없었다.

"그래요. 다당신, 앞으로 그 금옥 씨를 어떻게 할 새생각이냔 말요?"

추만우가 이윽고 제 숨결을 고르고 나서 역시 같은 투로 되풀이해 물었다.

하지만 그도 물론 요선에겐 전혀 먹혀들 기미가 없었다. 정요선이 비로소 자신의 술잔을 천천히 비우고 나서 여유만만 되받았다.

"내가 앞으로 그 천둥벌거숭이 계집아일 어떻게 할 생각이냐구? 내가 왜 그걸 당신한테 말해야 하지? 그게 당신하고 무슨 상관이

시지?"

추만우의 성깔이나 말투가 더욱 거칠고 떠들거릴 수밖에 없었다.

"내내가 왜 사상관이 없어! 다당신은 어떻게 새생각하는지 모르지만 난 사상관이 되는 일이니 어서 마말을 해보라구요. 다당신하고 금옥 씨 사이가 어떤 건지, 그금옥 씨 마음을 다당신이 그렇게 흔들어놨으면 앞으로 끄끝까지 책임을 지질 것인지 아닌지 소솔직하게 마말해보란 말요."

혼자서 늘 궁금하고 속이 상하면서도 차마 터놓고 물을 수 없던 말을 흥분 김에 까놓고 들이대는 식이었다. 하지만 세상 물정이나 사람 다루는 요령이 한 수 위 격인 요선은 그 만우와 금옥 사이의 일을 알지 못한다는 듯 짐짓 더 시치밀 떼고 들었다.

"허허, 거참, 이보세요 추만우 씨! 내가 그 계집아일 어쨌다고 지금 내게 이러는 거요. 그리고 설령 나하고 그 아이 사이에 무슨 일이 있었대도 내가 왜 그 일을 지금 당신한테 고해바쳐야 하는 거요? 당신이 대체 무어길래?"

이젠 차라리 어이가 없다는 듯한 요선의 다그침에 추만우는 한동안 할 말을 잊은 듯 멀거니 얼굴만 건너다보고 있었다.

"아, 그러고 보니 알겠수다."

요선은 그런 추만우가 우습고 재미있다는 듯 짐짓 더 눙을 치고 들었다.

"그러니까 추 형도 전날 금옥 씨하고 그렇고 그런 사이였던 모양이구먼그래. 그렇다면 추 형이 그렇게 나오는 건 좋수다. 그리고 그걸 알고 싶다면 나도 솔직히 말하겠소. 하지만 이젠 금옥 씨가 추 형 대신 나하고 그런 사이가 되었다면 어쩌겠소? 그리고 그걸 책임지기 위해 금옥 씨를 육지까지 데리고 나가준다면? 지금 생각하니 추 형이 언젠가 여기 고 형을 통해 나한테 그래달라는 당부를 했던 것 같은데 금옥 씨도 그걸 바라는 모양이니 말요. 어때요. 그럼 되겠어요?"

말은 그렇게 하면서도 정요선의 얼굴엔 여전히 믿음성 없는 장난기가 어려 있었다.

하지만 추만우는 요선의 그 막소리에 적잖이 충격을 받은 기미였다. 그는 그게 차마 요선의 진심으론 믿겨지지 않는 듯 여전히 말을 잃은 채 이제는 눈길마저 탁자 위의 술잔만 내려다보고 있었다. 그러다 이윽고 다시 무슨 결심이 선 듯, 그러나 처음 기세와는 달리 완연히 풀이 죽은 목소리로 사정하듯 다시 요선에게 물었다.

"다당신, 시신굿이 뭔지 알아요? 다당신도 그만큼 구굿판을 따라다녔으니 시신내림굿이 무무얼 하는 것인지 알 것 아니오?"

"그럼 추 형은 여태 날 신굿이 뭔지도 모르고 굿판을 따라다니는 얼치기 당골 패로 알았단 말요?"

만우가 묻는 속내를 몰라 요선이 따지듯 되묻는 소리에 그가 다시 오금을 박듯이 밀어붙이고 들었다.

"그래, 시신굿을 할 때 다당신네 육지부 무당굿에선 시신주가 자작두날 춤까지 추춘다고 합디다. 그 시퍼런 자작두날 춤으로 조조상 신령에게 일평생 시신명을 다해 보복종하고 살 것을 약속하고 무무당살이를 허락해줄 것을 비빈다 합디다."

"그래서요? 여기서들은 신굿을 어떻게 치르는지 모르지만 뭍에선 더러 그래요. 그런데 그래서 뭐가 어쨌다는 거요? 그런 건 새삼스럽게 왜 내게 묻는 거요?"

요선의 시비 투를 아랑곳하지 않고 이번에는 추만우 혼자서 자기 말을 이어갔다.

"그그러니께 그 시신굿은 그만큼 다당자의 일생을 뒤바꾸는 힘들고 무무서운 일이라는 거요. 사사람이 아예 주죽었다 다시 살아나 저전생과 다음 생이 다달라지듯이 말이오. 그런데 그그렇게 모질고 겁이 나는 굿을 다당신이 금옥 씨에게 치처러줄 수 있겠소?"

그가 마침내 처음부터 작심하고 온 말을 다시 물었다.

요선도 물론 그 추만우의 물음의 뜻을 알고 남았다. 하지만 그는 그 만우의 물음에 자신이 대답을 해야 할 필요를 느끼지 않았다.

"당신 도대체 웬 신굿에 그리 관심이 많으슈. 대체 그 계집아이 신굿하고 내가 무슨 상관이란 말요."

요선은 도대체 영문을 알 수 없다는 듯 힐난 투 속에 시치밀 떼고 들었다.

"그러니까, 지금 추 형의 말씀은……"

보다 못한 고종민이 자리의 입회인답게 다시 두 사람 사이로 끼어들었다. 그리고 시종 요령부득으로 헤매고 있는 추만우의 생각을 요선 앞에 직설적으로 까 보여주었다.

"추 형의 말은 이를테면 정 형네가 금옥 씨의 신굿을 치르고 두 사람이 부부 무인으로 일생을 함께할 생각이 있느냐, 그럴 각오가 되어 있느냐 이거겠지요. 어때요, 추 형이 알고 싶은 게 그거 아니에요?"

추만우가 그걸 시인하듯 말없이 요선을 쏘아보고 있었고, 그러자 그 신굿을 둘러싼 두 사람 간의 공방은 다시 한동안 침묵이 흘렀다. 고종민까지 노골적으로 말을 거들고 나선 마당에 요선도 이젠 예사로 헤픈 소리를 지껄일 계제가 아님을 알아차린 때문이었다.

하지만 그 말씨처럼 매사 더듬해 보이기만 한 섬 총각 추만우 앞에 요선은 그게 큰 곤경일 것까지는 없었다.

"그래, 좋수다. 내가 왜 당신 앞에 그걸 말해야 하는진 모르겠지만, 그게 정 소원이라면 내 까놓고 말하겠소."

요선이 이윽고 추만우 앞에 먼저 작정을 다지고 나섰다. 그리고 과연 세상 물정에 앞선 인간답게 거꾸로 엉뚱한 주문을 내놓았다.

"하지만 그 전에 내가 당신에게 한 가지 물어봅시다. 그럼, 그렇게 내게 묻는 추 형은 금옥 씨에게 그 신굿을 차려주겠소? 내가 아니라면 당신이 그 신굿을 치러줄 작정이 있느냔 말이오. 어디 그것부터 먼저 들어봅시다."

거기까지 미처 분명한 생각을 정해두지 못한 추만우로선 뜻밖에 난처한 추궁이 아닐 수 없었다. 그는 졸지에 처지가 뒤바뀐 상황 속에 마땅히 대꾸할 말을 찾지 못해 잠시 어정쩡한 얼굴만 하고 있었다. 그리고 빤히 그런 추만우의 속내를 읽은 요선이 여유를 주지 않고 계속 몰아붙였다.

"어서 말해봐요. 추 형의 생각이 무엇인지 솔직하게. 당신이 그걸 말하지 않으면 나도 내 생각 말할 수 없으니께. 내 혼자 먼저 그럴 필요가 없는 일 아니오?"

"……"

"뭣하면 오늘 말고 뒷날로 대답을 미루겠소? 나는 물론 그것도 상관없으니 말이오."

14

"서명이 있으면 됐지 사람이 무슨 상관입니까? 그리고 이 과장님도 이따금 그 주재관 서명을 대신해왔으니 이번에도 이 과장님이 하시면 될 일 아닙니까?"

아무렇지 않은 일이듯 천연스럽게 지껄이고 나서 이내 다시 제 서류철을 뒤적이고 있는 문서 수발 담당을 이 과장은 새삼 미심쩍은 눈길로 찬찬히 건너다보았다.

─저게 대체 누구더라? 이곳에서의 저 위인의 진짜 임무가 무엇이더라?

전에도 늘 그런 느낌이었지만, 이 과장은 새삼 그의 임무가 문서 수발에 그칠 위인 같지가 않았다. 하지만 이날따라 맡은 일이 의심스럽고 정체마저 아리송해 보인 것은 위인뿐만 아니라 이제 이 과장 자신에 대해서도 마찬가였다. 그간의 사정이나 경위가 어찌 됐든 그가 이따금 이곳 작은집 주재관의 서명을 대신해온 건 사실이었고, 그게 무슨 별다른 말썽을 부른 일도 없었으니까. 더욱이 그렇듯 늘 남의 서명을 대신해오면서도 정작 그 서명의 주인인 이곳 작은당집 주재관이란 사람은 한 번도 직접 대면을 한 일이 없었으니까.

이 과장이 처음 이곳 큰당집 지부(통칭 '작은집') 문서 수발 담당자라는 위인의 전화 연락을 받고 그를 찾아왔을 때에도 그 작은집 책임자 격인 주재관이라는 사람은 얼굴을 내보이지 않은 채 '현지사업 실무협조 의뢰서'라는 비밀 서류상의 흘림체 이(李) 자 서명 한 자가 달랑 그를 맞았을 뿐이었다. 이후로도 그는 계속 그를 직접 만나 볼 수가 없었지만, 그걸 그다지 언짢게 생각한 일이 없었다.

"주재관님은 부재중이십니다."

문서 수발은 언제나 그 '부재중'이라는 한마디 외에 행선지도 소재도 밝힌 일이 없었지만, 이 과장은 지레 그 직책의 임무나 기관의 속성상 그러러니 혹은 외지 출장이 그렇듯 잦거나 들고 남이 서로 늘 엇갈려 그렇거니 정도로 짐작하고 넘어갔고, 그 문서 담당 위인까지 '때가 되면 으레 다 알게 될 일이니 작은집 내부의 사정이나 요원들 행신에 대해선 굳이 자세한 데까지 알려 들지 말라'는 업무 이외 처신상의 충고를 건네온 때문이었다. 뿐더러 이 과장이 깊은 곳을 자세히 알 수 없는 탓도 있었지만, 사실 이곳 작은집에 명시적으로 주재하고 있는 큰당집 사람이라곤 그 문서 위의 '이' 자 서명밖에는 얼굴조차 알지 못한 주재 책임관과 문서 수발 담당 두 사람뿐, 대개는 자신과 같은 현지 사업 수행 협조자들뿐(이자

들은 더러 얼굴까지 눈에 익었다)이어서, 그것이 외려 마음이 편하기도 하였다.

그런데 이 과장에게 그 얼굴조차 본 일이 없는 주재 책임자가 오히려 마음이 편한 단계를 넘어 일종의 친숙감 비슷한 감정까지 지니게끔 된 것은 두 사람의 '이' 자 서명의 흔한 공통점과 유사성 때문이었달까. 큰당집 사업의 협조 수칙에 다한 서약서를 제출하고 두번째 작은집 사무실을 찾았을 때 역시 부재중인 주재관을 대신해 이 과장에게 한두 가지 하달 사항을 전하고 난 문서 담당이 여담 투 속에 한 가지 우연찮은 사실을 귀띔해왔다.

"이 과장님, 여기 좀 보세요. 과장님하고 우리 주재관님은 성씨만 같은 이씨신 줄 알았더니 여기 이렇게 서명체까지 똑같은 모양이네요."

그가 일부러 찾아와 내밀어 보이는 문서 수발부 결재란에 쓰인 주재관의 이(李) 자 서명과 그가 전날 서약서에 무심히 적어 제출한 이(李) 자 서명 양쪽이 얼핏 보아선 구별이 안 될 만큼 비슷하게 닮아 있었다. 자획의 뻗침이나 마무리, 흘팀 정도들이 거의 한 사람이 쓴 것처럼 비슷해 보였다. 하지만 이 과장이 그런 데에 별 관심을 둘 일까진 없었다. 사람들 글씨체 가운데에 그런 우연은 흔히 있을 수 있었고, 이 큰당집 조직에선 더더욱 별스럽잖을 일이었다. 큰당집 사람들은 원칙상 조직의 보안을 위해 요원들의 이름을 대부분 가명으로 사용했고, 평소에는 물론 서류상의 서명에도 신분의 노출을 막기 위해 이름자를 제외한 성씨만을 기표해 적는 것이 규칙이었다. 그리고 그런 관행이나 규약은 이곳 작은집의 정식 요원(명시적으로 알려지기론 이 주재관과 문서 수발 담당 두 사람뿐이지만)만이 아니라, 이 과장 같은 현지 협조 요원들도 준용해야 할 사항이었다. 그러니 주재관도 이 과장도 그 '이' 자 한 자로 자신을 표기한 것이었고, 때문에 그 성씨 한 자의 필체가 닮을 확률은 이름 석 자를 다 적을 때보다 훨씬 더 커지게 마련이었다. 그래저래 이 과장은 별로 그걸 마음에 담아둘 일이 없었다.

그런데 일이 거기서 끝나지 않았다. 하루는 또 그 문서 담당이 엉뚱한 사정을 해왔다.

"이 과장님, 이거 참 야단인데요. 일이 급해 아무래도 이 과장님께서 좀 도와주셔야겠는걸요."

그 문서 담당의 주문인즉, 이날 갑자기 큰당집 윗동네로부터 이곳 작은집 보안 검열을 나온다는 전통 지령이 내려왔는데, 그간에 접수한 몇 건의 문서 수령 목록에 주재관의 서명이 빠져 있어 일이 퍽 급하게 되어 있다는 것이었다.

"웬일인지 이 며칠 주재관님이 계속 자리를 비우신 채 종적을 알 수 없는 판이라 최근에 수령한 몇 건의 문서 목록에 주재관님의 결재 서명이 비어 있거든요. 그야 평소처럼 이곳 고유 업무 때문이라면 주재관님의 위치나 결재 서명 지연이 별문제 될 게 없겠지만, 제 느낌으로 이번 주재관님의 직무 위치 이탈은 우리 사업 때문이 아니라 아무래도 좀 사사로운 용무 때문인 것 같은데, 이게 지적을 당하면 사안의 성격상 우리 지부나 주재관님 처지가 퍽 어려워질 것 같아서 말이에요. 그래 지금 저도 급히 주재관님을 찾고 있는 중이기는 하지만, 이번 검열을 우선 큰 말썽 없이 지나가자면 이 과장님께서 잠깐만 수고를 해주시면 될 일이거든요."

표면적 노출을 꺼려 하는 큰당집 일이 원래 다 그렇기도 하지만, 큰집과 작은집 간의 상명하복 관계에 있는 이곳 작은집 사업 역시 그 실체적 과정이나 결과를 챙길 수는 없었다. 그것은 그저 서류상의 연락 관계로밖에 정리될 수 없었고, 그것도 될수록 서면으로보다는 유선상의 명령과 보고가 대부분이었다. 따라서 주재관의 일이란 것도 그 전통상의 명령과 보고의 수발 목록에 결재 서명을 하는 것이 전부인 셈이었고, 큰집으로부터의 명령 수령의 경우엔 그 수령 결재 서명이 자동적으로 지부 현지의 명령 수행(현지의 명령 체계는 철저히 구두였다)을 뜻했다. 그러니 그 수령 결재 서명이 비어 있음은 주재관의 현지 직무 위치 이탈 귀책사유뿐 아니라, 하달된 명령을 현지에서 적시에 수행하지 않은 명령 불복종 혐의까지 추궁당할 수 있었다.

"그러니 이 과장님의 서명이 주재관님과 비슷한 것이 이런 경우 우리 지부나 주재관님을 위해 얼마나 다행입니까……"

위인의 말뜻인즉 그 수발부의 결재란에 이 과장의 '이(李)'자 서명을 그에게 대신해달라는 것이었다. 이 과장은 물론 처음엔 어림도 없는 일로 여겼다. 하지만 그는 결국 위인이 내미는 수발부의 결재란에 그의 '이'자 서명을 적어 넣고 말았다. 그것도 바로 위 칸에 적혀 있는 주재관의 다른 날 서명을 꼼꼼히 살펴가며 새삼 더 정성을 들여 비슷한 서명을 필요한 숫자만큼이나. 지부를 위해서든 주재관을 위해서든 문서 담당의 요청이 너무 집요한 데다, 아닌 게 아니라 일의 형편이 썩 긴박해 보였기 때문이었다. ─

그게 그렇게 불가피한 일이라면 당신이 우선 대신해두면 되지 않소. 마지막으로 그가 한번 뻗대본 소리에, ─글씨를 꼭 빼닮은 이 과장님을 놔두고 어째 꼭 제가 해야 하겠어요? 게다가 제 글씨체는 바로 왼쪽 수령 실무 담당자 칸에도 서명되어 있는데, 같은 글씨체로 가짜인 게 드러나라구요? 위인이 그 수발부 수령자 칸의 제 서명까지 눈앞으로 디밀어 보인 다음이었다.

하지만 그 일은 사실 위인이 서명만 해주면 나머지 일을 다 책임지고 알아서 처리하겠다던 장담과는 별 상관 없이 싱겁게 잘 지나갔다.

"허허, 내가 또 그 인간들한테 속았는지 어쨌는지 한두 번 당한 일이 아니지만, 그 인간들 괜한 엄포만 놓고 나타나질 않았지 뭐요. 하지만 어쨌거나 일이 무사히 넘어갔으니 다행이지요. 이번엔 별 효과를 못 본 셈이지만, 이 과장님께서도 어려운 수고를 해주셨구요."

며칠 뒤에 다시 새 지시 사항을 수령하기 위해 이 과장이 작은집을 들렀을 때 문서 수발 담당은 이번에도 주재관 대신 용무를 끝내주고 나서 그렇듯 싱거운 소리와 함께 그나마 그에 대한 공치사를 잊지 않은 것이었다. 그리고 그에 이어 이 과장으로선 모처럼 그 주재관의 호의에 찬 전언을 들었다.

"그런데 참 주재관님이 나중에 나타나셔서 이 과장님이 해놓으신 결재 사인을 보시고 뭐라셨는 줄 아세요? 주재관님도 과장님의 서명을 구분해 알아보지 못하시고, 날짜를 보니 나 이런 명령 못 본 것 같은데 언제 서명까지 했느냐구 고개를 갸웃거리시길래, 제가 솔직하게 사정을 말씀드렸지요. 그랬더니 주재관님 허물은커녕 그냥 껄껄 웃으시며 자신도 통 구별을 못하시겠대요. 그러니 다음에도 당신 부재중에 그런 일이 생기거든 그렇게 좀 종종 대신해주시기 바란다고요."

하긴 아마 본인의 그런 대범스런 성품이 은근히 마음에 젖어든 때문이었을까. 아니 피차간에 한 번도 직접 본 일이 없는 얼굴이나 그 이름은 물론 같은 '이'가 성씨마저 서로 위장으로 의심을 할 가능성에도 불구하고, 그 문서 수발 결재 서명란에서만은 '이' 자 한 자를 성으로 공유하게 된 인연이 그의 마음에 그렇듯 친숙감 같은 걸 지니게 했는지도 모른다. 이 과장은 이후로도 이따금 그 주재관 부재중에(그는 여전히 부재중인 때가 대부분이었다. 그가 계속 부재중이라 하지 않고 대부분이라 한 것은 그 수발부 결재란에 이따금 자신이 직접 출근해 무더기 서명을 해둔 날이 있었기 때문이다) 문서 담당의 요청이 있으면 별 거리낌 없이 어물쩍 서명을 대신해준 일이 잦았고, 그래도 늘 뒷말썽 안 생기고 넘어가는 걸 알고 난 뒤부턴 그 노릇이 제법 자신의 일처럼 익숙한 느낌까지 들어온 것이었다.

이 한두 해 동안 이 과장은 그 주재관의 부재 상황도 예의 대리 서명도 그럭저럭 그렇듯 버릇이 되어오던 참이었다.

그런데 이번에는 전통 명령문의 성격이 여느 때와는 전혀 다른 중요 사안이었다.

"아시다시피 주재관님은 오늘도 부재중이신데 즉시 이행해야 할 긴급한 명령문이 내려와서요. 이 과장님께서 지금 빨리 좀 와주셔야겠습니다."

조금 전 도청 사무실에서 문서 수발 담당의 전화를 받고 이곳 작은집으로 건너올 때만 해도 이 과장은 늘상 들어온 위인의 호들갑기가 또 발동했거니, 잠시 귀찮은 생각이 들었을 뿐 명령의 내용에 대해선 크게 마음을 쓰지 않았었다. 그런데 그를 기다리던 문서 담당이 내미는 전통 명령문을 잠시 훑고 난 이 과장은 이내 긴장하지 않을 수 없었다.

─제목: 제주 지역의 '역사 씻기기 사업' 중단의 건.
1. 제주 지역에서의 새 사업 기획은 본 명령 수령 시점부터 일절 중단한다.
2. 시행이 불가피한 기 기획, 추진 중의 사업은 가능한 한 규모를 축소하여 육지부의 횃불 남행 행렬이 K시에 당도하기 전까지 종료한다(최종 예정 시한 일: 4월 30일).
3. 본 사업에 동원된 섬 내외의 모든 무인(巫人) 조직은 본 사업 종료 즉시 현지에서 해산 귀가 조치한다.

명령의 내용은 간단명료했다. 제주 지역의 현지 사업 실무 책임자로서 이 과장은 그 뜻밖의 명령에 잠시 아연하지 않을 수 없었다. 하지만 그가 당황한 것은 그 명령이 너무 뜻밖이어서라기보다 자신의 생각보다 갑자기여서라는 편이 옳았다.

그는 이내 그런 명령을 하달한 큰당집 상황이나 의도를 알아차릴 수 있었다. 그것은 이 과장도 얼마 전부터 이미 어슴푸레 감지

해온 일이었기 때문이다.

　명령 2항에 나타나 있듯이 모든 일의 사단은 그 지팡이 사내의 남행 횃불 행렬이 핵심이었다.

　그 지팡이 횃불 행렬의 중단 없는 남행은 물론 이 과장에게도 무엇보다 큰 관심거리였다. 그런데 이제 그의 남행길은 거의 K시의 외곽까지 육박해들고 있었고, 그를 마중하려 기다리는 K시민들의 횃불 행렬 또한 무서운 기세로 소용돌이치고 있었다. 이제 그 남자가 K시로 들어서면 횃불의 무리는 모종 걷잡을 수 없는 폭발이 불가피했고, 그것도 시일이나 시간이 많이 남지 않은 일이었다. 이 과장 또한 그만큼 무거운 긴장감 속에 행렬의 추이를 주시해온 일이었다. 그런데 그 횃불 행렬이 K시에 닿는 것을 시한으로 제주에서의 모든 사업을 중단하거나 종료하고 무당들을 현지 해산시키라는 명령은 그 일과 서로 무슨 상관인가.

　이 역사 씻기기 사업은 본목적이 전국 방방곡곡의 원혼들을 씻겨 이 신군부 정권의 정통성을 세워 다지고 나라의 안정과 평화를 지켜나가려는 데 있었다. 그런데 언제부턴지 육지부에서는 그 사업이 중단되고 만 기미였다. 지팡이 사내 무리의 남행 횃불 행렬이 시작되고 그 기세가 걷잡을 수 없이 치솟아 오르기 시작하면서부터였다. 신군부 사람들의 그런 기미는 역사 씻기기 사업뿐 아니라 그 위태로운 횃불 행진의 관리와 대처 방식에서도 암암리에 드러났다. 신군부 사람들은 처음 사회불안 요인의 관리상 그 행렬 주위에 정규 비정규의 상당한 치안 병력을 동행시키면서 행렬의 내부 동태를 감시하고 새로운 동행자의 합류를 차단했다. 아마도 더러는 눈에 띄지 않는 요원들을 행렬 가운데에 침투시켜두었을 것도 당연했다. 그런데 행렬의 주위에서 언제부턴지 그 치안 유지 병력이 모습을 감추고 말았다. 그에 따라 행렬의 기세도 더욱 등등해져갔음이 물론이었다. 하지만 뭍 쪽에서 그 역사 씻기기 사업이 중단되고 행렬의 관리력을 철수시키고 만 것은 이제 그 신군부가 계엄 사태 속에서도 육지부의 안정과 평화를 단념하고 행렬의 남하를 방치하겠다는 것뿐 아니라, 나아가 오히려 그 혼란과 무질서 상황을 조장하고 행렬의 위험한 폭발까지 유도하려는 의도가 숨어 있음이 분명했다. 이제 신군부는 그것을 숨죽여 기다리고 있음이었다. 그리고 이 과장이 판단하기로 거기에 이 제주도 역사 씻기기 사업을 중단시킨 뜻이 함께하고 있었다. 언젠가 그가 긴가민가하면서도 이 섬 심방들의 협력을 얻어내기 위한 마지막 시도삼아 고종민 앞에 짐짓 예단을 서슴지 않았던 그 불길스런 사태가 마침내 현실화하기 시작한 것이었다.

한마디로 신군부는 거기에서 전국 계엄의 계기나 구실을 찾고 있는 게 분명했다. 육지부에는 이미 전 지역에 걸쳐 계엄령이 선포되어 있었지만, 그것은 아직 국무총리나 국방장관의 민간 정부 기구 권한이 살아 있는 지역 계엄이었다. 현역 군인인 계엄사령관이 대통령 직속으로 국정 운영의 전권을 장악하자면 그 지역 계엄을 전국 계엄으로 확대시켜야 하였다. 신군부는 기왕 정권 장악을 위한 모험을 벌이고 나선 김에 아예 전국 계엄까지 밀어붙여 시끄럽고 귀찮은 민간 정치 세력을 제압해버릴 심산인 게 분명했다. 그 전국 계엄 선포의 요건을 채워줄 지역이 아직까지 지역 계엄에서 제외되어 있는 제주도였다. 그리고 그러자면 육지부뿐만 아니라 이 제주도까지도 민심이 한껏 어수선해지고 마땅한 사회불안이 조성되어야 하였다. 무당들의 사업 목적이 사라졌거나 뒤바뀐 셈이었다. 육지부에서는 물론 남행 행렬의 K시 도착을 그 계기로 삼을 심산이었고, 그날을 시한으로 이 제주도에서도 씻김굿 사업을 종료시키라는 것 역시 바로 그런 연유에서였다. 역사 씻기기로 세상을 불안하고 시끄럽게 하는 원혼들의 창궐을 잠재우기보다 오히려 그것을 부추겨야 할 판이기 때문이었다.

사태는 그쯤 명백했고, 서울 큰당집의 명령은 그만큼 심각한 내용을 담고 있었다. 이 과장 자신이 다른 때처럼 섣불리 손대고 들 일이 아니었다. 도청의 문화진흥과가 비록 이 역사 씻기기 사업의 현지 업무를 관장하는 임시 외곽 부서요, 도청의 평상 업무는 형식에 불과할 뿐 그의 과원들 또한 이 과장이 그 현장 업무의 관리를 위해 수하에 장악하고 통솔해오고 있다 하더라도, 그는 어디까지나 아직 도청의 문화진흥과 과장이지 이곳 작은집 사람이 아니었다. 그것이 그가 처음 이곳 작은집과 서울의 큰당집 앞으로 '그것을 어길 시는 어떤 처벌도 감수하기를 서약'한 절체절명의 복무 조건이었다. 게다가 그 전통문의 수령 결재 서명은 그 자체로 즉각적인 시행이 요구됐고, 그 실제적인 책임은 이 섬의 현장 업무를 지휘해 수행해온 이 과장 자신의 몫이었다. 그런 점만 하여도 이번의 명령만은 주재관 자신의 서명을 남겨야 했다. 그가 함부로 대신할 일이 못 되었다. 아니 사실 그런 점이 아니더라도 이 과장은 이제부터 더욱 그리고 나서기가 어려운 이 섬 출신으로서의 태생적 패배감과, 조직인과 사인 사이의 위험한 불화감까지 힘겹게 감당해나가야 할 처지였으니까.

그것은 다름이 아니었다.

이 과장의 시각에서도 이 섬은 가열한 정권 싸움에 휘말린 육지부 사태의 해결을 위한 제물 노릇이 불가피했던 쓰라린 역사가 있었다. 다른 옛일들은 그만두고 8·15해방 정국의 주도권 다툼 중에 당시의 남로당 세력이 이 제주도를 투쟁의 전진기지로 삼아 갖가지 반정·반미 활동을 시도한 끝에 47년의 3·1절 기념집회사건을 계기로 건준 지부들과 연계하여 총파업과 무장봉기, 단정 반대 사태 등으로 진전시켜 육지부의 여순사건과 계엄 정국을 부른 전국화 과정이 그러했다. 하다 보니 48년의 4·3사건을 전후하여 군정 종료와 미군 철수를 눈앞에 둔 당시의 친미 권부가 총선 반대를 획책하는 불온 세력들의 준동을 사전 제압하고 위기에 처한 국가 통치력을 되세우기 위해 이 제주도에 엄청난 위력을 시범해 보일 수밖에 없었던 현지 진압군의 일부 작전 과정 역시 그러했다.

제주도가 새 계엄 지역으로 추가 선포되고 보면 그것은 섬 자체의 무서운 재앙일 뿐 아니라, 전국 계엄의 빌미를 제공해주는 또 한 번의 제물 역할을 맡게 되는 것이었다. 이 섬 출신으로서 이 과장은 다소간 다른 내도인들과 입장이나 생각이 다를 수밖에 없었고, 이 기이한 섬의 운명에 나름대로 가슴이 아프기도 하였다. 그래 진작부터 육지부 정국의 흐름과 계엄 상황의 추이를 지켜보며, 무엇보다 그 남행 횃불 행렬의 동정을 유다른 긴장감 속에 주시해왔고, 이번만은 그런 비운과 비극이 이 섬을 피해 가주기를 은근히 바라왔다. 기왕 그 큰당집 사업에 발을 들여놓은 마당에 그가 육지부 무당들까지 불러들여 그 말썽거리 원혼들을 조용히 씻겨 잠재우고 섬의 평온을 지키려는 일에 남모르는 열의를 기울여온 것도 그런 연유에서였을 터이다.

한데다 제주도의 계엄 지역 추가 발령 징후에 대한 이 과장의 갈등은 그뿐만이 아니었다. 이 역사 씻기기 사업의 추진 주체는 물론 처음부터 큰당집 조직이었다. 그리고 큰당집은 형식상 민간 정부의 비공식 조직으로, 눈에 보이지 않는 가운데에 군부 계엄 세력의 권력 경쟁 파트너로 민간 정부의 정통성을 유지하려 노력해 온 편이었다. 전국 방방곡곡의 원혼들을 진혼하여 국토의 평온을 유지하려는 큰당집의 역사 씻기기 사업 목적도 실은 거기 있었던 셈이지만, 이제 그 육지부의 정세는 진작에 무당들의 진혼굿 따위로 다스려질 정도를 넘어선 지 오래(섬으로 건너온 육지부 무당들을 되돌려보내라지 않고 현지에서 해산시키라는 지령은 그것을 말해 주고 있었다)였다. 게다가 이 제주도에 대한 추가 발령으로 전국 계엄이 선포되고 보면 그 큰당집 조직 역시 계엄사령관으로 대표되는 군부 세력에 장악될 수밖에 없었다. 그리고 이날 제주도에서의 모든 사업을 종료하고 무당들을 해산 철수시키라는 큰당집의 명령은 큰당집이 이미 군부 계엄 세력에 대한 대항을 포기하고 스스로 그 휘하로 들어가 동조와 협력의 길을 가기 시작했다는 뜻이었다. 그나마도 권부 내의 민간 세력은 이제 조리를 내리고 만 것이었다. 비록 정식 요원은 아니더라도 그동안 큰당집 사업의 현지 시행 책임자로 일해온 이 과장의 처지로선 그 또한 심히 우려스럽고 난감한 사태가 아닐 수 없었다.

—그런데 그 명령문에 나더러 수령 결재 서명을 하라? 서명만 있으면 됐지 사람이 무슨 상관이냐?

이 과장은 그래저래 머릿속이 심하게 혼란스러웠다. 지금까지 자신이 해온 일이 무엇이었는지, 도대체 앞으로 자신이 감당해야 할 임무가 무엇인지를 알 수가 없었다. 그리고 새삼 정체가 아리송해진 그 문서 수발 담당 사내 앞에 여전히 주재관의 대리 서명을 강요받다시피 하고 있는 자신의 본색이 무엇인지를 알 수가 없었다.

하지만 미리 결과부터 말하자면 이 과장은 이날도 결국 그 명령서 수령 결재란에 자신의 '이' 자 서명을 써넣고 말았다. 문서 담당의 집요한 설득도 설득이었지만, 무엇보다 사태의 긴박성을 감안한 대국적 결단이 불가피했기 때문이다. 육지부고 제주도고 이제는 위령굿을 모두 접어야 하는 마당이었다. 게다가 그의 후견자 큰당집은 이미 그 막강한 신군부 계엄 세력의 지휘하에 들어간 꼴이었다. 전국 계엄으로 가는 섬의 길목 노릇을 바꿀 힘이나 방책은 이제 어디에도 없었다. 이 섬은 전에도 그랬듯이 제 운명의 몫을 곱게 받아들여야 하였다. 그리하여 부질없는 저항 속에 무참한 피 흘림이라도 없어야 하였다.

뿐만이 아니었다. 그 굿마당 일의 종료와 함께 이제는 이 과장 자신의 역할을 포함해 이 섬에서의 큰당집 업무도 모두 끝나게 될 상황이었다. 그리고 굿판 일에 관한 한 그 일의 마지막 마무리는 어차피 현지 실무 시행 책임자인 자신이 맡게 되어 있었다. 그는 이미 자신이 계획하고 추진해온 한라산 새 유골들의 위령제라도 서둘러 마무리를 지어야 했다. 그것도 4월 말까지라면 사업 종료 시한이 몹시 촉박해 있는 상황이었다. 형식상이나마 그 명령의 수령 절차가 필요한 터에 지금까지 한 번도 얼굴을 내민 일이 없는 주재관을 마냥 기다리고만 있을 수가 없었다. 진골은 못 되더라도 제 목숨을 걸고 서약한 조직 유관자로서 우선 그 조직을 마지막까지 움직이게 해야 했다…… 이 모두가 문서 수발 담당자의 끈질긴 설득 논리에 자신의 특수한 처지를 얹어 도출해낸 결론이었지만, 어쨌거나 이 과장은 그 수령 결재 서명이 필요한 불완전한 조직의 의지를 그렇듯 스스로 보충해 수행한 셈이었다. 그리고 마치 자신에 대한 명령서를 자신이 만들어 들고 나온 듯한 기분으로 도청으로 돌아온 이 과장은 이날 왼종일 사무실 소파에 파묻혀 앉아 그 명령의 효율적인 수행 계획을 짜내는 일에 골몰했다.

그러니까 이날 저녁 끼니때까지 다 지난 늦은 시각에 이 과장이 고종민에게 즉시 정요선을 불러내어 전날의 도청 옆 뒷골목 '문주란'으로 함께 나오라는 일방적인 통고를 보낸 것은 전화를 받은 당사자들 외에 본인으로서는 별로 이상할 바가 없는 일이었다.
"지금은 긴말 할 틈이 없으니 일이 그쯤 급하게 된 줄 알고 연락 닿는 대로 그리로 둘이 나와줘요. 오늘은 꼭 그 성산포 정요선과 함께요. 나오지 않으면 재미없을 거라구 올러대서라도."
출두 명령과도 같은 두 사람의 면대를 주문한 끝에 정요선을 빌려 덧붙인 이 과장의 어투는 숫제 강압에 가까웠다.
하지만 영문을 모른 채 그 성산포로 사정사정 요선을 급히 불러

둘이 함께 '문주란'으로 달려온 종민들에게 이 과장은 전에 없이 (얼마 전의 그 유골 연고자들의 일로 종민이 그를 만났을 때의 거치른 어조에 비해서도) 더욱 가파르고 일방적이었다.

"오늘은 정요선 씨가 좀 똑똑히 명념해 들어둬야겠어요."

이날은 술 시중을 드는 여자도 없이 혼자 미리 '문주란'의 내실을 지키고 앉아 있던 이 과장은 으레 와야 할 사람이 당도한 듯 변변한 인사치레도 없이 손수 두 사람의 술잔부터 채워 권하고 나서 자신의 잔은 입가에 가져다 댄 시늉만 내보인 채 곧바로 용건으로 들어갔다.

"정요선 씨네가 맡아 치르기로 한 그 한라산 유골들 합동 위령제 말요. 그거 이달 말일까지, 그러니까 4월 30일, 시내 관덕정에서 치러야겠어요. 오늘이 26일이니 시일이 촉박하긴 하지만 무슨 일이 있어도 그날까진 일을 끝내야 하니 평상시의 굿 규모를 줄여서라도 반드시 그 날짜를 지켜서. 그리고 지금까지 다른 굿마당이 예정된 데가 없는 줄 알지만, 그 굿만 끝내고 나면 이후 다른 일은 절대로 맡지 않도록 하시오. 혹시 내가 모른 다른 굿 예정이 있더라도 5월 이후의 일은 즉시 취소하구."

앞뒤 사정 설명 없이 대뜸 밀어붙이기 식으로 나오는 이 과장의 명령 투는 그만큼 여유가 없다는 표시였다. 그렇듯 일방적이고 고압적인 어조나 표정이 전혀 평소의 이 과장이 아니었다. 하지만 고종민이라면 몰라도 그런 이 과장을 목전에서 처음 대하는 정요선은 아직 그 사태의 긴박성을 알아차리지 못했을 게 당연했다.

"굿판 한번 벌이는 일이 무슨 어린애들 소꿉놀이쯤 되는 줄 아시나 본데, 우리가 그렇게는 못하겠다면 어쩔 거요? 그러지 않아도 어느 동네 사람들 말만 믿고 섬엘 들어왔다가 여태 거적만 뒤집어쓰고 앉았다 그만 보따리를 쌀까 말까 하는 판인데, 그 유골들 굿판까지 무슨 번개 뭐하듯이 하라니, 이도 저도 다 작파하고 그냥 섬을 나가겠다면요?"

물색을 알지 못한 요선이 제 버릇을 참지 못해 몇 마디 어깃장을 놓고 들었다.

하지만 이 과장은 그런 요선쯤은 기를 쉽게 꺾어줄 힘과 요령이 있었다.

"흠, 그러지 않아도 이제 여기선 당신네들 굿판 같은 건 더 벌이 잘 일이 없을 테니 이 섬을 나가고 싶으면 얼마든지 나가시라구. 여기선 더 붙잡을 사람이 없을 테니. 이번에 다시 뭍으로 나가면 오래잖아 당신들이 씻겨줘야 할 떼귀신들이 생겨날지도 모르니."

이 과장은 요선의 맞대거리를 비웃듯 엉뚱한 소리로 맞장구를 치고 들었다. 하더니 다시 또 무슨 생각이 들었던지 갑자기 말소리를 잔뜩 낮추어 위압적으로 덧붙였다.

"하지만 이건 잊지 않는 게 서로간에 신상에 좋을 거요. 큰당집에서 하라는 일은 누가 하고 싶대서 하고 하기 싫다고 안 할 수 없다는 거 말요. 당신도 아마 알고 있겠지만 이 일에 무슨 이유나 조건 따윈 없어요. 하라면 무조건 하라는 대로 따르는 거요."

은근한 어조와 눈길 속에서도 차가운 위협기가 역력한 어조였다. 그렇듯 단호하고 노골적인 협박 투엔 일의 국외자 격인 고종민까지도 일순 목줄기에 싸늘한 한기가 타고 내렸을 정도였다. 정

요선도 이젠 그 이 과장의 일방적인 강요 투에 기가 꺾인 듯 더 이상 뒷소리를 달고 나서려지 않았다. 이 과장이 다짐하듯 그 요선이 묵묵히 비워낸 술잔을 거푸 채워주며 이번엔 짐짓 사정 조로 이어갔다.

"그러니 기왕에 정 형네가 맘에 두어온 일만은 이번에 끝까지 잘 마무리를 지어주셔야지요. 육지부 일이 아무리 아쉽고 바쁘더라도, 정 형네가 그걸 마무리 지어주지 않으면 알다시피 여기 있는 나나 이곳 작은집 처지가 여간 난처해지지 않아요. 이곳 작은집 입장이 불편해지고 보면 정 형네 처지도 그리 좋을 건 없겠구요. 안 그러겠어요, 정 형? 그래 내 정 형한테 다시 한 번 부탁 겸해 말하지만, 이번에 모든 것을 정 형네가 잘 처리해나가주리라 믿어요. 더욱이 이번 위령굿 행사는 이 섬 심방들이 끝내 외면한다 치더라도 가능한 한 이웃 진도와 가까운 이 동네 정서를 고려하여 정 형네 전문 진짜 씻김굿 형식을 중심으로 치르기로 했으니까요."

하고 보니 요선은 더욱 말이 없었고, 그 요선 앞에 이 과장이 이젠 안심을 한 듯 제법 의논조 속에 일면은 어르듯이, 그러나 일면으론 전혀 빈구석을 찾을 수 없을 만큼 분명하게 하나하나 자신의 계획을 매듭지어나갔다.

"그러니 이번 굿은 모든 걸 정 형네가 알아서 차질 없이 잘 진행시켜주세요. 30일까지는 남은 날짜가 많지 않으니까 오늘 저녁부터라도 당장 서둘러서요. 소요 경비라든지 일을 함께 거들 사람들은 지금까지처럼 이곳 작은집이나 내 사무실 아이들을 동원하게 될 모양이니 그동안이라도 필요한 건 그때그때 내게 말씀하시고. 하지만 굿판 규모를 줄이는 한이 있더라도 날짜만은 반드시 30일을 지켜야 하니까 굿청 꾸밈새나 제물 음식 장만 같은 덴 너무 신경을 쓰지 마시구요. 그날 굿은 정 형도 알다시피 그 한라산 유골들 씻김굿을 중심으로 도내의 다른 종교나 유관 단체들도 동참하여 제주도 내 모든 원혼들을 함께 씻긴다는 상징적인 행사로. 정 형네 씻김굿은 다른 단체들의 일반적 제례 행사에 이어지는 순서가 될 거니까 굿청이나 제물 차림이 너무 두드러져서는 거북해질 대목이 있지 않겠어요? 그날은 굿청 음식이나 굿 솜씨보다 거기 모일 사람들이나 장소가 더 중요하니까 그걸 잘 명심해서요."

하고 나서 이 과장은 뒤미처 다시 생각났다는 듯 마지막으로 고종민에 대한 몇 가지 당부도 잊지 않았다.

"아 참, 그러고 보니 이 일에 누구보다 관심이 깊으신 고 형도 찾아보면 뭔가 손길을 보탤 일이 있을 겁니다. 정 형네 일 진행을 도와 여기저기 동원할 인원들을 연락하고 관리해준다든지, 사람이 모자라면 굿판에서 손쉬운 연물을 함께 두드린다든지. 하지만 우선은 고 형도 이젠 잘 아시니까 내일쯤 저 용두리 쪽 추가 위인부터 좀 불러다 주시겠소? 토박이 섬내기라고 생각해서 혹시나 하고 아까 전화를 넣어봤더니, 위인이 내 말도 다 듣지 않고 먼저 전화를 끊어버리지 않겠소. 뭐 자기네한테도 다른 굿거리가 생겨 더 들을 필요도 없다나? 아까도 말했지만 이제 이 섬에선 당분간 다른 위령굿판을 열 수 없게 됐는데 무슨 굿을 하려는지 수고스럽지만 고 형이 한번 직접 알아봐주시든지요."

하지만 이 과장의 세세한 설명과 당부에도 불구하고 정요선이나 고종민은 이날 그가 생각하고 꾸며가는 굿판 모양새가 어떤 것이 될지를 제대로 다 알지 못한 셈이었다. 이번 굿이 이 섬에서의 마지막 위령굿이라는 것, 그가 그 마지막 굿으로 큰당집 사업을 마무리 짓기 위해 일을 몹시 조급하게 서두른다는 것, 그 바람에 굿판 규모나 내용에 신경을 쓰기보다 어딘지 형식적 요식행위로 흐르는 듯한 느낌들 외에, 이제 와서 왜 굳이 그런 굿판이 필요한 것인지, 그 굿판의 주인공 격인 유골들의 행방은 아직까지 어떻게 된 것인지, 무엇보다 그가 그 청죽회 쪽의 김상노와 큰당집 쪽의 생존자 가운데에 어느 쪽을 굿판의 제주로 내세워 어느 쪽의 굿판을 마련해줄 것인지 따위는 아무것도 알아차릴 수가 없었던 셈이었다. 하긴 아무 이유나 조건 달지 말고 무조건 시키는 대로 따르기만 하라는 이 과장의 일방적인 강요 앞에 정요선은 물론 고종민마저도 더 이상 섣불리 입을 열고 나설 수가 없는 형세였으니까.

15

 이 과장이 일방적으로 굿날로 정해 알려준 4월 30일까지는 아닌 게 아니라 그간 유정남 들이 치러온 관례에 따라 미리 예정한 굿판 규모에 비해 시일이 너무 촉박했다. 하지만 작은당집 쪽이 택일해 내려준 날짜를 마음대로 미룰 수 없게 된 정요선 일가는 이것저것 화급한 굿판 준비 일로 며칠 동안 눈코 뜰 새 없이 바쁘게 돌아갔다.
 "그럴 거 없어요. 그 이 과장이란 사람 공연히 굿판을 크게 벌이는 걸 달갑잖아하는 것 같던데요. 우리 굿판은 사람들 모일 구실이랄까, 그 굿판만 벌이고 나면 우린 바로 쫓아낼 눈치였다니께요."
 굿날이 정해지고 나자 당장 치맛자락을 걷어쥐고 나서는 어미 앞에 요선이 이것저것 아예 다 걷어치우고 나자빠져버리고 싶은 심사에서 심드렁하게 재를 뿌리고 들었것만, 굿 욕심 많고 조상 내세우기 좋아하는 유정남은 전혀 아랑곳이 없었다.

"그 사람이 뭐랬든 이제 그 사람은 상관할 것 없다. 굿날만 정해졌으면 이제부턴 모든 걸 내 알아서 할 일이다. 이게 무슨 그 사람들 위한 굿이더냐. 그 불쌍한 원혼들 적한을 씻어주려는 우리들 굿자리제."

한마디로 요선의 입을 틀어막아버렸다. 그리곤 언제나 고분고분 말이 없는 순임을 앞세우고 조석으로 제주 성내까지 드나들며 이것저것 굿판 준비를 서둘렀다. 굿판을 이끌어갈 주무로서 줄줄이 이어질 여러 제차를 이끌어갈 자신의 무복과 망자들의 저승길 복색, 그리고 굿청을 꾸밀 지전과 집베 따위 갖가지 무구들을 새로 맞춰 단속하는 일들이 끝없이 이어졌다.

하고 보니 요선도 물론 나 몰라라 계속 구경만 하고 있을 처지가 못 되었다. 요선은 요선대로 그 유정남의 나들이길을 자주 함께해야 함은 물론, 소리가락 잽이야 음식 출입이야 당일에 굿판을 함께해줄 무가 사람들 찾아 구하기(이 과장은 그 굿판 일손을 구하는 일도 걱정 말라 했지만 이쪽 처지에선 그쪽 처분만 믿고 있을 수는 없었다)와, 그에 따른 경비 문제로 돈주머니를 차고 앉은 이 과장을 만나 의논하기 위해 날마다 도청으로 만우네로 대정 쪽 조복순네로, 심지어는 해정리 변 심방네와 소식이 확실치도 않은 다른 뭍동네 무당들 행로까지 이곳저곳 온 섬 구석을 한 바퀴씩 휘돌아다니다시피 하였다.

한데다 이곳 섬 심방들의 무관심과 방관적인 태도는 일의 진척을 처음 예상했던 것보다도 훨씬 더 거북하고 어렵게 하였다. 위령굿 형식을 아예 육지부의 씻김굿 중심으로 정한 터라 새삼 섬 심방들의 조력을 기대할 수도 없었고 그것이 크게 필요할 일도 아니었지만, 이들의 태도는 아예 오불관언 남의 일 취급으로 냉담스럽기만 하였다.
 "다당신들은 다당신들의 굿, 우리한테는 우리 굿이 이있다지 않았소! 그 무렵엔 우리한테도 치치려야 할 어려운 굿이 있으니, 다당신들 굿은 다당신들이 알아서 잘 치르쇼!"
 이번에도 금옥으로부터 문전 내침을 받고 돌아선 해정리 변 심방은 말할 것도 없었지만, 이 과장의 당부도 있고 하여 일부러 집으로 찾아간 추만우마저 제집 어른들을 가로막고 나서며 면박질이었다. 하긴 요선이 나중에야 사실을 전해 듣고 고개를 끄덕이긴 했지만, 그때는 그것이 어떤 굿인 줄을 모르고 그저 섬 심방가 사람들의 성깔 내림 정도로 여겼으니 위인의 그런 행투를 더욱 이해할 수가 없었지만.
 그런 가운데에도 이 과장이 약속한 대로 경비나마 별걱정 없이 푼푼이 쓰게 해준 것이나 고종민과 조복순 모녀가 일을 성의껏 도와준 것이 큰 힘이 되었다. 고종민은 이제 거의 제 일이다시피 날마다 요선을 쫓아다니며 이 과장과의 다리 역할에서부터 이런저런 잔일 심부름을 맡아주었고, 조복순 모녀는 그새 아예 대정 좌정지에서 제주 성내로 신주를 싸 지고 옮겨 와 그곳 굿청 꾸미는 일을 도맡다시피 하고 있었다. 그녀와 유정남 간의 지난날 정의도 정의려니와, 섬 심방들의 냉대와 무관심을 잘 아는 조복순 또한 이번 굿판이 육지부 무당들의 체면과 굿 실력 내용이 함께 걸린 일로 여긴 때문이기도 하였다.

"형님, 이번에 기회가 온 김에 한번 떡 벌어진 굿판을 벌여 이 섬것들 콧대를 왕창 꺾어줍시다. 이번 귀신들은 연고자 한 사람뿐 제주다운 제주조차 없는 떠돌이 원귀들 판이라는데, 형님네 씻김 굿은 조상굿이 센찮으니 혼을 불러 모으는 넋건지기 제차부터 우리 조상굿 제차를 함께 다 곁들여서 말이우."

씻김굿 전문의 외지 무당 처지나 굿의 성격상 유정남도 전날부터 조복순과 그래왔듯 같은 생각을 하고 있던 터에, 그녀가 새삼 육지 굿거리 제차를 다짐하고 나선 것만 보아도 그 욕심과 열의를 짐작할 수 있었다. 이를테면 이번 굿엔 그 조 만신이나 고종민도 요선네 못지않게 관심과 열의가 대단했고, 그만큼 마음과 손발이 바쁘게 돌아간 것이었다.

그리고 어언 4월 30일의 유사 당일 하루 전까지 굿판 준비는 큰 차질 없이 대충 마무리가 지어진 셈이었다. 이번 일엔 실상 제물 진설은 물론 굿청을 꾸미는 일도 다른 때처럼 미리 완벽하게 끝손질을 해둘 필요가 없었기 때문이기도 했다.

— 관덕정에다 굿청을 미리 다 꾸며두지 마라.

전날의 첫번 지시에 이어 이튿날 곧바로 더욱 소상한 이 과장의 두번째 지시가 하달되어 있었기 때문이다. 이 과장은 그 두번째 지시에서 더욱 노골적으로 굿판 규모의 축소와 요식적인 절차만을 원하는 낌새가 역력했다.

이미 알고 있었듯 이번의 위령제는 요선 일가의 무굿만으로 이루어지는 게 아니었다. 하긴 그만 경비를 들여 합동 위령제라는 명목을 걸고 나선 마당에 당연한 노릇이겠지만, 이번 행사는 한라산 동굴의 유골들만이 아니라 신원이 밝혀졌거나 못했거나, 유관 단체에 신고가 있었거나 없었거나를 막론하고 섬 전체에 흩어져 떠도는 모든 원혼을 진무한다는 상징성을 띠고 있었다. 뿐더러 그 위령 절차도 전통 무당의 위령굿만이 아니라 불교와 기독교 등 다른 종교나 종단을 모두 망라한 전도적 진혼제 의식으로 치러진다 하였다. 그리고 도지사를 비롯하여 한얼회와 청죽회 같은 유관 단체의 유지들이 모두 참석하게 되어 있는 행사는 당연히 도지사의 개회 축원사로부터 각 사회 종교 단체 대표들의 고천문 낭독과 독경 기도 등의 진혼 의례가 행해진 다음, 씻김굿 순서는 비로소 굿청을 새로이 하여 맨 나중 순서로 치르도록 되어 있었다. 그러니 관덕정 앞뜰에 굿청을 꾸미더라도 가급적 다른 종교 단체의 눈에 거슬리지 않도록 대충만 꾸며두었다 다른 순서가 모두 끝난 다음에 마무리를 지어 제 차례를 시작하라는 것이었다. 하긴 행사의 규모나 성격상 그게 당연한 사리였다. 더욱이 큰 목소리 한 번 내지 않고 뒤에서 조용조용 그 엄청난 일판을 꾸미고 나선 이 과장의 결정이고 보니 유정남네 역시 그것을 따르지 않을 수 없었다.

 하지만 그 유정남으로서도 행사의 차례는 양보할망정 굿청 꾸밈새나 규모만은 여전히 줄일 생각을 안 했다. 이 과장의 지시대로 굿청을 미리 다 꾸며놓지는 못하더라도, 시간이 되면 누구 말마따나 아무 손색 없는 번듯한 육지부 굿마당을 벌여 보일 참이었다. 일의 준비가 그만큼 많아지고 치밀해야 하였다. 제차 당일의 일은 굿청 마무리야 제물 진설이야 그만큼 일손이 바쁠 수밖에 없었고, 사전의 준비 또한 그만큼 단속이 철저해야 하였다. 더욱이 이번 굿은 형식적이나마 기주라는 위인까지 끝내 별 의논 상대가 못 되어(이 과장은 새 지시 사항 중에 그 청죽회 쪽에서 찾아냈다는 유족한 사람이 기주가 될 것이라 했지만, 이쪽의 간곡한 주문에도 불구하고 위인은 웬일인지 통 얼굴조차 내밀려 하질 않았다) 그녀 혼자 결정하고 서둘러나가야 할 일이 더욱 많았다.

하지만 유정남은 늘상 그녀가 말해왔듯 '조상님이 시키는 대로 그 음덕의 힘을 빌어' 굿날 하루 전까지 굿청이 꾸며질 관덕정 주위에 부정을 막기 위한 금줄을 치는 것으로 일찌감치 모든 준비를 끝낸 것이었다.

그런데 굿청 준비를 모두 끝낸 이날 오정녘쯤 유정남은 다시 이튿날 굿을 위해 거기서 한 가지 더 일을 앞당기고 나섰다.

"생각해보니 내일 몇 시쯤서부터 우리 굿판 차례가 될지 모르지만, 당일 아침에 혼맞이를 하자면 산길이 너무 깊고 험해서 때를 맞추기가 어려울 것 같은디……"

그러니 좀 옳은 경우는 아니지만 하루 먼저 이날로 조복순에게 미리 그 산중 혼령들을 맞아 오라, 굿판을 여는 첫 제차를 부탁했다.

"그야 의당 내가 내일 아침 일찍 다녀와야 할 일이지만, 오늘낼 사이 나는 이곳 자리를 비울 수가 없으니 아우 자네가 저 요선이랑 함께 좀……"

자신들끼리서 이날부터 바로 사실상의 제차를 시작하려는 것이었다.

하지만 이번 굿판을 봐란 듯 본때 있게 치르자던 조복순 쪽은 자신의 다짐을 잊은 듯 그게 썩 내키지 않는 어조였다.
 "뉘 집 혼령인지도 알 수 없는 사람들 넋을 꼭 거기까지 가서 데려와야 할까요, 형님? 길도 멀고 사람 손도 모자라고 하니 내일 굿청에서 바로 맞아 모시도록 하면 어떠우. 이곳 사람들, 그 넋건지기 제차에 얼마나 마음을 쓰는지 모르지만 우리가 애를 써봐야 지켜봐줄 사람도 없는 터에."
 요선도 물론 그 먼 길 남의 일에 미리 그릏듯 힘든 다리품을 팔아야 하는지 비위가 울컥 뒤틀려 올랐다. 하지만 일의 책임을 맡은 유정남은 어김없는 주무당이었다.
 "이번 굿 귀신들은 원래 무주고혼들이 태반이여. 그러니 혼주가 있고 없고는 우리가 상관할 바 아닌 게야. 혼주가 없을수록 불쌍한 혼령들을 위해 정성을 다해야제. 굿을 맡은 당골이면 당골 구실을 다하자는 이야기여. 이번 굿판을 한번 걸판지게 꾸며보자고 한 게 누군디…… 그래도 정녕 생각이 안 돌아서? 내가 기어이 길을 나서야 쓰겄어?"
 깡마른 유정남의 시퍼런 호통 조에 조복순은 더 이상 할 말을 잃고 풀이 죽었다.
 "아서, 아서요, 누가 형님 굿판 성깔 모를까 봐. 이년이 어쩌다 한번 해보는 소리에 무얼 그리 회를 돋우고 그러슈! 내 휑허니 다녀오리다."
 조복순이 일찌감치 두 손을 들고 물러서자 유정남은 다시 남은 다짐을 덧붙였다.
 "하긴 이번 일에 맹탕 기주가 없어도 안 될 일이라 육지부 다른

신화를 삼킨 섬 323

고을에서도 그랬듯 여기선 황감하게끔 도지사 양반이 제주 노릇을 할 모양이라며? 하지만 그건 내일 그 자리에서 함께 씻길 다른 섬 귀신들을 위해서고, 우리가 특별히 마음을 써야 할 혼령은 그 아홉 혼백인디. 그 혼백들 중에 마침 기주가 될 사람도 하나 나타났다지 않든가. 그러니 오늘 자네는 그 사람도 함께 데리고 가서 제 집안 혼백들에게 이 일을 잘 고해 모셔와야 할 것이야. 내일 굿은 어차피 그 일가를 중심으로 다른 혼백들에겐 뒤에 따로 조상굿 제차를 마련할 예정이니께. 그리고 그곳 고사 일은 자네가 맡아 알아서 할 일이지만 산엘 갈 때는 먼 길 핑계 대지 말고 제물도 좀 마련해 가고."

앞뒷일을 자로 재듯 한 그 유정남의 간간한 당부 앞엔 조복순도 요선도 더 껴 붙일 말이 없었다.

하여 이날 오후. 성내의 경화네에게서 일찍 점심을 끝낸 요선과 조복순 들은 서둘러 간단한 제구와 제물 꾸러미를 마련하여, 산행 연락을 받은 이 과장이 미리 고종민을 불러내어 사진 기사까지 한 사람 동승시켜 보낸 소형 트럭 편으로 네 사람이 함께 현장을 향해 길을 나섰다. 이번 위령 행사에선 그 큰당집 쪽에서 찾아냈다는 생존자를 당분간 뒤에 묻어두기로 결정을 내린 터라 이 과장은 애초 청죽회와도 연락하여 그 삼대가 함께한 입산자 일가의 생존 유족(조카)을 함께 동행시킬 요량이었지만, 위인이 웬일인지(실은 무서워 갈 수가 없단댔다) 길을 따라나서기를 꺼린 탓에 당일 상황의 기록을 남길 겸해 현장을 다녀온 일이 있는 사진 기사를 안내자로 딸려 보낸 것이었다.

하지만 섬을 남북으로 관통하는 5·16도로를 오르다 조천면의 끝자락 격인 한라산의 중허리께 수장교 근처에서 차를 내려 울창한 숲 속으로 세 시간 이상을 헤쳐 올라간 어후오름 동남사면 동굴 현장까지는 이만저만 험하고 힘든 행군이 아니었다. 섬에서 가장 길다는 천미천 계곡을 타고 오르는 표고 6백 미터 전후의 숲길 주변엔 처음 갓 초여름녘의 따스한 햇볕 아래 사철란, 왕솜대, 왕대덩굴, 고사리 따위의 온대성 호습성 식물들이 새순을 뻗어 올리기 시작하고, 시루떡 모양의 층을 이룬 곳곳의 바위 틈 아래엔 이런저런 치성꾼들의 고사 제단 흔적까지 남아 있어 발길이 그리 힘든 줄을 몰랐다. 하지만 표고 8백 미터쯤에 이르기까지 한동안 완만한 굴곡(사진 기사에 의하면 옛날 동굴의 은신자들이 변을 당하기 전까지 몇 해 동안 기온이 훨씬 따스한 이 부근의 평평한 땅까지 내려와 감자나 옥수수 따위를 숨어 재배해 먹었다고 했지만, 이제는 살아남은 조카마저 어디가 어딘지 그 흔적조차도 찾을 수가 없었댔다)이 계속되다가 급기야는 밑 둥지가 몇 아름씩 되는 신갈나무 물푸레나무 숲이 울창해지면서 수십 길 높은 암벽이 눈앞을 가로막기 시작했다. 더욱이 표고가 9백 미터에 이르는 어후오름 동남사면께의 동굴 현장까지는 길을 멀리 돌아가기 전에는 사람이 좀체 기어오를 수 없는 높은 암벽이 길게 이어져나가 시간과 발길을 몇 곱씩 더디고 힘들게 하였다. 그런 가운데에도 끝내 길을 중도 포기하지 않고 일행이 무사히 현장까지 올라간 것은, 이게 대체 무슨 사람 잡을 정성이란 말여—. 요선의 때 없는 불평과 일찌감치 초주검 꼴이 되어 수시로 몸을 털썩털썩 주저앉히곤 하는 조복순의 아이고 아이고 내 대감이야—, 탄식기 어린 넋두리에도 불구하고 산행길 내내 그녀의 제물과 제구 꾸러미를 도맡아준 고종민의 헌신적 소명감과 유정남의 시퍼런 다짐 덕이 컸음이 분명했다.

그렇듯 힘든 산행길에 비하면 현장의 감회나 고제(告祭) 의식은 오히려 조촐하고 싱거운 편이었다. 큰 암탉이 5백 마리의 병아리를 안아 기르는 형상이라는 수많은 산중유곡 보금자리의 하나였을 시 분명한 사건 현장은 과연 고종민이 전일 이 과장 보관분의 사진첩에서 미리 보았던 대로 아래쪽 조망이 제법 가능한 아늑한 형세의 현무암 동굴로서, 그러나 오랜 세월 주변 숲이 다시 우거져 입구조차 쉽게 알아보기 어려운 데다 유골까지 이미 다 수습해 가버린 뒤여서 당시의 은거 생활 흔적을 전혀 찾아볼 수 없는 모습이었다. 한데다 산을 오르면서 심신이 너무 소진해 그런지, 컴컴한 동굴 입구 암반 위에 서둘러 간단한 제단을 마련하고 망자의 혼백을 불러들이려고 하는 조복순의 초혼 의식 또한 간소하고 범상하기 이를 데 없었다.

—천지신명 돌보는 세상도 잊고 반백 년 무심한 유수 세월도 깜깜 잊고 이 한라산 심심산골 어둠에 묻혀 헤매는 우리 불쌍한 혼백님들 으시오……

마을에서 마련해 온 떡이며 전 부침 나물 따위 몇 가지 음식을 차린 소반 앞에 조 만신이 향불과 제주를 올리고 나서, 다당당당 낮은 징 소리를 울리며 잠시 죽은 혼백들에게 이번 굿이 열리게 된 사연과 그 굿청의 장소 일시 따위를 알리고, 모쪼록 당일 당소 빠짐없이 제청으로 왕림하여 그간의 원통한 한을 말끔 다 풀고 가라는 당부를 고한 것이 전부였다.

—엇쇠! 여기 혹시 또 다른 임자 없는 혼백들이 떠돌거든 그 객귀들도 덕분에 이 음식으로 모두 배를 불리고, 내일 굿청에도 동행해 오시오들!

축수를 끝낸 떡과 전 부스러기를 술과 함께 주위에 뿌려주는 고수레 장면을 마지막으로 그동안 이리저리 렌즈를 내돌리던 사진기사도 그쯤에서 그만 카메라를 거두어 담고 말았다.

굳이 그 험한 산길을 찾아 올라온 속뜻과 정성을 생각하지 않는다면 다른 여느 집안 제례나 푸닥거리들에서도 흔히 볼 수 있는 평범하고 싱거운 의식이었다.

하지만 일행 중에 고종민 한 사람만은 그 간단한 제차나마 이날의 힘든 산행길 고생만큼이나 느낌이 각별했던 모양. 그는 현장에 당도한 바로 그 시각부터 피곤한 줄도 모르고 이곳저곳 동굴 주위를 살피고 돌아다녔고, 조복순의 고사가 시작되고부터는 제물 차림에서부터 고축 과정의 몸동작과 사설 하나하나를 적잖이 흥미로운 눈길로 세세히 관찰하고 있었다. 그리고 산을 다시 내려올 때도 그는 올라올 때처럼 자진해서 그 거추장스런 제구와 무구들을 도맡아 짊어져 내려오는 것으로 이날의 현장 초혼 제의에 대한 자신의 남다른 감회를 은근히 과시했다.

"거봐요. 정 형이 오늘 산행에 너무 불평이 많으니까 산신령님이 정 형한테 이렇게 노여움을 보여주신 거 아녜요?"

투덜투덜 불평이 끊이지 않던 요선이 도중에 잠깐 발을 헛디뎌 바위에서 두어 길쯤 굴러떨어졌을 땐 그를 일으켜 세우며 제법 정색을 하고 이르고 들기까지 했으니까.

"그러니 이쯤에서 큰 변 겪지 않은 걸 다행으로 여기고 산신령님이 더 노여워하시기 전에 이제부턴 굿일에 정성을 더 쏟아보세요."

어쨌거나 이젠 성내에 남은 주무 유정남의 몫으로 되어 있는 본굿 제물 음식 장만과 당일로 미뤄질 수밖에 없는 굿청의 마무리 꾸밈을 제외한 굿거리 준비 절차는 이날의 어려운 초혼 산행까지 미리 끝내놓은 것으로 드디어 저문 날이 다시 밝아오기만을 기다리는 계제에 이른 셈이었다.

16

 이튿날인 30일 아침 10시부터 시작된 관덕정 앞 위령제는 고종민이 예상한 것보다 규모가 훨씬 크고 참석 인사도 많았다. 이 과장이 이미 언급했던 대로 이날 행사는 어딘지 아직 행방이 밝혀지지 않고 있는 그 한라산 유골을 위주 삼아 제주도 전체의 원혼들을 위한 위령제로 치러지는 때문이었다.
 4·3사건의 발상지 격인 관덕정 앞뜰에 꾸며진 높은 제단에는 '제주 한라산하 고혼 만령위'라 쓴 공동 신위와 큰 향로가 엄숙하게 설치되고, 도지사를 비롯한 도내 각 기관과 단체의 대표들이 자리한 앞쪽의 내빈석 주위로는 그 단체들이 보내온 대형 화환들이 화려하게 장식되어 있었다. 내빈석을 채우고 앉아 있는 면면 중에 특히 고종민의 눈길을 끈 인물로는 이날의 제관 도지사와 제주 시장 외에 한얼회와 청죽회 양쪽 대표와 유교 불교 기독교 등 몇몇 종교 단체 대표들(다른 종교 단체들의 대표석도 함께 마련되어

있었지만, 그 자리들은 형식상의 배려에서뿐인지 개회 시각이 임박할 때까지 채워질 기미가 없었다), 그리고 제주대학의 양서진 교수가 사진기를 메고 나와 어정어정 장내를 촬영하고 돌아가는 모습 정도였다. 거기에다 일반석을 채우고 앉아 있는 2, 3백 명의 참석자들은 대부분 검은색 바탕에 흰 글씨로 '애도, 청죽회'라 쓰인 리본을 가슴에 패용하고 있는 데 반해 한얼회 쪽 인사로 보이는 사람들은 거의 눈에 띄지 않는 것으로 보아 이날 행사가 지금까지 관심이 앞서온 것처럼 그 청죽회 쪽을 주축으로 진행될 것임을 짐작할 수 있었다.

하지만 거기까지 행사 준비를 뒷바라지해온(실상은 지휘해왔다 해야 옳겠지만) 도청의 이 과장은 이날도 여전히 내빈석 근처엔 자리를 마련하지 않은 채 멀찌감치 뒤쪽에서 얼굴 없는 진행자 노릇만 하고 있었고, 그가 그토록 강압적으로 동원하려 했던(막상 굿날이 정해지고 모든 행사 내용이나 진행 방침이 굳어지고부터는 이 과장도 그걸 단념했거나 무슨 다른 생각이 있어선지 더 이상 괘념치 않는 눈치였지만) 용두 마을 추 심방네 일가도 이미 예상해온 대로 눈에 띄는 얼굴이 한 사람도 없었다.

하긴 행사가 시작될 때까지도 얼굴이 안 보이기는 이날의 주무 유정남이나 조복순 만신도 마찬가지였다. 오전의 행사는 신위에 쓰인 대로 도지사를 제관으로 한 섬 전체의 원혼들을 위한 일반 진혼 순서였고, 유정남의 씻김굿은 그것이 끝나고 난 뒷순서로 잡혀 있어 다른 종단들의 진혼 위령 순서에는 자리를 함께할 일이 없기 때문이었다. 두 사람은 집안 아이들을 데리고 오정 무렵쯤으로 예정된 자신들의 굿판을 위한 당일의 제물 준비를 서두르는 중이었고, 그 대신 현장에는 요선이 혼자서 먼저 징이나 장고, 북통 따위 무구류와 큼지막한 무복 보퉁이를 지고 나와 다른 굿청 시설물과 함께 자신들의 뒷순서에 대비하고 있었다.

고종민은 역시 그 요선의 작업을 도우려 그가 나타났을 때부터 줄곧 곁에 붙어 다니며 이날의 제의 순서가 시작되기를 기다렸다.

한데 그렇듯 누구보다 행사장을 구석구석 눈여겨 살핀 고종민이었지만, 그는 이날 그때까지도 중요한 사실 한 가지를 놓치고 있었다. 아니, 그동안 목적과 성격이 정반대로 달라진 이날 행사의 중요한 핵심과 깊은 유관사이면서도 그걸 혼자 은밀히 계획하고 자연스럽게 진행시켜온 이 과장 한 사람 이외에 그 비밀스런 힘의 실체는 고종민뿐만 아니라 그 행사의 주최자 격인 도지사나 청죽회가 주축을 이룬 참석 유지들 누구도 기미를 제대로 알아차리지 못한 사항이었다. 하기야 이때까지는 이 과장까지도 그 비밀 상자의 역할이 어느 쪽으로 어느 만큼 유효한 힘을 발휘하게 될지 아직 장담할 수 없는 수수께끼였으니까.

다름 아니라 그 '제주 한라산하 고혼 만령위'라 쓰인 합동 신위와 향로가 설치된 제단 뒤쪽엔 얼핏 그 제단의 뒷단처럼 보이는 흰색 천의 나지막한 사각 상자 모양이 하나 놓이고, 그 흰색 천 위에 역시 하얀 국화꽃 아홉 송이가 얌전하게 올려져 있었다. 이날의 위령제 성격상 누가 보아도 그 굿판의 주인공 격인 아홉 명의 이름 없는 희생자들을 상징한 단순한 후면 장식처럼 보이는 것이었다. 고종민 역시 그쯤 여기고 몇 번이고 그쪽에 눈길을 스치면서도 별로 마음에 두어본 일이 없었으니까.

 하지만 그건 그저 단순한 시설물이 아니었다. 그리고 그 아홉 송이 국화꽃이 놓인 흰색 천 상자 모양의 비밀이나 곡절을 제대로 알고 있는 사람은 이 식장에 모인 사람 가운데에 오직 이 과장 한 사람뿐이었다.

 며칠 전. 그러니까 이번 행사를 4월 30일에 청죽회를 중심으로 치러내어 그쪽 기세를 잔뜩 부풀려 올려놓을 방식으로 한라산 유골들의 일과 이 섬의 역사 씻기기 사업을 함께 마무리 짓기로 마음을 굳힌 이 과장은 그날 저녁 조용히 청죽회 사무실로 전화를 걸었다. 그리고 이번 위령제에 대한 그 같은 자신의 방침을 전한 다음 청죽회로선 좀 뜻밖이라 할 만한 사실과 함께 썩 그럴듯한 통고성 제안을 내놓았다.

 ─전 사실 지금 그 아홉 구의 유골들이 이미 화장된 잿가루로 이곳 방림사 지장전에 비밀히 보관되어오고 있는 사실을 알고 있습니다. 하지만 저는 지금 그 유골들이 이미 그런 상태에 이른 마당에 그것이 누구에 의해 그런 모습으로 거기에 보관되고 있는지 따위 경위는 묻지 않겠습니다. 대신 전 지금까지 누구보다 그 유골과 이번 위령제 일에 전향적인 관심을 보여오신 귀측의 뜻을 높이 사 이번 행사도 귀측을 주축으로 치르려는 마당에 당일의 행사장엔 반드시 그 유골들을 함께 모셨으면 하는 생각입니다. 물론 연고자나 신원 사항이 밝혀지지 않은 유골 아홉 구를 모두 모셔오기가 거추장스럽다면 그중 한 분만이라도 상징적으로 말입니다. 그렇게 되면 이번 일이 훨씬 가시적이고 보기 좋은 모양새를 갖춘

가운데에 유종의 미를 거둘 수 있고, 이후로 그 유골들의 관리 권한도 자연스럽게 귀 청죽회 쪽으로 귀속될 것입니다. 그건 지금까지처럼 귀측에서도 분명 바라는 일일 테구요. 하지만 저의 이런 제안을 귀 청죽회가 받아들이신다 하더라도 당일 귀측이 유골을 모셔오는 일 외에 식장에 안치시키는 일은 저희 현장 관리 요원에게 일임해주셔야 합니다. 귀측도 아시다시피 그 일을 지나치게 공개적으로 처리하려다간 한얼회 측이나 다른 유관 단체들과의 불필요한 마찰이나 말썽이 따를 수도 있으니까요. 대신 유골의 차후 관리권은 귀 청죽회 측에 속하게 됨을 지금까지의 사실적 관리 상황을 들어 위령제 현장 요원이 식 중에 반드시 밝히도록 할 것입니다. 저의 이 같은 요청을 귀측이 받아들이기로 결정하신다면 유구의 보안에 필요한 조치를 취하여 당일 아침 8시까지 식장의 우리 관리원에게 인도하여주시기 바랍니다. 아무쪼록 저의 신중한 제안과 당부를 저버리지 마시기 바랍니다.

하지만 이 과장은 이날 청죽회 쪽에만 그런 전화를 한 게 아니었다. 그는 이어 한얼회 쪽에도 전화를 걸어 이번 위령제를 위해 청죽회 쪽에서 관리 중인 유골의 일부를 상징적으로 식장에 안치하기로 했다는 사실과, 그런 연유로 인해 위령 행사의 진행을 불가피 청죽회 중심으로 치르게 되리라는 예정을 알렸다. 그리고 그 일방적이고 짧은 통화 말미에 이 과장은 짐짓 목소리를 낮게 깔아 중요한 당부를 덧붙였다.

—그러니 귀 한얼회 측에서는 모쪼록 그 점 잘 유념하셔서 당일 행사의 원만한 진행에 협조하신다는 뜻에서 귀측 대표자 참석 이

외에 가급적 다른 식순에 대한 관여를 삼가주시면 고맙겠습니다.

 이 과장이 이번 행사와 관련하여 그 청죽회와 한얼회 양쪽에 전화를 걸어 직접 어떤 조치를 취한 것은 오직 그뿐이었다.

 그런데 이날 아침 모든 일은 이 과장이 양쪽에 전화로 당부했던 그대로였다. 청죽회는 아침 일찍 정해진 시각 전에 은밀히 유골 상자를 식장으로 운반해 왔고, 이 과장은 수하 직원들을 시켜 그 상자를 미리 식단 뒤쪽에 무사히 잘 안치할 수 있었다. 시간에 임박하여 행사장을 찾은 양쪽 인사들도 청죽회 쪽에선 큰 인원을 동원한 데 반해 한얼회 쪽에선 대표 한두 사람밖에 얼굴을 내밀지 않고 있었다.

 모든 것이 이 과장이 미리 예정한 대로였다. 하지만 일이 그렇게 되어온 소이나 경위에 대해 전체적인 윤곽을 알고 있는 사람은 오직 그 이 과장 한 사람뿐이었다. 청죽회나 한얼회 사람들이 아는 일은 다만 이 과장이 전화로 알려준 사실과 자신들의 역할뿐이었고, 그나마도 식장의 다른 사람들(고종민은 물론 유골함을 설치한 현장 관리원들까지도 그 상자의 확실한 정체나 역할은 짐작도 못 했으니까)은 앞뒤 사정을 전혀 알 수가 없었다.

 하긴 이 과장이 예정한 것도 실상은 거기까지뿐이었다. 앞으로의 일은 그도 어떻게 되어갈지 알 수 없었다. 앞으로의 일은 다만 그의 희망적인 예상뿐이었다. 그 예상이 어떻게 움직이게 될지는 오직 시간이 말해줄 일이었다. 그리고 드디어 그 시간이 다가왔다.

 10시 정각, 제전의 개식은 지금까지 줄곧 뒤쪽으로만 맴돌던 이 과장이 모처럼 식단 옆 사회석까지 나아가 미리 대기하고 서 있던 검은색 정장 차림의 도청 인사에게 마이크대 앞에 준비해뒀던 징과 징채를 집어 건네주는 것으로부터 시작됐다.

"아, 아, 안녕하십니까. 저는 오늘 이 제전 진행의 사회를 맡은 제주도청 총무국장 마홍찬입니다."

이 과장이 징채를 집어주고 다시 화환들 두 쪽으로 돌아 물러서자 그가 한두 차례 마이크 성능 시험 삼아 자신을 소개하고 나서 곧바로 개식을 알렸다.

"오늘 위령제 행사의 사회자로서 한 말씀 올릴 것은, 공사다망하신 가운데에 어려운 길임에도 불구하고 우리 도의 안녕과 융화 발전을 위해 각계각층의 여러 유지 인사분들께서 많이 왕림해주시고 성황을 이루어주신 데 대해 사회자로서 먼저 심심한 감사와 경의를 표해 올립니다. 그럼 이제 시간이 되었고, 오늘의 제관이신 지사님도 이미 임석해 계시니 지금부터 오늘의 제식을 시작하겠습니다."

궁궁궁궁궁 쿵—

큰 징 소리에 이어 그가 제식의 첫 순서를 알렸다.

"그럼 먼저 오늘 이 뜻깊은 위령제 행사를 주관하실 대회장이자 제관이신 도지사님의 고천사(告天辭)와 개식의 말씀이 계시겠습니다. 내빈 여러분과 일반 참석자들께서는 고천사가 낭독되는 동안 잠시 자리에서 일어나셔서 마음과 정성을 함께 모아주십시오."

그로부터 일반 위령제 순서는 그렇듯이 자못 엄숙하고 일사불란하게 잘 진행되어나갔다. 사회자의 고지에 따라 가슴에 커다란 조화 송이를 단 지사가 제단 앞으로 걸어 나가는 동안 내빈석과 장내 참석자들은 일제히 자리에서 일어났고, 제단 앞에 나가 선 도지사는 먼저 향로에 분향한 다음, 사회자가 미리 준비했다 건네준 고천문을 문자 그대로 제단 위의 짙푸른 초여름녘 하늘을 향해 느릿느릿 엄숙하게 고해 올렸다.

— 유세차(維歲次) 단기 4314년, 불기 2525년, 서기 1981년, 한울님 포덕 122년, 신유 4월 30일. 불초 제주도 지사 현치용과 도내의 각계 참석자들은 30만 제주도민을 대표하여 엄숙히 하늘에 고하나이다. 유사 이래 우리 제주도는 저 몽고군의 내침에서부터 근현세로는 2만여 명의 아까운 인명이 희생된 1947,8년 전후의 4·3환란에 이르기까지 수많은 외침과 내부 분란을 겪었고, 감당할 길 없는 난국 속에 이루 헤아릴 길 없는 도민들의 희생이 있어왔습니다. 뿐만 아니라 그 불의하고 억울한 희생자들의 수많은 원혼은 아직도 편안히 눈을 감지 못한 채 이 제주 산하와 구천을 떠돌고 있어, 우리 후인들을 무한히 부끄럽고 죄스럽고 불안하게 하고 있습니다. 이에 우리는 작금 거국적으로 펼쳐지는 역사 씻기기 사업을 계기로 오늘 이같이 모든 의문사와 행방불명 무주고혼들을 위한 위령과 진혼의 자리를 마련하여 이 섬 선인들의 원한을 말끔히 해원시켜드리고, 그럼으로써 우리 전 도민 후인들의 삶의 안녕과 발전을 도모코자 하오니, 간절히 기원하옵건대 천지신명께서는 그 뜻을 거두어 오늘의 행사를 무사히 잘 치르고 소기의 목적을 달성할 수 있도록 허락해주시고 보우해주시옵소서. 더욱이 오늘 이 자리에서는 근자에 모습을 드러낸 저 한라산 동굴의 아홉 혼백을 위

한 위령굿이 이어질 예정이오니 특별히 그 아홉 영혼들을 위한 자리도 끝까지 잘 굽어살펴주시옵소서……

고천문 낭독을 끝내고 천천히 제문을 접어 단 위에 올려놓고 난 도지사는 그 자리에서 몸을 돌이켜 세우고, 이번에는 고천사에서 밝힌 위령제의 취지와 목적에 덧붙여 그 '2만여 명'에 이르는 4·3 당시의 희생자 규모를 들어 이 행사의 의의와 중요성을 재삼 강조했다. 그리고 그 희생극의 첫 무대라 할 4·3사건의 발생지 관덕정 마당에서 이날의 위령 행사가 치러지고 나면 이 제주도에는 단 한 사람의 억울한 원혼도 남아 헤매는 일이 없이 이 섬과 후손들의 앞날이 태평성대를 누리게 되리라는 단언 끝에 비로소 본격적인 진혼 의례의 개식을 선언하고 식단을 물러났다.

그러니 거기까지도 행사의 진행에 별 하자가 없었다. 형식상이나마 각계 종단을 망라한 행사의 서두를 '고천문'이나 유세차 식 유교 제례풍으로 시작한 것이 조금 어색하기는 했어도, 그것은 반드시 유교식을 고집해서보다 식전의 형식과 엄숙성을 갖추기 위한 일반적 전통 의식으로 이해할 수 있었다. 고천문 서두에 각 종단의 연기(年紀)를 일일이 다 나열한 것 역시 다소간 거북스럽게 들린 대목이 없지 않았지만, 식장 참석자들에게 이날의 행사가 굳이 유교 의식 위주가 아닌 점을 주지시키기 위한 배려임을 알 수 있었고, 그래 그 제축문과 기도문 투의 뒤범벅 같은 고천문의 어정쩡한 문투도 같은 맥락에서 도지사나 문안 작성자의 충정을 족히 이해할 수 있었다.

그런 형식상의 문제보다 고종민이 조금 의아하게 생각한 것은 이번 위령제 행사로 이 섬에 앞으로 한 사람의 원혼도 남아 떠도는 일이 없이 사람들의 삶이 편안하게 영위되리라는 도지사의 결연스런 선언이었다. 다른 사람은 몰라도 종민은 이 대목에서만큼은 아무래도 고개가 갸웃거려지지 않을 수 없었다. 이 섬이 과연 그리 될 수 있을까? 이 한 번의 위령제 행사로 섬의 깊은 상처가 말끔히 다 치유될 수 있을까. 그리하여 기나긴 역사의 비극을 씻고 화합과 평화를 이룩해갈 수가 있을까. 이 섬의 갈등과 대립의 골이, 그로 인한 무고한 상처의 골이 그렇듯 가벼운 것이었던가. 종민으로선 아무래도 쉽게 수긍할 수가 없었다. 하지만 그런 도백의 자신만만한 비극 종결 선언(그것은 차라리 하늘이나 혼령들에 대한 기원이 아니라 이 자리의 참석자들과 도민들에 대한 호소와 다짐으로 들렸지만)도 이날의 위령 행사가 전 국가적 사업의 시행 과정임에 비추어 이 섬 목민관의 없지 못할 희망 사항으로 얼마든지 가능한 수사일 수 있었다.

그런데 이날 행사에 차츰 달갑지 못한 틈새가 드러나기 시작한 것은 그 지사에 이어 도민 희생자 단체를 대표한 청죽회와 한얼회 사람들의 분향과 발원사 순서가 시작되면서부터였다.

"그럼 이번엔 그동안 4·3사건 진상 규명과 희생자 및 유족 관리 사업을 병행해오신 청죽회와 한얼회 두 시민 단체 대표의 분향과 발원 순서가 있겠습니다. 먼저 청죽회 대표께서 분향하고 기원해 주십시오."

사회자의 안내에 따라 도지사에 이어 먼저 제단 앞으로 나선 청죽회 대표 역시 향로에 분향 배례하고 억울한 섬 원혼들의 편안한 저승길과 내세의 안식, 그리고 이후 섬사람들의 화목과 단결을 빌어마지않은 발원 과정과 취지는 앞서의 도지사와 크게 다름이 없었다. 그런데 그 청죽회 쪽의 발원사 가운데에 좀 심상치 않은 대목이 있었다. 청죽회의 발원은 그 서두에서 4·3사건의 희생 원혼들 숫자를 '우리가 조사한바 무고한 피해자가 3만여 명에 이른다' 밝히고, '우리는 이 무고하고 억울한 희생 원혼들의 신원과 안식을 위해 이 자리를 함께했노라' 자신들의 행사 참가 의의를 전제하고 나선 것이다. 그리고 그게 이날의 보이지 않는 말썽의 사단이었다. 단체의 성향상 입장이 다를 수밖에 없는 행사 참가 의의를 감안한다더라도 그가 굳이 다시 밝히고 나선 그 '우리가 조사한 3만여 명의 희생자' 숫자는 앞서 도지사의 '2만여 명'을 송두리째 불신하고 든 처사일 뿐 아니라, 그 '무고하고 억울한 희생 원혼들의 신원 운운'으로 좌익 희생자 쪽을 대변하는 듯한 입장을 강조하고 든 것은 한편으로 우익 희생자 유족들을 대변해온 것으로 알려진 한얼회 쪽과의 노골적인 차별화와 대립 의식의 발로로 보이지 않을 수 없었다. 뿐더러 그 희생자 숫자의 차이와 성분 가리기 문제는 이 섬에서 그만큼 민감하고 조심스런 사안이자 이 과장이 원만한 행사 진행을 위해 청죽회와 한얼회 양쪽에다 미리 협조를 당부한 사항이기도 했다. 한데 소수의 참석자밖에 보내지 않은 한얼회에 앞서 먼저 발원 순서에 나선 청죽회 대표는 그 이 과장의 당부뿐만 아니라 앞서의 도지사 개식 고천문 내용의 일부까지 정면으로 무시하고 나선 격이었다.

하지만 다행인지 어쨌는지 이미 자기 몫의 식순을 끝내고 자리에 돌아가 앉아 있는 도지사는 그런 사실을 귀담아듣지 못했는지 별로 괘념을 하는 빛이 없었고, 식장 한쪽에 서 있던 이 과장 역시도 그 순간 멈칫 눈길을 한 번 쳐들어 보았을 뿐 이내 아무 일도 아니란 듯 표정이 무심스러워지고 말았다. 그러니 그 두 사람 이외에 다른 식장 참석자들은 그 소리가 어딘지 좀 어색하고 껄끄럽게 느껴졌대도 유구무언 섣불리 그걸 아는 척하고 나설 수 없는 상황이었다.

하지만 그 두 단체 간의 은근한 갈등과 대립상은 짐작대로 거기서 끝나지 않았다. 청죽회에 이어 이번엔 바로 한얼회 대표의 발원 순서가 기다리고 있었기 때문이다. 그리고 차례를 얻어 제단 앞으로 나온 한얼회 쪽 대표 역시 그 희생자 원혼의 숫자나 성분과 관련한 청죽회 쪽의 언급을 되받고 나선 것이었다. 물론 그 한얼회 대표의 기원 절차나 취지가 앞서의 청죽회와 크게 다를 것은 없었다. 다만 한 가지 그도 그 청죽회 사람의 어투를 맞받아 점잖게 이렇게 바꿔 말한 것이 달랐을 뿐이었다.

— 우리 한얼회가 일일이 조사하고, 그동안 한얼회 쪽에 신고해 온 희생자 숫자를 모두 취합해 말할 것 같으면, 지금까지 그 실제 숫자가 대충 2만 3천 기백 명 정도에 달하는바, 우리는 그 어느 한편 성향의 희생자만이 아니라 이 도 전체의 모든 희생자 원혼을 함께 위무하고자 이 자리에 모인 것입니다……

그의 숫자는 앞서 도지사의 숫자에 가까운 쪽이었다. 장중에서는 비로소 여기저기서 한두 사람 잔기침 소리가 일었다. 두 단체 간의 불편스런 분위기가 비로소 노골적인 모습을 드러낼 기미였다.

하지만 그런 따위 불필요한 해프닝은 물론 이 과장이 원한 바가 아니었다. 그사이 슬금슬금 자리를 뒤쪽으로 옮겨 가 있던 이 과장이 이번에는 좀 심상찮은 분위기를 느꼈음인지 슬그머니 다시 사회자에게로 다가가 다른 사람들이 알아들을 수 없는 몇 마디를 건네고 갔다. 이어 사회자가 다시 청죽회와 한얼회 두 대표석으로 다가가 잠시 귀엣말을 건네고 돌아와선 예상대로 양측 간의 희생자 숫자에 대한 조심스런 수정을 가했다.

"에에, 죄송합니다. 식전 사회자로서 여기 한 가지 여러분의 넓은 양해를 구하겠습니다. 앞서 지사님과 청죽회, 한얼회 두 단체에서 언급하신 4·3사건의 희생자 숫자에 대해서는 아직까지 어느 기관 단체에서도 모든 유관자와 도민이 수긍할 수 있는 정확하고 책임 있는 공식 집계가 나온 바 없으므로 이 점 깊이 유념하시어 이해에 혼란이 없게 해주시기 바랍니다. 지금 청죽회와 한얼회 양측에서도 그 점 흔쾌히 양해해주셨음을 알려드립니다. 그럼……"

하다 보니 장중은 분위기가 새삼 더 긴장되고 어색해질 수밖에 없었다. 그러나 자리가 자리인 만큼 그 사회자 사내의 일방적인 주문에 섣불리 이의를 달고 나설 사람은 없었다.

그리고 그쯤 외견상으로는 더 이상 거북한 고비 없이 다음 식순이 진행되어나갔다.

하지만 종민은 그 어색한 긴장기 속에 계속 어떤 차가운 아집의 갈등과 대립을 느끼고 있었다. 꺼지지 않는 집념과 대결상의 내연을 보고 있었다.

그런 껄끄럽고 어색한 분위기는 그 일반 행사의 중심 식순 격인 몇 종교 단체 대표들의 뒤이은 축원 의식 가운데에서도 기미가 역력했다. 사회자의 호명에 따라 차례차례 제단 앞으로 나선 각 참석 교단 대표들이 그 발원사와 축도 과정에서 이미 도지사가 일일이 거명한 각 교단 고유의 연기를 되풀이 내세운 것은 이날의 거도적인 행사 취지에 비추어 차라리 당연한 일이랄 수 있었다. 하지만 사회자 사내의 주문을 정면에서 부인하고 들 수 없다는 듯 각 종단마다 제각기 '차마 그 규모를 입에 담아 말할 수 없는 엄청난 숫자'라느니, '우리가 세상에 사연을 드러낼 수 없는 위패만으로 안치해온 희생자들만 하여도 스스로 놀랄 정도'라느니, 혹은 '언젠가는 백일하에 그 억울한 곡절이 반드시 다 밝혀져야 할 숨겨진 원혼들'이라느니 하는 암시적 표현으로 자신들이 알고 있는 희생자 규모를 우회적으로 언급하고 든 것은 앞 차례 숫자들에 대한 은근한 불신의 함의 이외에, 그 종단명과 고유의 연기의 다름(그 표명이 당연함에도 불구하고)에 맞먹을 만큼 서로 다른 입장과 자기 색깔 내세우기의 골 깊은 분열과 대립상을 역연하게 드러냈다. 그리고 그런 사실은 한낱 국외자에 불과한 고종민뿐 아니라 이 섬 토박이이자 역사 전문가 양서진 교수 쪽이 더욱 확연하게 꿰뚫어 보고 있었다.

종민은 물론 양 교수가 어깨에 카메라를 걸어 메고 식장으로 들어설 때부터 모습을 알아보고 인사를 건네둔 터였지만, 그 양서진은 지사 일행이 도착할 때부터 함께 따라온 공식 사진반이 설치고 다니는 바람에 그만 카메라를 거둬 쥐고 식장 뒤켠으로 물러나 있었다. 그래 종민은 한사코 사람을 피하려는 전날의 그의 성미를 떠올리며 조심조심 틈을 내어 일부러 위인 곁으로 다가가 지나가는 소리처럼 일방적으로 한마디 아는 체 소리를 건넸다.

"저 청죽회하고 한얼회 사람들 서로 마음 편한 사이가 아니라던데, 저렇게 두 단체 대표가 자리를 나란히 함께하고 있으니 보기가 괜찮군요. 그런데 여기까지 자리를 같이하고서도 왜들 서로 은근히 으르렁대는 식일까요."

종민으로선 물론 가슴의 패용물이 보여주듯 이날 행사의 참가자들이 대부분 청죽회 쪽 인원이라는 것을 짐짓 무시하고 한 말이었다.

한데 그 소리에 힐끗 종민 쪽을 돌아보던 양서진이 이날은 무슨 생각이 들었던지 별로 꺼리는 기미가 없이, 그러나 역시 혼잣소리처럼 비아냥 투로 얼핏 대꾸해왔다.

"근원이 서로 나눠 맞서지 않으면 이 자리엔 애당초 올 일도 없는 사람들이니까요……"

뿐만이 아니었다. 그의 갑작스런 선담 투를 알아듣지 못해 종민이 좀 어리둥절해 있으려니 그는 아직 할 말이 남아 있었던 듯 잠시 더 설명 투를 이어갔다.

"이번엔 윗동네서 맘먹고 차려준 잔치 마당을 섣불리 마다할 수도 없었겠지만, 그러고 싶어도 다른 한쪽이 자리를 독차지할까 봐 뒤에서 바라보고만 있을 수가 없었겠지요. 그런 점은 이런 자리에서까지 굳이 자기 종문의 연대기를 일일이 섬겨 내세우는 종교 단체 사람들도 오십보백보 격인 셈이구요."

"아니 저는 그저……"

예상 밖으로 가파른 어투에 종민 쪽이 오히려 당황하여 말을 얼버무리려 드는데도 이번에는 양 교수가 오히려 그를 무시한 채 혼잣소리처럼 뇌까려대고 있었다.

"새ᄃ림이라고…… 이곳 제주 굿에 무당이 사람들을 앞에 죽 앉혀놓고 그 머리 위에 신칼을 두르면서 안에 숨은 잡귀를 내쫓는 순서가 있는데, 오늘은 저 사람들부터 새ᄃ림을 한번 해줬으면 싶구먼그래. 앉아 있는 모양새들이 내 눈엔 아무래도 바깥 동네 어디서 겨묻어 들어온 이 섬 역사의 잡귀들 같아 보이니까요. 저런 게 화해요 화합의 모습이라면, 그걸 믿고 따라야 하는 사람들은 이러나저러나 어차피 어릿광대 꼴일밖에. 한마디로 희극이자 비극이지."

가려진 연극의 어떤 실상을 말하고 있음이 분명했다. 그리고 그 양서진 역시 종민이 그랬듯 이날의 행사 참가자들이 청죽회가 주축이라는 사실을 그리 유념하지 못한 소리였다.

하지만 알고 보면 그런 건 사실 별 문젯거리가 아니었다. 그 희생자 숫자를 둘러싼 청죽회와 한얼회 간의 은근한 대립이 이날 소동의 한 작은 전조였다면, 이때까지는 그 양서진조차도 아직 예상하지 못한 해괴한 해프닝이 기다리고 있었으니까. 뿐더러 두 사람은 물론 이날 행사를 계획하고 배후 지휘해온 이 과장이 그 굿판에서 원하는 것이 진정 무엇인지를 몰랐으니까.

그러니까 이제 일반 의례의 위령제 1부 순서는 그런 식으로 그럭저럭 거의 끝이 나가고 있었다. 행사장 뒤켠엔 바야흐로 다음번 본위령굿 순서를 위한 유정남과 조복순 일행이 차례로 모습을 드러내고 있었다. 그리고 그쯤에서 이 과장이 다시 어슬쩍 사회자 곁으로 다가가 몇 마디를 건넸다.

이 과장이 사회자에게 건넨 말은 미리 약속된 대로 1부 순서를 끝내고 도지사를 비롯한 내빈 유지들이 자리를 떠나기 전에 사회자 안내를 통해 그 제단 뒤쪽의 유골함의 존재와 청죽회 쪽의 협조를 밝혀 공지시키라는 것이었다. 그것이 청죽회에 대한 그의 약속이었고, 그로 하여 청죽회의 유골 관리권을 공식화해주는 것이 이 날의 그의 책임이기 때문이었다. 그야 이번에도 종민 들은 물론 이 과장이 그때 사회자 사내에게 무슨 말을 건넸는진 전혀 알 수 없었다. 이 과장의 움직임이 워낙 자연스러웠던 데다 말소리까지 너무 짧고 낮았기 때문이다.

하긴 어디까지나 제3자 격인 종민으로선 애초에 그것을 알 필요가 없었는지도 모른다. 결과부터 말하자면 우선 그 사회자 사내는 이 과장의 지시 내용을 이행하지 못했고, 그런 탓에 이 과장 또한 청죽회에 대한 약속을 이행하지 못한 때문이었다.

아니, 사실은 그 결정적인 순간에 사회자 사내도 이 과장도 굳이 그 유골 상자에 대한 일을 고지시킬 필요가 없는 희한한 사태가 벌어지고 만 것이다. 이 과장 혼자 예상해 계획하고, 그러면서도 혹시나 하는 우려감 속에 참을성 있게 기다려온 일이 끝내는 너무도 정확히 적중한 것이었다.

"아아, 그럼 오늘 위령제의 일부 순서를 마치기 전에 참석자 여러분께 널리 주지시켜드릴 사항이 있으니 아무쪼록……"

이 과장의 지시를 건네받은 사회자 사내가 천천히 마이크 앞으로 다가가 1부 식순 종료 인사 겸해 바야흐로 이 과장의 귀띔 내용을 고지하려 나서던 참이었다.
 식이 끝날 무렵부터 어디선지 식장의 좌석 양쪽으로 슬금슬금 모여들어 서 있던 7,8명의 정체 모를 젊은이들이 느닷없이 일시에 식단 앞으로 내달았다. 그리곤 순식간에 선두 한두 사람이 제단 위로 뛰어올라 향로 뒤쪽에 안치되어 있던 흰색 천 상자를 들쳐 안은 채 나머지 일행의 호위 속에 관덕정 뒤뜰 쪽으로 사라져버렸다.
 우정 한가하기 그지없어 보이는 거동 속에 일의 추이를 기다려 온 이 과장이 아니더라도 이제는 그것이 무엇을 뜻하는 노릇이며 어떤 위인들 짓이라는 것쯤 누구나 금세 짐작할 만한 일이었다. 하지만 도지사를 비롯해 식장 참석자들은 그 당장 누구도 그것을 말리려 들 수 없었고, 그럴 틈도 없었다. 사람들은 그저 멍청하니 입을 벌린 채 바라보고만 있었고, 사회자 사내 역시 더 이상 자신의 말을 이어가지 못하고 졸지에 넋이 빠진 얼굴로 멍청하니 서 있기만 하였다. 아마도 이 과장이나 그 젊은이들을 동원한 단체의 대표만은 사정이 다소간 달랐을 수 있었겠지만, 그 순간엔 아무도 그걸 유의해 볼 겨를조차 없었다.
 하지만 사태는 물론 그것으로 끝날 수가 없었다. 이윽고 일반 참가자들 좌석에 섞여 앉아 있던 청죽회의 젊은 회원들이 벌떼처럼 자리를 박차고 일어나 식장을 가로질러 관덕정 뒤쪽을 향해 유골 탈취범들을 뒤쫓기 시작했고, 그러자 그걸 대비해 뒤쪽에서 기다리고 있던 4,50명의 한얼회 쪽 2진 젊은이들이 각기 쇠막대를 앞세워 길을 막고 나선 것이었다.
 식장은 졸지에 양쪽 젊은이들의 공방과 고함 소리 속에 수라장으로 변했고, 이어 그 쫓고 쫓기는 소동의 소용돌이는 순식간에 식장을 휩쓸고 나서 다시 관덕정 일대의 제주 시내로까지 번져나갔다.

17

 그로부터 몇 참이 안 되어 제주시 곳곳에서 청죽회 쪽 주도의 시위가 벌어졌고, 그 소식은 거의 실시간으로 이 관덕정 굿청까지 전해졌다. 그것은 물론 유골 상자를 탈취해 간 한얼회 쪽을 지목한 공개적인 항의였고, 그 탈취극을 무책임하게 방치한 당국과 큰당집에 대한 규탄(시위대의 구호 가운데에는 큰당집을 노골적으로 그 탈취극의 배후 조종자로 지목하고 나선 것까지 등장하고 있다 하였다)의 시위였다.
 하지만 이 과장은 이후로도 바깥 사태에 대해서는 시종 남의 일인 양 관심을 두지 않는 태도였다. 그는 소동 중에 지사를 비롯한 내빈 유지들이 경황없이 식장을 떠나간 뒤 잠시 자리를 비웠다 돌아온 것뿐, 계속 그 굿청을 지키고 남아 있었다. 그리고 시내 쪽 소란의 기미에 대해서는 끝끝내 모르는 척 시치밀 뗀 채 그때까지 현장에 남아 있던 그의 수하 몇 사람과 함께 이것저것 눈에 띄지 않게 다음 굿마당 준비만 묵묵히 이끌고 있었다. 1부 행사 종료에 즈음한 그 소동 가운데에 구경꾼다운 구경꾼은 거의 자리를 비우고 만 꼴이었지만, 아닌 게 아니라 이날 행사엔 아직도 그가 주선해온 유정남의 진짜 씻김굿 차례가 남아 있었고, 그 난투극 소용돌이 통에 그녀의 굿마당 준비가 더욱 힘들고 조급하게 된 것도 사실이었으니까.

유정남은 물론 더 말할 것이 없었다. 섬 땅을 내려딛고 나서 여태까지 자신의 굿마당을 한 번도 벌여보지 못한 그녀로서는 이날이 이 섬에서의 단 하루의 자기 날인 셈이었다. 그리고 그만큼 마음의 준비를 단단히 다지며 별러온 굿판이었다. 그녀에겐 도대체 지나간 소동 같은 건 염두에 둘 여유가 없었다. 관덕정 일대에서도 아직 소란이 그치지 않고 있는 시위대의 소식도 그랬고, 굿마당 사람이 아직 몇 명이 남아 있든 그것도 아랑곳이 없었다. 그녀는 오직 자신이 해원시켜 보내야 할 그 한라산 혼백들을 위하고 자신을 위한 굿을 할 수 있게 되면 그만인 것이었다.

그녀는 자기 굿 차례가 다가오자 전심전력 오직 그 준비만을 서둘렀다. 하긴 이제 굿마당 가에는 이 과장 사람들과 몇몇 육지부 무당가 식구들 외에 남아 있는 섬사람은 몇 명도 되지 않았지만, 전날의 조복순 말마따나 그 몇 섬사람들 앞에나마 육지부 굿을 한번 제대로 벌여 보이기 위해선 일을 더욱 서두르지 않을 수 없었다.

─높은 사람들이 모두 자리를 비워주고 가니 내 굿 하기는 외려 더 차분하니 좋게 되었다야 으이?

—아까 그 유골함 뺏긴 거? 그거 인제 와서 어느 누구 뼛가룬지 나 알 수 있길래! 어차피 제 이름도 알 수 없는 혼백들이라는디. 그런디 제집 혼백들 이름이라도 가릴 수 있다는 오늘 기주란 사람은 어째 여태까지 아직 코빼기도 안 보인 게여? 오늘 굿은 이 섬 떠돌이 귀신들을 다 대신해 그 한라산 혼백들을 씻길라는 것인디, 그래 굿상도 우선 그 사람네 귀신들한테만 꾸며논 것인디, 그러자면 한 사람이라도 그 귀신들 주인이 함께 있어줘야겠는디 말여.

유정남은 틈틈이 그런 농 투와 타박기를 일삼으면서도 그 이 과장과 수하 직원들의 지원 속에, 그리고 어디선지 이 과장이 동원해 온 서너 명의 다른 육지부 무당가 사람의 손품까지 빌려가며 이날의 자기 굿청을 하나하나 신속하게 새로 꾸며나갔다. 그야 거기에는 일찍부터 손발이 맞아온 조복순의 도움이 절대적이었음도 물론이지만.

그리하여 4월 하순 오전 해가 이미 한 중천을 가르기 시작한 오시 문턱에 이르러선 굿마당을 새로 꾸미는 일이야 제물 음식 진설하는 일이야 남도 씻김굿 고유의 제차를 마련하는 모든 굿청 준비가 끝났고, 그때쯤엔 유정남의 소망대로 이 과장이 미리 주선해 보낸 지프차 편에 이날의 기주 격인 그 한라산 동굴의 유일한 생존자 김상노 씨까지 굿청 밖에 도착하고 있었다.

신문 인터뷰에서조차 얼굴을 숨겼던 그 김상노 씨를 고종민이 눈앞에 본 것은 물론 그것이 처음이었다. 종민으로선 그만큼 궁금한 인물이기도 했지만, 50대 초반 나이에 비해 이미 깡마른 중늙은이 모습에다 동네 장거리에라도 붙잡혀 나온 수탉처럼 기가 죽고 어리둥절해 보이기까지 한 표정이 무언지 종민이 그동안 마음속에 그려온 분위기 그대로였다.

하지만 형식상이나마 이날의 기주 격인 그 김상노 씨가 나타난 것으로 이제 그 유정남의 씻김굿판은 마침내 서막이 열리게 된 셈이었다.

유정남은 마지막으로 조복순 만신에게 새로 금줄을 친 제청 안팎에 정화수를 뿌려 정갈히 해줄 것을 당부하고 자신은 굿청 뒤쪽에 마련된 무구와 의장 보관막 안으로 들어갔다. 그리고 미리 무굿 차림을 하고 있던 조복순이 부정한 액살기를 쫓기 위해 새 정화수로 굿청 주위를 단속하고 날 때쯤 그녀는 이날 굿판의 주무(主巫)로서 단정한 쪽머리에 새하얀 무복 차림으로 조용히 굿상 앞으로 나와 앉았다.

육지부 씻김굿은 대체 어떻게 치러질 것인가. 오늘 굿으로 그녀는 정말 수십 년 동안 잊혀지고 버려져온 망자들의 원혼을 불러올 수 있을 것인가. 그리하여 저들의 묵은 적한을 씻기고 풀어 편안한 저승길을 떠나가게 할 수 있을 것인가 — 이때까지 아직 굿청에 남은 사람들은 이제 그 유정남의 등 뒤로 소리 없이 그런 호기심과 의구심이 깃든 눈길을 보내며 그녀의 첫 굿거리를 조용히 기다렸다. 이것저것 뒷심부름을 거들던 종민은 물론 이 과장이나 사진기사, 그리고 여전히 카메라를 손에 든 채 주위를 서성대고 남아 있던 양 교수 들도 이제는 각기 일손을 놓고 일반 구경꾼들의 뒤꼍으로 물러서서 말없이 그녀의 일거일동을 지켜보기 시작했다. 그에 비하면 망자들의 유일한 생존 유족이자 증언자로서 이날 굿거리에 누구보다 절절하고 숙연한 마음새로 임해야 할 김상노 씨만이 여전히 데면데면 방심스런 얼굴이었달지. 그는 유정남의 단속에 따라 미리부터 제청 앞쪽으로 이끌려 나와 앉아 있었지만 시종 남의 일을 구경하듯 고개를 잔뜩 비껴 숙인 채 심기가 여전히 편찮은 모습을 하고 있었다.

그러거나 말거나 유정남은 오직 그 가엾은 망자들을 위한 자신의 소임을 다할 각오를 다지듯 결연스런 모습으로 한동안 가만히 앉아 있었다. 그러다간 이윽고 마음의 준비가 끝난 듯 천천히 자리에서 일어나 곁에 배설해둔 액상에서 쌀 한 줌을 쥐어다 굿상 위에 뿌린 뒤 다시 제단을 향해 돌아앉아 다당다당 가볍게 징을 두드리며 나지막이 첫 무가를 읊조리기 시작했다.

— 아왕 임신아 공심은 저러지고 남산은 본이로세 조선은 국이옵고…… 다당다당…… 팔만은 사두세경 한양도 서울이요 개성국 본서울 천황씨는 하늘을 마련하고 안황씨는 땅을 마련하옵시고…… 다당다당……

씻김굿의 첫 제차인 '안당굿' 사설이었다. 종민은 이날 있을 굿을 좀더 깊이 이해하고 마음을 함께하기 위해 그동안 여기저기서 씻김굿 제차에 대한 현장 기록과 연구서들을 들춰본 덕에 자세한 것까지는 알아들을 수 없어도 대충은 그 의미와 내용을 짐작할 수 있었다. 이를테면 그녀는 이 세상 무녀의 조상 격인 공심의 이름을 대어 신의 집사인 자신의 신분을 고하고, 이어 나라와 천지 만물의 근본을 밝혀 오늘 이 자리에 주신의 왕림을 청한 것이다. 그런 다음엔 이날 이 자리에 굿을 하게 된 사람과 사연을 고하고, 성주님을 비롯한 안팎 신령들의 흔쾌한 동참을 빌 차례였다. 그런데 이날 굿의 내력이나 기주의 사연은 물론 굿을 하는 시일이며 장소, 형식 따위 모든 것이 여느 굿판과는 사정이 다르다 보니 그 무가 사설도 좀 별스러울 수밖에 없었다.

　―에 에야 에요 오늘 이 굿청을 차려서 이렇듯 정성스레 굿판 잔치를 벌여 올리는 사람은 저 무자년 제주 서쪽 애월골 동네에 살다가 무고히 산속으로 끌려가 지내다 갑오년 초춘 모월 모일 교천고을 어후오름 산역에서 억울하고 절통한 죽음을 당한 김씨가 혼령들 생존 혈육 김상노란 후손으로, 오늘 뒤늦으나마 그 조모와 그 자손 숙부와 숙모 되는 세 고인의 편안한 극락왕생을 청해 빌고자 함이오니……

　다른 굿판과 사설이 같은 것은 무가를 열어 들어가는 첫 몇 마디뿐으로, 기주의 청굿 사연이나 망인들의 원통한 죽음의 내력은 대충 그 장소와 시기를 들어 죽은 혼령 수와 혈연관계들만 밝힌 다음, 서열이 맨 위쪽인 할미의 혼령부터 차례차례 순서에 따라 제청에 임하기를 당부했다.

　―이 한 몸에 온 식구의 혼령을 함께 실어 모실 수가 없은즉, 이 세상에서나 저 세상에서나 일족 중의 웃어른 할마니부터, 다음에 귀하고 귀한 이 집 아들 숙부님부터……

　그리고 이날은 우선 남은 유족이 참례한 이 집 식구들 굿자리니 주인이 없는 다른 혼령들은 나중에 따로 대접할 제상 차례를 기다려 즐겁게 흠향하고 가시라는, 누구보다 끝끝내 그 노인네를 따르다가 죽음을 함께했다는 처녀 혼령에 대한 간곡한 당부를 덧붙였다. 듣기에 따라선 다소 어색하고 우스꽝스럽기까지 한 내용의 사설을 그녀는 흔들림 없는 목소리로 능숙하게 잘 읊어냈다.

이어 유정남은 안당굿의 또 다른 목적인 굿청의 부정과 모든 참석자들의 액살을 막기 위해 다당다당 계속 징을 두드리며 일 년은 열두 달 과년은 열석 달…… 잠시 더 액막이 사설을 외우고 나서 마지막으로 흰 종이 소지 한 장을 불살랐다.

그렇듯 혼자서 사람들을 등지고 앉아 조용히 첫 제차를 끝낸 유정남은 잠시 자리를 비켜 나가 한숨을 돌리고 나서, 이번에는 한지를 길게 오려 묶은 지전(紙錢)을 손에 들고 천천히 다시 굿청으로 들어섰다. 그리곤 안쪽에 미리 자리해 앉아 제각기 징, 장고, 피리, 아쟁을 나눠 안고 구슬픈 가락과 선율을 자아올리기 시작한 악사들(사람이 부족해선지 그 가운데에는 정요선을 비롯한 유정남가 식구들 외에도 조복순의 신딸 경화와 다른 육지부 박수가 합류해 있었다)의 무악 속에 두 팔로 지전 묶음을 죽 뻗어 쥔 자세로 한동안 가만히 서 있었다.

그 바람에 장중은 더욱 숨을 죽였고, 그녀가 이윽고 천천히 몸을 조금씩 움직여 춤을 추기 시작했을 때는 까닭 모를 한숨 소리가 곳곳에서 터져 나오기 시작했다. 그게 바야흐로 무녀가 망자의 혼을 맞으려는 자리요, 그 간절한 소망을 담은 슬픈 춤이었기 때문이다. 산 자들이 망자의 깊은 포한은 알 수 없으되, 그 망자나 그를 대신하려는 무녀의 슬픔은 이미 가까운 이들의 죽음을 경험한 장중인 모두의 슬픔이요, 그녀의 춤은 바야흐로 그 장중 공유의 슬픔을 춤추게 될 것이기 때문이었다.

하지만 유정남의 춤사위는 쉽게 풀려날 줄을 몰랐다. 계속 한자리에서 발뒤꿈치를 가볍게 들었다 놓았다 하고 있을 뿐 그녀는 좀처럼 발을 떼어놓지 않았다. 사르락 사락…… 양손에 든 지전의 간헐적 흔들림만이 그녀의 억눌린 감정과 숨은 육신의 소용돌이를 대신하고 있었다. 가늘게 흔들리는 그 지전의 가닥가닥마다 망인의 한과 슬픔이 어려 떨고 있는 것 같았다.

　　신이로구나아 오늘이로구나 에에야 에이요오

　그 유정남이 드디어 입을 열어 무가의 사설을 시작했다.

　　운항산 그늘 아래 슬피 우는 저 뻐꾹새야
　　너는 어이 슬피 우느냐……

　죽은 고목에 다시 새싹이 돋아난들 한 번 죽은 사람은 다시 살아 돌아오지 못하니 그 아니 슬픈 일이냐는—, 망자의 죽음의 암담함과 슬픔을 되새기는 내용의 사설을 읊고 난 무녀는 이어 제단 앞에 놓아두었던 장고를 집어 들고 다당당당 한쪽 면을 두들기며 더 한층 처연한 목청으로 다시 망인의 혼령을 청하기 시작했다.

　　넋이로세 넋이로세 넋인 줄 몰랐더니 오늘 보니 넋이로세
　　이 넋이 오실 적에 서울을 지나다가 은장도 드는 가위
　　어서석 베어내어 넋당석 말아올 때 어둔 길 오실라나

연지등 자래등 초롱등 불 밝히고 대마정 소마정 당석 맞아 오시더라……

한동안 그렇듯 초혼 의식을 치르고 난 유정남은 이제 마침내 굿청에 당도한 망인과 그 조상들에게 손수 따뜻한 끼니 음식을 차려 대접하기 시작했다. 그리고 나선 한동안 굿거리 진행을 중단하고 아직도 데면데면 눈알만 굴리고 앉아 있는 기주 사내를 비롯해 굿청 사람 모두에게도 함께 음식을 들라고 권했다.
굿판이란 원래 망자뿐만 아니라 그 망자를 보내는 이승의 생자들을 위하는 일이기도 하였다. 망자의 설움이 아무리 깊다 해도 그 굿은 뒤에 살아남은 자들이 치러내는 자리였다. 그 사람들도 먹고 마셔야 하였다. 그리고 종당엔 슬픔을 씻어내고 좋은 얼굴로 망자를 저승으로 곱게 떠나보낼 수 있어야 했다. 망자도 생자도 각기 명계(冥界)의 길을 달리하여, 망자는 그간의 한을 풀고 편안한 저승길을, 생자는 본래의 평상심으로 돌아가 이승의 삶을 다시 이어갈 수 있어야 했다. 더욱이 이번 굿판은 애초 나라의 안녕과 태평성세를 도모코자 한라산 유혼들의 구원을 씻겨 보내려는 행사였다. 그래 굿판엔 원래 참례자들의 질펀한 잔치 기분이 끼어들기도 했지만, 그래저래 굿청 사람들 모두가 함께 음식을 즐기고 위로를 받는 것은 당연한 일이었다.
하고 보니 그동안엔 자기 할머니와 숙항 혼령들이 내린다는데도 긴가민가 계속 먼산바라기만 하고 앉아 있던 김상노 씨도 차츰 마음이 움직이기 시작한 듯 조복순이 일부러 권한 음식 그릇을 옆으로 밀쳐두고 엉거주춤 자리에서 일어나 다른 사람들 앞에 술잔을 권하고 다니기 시작했다.

뿐만이 아니었다. 며칠 전 고종민이 집으로 찾아갔을 땐 대문 앞 내침을 서슴지 않았던 용두리 추만우까지 그사이에 잠깐 얼굴을 내밀고 나타나 이 과장의 말 없는 눈도장을 받고 돌아갔다.

"내일 굿청에 잠시 얼굴이라도 내밀었다 가세요. 그러지 않았다 간 이 과장이 무슨 수를 써서라도 추 형을 당장 군대로 보내버리겠답디다. 외모는 조용하고 부드러운 사람이지만, 그 양반 성깔이나 숨은 위세는 추 형이 나보다 더 잘 알지 않소. 그 사람 충분히 그러고 남을 사람이니 알아서 하시구랴. 정 일이 바쁘시면 잠깐 동안만이라도."

전날 저녁 종민이 마지막으로 그 추만우의 후일을 위해 언젠가 정요선을 몰아붙이던 이 과장의 말을 위인에게도 건너 귀띔해준 효과인 것 같았다. 소리를 들은 만우는 아닌 게 아니라 전날의 요선과는 달리 지레 겁을 집어먹은 듯 여느 때보다도 유난히 더 더듬대는 목소리로 그 전화통 속의 종민이 마치 이 과장이기라도 하듯 떠듬떠듬 변명과 부탁을 늘어놓았었다.

"우우리는 다다른 굿을 잡아놔서 다다른 굿청엔 모못 갈 처지라니께요. 그러니 고고 형이 내 사사정을 대신 좀……"

그래놓고도 추만우는 다시 생각이 달라진 듯 좀체 나타날 낌새가 없더니 끝내는 아무래도 마음이 편치 못했던지 제 발로 어슬렁 굿청을 찾아온 것이었다. 하지만 위인은 그렇듯 잠시 얼굴을 내밀어 보이는 정도로 이 과장의 양해를 구해볼 심산이었던 듯 더 이상

굿 일손을 보태거나 길게 머무르려 하지 않았다. 잠시 멀긋멀긋 굿판 돌아가는 형세나 살피다간(이 과장에겐 따로 눈인사를 건네는 낌새조차 없이) 음식 한 조각 입에 대지 않은 채 이내 모습이 사라지고 만 것이다.

그러거나 말거나 그동안 한쪽으로 돌아앉아 천천히 담배 한 대를 피우고 난 유정남이 이번에는 기주 김상노 씨를 불러 굿상 위에 새로 술잔과 절을 올리게 하고 나서 자신은 다시 장고를 들고 자리에서 일어섰다. 그리곤 가는 대나무 가지에 몇 가닥 한지를 매단 손대를 끼워놓은 그 장고를 비껴 잡고 다당당당 다당당당 가볍게 징채 장단을 쳐 울리기 시작했다. 이른바 망자와 손님들을 함께 위로하려는 '쳐올리기' 순서였다.

제차는 그런 식으로 유정남이 흰 장삼 차림에 종이 고깔을 쓰고 나와 이번 굿의 취지에 따라 기주와 참석자들을 포함한 제주도 모든 사람들의 복락과 안녕을 비는 '제석굿'과 기주 일가의 조상을 대접하기 위한 '선영굿' 순서를 거쳐 마침내 본격적인 망인들 씻기기와 천도 절차로 들어갔다.

유정남은 굿청 마당 가운데에 돗자리 세 개를 나란히 펴놓고 요선이 옮겨다 놓은 옷 보퉁이에서 망자들이 저승으로 입고 갈 옷가지들을 차곡차곡 가지런히 풀어 챙겼다. 기주의 할미와 며느리가 입고 갈 흰 치마저고리 속옷 일습과 숙부 몫으로 지어 온 또 다른 남자 한복 한 벌. 유정남은 먼저 할미 쪽 치마저고리와 속옷들을 누워 있는 사람에게 하듯 차례차례 추려 입히고 마지막으로 버선과 신발까지 신겨서 온전한 사람의 차림새를 꾸며놓았다.

"자, 우리 굿판에 이리 여러 혼백을 한 몫에 씻겨 보내는 법은 없더라만, 오늘은 경우가 특별하니 이렇게 하도록 하세. 불쌍하고 한이 많을 혼령들이니 일가가 다 심심치 않게 저승길을 함께 가게 아들 쪽도 지금 자네 정성을 다해 입혀드리소."

유정남의 당부가 아니더라도 그녀의 한쪽 곁에서는 조복순 만신이 알아서 또 한 사람 남자의 의복을 한겹 한겹 순서대로 정성껏 꾸며 입히고 있었다. 그리고 유정남이 그 할미에 이어 며느리의 의장까지 끝내고 나자 두 사람은 각기 그 망자들 모습의 가슴께에 저승길 노잣돈을 놓아준 다음, 그것을 각기 돗자리째 말아 일으켜 세웠다. 이어 요선이 옆에서 기다렸다 건네주는 종이 족두리를 여자들에게 씌우고 아들 쪽에는 넋이 담긴 밥주발과 상투 모습을 한 솥뚜껑 관모(영돈)를 올려놓으니 이제는 죽은 모자와 며느리가 함께 서 있는 모습이었다.

유정남은 이제 그 망자들의 형상을 순임과 정화 두 신딸들에게 나눠 안겨 부축하게 한 채 깨끗한 빗자루에 쑥물을 묻혀 차례차례 그 신체를 씻기기 시작했다.

씻기시나 씻기시나 불쌍한 망자 씨를 오늘에 씻기시나

머리 위에서부터 발끝까지 몇 번이고 정성껏 씻겨 내리며 유정남은 그 어머니를 위한 무가를 읊조렸고, 조복순 만신 또한 옆에서 그 사설을 따라 외우며 아들 내외의 신체 형상을 씻겨나갔다.

쑥물로 씻기시면 악사 지옥도 면하시고 도탄 지옥도 면하시고
생왕극락 가옵시니 쑥물로 씻깁니다아

쑥물 씻김이 끝난 다음에는 다시 향물로 씻기고, 향물 다음에는 맑은 물로 거듭 씻겨 내렸다.

맑은 물로 씻기실 때 상탕에는 머리 감고 중탕에는 몸을 씻고
하탕에는 열 손발 고이고이 씻기시니
진 옷 벗어 내던지고 마른 옷 갈아입고 왕생극락 옥경연화당……

두 무녀는 그렇듯 쑥물과 향물, 맑은 물로 차례차례 망인들의 신체뿐만 아니라 생전의 모든 한을 씻겨냈다. 살아생전 가슴에 쌓이고 맺힌 원망과 억울한 죽음의 원한을 씻겼다. 차마 이승을 떠나지 못하고 떠도는 가엾은 넋의 부정을 씻겼다.

그런데 무슨 피의 흐름이 앞섰기 때문인가. 그것을 지켜보는 고종민의 심사는 어느 때보다 절절하고 숙연했다. 무녀는 지금 그 망자들만을 씻기고 있는 게 아니었다. 모든 삶에는 죽음의 그림자가 드리워 있었고, 그 죽음은 누구에게나 어둡고 허무한 것이었다. 무녀는 망자의 원통한 죽음이나 포한뿐 아니라 모든 죽음의 허망스러움과 부정함, 바로 그 죽음의 그림자가 드리운 우리 삶의 허망스러움과 부정을 함께 씻기고 있었다. 종민이 그 무녀의 정성스런 굿거리에서 자신도 새삼 어떤 그윽한 안도감과 정화감을 느낀 것은 바로 그 때문이 아닌가 싶었다. 그런 뜻에서 지금 무녀는 죽

은 망자나 그 일족뿐만 아니라 이날의 굿청 사람들을 비롯해 이 섬 모든 사람들의 죽음과 삶을 함께 씻기고 있는 셈이었다.

이어서 이번엔 깨끗하게 씻겨진 그 망자들의 가슴속에 오랜 세월 피멍이 맺혀 쌓인 한을 마저 풀어주는 '고풀이' 제차로 들어갔다. 굿청을 잠시 조복순에게 맡겨두고 자리를 물러나 쉬고 있던 유정남이 중간중간 열 마디로 단단한 매듭을 지어 묶은 긴 무명 고(매듭) 벳가래를 들고 나와 조복순이 안고 치는 징 가락을 향해 노래와 춤을 추기 시작했다.

 에라 만수 에라 대신 천여 리냐 만여 리냐
 세경각시 대왕연으로 설설히 풀리소서
 불쌍한 망자 씨가 어느 고에 맺히셨소······

유정남은 조 만신의 단조로운 징 가락에 맞추어 그 가혹한 이승 업보의 고에 매인 망인들의 한을 풀어주기 위해 가볍고 절제된 춤사위와 노랫가락 속에 그 고 벳가래를 가볍게 감아 흔들고 돌아갔다. 망인의 마음이 풀려 이승의 한을 다 벗어놓지 않으면 그 혼백이 아직 저승길을 떠날 수 없기 때문이다. 그리고 그 고 매듭은 바로 이승에 혼자 살아남은 자손의 삶의 슬픔과 괴로움의 매듭이기도 하기 때문이다. 고가 풀려야 혼자 살아남은 자식도 그동안의 모든 죄책감에서 벗어나 자신의 남은 삶을 이끌어갈 수 있기 때문이다.

천고 만고 맺힌 고를 금일 금시로 풀으시고
　이승의 근심 걱정 노염 원한 다 벗으시고
　왕생극락 하옵소서……

　그런데 무슨 연고인가. 망자의 원한이 아직 덜 씻겨진 것인가. 망자들과 연고가 없는 고종민이나 다른 사람들까지 심사가 몹시 처연해지고 있는 마당에(굿청 뒤쪽에 팔짱만 끼고 서 있던 이 과장마저도 이때쯤엔 기분이 썩 눅눅해진 듯 이따금 눈길을 허공으로 향하곤 하였다) 유독 그 굿마당의 주인 격인 기주 사내 한 사람만은 아직도 별 실감이 안 가는 듯 그저 망연해 있을 뿐인 것이 못내 서운해서인가. 망자의 마음과 한이 풀리면 맺힌 고는 아무리 단단하게 묶인 매듭이라도 슬슬 가볍게 풀리게 마련이랬다. 그런데 유정남이 그 춤과 사설을 다 끝냈을 때까지도 고 벳가래가 다 풀리지를 않았다. 하고 보니 그녀는 같은 사설과 춤사위를 거듭 두 번씩 되풀이한 끝에서야 그 맺힌 매듭들을 다 풀어냈다. 하지만 그녀는 그러고서도 무엇인지 아직 마음이 석연찮은 듯 기주 사내를 향해 한동안 가만히 서 있었다.
　그 유정남을 대신해 징채를 잡고 있던 조 만신이 그 김상노 씨를 나무라듯 한마디 거들고 들었다.
　"오늘 우리 기주님 마음속 정성이 너무 모자라는가 보다. 자기 조모님 숙부님들 일인데 마음을 더 간절하게 지니시거라."
　하지만 유정남도 그렇듯 춤을 멈추고 서서 이미 혼자 마음속에 요량해둔 일이 있었던 모양이었다.

"아무래도 안되겠다."

그녀가 마침내 다시 고개를 흔들며 굿청 한쪽의 옷 보퉁이로 걸어가 흰 종이 고깔과 길다란 명주 수건을 찾아 들고 나오며 악사들에게 일렀다.

"다른 소리 접어두고 요선이 피리하고 장구 소리만 올리거라."

제차에 들어 있지 않은 살풀이춤을 추려는 것이었다. 하긴 그도 망자의 액살을 풀어주는 굿거리 춤 한 가지니 마음에 석연찮은 것이 남아 있는 유정남으로선 그걸 못 출 것도 없었다. 깔끔한 쪽머리, 흰 치마저고리 차림에 긴 명주 수건을 한쪽 어깨에 걸쳐 잡은 그 유정남의 즉흥적인 살풀이춤 준비에 요선도 조복순도 마음이 합해진 듯 이윽고 피리와 장고 소리가 어우러져 오르고, 그에 따라 가만히 앉아 정지해 있던 그녀의 몸이 손끝의 명주 수건과 함께 느릿느릿 솟구쳐 오르기 시작했다.

아들 요선의 구슬픈 피리 선율과 장고잽이 조복순 만신의 입타령 속에 흐름과 끊음이 번갈아 이어져나간 그 유정남의 춤가락은 고종민이 보기에 전날의 해정리 변 심방이나 조복순의 격한 춤사위에 비해서는 물론 이날 추어온 자신의 어떤 춤가락보다도 아름답고 세련되어 보였다. 동중정 정중동(動中靜 靜中動), 극도로 절제된 몸동작과 원으로 감아 돌고 물결로 굽이치며 바람으로 나부끼는 하얀 수건의 아름다운 춤사위는 지극히 환상적이고 신비스러우면서도 한편으론 더없이 삼엄하고 냉혹한 귀기가 감돌았다. 망자의 여한을 마저 다 풀어주려는 그녀의 무녀로서의 염원이 그렇듯 간절하고 깊었기 때문일 터였다. 그 간절한 염원과 춤사위의 쓰다듬질 앞에 어느 귀신인들 남은 적한을 다 풀고 가지 않을 수 없어 보였다.

그리하여 예정에 없던 살풀이춤까지 추고 난 유정남은 이제 심기가 한결 편해진 얼굴로 이어서 '넋올리기' 순서로 들어갔다. 그것은 생자와 사자가 서로 망인의 죽음을 받아들이고 망자를 생자의 마음속에서 분리시켜 삶과 죽음의 길을 갈라 세우는 의례.

"오시기도 함께 오고 씻기기도 한 몫에 씻겼으니 경우는 아니다만 늙은 기주님을 생각해서 까짓거 보낼 때도 아까처럼 세 식구를 한 몫에 보내드리도록 하자."

혼잣소리와 함께 유정남이 다시 기주 상노 씨를 굿상 앞으로 불러 앉히고 사람 형상을 오린 백지 인형 석 장을 그의 머리 위에 올려놓았다. 한 장은 물론 그의 할머니의 혼백이요 다른 두 장은 숙부 내외의 혼백들이었다. 그러니 비록 가벼운 종잇조각일망정 그에겐 그것이 결코 마음에 가벼울 수가 없었다. 머리 위에 세 혈친의 넋을 함께 모신 사내는 그 무게를 온전히 지탱해내려는 듯 조용히 눈을 감았다. 그리고 여전히 데면데면하기 그지없던 그의 얼굴색이 서서히 하얗게 변해갔다. 하지만 예정하지 않았던 살풀이춤 공양까지 누린 혼령들은 이제 이승의 미련이 다한 것인가. 사내는 그 무게를 그리 오래 견딜 필요가 없었다. 유정남이 순임에게서 건네받은 신칼을 들어 그 한쪽 종이 술 끝으로 먼저 할머니의 넋을 청하니 처음 한두 번은 별 반응이 없었다. 차마 선뜻 마지막 저승 길을 나서지 못하는 아쉬움 때문이리라. 하지만 그 아쉬움도 이제는 망자의 길을 오래 미룰 수가 없었다. 망자는 언제든 기어코 명부의 저승길을 떠나가야 할 처지였다.

―망자들은 망자의 길을 가고, 이승에 살아남은 사람은 이승 살 길을 가는 것이 죽음의 도리오라. 그래야 망자들도 저승에서 편해지고, 이승의 산 사람도 제 삶 길을 맘 놓고 가게 되오리다. 그러니 이승의 손자 씨를 위해 이제 어서 마음을 싹둑 자르고 이승 자리를 일어서소서!

유정남이 한 번 더 혼령을 달래 청하니 이번에는 그 넋 종이 하나가 그에 응해 이내 신칼 술을 타고 휘감겨 올라왔다. 그리고 이어 남아 있던 다른 두 혼령도 그 할미를 따라 유정남이 다시 내민 술 끝을 타고 가볍게 감겨 올라왔다. 할머니와 숙부 내외 세 사람의 혼령이 마침내 이승의 손주와 조카를 뒤로하고 마지막 저승길을 나선 것이었다.

―고마운지고, 망자님들. 우리 불쌍한 기주님 무거운 마음을 헤아려 이렇게 쉽게 길을 갈라 나서주시니 아심찮고 고마우셔라.

유정남이 혼령들을 치하하고 나서 이제는 깨끗하게 씻겨진 세 혼령을 먼 저승길로 떠나보내는 마지막 '길닦음' 굿거리를 서둘렀다. 그녀는 새 질베 한 필을 풀어내어 순임 들에게 양 끝을 단단히 붙잡게 하여 이 세상에서 저승으로 가는 명계의 다리를 마련하고, 망인들의 저승길을 양쪽 촛불로 환하게 밝힌 다음, 그 다리 위를 세 망자의 혼령이 담긴 넋 광주리로 엎드려 문지르며 험한 저승길을 편히 가도록 빌기 시작했다.

이승길을 닦을 적엔 쇠스랑 괭이질로 곱게 닦아-

높은 데는 깎아주고 낮은 데는 돋아주어
　　불쌍하신 오늘 망자님들 왕생극락 하옵시오
　　제에 보살 제에 보살님 나무나무 나무아미타불

　　저승길을 닦을 적엔 연해염불로 빌어 닦아
　　어둔 길을 밝혀주고 좁은 길을 넓혀주어
　　불쌍하신 오늘 망자님들 왕생극락 하옵시오
　　제에 보살 제에 보살님 나무나무 나무아미타불……

　이윽고 그 길닦음 제차를 마지막으로 세 망인을 위한 굿거리는 이제 거의 끝이 나가고 있었다.
　"세 모자가 함께 길을 떠나가니 외롭지는 않을 거다만, 그래도 사자님 체면이 있으니 노자들을 좀 놓거라."
　유정남이 마침내 부스스 몸을 일으키고 굿청을 둘러보며 주위 사람들의 노자 시주를 주문했다. 마지막 굿거리를 마무리 지으려는 당부였다. 하지만 이때쯤엔 많지 않던 구경꾼마저 거의 다 빠져나가고 남은 사람은 새삼 더 넋이 나간 사람처럼 멍청한 얼굴을 하고 앉아 있는 기주 김상노 씨와 텅 빈 굿청 뒤쪽에 아직도 팔짱을 끼고 서 있는 이 과장과 양 교수 들 몇 사람뿐이었다. 망인을 위한 노자를 제대로 놓을 사람이 아무도 없었다. 언제부턴지 굿판은 유정남과 조복순 일가, 그리고 연물을 거들러 온 몇 육지부 박수뿐이었다. 그걸 본 유정남이 짐짓 농기 섞인 너스레를 떨어대며 주위를 다그쳤다.

"허허 그러고 보니 여태 우리 당골 식구들끼리서 굿을 놀았구만. 헌다고 그 멀고 험한 망자들 저승길을 빈손으로 보낼 수 있겄냐. 오늘 굿마당엔 길을 같이 따라가고 싶어 할 다른 귀신들도 많은 판인디."

그러자 조복순이 징채를 놓고 일어나 허리춤을 더듬더듬 지전 한 장을 꺼내어 넋 광주리에 얹으며 푸념 투를 이었다.

"자, 경우는 아니다만 우리 식구들이라도 노자를 좀 놓거라. 이러다가 다른 귀신들을 그냥 여기다 다시 떼어놓고 갈지도 모르겄다."

그러니 뒤쪽의 이 과장이나 양 교수 들도 비로소 물정을 알아차린 모양이었다. 뒤늦게 사정을 알아차린 고종민은 물론, 요선을 비롯한 무당 일가 사람들이 다투어 노자를 놓은 데 이어 뒤쪽의 이 과장이 어정어정 앞으로 걸어 나와 윗저고리 주머니 속의 지갑을 열었다. 그리고 잠시 발길을 머뭇거리는 듯싶던 양 교수 역시 이내 그 뒤를 이었다.

하지만 그 이 과장이나 양 교수는 노자를 놓고 나서도 다시 뒤쪽으로 자리를 옮겨 가지 못했다.

"이제 오늘 곁다리 객귀들 제상은 이 에미들보다 너희가 좀 알아서 차리거라."

언제부턴지 흐느적흐느적 몸을 마주 흔들며 지금까지와는 다른 춤사위를 시작한 유정남과 조복순이 제 신딸들에게 이르고 나서는 이 과장과 양 교수의 팔소매를 붙들어 잡았기 때문이다.

그 또한 이날 굿을 끝까지 온전하게 여미려는 주무로서는 빠뜨리고 지나갈 수 없는 심사였으리라. 비록 근본조차 알 수 없는 남의 집 혼령이라도 그 가엾은 망인들은 이제 무녀들의 정성스런 굿거리와 기원 속에 무사히 저세상으로 떠나갔다. 그리고 그 망인들이 떠나갔으니 살아남은 사람들 마음속에서도 그들이 떠나가야 한다. 그들을 떠나보내고 안심이 되어야 한다. 생각해보면 이날은 사실 망자들이 비로소 이승의 시름을 털고 편안히 저승 극락으로 떠나간 날이다. 뒤에 남은 생자들은 가볍고 기쁜 마음으로 그 망자들을 보내야 한다. 그래야 망인의 혼령이 자유로워지고 생자들도 그 망인의 죽음으로부터 자유로워질 수 있기 때문이다. 무녀들은 지금 그 망인들을 훨훨 내세 극락으로 떠나보내는 환송의 춤을 추기 시작한 것이다. 그래 그 무녀들의 춤은 지금까지와는 달리 제법 편안하고 즐겁고 흥겹기까지 하였다. 그런 속뜻을 다 알아차릴 리는 없었지만, 이 과장이나 양 교수 들도 그런 무녀들의 심중을 쉽게 물리칠 수 없었으리라. 두 사람 역시도 이내 우쭐우쭐 그 무녀들을 따라 어깨를 마주 흔들어대기 시작했다.

아직은 고종민만이 차츰 춤마당으로 변해가는 그 굿청 한쪽에서 잠시 더 뜨거워져오는 마음을 달래고 있었을 뿐이었다.

─아버지. 권력 놀음은 어디서나 마찬가지로 이곳 한국에서도 저주스런 비극이자 희극입니다.

그는 한동안 미뤄온 일본의 아버지에 대한 편지의 한 구절이 그때 문득 머리에 떠오른 때문이었다. 그리고 그 편지의 뒷구절을 잇기 위해 그는 자신도 모르게 자꾸 조급해져가는 마음을 잠시 더 지그시 눌러 참아야 했으니까.

―하지만 아버지도 이미 알고 계시듯이, 이 땅에는 그 권력 놀음의 희생자들과 그 삶을 끊임없이 씻겨내는 사람들이 있습니다. 그 희생자들의 혼령과 생자들의 삶을 위로하고 그 지난한 역사로부터, 그 일방적인 이념의 역사와 억압의 굴레로부터 이 땅과 이 땅의 사람들을 다시 일으켜 꿋꿋하게 살아가게 하려는 염원 속에……

하고 보니 그 분위기에 어울리지 않게 뒤늦게 터져 나온 김상노 씨의 느닷없는 통곡 소리는 차라리 물색없는 이변에 가까웠달까. 그렇듯 망자들의 혼령이 떠나가고 굿판이 다 기울 때까지도 그는 마치 남의 굿을 구경하듯 갈수록 더 덤덤한 얼굴을 하고 앉아 있었다. 하지만 그건 여태 자신의 슬픔을 안으로 눌러 삼키려 안간힘을 쓰고 있었던 탓인지 모른다. 아닌 게 아니라 그 할머니에 대한 상노 씨의 회한은 그렇듯 깊었을 법도 하였다. 그래 그는 아직도 다른 사람들처럼 그 혈육들의 혼령을 쉽게 저나보낼 수가 없었는지도. 한동안 춤판을 이끌던 유정남이 드디어는 그 멍청스런 꼴을 하고 앉아 있는 김상노 씨까지 한데 끌어들일 양으로 그의 어깨를 부추겨 일으키려 했을 때였다.

"할무이이! 아이고 우리 할무니이!"

김상노 씨가 졸지에 그 유정남의 품으로 고꾸라져들며 치맛자락을 부여 쥐고 통곡 소리를 터뜨리기 시작했다.

"할무니이, 우리 불쌍한 할무이이! 부디 오늘 이놈의 죄를 용서하십시오. 부디부디 이 몹쓸 손자 놈을 용서하시고……"

하지만 유정남이나 조복순 들은 이미 이날의 굿을 다 끝낸 다음이었다.

"아니, 이 사람은 하루 죙일 굿청을 거꾸로만 가네그래. 울고불고 망자의 혼령을 맞아 씻겨드려야 할 때는 그저 무뜨럼하니 앉아 있기만 하더니, 좋은 맘으로 떠나보내야 할 때는 눈물로 앞길을 가로막고 나서다니!"

유정남이 그 상노 씨의 등을 어루만지며 짐짓 우스개 조로 달래려 했지만, 위인은 그렇듯 뒤늦게 복받쳐 오른 슬픔을 어찌하지 못했다.

"할무니이, 저를 용서하지 않으시려거든 차라리 이놈을 오늘 함께 데려가주기나 하십시오. 할무니이, 으허허허……"

"허허 이 양반, 할머님 혼령은 벌써 저승길을 떠나셨대도 이러네. 이승에서 풀어야 할 한 다 푸시고, 용서할 것도 다 용서하고 가볍고 편안한 마음으로. 할머님이나 숙부님을 아직 떠나보내지 못한 것은 이 손자 씨 마음속뿐이란 말여."

유정남이 다시 어린아이 다루듯 반말 투로 그를 나무라고 달래며 그쯤 어깨를 부추겨 일으키려 하였다.

"자, 그러니 손자 씨도 이젠 할머님이나 숙부님이 편안한 마음으로 먼 길 가시도록 즐거운 마음으로 떠나보내드려야제. 자 어서, 어서!"

"이제 그만 내버려두고 형님은 이리 와 춤이나 추어!"

그러거나 말거나 그 뜻하지 않은 두 사람 간의 소동을 버려둔 채 어깨를 짐짓 흥겹게 들썩이고 돌아가던 조복순이 보다 못해 그 유정남을 자신들의 춤판으로 끌어들이며 아직도 떠나간 할머니 타령을 그치지 못하고 있는 김상노 씨를 향해 야단치듯 소리쳤다.
"그래, 울어, 실컷 울어! 기주 씨는 이제사 긴 세월 집안 귀신들 가위눌림에서 풀려난 게야. 그래 인제서 눈물이 나고 통곡이 터져 나온 게야. 그러니 실컷 울고 소리쳐서 마음속 어둠을 시원하게 다 씻어내어!"
그러니 이제 굿판에선 더 이상 그 김상노 씨에게 마음을 쓰려는 사람도 없었다. 이미 제법 흥이 오른 이 과장이나 양 교수는 물론 그 조복순에게 이끌려 온 유정남에 이어 이윽고 고종민까지 함께 어울려들기 시작한 굿청 춤판은 자신들의 그림자까지 얼려들어 더덩덩 궁더꿍 흥겨운 연물 가락을 울려가며 어느새 저녁답으로 기울어든 긴긴 봄날 오후의 여광 속에 한동안이나 더 계속되고 있었다.

18

 한라산 봉우리가 잿빛 파도 너머로 부옇게 멀어져가고 있었다.
 섬으로 건너온 지 석 달여. 남해안 완도를 향해 제주항을 출발한 여객선 제완호에 다른 식구와 함께 다시 몸을 실은 정요선은 나름대로 감회가 몹시 복잡했다. 생각 같아선 위령굿을 끝내고서도 한 며칠 더 섬에 남아 머물면서 용두리 추만우네 굿판까지 구경을 해두고 싶었었다. 뒤늦게 무슨 제주 굿 구경을 원해서가 아니었다. 이제 이쯤 섬을 나가는 대로 아예 어머니 유정남 들과도 헤어져 살길을 달리해보고 싶은 마당에 새삼 남의 동네 굿청 기웃거릴 일은 없었다. 위령굿을 피하려 이 과장의 의도까지 함부로 거슬러가며 추만우가 핑계 대온 제집 굿판 예정은 알고 보니 '초신질 바르기'라는 이곳 제주 심방가에서 새끼 무당이 태어나는 신굿이었다. 그런데 그 내림굿을 받는 주인공이 다름 아닌 해정리 변 심방네 금옥이었다.

"그 아이 요즘 들어 무병이 심해 더 견딜 수가 없었던 모양이에요. 어머니 변 심방이 용두리 추 심방네에게 그녀의 신굿을 요청했고, 추 심방네도 그 청을 받아들여 바로 굿날을 잡았다더구먼요."

위령제가 끝나던 날 저녁 뒤풀이 술자리에서 고종민이 짐짓 귀 뜸해온 소리였다. 요선은 그것이 금옥의 신상에 어떤 변화를 뜻하는 것인지 금세 알아차릴 수 있었다. 추 심방네 굿청에서 내림굿을 치른다면 그녀는 이제 그 집 조상 신령을 섬기는 신식구가 되는 것이었고, 그것은 또한 추만우의 여편 심방으로 일생을 함께하게 됨을 뜻했다. 뿐만 아니라 전일 그 만우의 시퍼런 추궁 투에서 이미 짐작했듯 두 사람이 그 모든 것을 받아들였다는 뜻이기도 했다. 이를테면 추만우는 그것으로 그날 요선이 당신이라면 금옥에게 신굿을 치러줄 수 있겠느냐는 다그침에 대한 분명한 대답이기도 하였다.

요선은 알알한 술기운 중에도 가슴에서 푸드득 파랑새 한 마리가 날아가는 소리가 들리는 듯했다. 고종민은 그러나 미처 거기까지는 짐작을 못한 듯, 어쩌면 일부러 그를 단속해두려기라도 하듯 물색없이 덧붙였다.

"그런데 그 신굿을 치르고 나면 금옥 씨는 무병을 고칠 겸해 계속 그 집에 머무르면서 노래며 춤이며 그 집 굿일을 익히게 된다면서요? 그러면 만우 씨와는 제절로 짝을 이루는 혼인식까지 겸하게 되는 거 아니에요? 그러니 어때요. 정 형도 그 굿 구경을 하셔야지요? 이번 굿은 우선 금옥 씨의 무병부터 다스리자는 쪽이라 원래 제주도 신굿처럼 규모가 크지는 않을 모양이지만, 굿 날짜가 바로 다음 달 6일인가 7일로 잡혀 있다니 말예요."

고종민의 지껄임 소리에 요선은 처음 속으로 콧방귀만 뀌고 있었다. 새는 이미 날아가버린 꼴이었고, 개 지붕 쳐다보는 격이 된 그는 도대체 그 알량한 남의 잔치판을 기웃거릴 이유가 없었다. 이젠 그럭저럭 위령굿판도 끝났겠다 어머니 유정남이나 자신에게나 이 섬에선 더 이상 남은 일도 머뭇거릴 일도 없었다. 배편 날짜만 잡혀 내일이라도 당장 섬을 떠나가면 그뿐, 금옥 따위에게 무슨 미련을 남길 일도 없었다.

한데 참 괴이한 일이었다. 아니, 괴이한 일은 금옥이 년부터였다. 이튿날 아침 생각지도 않았던 년으로부터 전화가 걸려왔다. 그리고 평소의 그녀답지 않게 제법 전날의 굿은 잘 치렀느냐는 치렛소리를 건네온 끝에, 오래잖아 요선이 섬을 떠나리라는 사실을 알고는 느닷없이 자신의 신굿 예정 사실과 고종민이 미리 귀띔해온 그 굿 날짜를 알려왔다.

"다음 달 바로 초엿새, 그러니 그날 용두리 추 심방네 집으로 와서 내 신굿을 구경하고 가. 섬을 떠나더라도 마지막으로 내 신굿을 구경하고 떠나란 말야. 알았지?"

속셈을 알 수 없는 굿자리 통기 끝에 그녀가 일방적으로 다짐해 온 소리였다.

그런데 그 금옥의 달갑잖은 주문이 웬일인지 요선의 심사를 은근히 흔들어댔다. 년이 내게 무슨 약 올릴 일이 남아 있었던가. 이제 와서 그게 무슨 자랑거리라도 된단 말인가— 나와 지 년 사이에 그간 도대체 무슨 일이 있었길래?

요선은 이번에도 그저 같잖다는 비소기 속에 범연히 흘려들어 넘기려 하였다. 하지만 그게 왠지 생각처럼 쉽지가 않았다. 그녀의 목소리가 무슨 호소처럼 애틋한 느낌 속에 자꾸 귓가에 맴돌았다. ─섬을 떠나더라도 마지막으로 내 신굿을 구경하고 떠나란 말야…… 그것은 왠지 썩 맘에 없는 혼인을 앞둔 여자가 문득 옛 정인을 찾아가 제 순결을 내던지고 떠나가려는 것처럼 황당스럽기도 하였고, 보다는 자유자재 섬을 나가 끝끝내 무당가를 떠나 살게 될 것으로 믿고 있을 그에게 무녀 이전의 보통 여자로서 자신의 마지막 모습을 오래 기억시키려는 것처럼 애잔스럽기도 하였다. 게다가 어떻게 귀신같이(그야 아무렴!) 그런 기미를 알아차린 어머니 유정남의 달갑잖은 잔소리가 그의 마음을 자꾸 그 금옥 쪽으로 이끌었다.

"네 사람 될 일 없으면 쓸데없는 잡생각 마라. 조선 천지에 여자가 남정 거느리고 사는 세상은 그래도 우리 굿동네뿐이다. 그렇게 굿동네끼리 맺어지는 일을 두고 공연히 부정 끼얹지 말고 섬을 나갈 일이나 서둘러!"

유정남은 그러잖아도 위령굿이 끝나는 대로 곧 섬을 나갈 예정을 굳히고 있었다. 게다가 위령굿이 끝난 지 사흘 만에 조복순네가 먼저 섬을 나가고부터는 그녀의 마음이 더욱 조급해지고 있었다. 그런 데다 요선의 낌새를 알아챈 그녀가 그를 더욱 채근하고 든 것이었다.

요선은 그 유정남 때문에도 더욱 마음이 헷갈렸다. 아니 그녀가 그럴수록 그의 마음은 왠지 자꾸 더 금옥 쪽으로 다가갔다. 그러니 도청의 이 과장만 아니었다면 그는 어떻게든 시일을 끌다가 그녀의 신굿을 구경하고서야 섬을 나가는 배를 탔을 터였다. 그런데 왠지 이번엔 이 과장이 그것을 기다려주지 않았다.

"여기 또 어디 다른 굿판 잡아놓은 거 있어? 위령굿도 끝났는데 아직도 무얼 미적거리고 있는 거야! 여기선 이제 당신들 할 일이 없다고 했을 텐데."

고압적인 말투일수록 더 차분하기만 하던 근래 언사와도 달리 이 과장의 전화는 요선이나 유정남을 가리지 않고 신경질적인 반말 투로 무작정 다시 섬을 떠나 뭍으로 건너가라는 윽박질이었다.

"이제 당신들 굿판이 필요한 것은 이 섬이 아니라 육지부 쪽이란 말야. 뭍에선 지금 당신들이 씻겨야 할 생혼백들이 수없이 생겨나고 있으니까. 그러니 여기서 쓸데없이 미적대지 말고 지체 없이 육지부로 건너가요. 배편이 닿으면 오늘이라도 당장! 이건 부탁이 아니라 내 명령이야!"

하긴 요선도 그 이 과장이 그렇듯 심사가 조급해진 소이를 어느 정도 짐작하고 있었다. 다름 아니라 그 유정남 들의 씻김굿판을 빌려 제주도 사람들의 거도적인 한라산 유골 위령제가 치러지고 청죽회와 한얼회의 뒤이은 소동으로 제주 시내가 온통 소란과 혼란에 빠져든 바로 그 4월 30일 저녁, 이곳 작은당집 사람들이나 이 과장이 예상해온 대로 그 육지부 지팡이 사내의 남행 횃불 행렬이 드디어 중간 기착지인 K시 북단 일각에 당도했다는 소식이었다. 그리고 그로 하여 남도 땅 일대의 수많은 원혼들이 그 행렬을 맞는 K시 사람들을 부추겨 그 K시를 시발로 걷잡을 수 없는 횃불 태풍이 온 나라를 휘몰아치기 시작했다는 풍문이었다. 뿐만 아니라 그 밤 자정을 기해 마침내 제주도를 포함해 이 나라 전 지역에 대한 비상계엄령이 확대 선포되고, 이어 그 남행 횃불을 이끌어온 지팡이 사내 또한 그 즉시 국가 변란 음모와 선동 고무죄 명목으로 체포 투옥되었다는 흉흉한 소식 정도는 이 섬 바닥에서도 모르는 사람이 없었다. 육지부든 섬이든 요선도 물론 그쯤 세상 돌아가는 눈치는 알고 있었다. 하룻밤 사이 졸지에 그 지팡이 사내가 붙잡혀 들어가는 바람에 육지부는 횃불의 태풍이 더욱 위태롭고 거센 폭발로 치달아 하루 앞 사태를 예측할 수 없는 지경이라니, 아닌게 아니라 그렇듯 시끄러운 나라 꼴에다 새 계엄령 소식으로 금세 쥐 죽은 듯 무거운 정적과 공포에 휩싸이기 시작한 이 섬 구석에 새삼 무슨 굿판을 벌일 만한 일이 생길 리 없었다. 그리고 이 과장의 그 시퍼런 전화질이 바로 계엄령 선포 이튿날 아침부터였던 것으로 보면 그 육지부의 사정이 얼마나 위급하고 절박한 형편인지를 족히 짐작할 수 있었다.

그래저래 요선도 결국엔 될 대로 되라는 심사가 되고 말았다. 그로서도 사실 이 섬에서의 체류를 굳이 고집할 이유가 없었다. 무당이 지나가면 '저기 사람하고 무당 간다'는 소리가 있어왔듯이, 그가 그 금옥의 내림굿판에 끼어들어 보통 사람으로서의 그녀의 마지막 모습과 새 무녀로의 변신 과정을 마음에 새겨 지니게 될 일 또한 어딘지 개운찮고 두려운 면까지 없지 않았다. 이도 저도 다 부질없는 노릇만 같았다. 무엇보다 그 이 과장의 가파른 뜻을 섣불리 거스르고 나설 수가 없었다.

하여 짐짓 서둘러 마음을 작정하고 우선 완도행 배표를 구하여 섬을 떠나온 것이 이날의 항로였다. 섬을 떠나려면 금옥의 내림굿 날을 넘기지 않고 미리 떠나버리는 것이 좋을 듯싶던 참에, 그녀의 굿날이 그새 며칠 안으로 다가와 있어 사정이 급해진 데다, 때마침 굿날 당일의 완도행 선표를 몇 장 구할 수 있어 그걸로 이날 아침 배를 타게 된 것이었다. 그것도 요선 쪽은 애초 이 과장의 재촉을 핑계로 하늘길 구경 삼아 K시까지 비행기 편으로 훌쩍 섬을 떠나버리고 싶었지만, 그 어미 유정남이 웬일로 굳이 이번에도 완도나 장흥쯤 가까운 뭍 뱃길을 고집하고 든 때문이었다. 게다가 가까운 뭍 뱃길이라면 요선으로서도 차제에 진작부터의 마음속 결심을 앞당겨 실행에 옮겨볼 요량이 섰기 때문이다.

―흠, 그거 가까운 뭍 해안 뱃길도 괜찮지! 기왕 앞길을 갈라서려면 육지부에 발을 딛는 길로 일찍 갈라서는 게 좋을 테니까. 나까지 굳이 그 K시 북새통엘 따라갈 이유가 없을 테지.

그러니까 요선은 조금 전 배를 탈 때까지만 해도 그렇게 이 섬에서의 일들을 마음에서 훌훌 털어내듯 제법 가벼운 기분이었다. 그런데 배가 항구를 빠져나와 제주 섬과 한라산이 저만큼 시야에서 멀어져가면서부터 차츰 그 기분이 망연하고 답답해지기 시작했다. 그저 망연하고 막막할 뿐 아니라 제 신굿을 치르는 금옥의 앳된 모습이 수시로 눈앞을 아프게 스쳐 가곤 하였다. 더러는 머리를 곱게 빗어 단장하고 흰 치마저고리 소복에 다소곳한 모습으로, 더러는 화려한 청홍색 쾌자 차림에 장고와 쇳소리 무악에 맞춰 정신없이 몸을 솟구치고 돌아가는 도무(跳舞)의 모습으로.

하기는 그것도 무리는 아니었다. 이날이 바로 그녀의 신굿 날이었고, 그 굿을 치르고 나면 그녀는 앞날을 오로지 그녀의 몸주신과 신어미에게 맡겨 받들고 의지하며 살아가야 하는 새 애무당이 되는 날이었다. 그렇듯 자신이 모시는 신령의 힘에 의지하여 일평생 제 삶의 모든 것을 이웃들에게 바치며 살아야 하는 새 무당의 길을 서원하는 날이었다. 그러니 이날은 그녀가 굿을 통해 새로 태어나는 날이었고, 그런 만큼 일생 중에 가장 엄숙하고 성스러운 날이었다. 그녀의 차림 또한 성례를 올리는 새 신부처럼 가장 정갈하고 엄숙한 성장이 아니면 안 되었고, 거동새와 언행 또한 다소곳이 조신하고 순종적이지 않으면 안 되었다.

하지만 요선은 지금 그 금옥의 모습이 곱다거나 성스럽기보다 어딘지 안쓰럽고 애잔스럽기만 하였다. 그리고 누구에겐지 알 수 없는 착잡한 원망기 속에 제풀에 막막한 한숨이 터져 나오곤 하였다. 그 원망기나 탄식기가 그저 막연한 것만은 아니었다. 너의 집안에 떼무당이 나오거라는 무당가 욕설 그대로 제 집안사람들조차 무인의 길을 피하려 하는 판에 누구라서 스스로 그 고난스런 운명을 짊어지려 나설 사람은 없었다. 무당의 길은 당사자가 좋아서가 아니라 몸주 신령의 일방적인 선택에 의해 운명이 정해졌다. 그리고 한 번 그 선택이 이루어지면 당사자는 절대로 그 앞에 복종하지 않으면 안 되었다. 그 신령의 선택을 따르지 않았다간 이유를 알 수 없는 신병이나 인다리 따위 갖가지 우환이 겹쳐들어 결국은 그것을 받아들이게 만들었다. 원망도 당연하고 서러움도 당연했다. 신굿을 받는 사람치고 자신의 그 가파른 운명의 문턱 앞에 한두

번 목 놓아 통곡을 터뜨리지 않은 이가 없었다. 시퍼런 칼날 위에 자신을 올려 세우고 춤을 추며 자신을 선택한 몸주신의 강림을 기다리는 작두거리 뒤끝에서. 아니면 내림굿 막바지에서 새 신딸의 앞길을 당부하고 축원해주는 신어미의 간곡한 공수를 받으면서도. 도대체 어떤 힘이 저들에게 그렇듯 험난한 운명의 길을 점지했단 말인가— 그 신어미의 축원 공수가 진정으로 저 여인의 축복스런 앞날을 열어줄 수 있단 말인가. 저 여인의 외롭고 고난투성이 앞길이 어떻게 누구를 위한 축복이 될 수 있단 말인가— 사실은 요선 자신 아직도 그것을 알 수 없었고, 그것은 이날 금옥의 일을 두고도 마찬가지였다. 그리고 그런 과정들이 자신 없어 그 역시 지금껏 두려움 속에 그 어미 유정남의 소망을 외면하고 혼자만의 다른 세상길을 엿보아오지 않았던가.

이날따라 자신의 신굿을 치르고 있을 금옥의 모습이 그렇듯이 자주 눈앞에 떠오르는 건 그러니 요선에겐 어쩔 수 없는 노릇이었다. 그것도 어떤 식이었든 지난 한때 제법 마음에 두어온 철부지 애송이 계집아이의 일이 되고 보니 그의 심사가 한층 더 아프고 저린 것도 당연했다. 그야 물론 어찌 생각하면 그 애잔한 금옥의 모습은 단지 요선의 머릿속 생각뿐인지도 몰랐다. 제주도 신굿에는 작두거리나 무당이 직접 기주에게 복을 내리는 공수라는 게 없거나 형식이 많이 다를 터였기 때문이다. 한데도 그 모습이 자꾸 그런 육지 굿식으로 떠오르는 것은 요선이 지난날 자주 조복순네 곁에서 북녘 굿판을 보아온 탓도 있었지만, 그보다는 요선 자신의 금옥에 대한 생각이 그렇듯 애틋한 정경을 자아내고 있는 때문이었다.
 어쨌거나 요선은 그 금옥의 애틋한 모습을 눈앞에서 쉽게 지울 수가 없었다. 그리고 외롭고 험난한 그녀의 앞길이 자신의 일처럼 막막하고 불안했다.
 ―저 털털뱅이 머스마 같은 계집아이가 어째 하필 그 작두날 같은 험한 길을 어떻게 일생 혼자 걸을 수 있단 갈인가. 그 말더듬뱅이 추만우 위인이 그녀를 곁에 도와서? 오직 그녀 한 사람 자신밖에 대체 이 세상 누구라서 남의 앞길을 한평생 함께하고 부축해갈 수가 있길래?
 그녀가 장군복으로 마지막 작두거리 춤을 출 때는 혼자서 원망스런 근심이 앞을 섰고, 새색시처럼 정갈하고 다소곳한 모습 속에 추씨가 신어미의 공수를 받을 때(물론 그 혼자 상상에서였지만)는 자신도 그녀와 함께 보이지 않는 눈물을 삼키면서 그녀의 앞길을 간절히 축원했다.
 ―이제 천상의 일월신과 신령님께서 네게 강림하시어 너를 새 무당으로 허락하셨으니 너는 신의 자식으로서 극진히 모시고 의지하며, 항시 맑은 마음으로 소가 물을 먹고 풀만 뜯듯이 자신을 버리고 오로지 이웃에 봉사하는 길을 가야 한다. 헐벗고 굶주리고 불쌍한 사람들을 늘 힘써 도와야 한다. 이는 네 신령의 뜻이며 신어미인 내 뜻이다.
 아아, 그러나 그 신어미의 축복을 함께 따라 외우면서도 요선의 머릿속엔 못내 제 눈물을 삼키지 못하는 금옥의 모습이 너무도 선했다. 그런 가운데에도 그 신어미의 공수 축원은 계속 그의 귀청과 심금을 함께 울려왔다.
—네가 그리하면 네 신령이 항상 너를 보살피고 이끌어줄 것이다. 부디 명심하고 큰 무당이 되어라!

 제주 섬이 마침내 시야에서 사라지고, 그 섬과 함께 금옥의 환상도 서서히 파도 너머로 멀어져갔다. 그러자 요선은 새삼 그녀에게 미안한 생각이 들었다. 그녀가 늘 부러워하며 자신도 함께 데리고 나가주기를 소망했던 그는 훌쩍 혼자 섬을 떠나가고 있는 데 반해 금옥의 운명과 일생은 이제 영영 그 섬에 갇히고 만 듯싶었기 때문이다. 그리고 그녀의 앞날이 그렇게 일찍 결정 나게 된 데에는 요선 자신에게도 얼마간의 책임이 있는 듯싶었다. 하기야 그가 섬에 남겨두고 혼자 떠나온 듯싶은 사람은 그 금옥 한 사람만이 아니었다. 그새 미운 정 고운 정이 함께 들어왔달까. 그 참견꾼 고종민은 물론 사람 됨됨이가 굴뚝 속같이 껌껌하면서도 까닭 없이 매섭고 조심스럽기만 하던 이 과장까지도 아직 모습들이 선했다. 더욱이 고종민은 요선이 집을 나서려다 문득 작별 전화를 걸었을 때 이 과장이나 누구로부터 이미 이쪽 사정을 들어 알고 있었던 듯 그저 간단히 '먼 뱃길 먼저 조심해 나가라'는 인사와 함께, 왠지 자신은 좀더 섬에 남아 있어야겠다던 고집스런 목소리가 아직도 귀에 쟁쟁했다.
 "난 여기서 좀더 지내보겠어요. 어차피 여길 온 김에 난 이 대한민국이라는 나라를 좀더 알고 가야 할 것 같으니까요. 그리고 이 나라를 알자면 무엇보다 이 섬 계엄령 사태를 겪어보는 것이 좋을 것 같기도 하구요."

 고종민은 물론 위인의 말뜻을 다 알아들을 수는 없었다. 하지만 그것이 어딘지 편한 마음으로 하는 소리가 아닌 것은 분명했고, 위인의 그런 말을 듣고 먼저 섬을 떠나는 자신도 별 까닭 없이 마음이 무거워지는 것만 같았다.

 요선은 섬의 모습이 눈앞에서 까맣게 사라지고 난 뒤에도 계속 망연한 심사 속에 갑판을 떠나지 못하고 있었다. 그리고 그동안 여객선은 세찬 바람기와 파도를 가르며 남해 한복판의 청산도를 지나 어언 완도 해역으로 들어서고 있었다.

 요선은 그 배가 서너 시간 만에 마침내 완도항에 가까이 다가들 때까지도 선실로 들어갈 생각을 하지 않은 차 여전히 바깥 갑판에서 바람기와 흔들림을 버티고 있었다. 사실은 배를 내릴 때까지 그 유정남이나 순임 들을 곁에 함께하기가 싫었기 때문이다. 더욱이 그 어미 유정남은 이미 그가 줄곧 식구들을 피해 있으려는 속내나 나름대로의 결심을 읽고 있을 게 뻔했고, 요선으로선 당장 그 유정남의 채근이 귀찮았기 때문이다.

 하지만 그 유정남은 역시 사람의 마음속까지 환히 꿰뚫어 읽어내는 어김없는 무녀였다. 그녀가 그런 요선을 끝내 모른 척하고 넘어가줄 리 없었다.

 "오빠, 여태 여기서 혼자 뭐하고 있었어?"

 어느 순간 등 뒤에서 순임의 소리가 들려왔다. 그리고 엉겁결에 몸을 돌이켜 세운 요선에게 그녀가 드센 바람 소리를 이기려는 듯 다시 큰 소리로 외쳐댔다.

"엄니가 오빨 찾으셔. 아까부터도 오빨 기다리는 눈치셨어. 나하고 지금 선실로 내려가봐!"

드디어 일이 닥치고 만 것이었다. 하고 보면 이제 와서 애써 자리를 피할 일도 아니었다. 피하려 한대서 피해질 일도 아니려니와, 굳이 자리를 피할 일도 아니었다. 오히려 지금쯤은 어떤 식으로든 확실한 결판을 내둬야 할 일이었다. 요선은 새삼 마음을 추스르며 유정남이 기다리고 있는 선실로 내려갔다.

그런데 그 어미 유정남은 요선의 생각 이상으로 일을 훨씬 앞서 나가고 있었다. 그녀는 요선의 속요량뿐만 아니라 그에 대한 자신의 생각도 미리 다 다짐해두고 있었던 투였다.

"우리끼리 공연히 긴말 할 것 없다. 내가 네 속 알고 네가 내 속 아는 일이니 인전 우리 서로 앞일을 분명히 해두자. 우리가 완도에서 이 배를 내리면 어떻게 할 것인지."

요선이 선실로 내려가자 유정남은 이런저런 전후사 다 제하고 다짜고짜 그를 다그치고 들었다.

"나하고 순임이 년은 완도에서 배를 내려서 다시 녹동 표를 사기로 했다. 자, 그러니 너는 어쩔 참이냐. 우리하고 녹동 쪽으로 함께 갈 테냐, 니 혼자 다른 길을 갈 거냐?"

어김없이 요선의 속을 알고 하는 소리였다. 요선도 물론 그 물음의 뜻을 알고 있었다.

"K골 쪽에 요즈음 다시 씻길 사람들 원혼이 많이 생길 것 같다지 않으냐. 이 과장이란 사람 뜻도 그렇지만 섬을 나가면 우린 쉬엄쉬엄 다시 그쪽으로 가봐야 할 것 같다. 뱃길을 먼저 간 경화네하고도 거기서 다시 만나기로 했으니. 하지만 우선은 K골보다 녹동 쪽이 먼저다."

애초의 행선지 예정을 K시에서 녹동 쪽으로 바꿨으니 요선은 알아서 길을 결정하라는 뜻이었다. 요선은 물론 그 녹동행의 목적도 짐작할 수 있었다. 녹동행이라면 다시 소록도를 찾는다는 뜻이었고, 소록도행이라면 전날 그곳을 다녀 나오며 한 말대로 그 사내의 혼백을 씻어주겠다는 소리였다.

하지만 요선은 아직도 그 유정남의 흉중을 다 읽지 못한 셈이었다.

"내가 네 속마음을 안 것이 어제오늘 일이 아니라는 것은 너도 다 알고 있을 거다. 그러니 이젠 나도 더 니 앞길을 막아설 생각 없다. 우리하고 같이 가든 네 길을 따로 가든 오늘 일은 가부간 니 생각에 맡길 테니 알아서 결정해라. 하지만 그걸 결정하기 전에 이것 한 가지만은 미리 알아두거라."

요선이 오랫동안 벼르고 기다려오던 말을 차마 못하고 답지 않게 묵묵부답으로 망설이는 기색이자 유정남이 다시 입을 열었다.

"그 소록도의 불쌍한 남자의 일을 알리러 인천까지 나를 찾아왔다던 여자 이야기 말이다. 전번엔 아직 서두를 일이 없어 부러 그 이야기를 안 했다만, 그 여자 실은 그 천관산 밑에서 흘러들어간 남자가 섬에서 얻어 산 여자였었다. 그래 그 여간 그 천관산 밑 동네로 해서 다시 인천까지 먼 길을 찾아와 먼저 간 남정의 불쌍한 혼백을 씻겨달라고 그렇듯 사정사정 내게 그 짐을 지우고 간 거다. 그러고 가선 다시 소식이 없으니 뒷날 일을 미리 다 짐작한 탓이었겠지만, 자기 처지가 처진 디다 자신도 앞날이 그리 머지않을 듯싶어 제힘으로는 생전에 그 일을 감당할 수가 없을 것 같다고 말이다."

"……?"

"하지만 그 여자가 거기까지 나를 찾아온 것은 그 남자의 혼백을 부탁하려는 것만이 아니었다. 그 여잔 나이 두 살밖에 되지 않은 어린 사내애 하나를 함께 데리고 와서 그 아이도 내게 앞날을 부탁했다. 물론 두 사람 사이에서 낳은 애기였는디…… 그 아인 그러니께 그 애비의 병은 물려받지 않았어도 제 애비의 성씨는 그대로 물려받고 자랐는디, 그 애비 성씨가 무엇이었는지 알겠냐?"

"……!"

"그 사람 성씨가 정씨였다. 고무래 정(丁) 정씨!"

"……"

"자, 그러니 이젠 니 맘을 정하거라. 나하고 순임이하고 우리끼리 그 불쌍한 혼백을 씻기러 가게 하든지, 너도 우선 우리를 따라가 그 섬 혼백들을 함께 돌보든지. 너도 보았지만, 그 섬에 우리 손길을 기다리는 혼백이 어디 그 사람 하나뿐이더냐. 수백 수천 혼백의 이름이 그 만령당을 가득 채우고 있지 않더냐. K골 쪽 혼령들 일은 우리한텐 아직 그 나중 일이다. 앞서 알 일을 알아야 나중 일도 제대로 알게 된다. 자, 그러니 어쩔 테냐?"

유정남은 계속 말을 잃은 요선을 다그치고 들었다.

하지만 요선은 이제 그 유정남의 소리가 귀에도 들어오지 않았다.

왠지 새삼스럽게 크게 놀라운 느낌은 없었다.

쿵쿵쿵쿵— 아까부터 계속 선체를 울려대던 기관실의 엔진 소리가 귓속을 새삼 가득 채우고 들 뿐이었다. 무언지 벌써부터 알고 있었어야 할 말을 너무 늦게 들은 것 같은 덤덤한 느낌 속에 그 소록도 컴컴한 만령당 내벽을 가득 채우고 있던 수많은 위패 열이 눈앞을 지나갔다. 그리고 그동안 줄곧 그의 속을 부옇게 떠돌고 있던 그 뿌리를 알 수 없던 막연한 불안감과 의혹의 안개가 걷히고 그의 가슴속 어디로부턴지 서서히 자신의 모습이 떠오르기 시작했다.

그러자 요선은 이제 더 묻지도 않은 채 묵묵히 그의 대답을 기다리고 있는 늙은 유정남 앞에 자신의 한 부분이 슬그머니 무너져 내리는 느낌이었다. —나는 왜 사람이 이렇게 물렁물렁하지? 이런 때 늘 묘하게 제 덫에 걸려들고 마는 꼴이니.

요선은 제물에 그 씁쓸한 생각 속에 유정남과 그녀의 신딸 순임을 향해 지나가는 소리처럼 시큰둥하게, 그러나 여전히 무뚝뚝한 목소리로 대답했다.

"그러죠 뭐. 나도 완도에서 배를 내리면 어머니랑 함께 우선 한번 녹동 배를 타지요. 그다음 일은 또 녹동에 가서 다시 생각해보기로 하구요."

에필로그

 관가의 군졸들이 아비를 앞세워 찾아간 바위는 다시 옛날처럼 틈새가 닫혀 있어 아이의 무덤은 흔적을 찾을 수가 없었다. ─아이의 무덤이 어디 있느냐? 어떻게 이 바위 속에 아이를 묻었단 말이냐! 네 말이 사실이라면 이 바위 속을 갈라 보일 방법이 있겠구나. 그 방법을 말하여라.
 의심쩍은 눈초리로 다그치고 드는 험상궂은 무장(武將) 앞에 아이의 아비는 다른 도리가 없었다. ─어디서 말 울음소리가 세 번 들리고 나서 저절로 바위의 문이 열렸습니다.
 아비는 겁에 질려 전날의 일들을 사실대로 고했다. 그리고 그 소리에 잠시 혼자 생각에 잠겨 있던 말 위의 무장이, ─흠, 네 말이 정녕 사실이렸다!
 한 번 더 다짐을 하고 나선 손에 든 채찍을 몇 차례 세차게 휘둘러 제 군마의 엉덩이를 갈겼다. 그 바람에 말이 세 번 울었고, 더

불어 하늘에서 갑자기 마른번개와 천둥소리가 내리치며 바위가 문득 두 쪽으로 갈라져 열렸다. 그리고 그때 다이의 아비는 원통하게도 자신의 자식이 하루쯤을 더 못 기다려 눈앞에서 두번째로 거푸 죽어가는 것을 보았다.

갈라진 바위 속에서는 죽은 줄만 알았던 아이와, 함께 묻어준 곡물 낱알들이 모두 뜻밖의 모습으로 변해 있었다. 아이는 우람한 장수의 모습으로 바뀌어 무릎을 꿇어앉은 채 방금 고개를 반쯤 쳐들어 올리다 만 모습이었고, 자루 속의 콩과 팥알 참깨 알들은 수많은 장졸과 군마 무기로 변하여 무예와 전술을 열심히 익히는 중이었다. 하지만 졸지에 바위가 갈라지고 세찬- 햇빛과 바깥바람이 덮쳐들자 장졸들은 일시에 움직임을 멈추고 힘없이 스러져갔고, 장수의 모습을 하고 꿇어앉은 아들은 반쯤 쳐들린 머리와 무릎을 마저 펴 올려 일어서지 못하고 하늘이 무너지듯 한 큰 한숨 소리와 함께 그대로 무너져 내려앉으며 주위를 시뻘건 핏물로 물들였다.

그리고 그때 어디선지 다시 슬픈 말 울음소리가 세 번 울리더니 갈라진 용마바위 뒤쪽에서 눈부신 날개를 단 용마 한 마리가 불쑥 솟구쳐 올라 뒷산 너머 하늘로 멀리 사라져갔다. 새로 태어날 장수를 태우러 왔다가 주인을 만나지 못한 용마였다.

그리하여 사람들은 이후부터 아기장수도 용마도 더 이상 기다리려고 하지 않았다. 더 이상 그 영웅 장수나 용마의 희망에 속고 싶지 않아서였다.

하지만 사람들은 끝내 그 구세의 영웅 이야기를 잊지 못했고, 언제부턴지 그 아기장수와 용마가 다시 태어나기를 기다리기 시작했다. 그 이야기 속의 꿈과 기다림이 없이는 아무래도 세상을 살아갈 수가 없었기 때문이다.

* 다음의 책들은 졸작을 위해 읽고 참고했을 뿐 아니라 더러는 원문을 유사하게 혹은 그대로 인용했음을 밝히며, 진심의 사의와 함께 저자들의 깊은 이해를 빈다.

1. 『제주도 신화』『제주도 무속 연구』(현용준 교수)
2. 『한국 무속사상 연구』(김인회 교수)
3. 『제주도의 장수설화』『제주도 신화』(현길언 교수)
4. 『우리 무당 이야기』(황루시 교수)
5. 「제주도 무속과 신화연구」(이수자 교수: 박사 학위 논문)
6. 『집없는 무당』(유명옥 님)
7. 『4·3은 말한다』(제민일보) 일부
8. 『국가와 황홀』(송상일 님)

해설

정치도 넘고 신화도 넘어, 또한 탑돌이도 넘어서

정과리

이게 그래도 독일적인 것인가?
이 무거운 울부짖음이 독일인의 가슴에서 나온 것인가?
이렇게 자기 몸을 괴롭히는 게 독일인의 육체인가?
축복하는 사제들이 내민 저 손들이 독일적인 것인가?
훈향에 깨어난 이 감각들이?
또한 이렇게 부딪치고 넘어지고 비틀거리는 동작들이?
이 혼탁한 소음들이?
저 수녀들의 추파, 이 아베마리아, 저 땡그랑 소리가!
이 천상의 희열들, 이 가짜 황홀들이,
독일적이란 말인가?
생각해보라, 그대는 아직도 문가에 서 있구나!
—프리드리히 니체, 『선과 악을 넘어서 Par-delà le bien et le mal』
(불역본, Le livre de poche, 1991)

『신화를 삼킨 섬』의 맥락

이청준의 완성된 최후작이 된 『신화를 삼킨 섬』(2003)은 그의 전 작품의 완성이라고 볼 만한 특성을 갖추고 있다. 이 작품은 우선 '잔혹한 정치의 세계에 대한 개인(들)의 응전'이라는 이청준 소설의 항상적 탐색이 다다른 최종 차원을 보여준다.

「병신과 머저리」가 보여준 '노루' 혹은 '김 일병'의 처참한 희생과 '눈의 불꽃'에서 시작한 그 탐색은 『당신들의 천국』(1976)에서 '자생적 운명'의 개척이라는 명제에 도달함으로써 일단 그 여정에 마침표를 찍게 된다. 마침표가 찍히는 자리에서 독자는 '자유'와 '사랑'의 상관적 길항작용이라는 삶의 근본 형식이자 실천적 윤리인 명제를 심중히 새기게 된다. 그리고 저 명제의 모호성 속에 붙박임으로써, 저 길항의 필연성과 지난함을 영구히 되묻게 된다. "결코 대답이 주어질 수 없는 방식으로 질문을 제기하는 것"(롤랑 바르트)이 문학의 핵심 과제라면, 『당신들의 천국』은 바로 그 과제의 실질 그 자체라고 할 만하였다.

그런데 나환자들의 삶을 조명한 『당신들의 천국』은 현실이라는 이름의 삶의 일반적 차원에 '알레고리'로 작용하였다. 그것은 비유로서 현실 앞에 던져진 성찰의 풍경이었다. 비유가 없으면 삶은 스스로를 인식하지 못하고 현실은 자신을 착각한다. 저 예수의 비유 paraboles가 우화적으로 증거하는 것처럼. 그러나 동시에 비유는 삶에도 현실에도 개입하지 못한다. 다만 비유의 의미가 독자에게로 퍼질 뿐이다. 오스카 와일드가 날카롭게 지적했듯이, 삶이 거울이 아니라 독자가 거울이기 때문이다(『도리언 그레이의 초상』).

그것만으로도 한 예술 작품의 까닭은 얼마나 소중한 것이랴. 그러나 그만큼 비유는 자발적으로 삶을 갈구한다. 예술의 역사는 예술가의 역사가 아니다. 예술가가 완성한 자리에서 예술은 최악의 빈혈에 직면할 수 있다. 왜냐하면 가장 위대한 예술은 모든 예술적 가능성이 들어차기 위해 조성된 빈 동굴이기 때문이다. 예술은 스스로를 삶으로 채우려 하는 욕망 속에서 모든 예술들을 삼킨다. 텅 빈 동굴의 넓이를 향락하고자 하는 욕망이 끝 간 데에서 예술의 천박한 세속화 혹은 상업주의가 득실대는 광경을 볼 수 있다면, 저 동굴을 결여로 느끼고 삶을 삼키려는 욕망이 끝 간 데에서, 우리는 예술을 통한 파시즘이 폭발하는 활화산 앞에 선다. 벤야민은 정치의 예술화에서 파시즘의 속성을 보고, '예술의 정치화'를 그 저항적 대안으로 내세웠지만(「기계복제 시대의 예술 작품」), 그러나 그 둘을 실상 어떻게 구별할 수 있으랴. 궁극적으로 예술=정치로 향해 있는 한. 모든 '화(化)', 즉 자기배반적 용어인 '이화(異化, 즉 소외)'를 제외한 동일화는 무차별 현상으로 귀결하고야 만다. 그리고 무차별 현상의 궁극은 타자의 이름으로 자행되는 광포한 자기파괴, 존재의 환경의 절멸이다. 그러니, 비유에 머물지 못하는 몸의 운동을 억제하지 않으면서 동시에 현실에 함몰되지 않으려면, 어째야 하는가?

말을 바꾸면 이렇다. 예술이 정치에 개입하면서 정치와 어떻게 대결할 수 있는가? 항목을 낮추어 말하면, 존재가 어떻게 현실에 개입하면서 현실과 대결할 수 있는가? 왜냐하면 예술은 존재, 즉 운산되지 않은 삶의 꽃이며, 정치는 삶의 상징화인 현실의 최고도로 상징화된 형식이기 때문이다. 바로 이것이, 알레고리로서의 『당신들의 천국』 이후 이청준의 작품사가 스스로에게 제기한 문제일 것이라면, 바로 『신화를 삼킨 섬』이 잉태된 까닭이 거기에 있다고 하지 않을 수 없을 것이다.

　또 다른 증거도 있다. 독자는 이청준의 미완성 유작이『신화의 시대』(2008)임을 잘 알고 있다. 직전의 작품과 같은 용어가 사용된 것이다. 그런데 유작은 일종의 자서전이 될 것이었다. 그 '사실'을 '허구'로 돌리면서, 프랑스의 세르주 두브롭스키Serge Doubrobsky가 1977년에 '자기허구autofiction'라고 이름 붙이고 직접 실천에 들어갔던 장르와 매우 유사한 성격을 가진 이 특이한 작품의 주제(즉 자전)가 '신화'에 속함을 작가는 명시하였다. 독자가 모두(冒頭)에 적은 이청준의 항상적 주제를 다시 떠올린다면, 이 명명은 아주 의미심장한 것이다. 작가는, 의식하고 있었든 아니든, 잔혹한 정치적 현실과 대결하고자 한 작가 개인의 응전에 '신화'라고 이름 붙이는 방식으로 의미를 찾으려고 한 것이다. 즉, 정치라는 고도의 상징적 의미화의 장에 삶 그 자체의 영역, 혹은 다른 의미의 영역을 맞서게 하고, 그것을 '신화'라는 이름으로 아우르려 했던 것이다. 작가는 그의 개인사가 결코 현실의 일반적 연산으로 환원될 수 없음을, 환원되어서는 안 된다는 것을, 의식적이든 무의식적이든, 단호히 기도했던 것이다. 그렇다면, 직전의 작품『신화를 삼킨 섬』이 바로 정치와 신화의 대립에서 출발했으면서 동시에 그 대립이 '삼킴'의 방식으로 엉켜 들어간 과정을 추적한 것이라 하지 않을 수 없다. 그 '삼킴'의 방식의 실상에 대해서는 긴 탐색을 요청하는 것이겠지만, 그것이『신화의 시대』가 그은 단절과는 달리, 연루인 것만은 직관적으로 알아차릴 수 있다. 즉,『신화를 삼킨 섬』은『신화의 시대』로 건너가기 직전, 현실과의 싸움을 다룬 최후작으로 의도되었음을 짐작할 수 있다. 그리고 만일 의도가 그러하다면, 작가는 당연히 그 최후작에 완성의 '밀도'를 불어넣으려 했으리라.

신화의 씨와 날

과연 『신화를 삼킨 섬』은 정치와 신화의 전면전과도 같은 형국을 시종 끌고 가고 있다. 겉으로 보기엔 정치의 압도적인 힘에 무기력하게 내몰리는 인물들과 사연들만이 보이지만, 그것은 사건의 전개 쪽에서만 그렇다. 그 사건에 맞서 진짜 신화가 프롤로그에서부터 시작되고, 또한 에필로그를 통해 정치의 혼잡을 감싸며, 소설 속 이야기의 대단원을 드리운다. 그러니 우선 정치는 무엇이고 신화는 무엇인지 알아보기로 하자. 정치는 박정희 대통령이 숨진 이후부터 광주항쟁이 일어나기 직전까지 한국 현대사의 전환의 국면(1979.10~1980.5)이 그 배경을 이루고 있다. 그리고 그 국면에서 작용하는 국가권력의 통제권의 행사와 그에 맞서는 대항권력의 도전이 그 배경에 굵은 무늬를 이루고 있다. 정치의 차원에서 독자가 주목할 것은 크게 두 가지이다. 첫째, 이 전환의 국면이 정치적 통제의 틈새라는 것이다. 즉, 자유의 하늘이 활짝 열릴 수 있는 기회라는 것이다. 이 시기를 소설의 시간대로 선택했다는 것은 아마도 작품의 주제를 극대화하기에 그 '때'가 최적이었기 때문일 것이다. 바로 독재를 틀어쥐고 있던 '1인'이 문득 공백 상태가 되면서 순간적으로 열린 해방의 시간이 나타났던 것이다. 따라서 이 시간대는 한편으로 정치적 통제가 임계점에 도달한 시간이며 동시에 자유의 얼굴이 그 1인의 찢긴 초상 사이로 드러나기 시작하는 즈음이었다. 우리는 이처럼 자유가 맨 얼굴을 드러냈던 적이 한국의 현대사에서 네 번 있었던 것을 기억하고 있는데, 그 전개와 결과는 모두 달랐다. 3·1운동, 4·19, 제3공화국의 몰락과 광주항쟁, 그리고 1987년 6월항쟁이 그 순간들이다. 둘째, 이 소설의 배경을 이루고 있는 세번째 양상의 특이한 점은, 자유의 열림을 국가권력이 주도하고 있다는 것이다. 그것은 국가권력의 입장에서는 자신이 자유를 막는 자가 아니라 오히려 여는 자임을 보여주려는 의도의 실행이라 할 수 있을 것이다. 바로 이것이 소설적 사건의 실마리로서 작용한다. 그 실행의 첫번째 사업으로, 제주도 4·3사건의 희생자들에 대해 이데올로기를 초월한 한씻기 행사를 기획했고, 바로 그로부터 소설 속의 인물들이 제주도로 몰려들었던 것이다.

그러나 만일 정치권력의 의도에 문제가 없었다면 소설은 시작될 필요조차 없었을 것이다. 사실은 변신한 정치권력의 저 관용의 첫마디에서부터 문제는 시작되고 있었다. 왜냐하면, 정치권력이 의도하는 것은 자유의 열림이 아니라, 자유마저도 자신의 통제하에 두고자 한 것, 즉 통제의 구조적 열림이기 때문이다. 그렇기 때문에 대항권력의 부상으로 상황이 여의치 않게 되자, 자신들이 열었던 문을 서둘러 닫아버리게 된다. 소설은 바로 자유가 잠시 열렸다 닫히기까지의 시간을 아우르고 있으니, 그 시간의 배치 자체가 정치권력이 행하는 것이 무엇인지를 그대로 암시한다. 결국 정치의 차원에서, 이 소설은 삶의 통제 기제로서의 정치권력의 기능이 그 유연성의 정도가 어떠하든, 삶의 직접적 담당자들인 개인들을 자동인형으로 만드는 방식을 통해서 발휘된다는 것을, 바로 그 유연성을 늘리고 줄이는 과정 자체를 통해서 보여주는 것이라 할 수 있다.

물론 정치의 차원에서 그렇다. 이러한 정치에 맞서서 신화가 개인들의 편에서 솟아오르고 있음을 이미 보았다. 그 신화는 각 개인들의 비극과 고난과 원망과 소망을 통해 피어나지만, 점진적으로 연대를 늘려가며, 거대한 집단 무의식으로 자라난다. 그렇기 때문에 이 소설에 작용하는 정치의 전면성만큼이나 신화 역시 전면적이다. 다만 그 전면성의 양태가 다르다. 정치에서 그것은 특정한 시간대에 한국인의 역사가 집약되는 방법을 통해서 표현되었다면, 신화의 차원은 그와 반대로 다양한 층위로 펼쳐져나가는 방식을 통해서 그 전면성을 보여준다. 지난 정치사에서 네 개의 시간적 지점이 있었던 것처럼 신화 역시 네 개의 층위가 있다. 우선 한국인의 역사 전체를 통해 편재하는 '아기장수 설화'의 층위가 있다. 다음, 몽고의 침략에 저항한 '삼별초'의 '김통정'과 그를 진압한 '김방경'의 설화가 있다. 세번째로 한센병에 걸려 소록도로 간 마을 사내의 서러운 이야기가 있다. 마지막으로 4·3사건과 더불어 무주고혼(無主孤魂)으로 떠도는 제주도 혼령들의 이야기가 있다. 첫번째 층위에서 신화는 정치의 완벽한 음화로서 나타난다. 정치에 맞서는 모양을 띠지만, '예정된 패배', 즉 맞섬 이전에 이미 패배한 모습으로 환기된다. 두번째 층위에서 신화는 정치에 대한 저항과 그 좌절을 드러낸다. 저항은 실제로 나타나지만, 그러나 궁극적으로 패배한다. 그 패배는 정치가 신화를 장악한다는 것을 가리키는데, 그러나 이 층위에서 그 장악은 정치가 신화화되는 방식을 통해서 달성된다. 따라서 분명 정치가 신화를 패배시키지만, 정치는 신화를 통해서만 드러난다. 김통정과 김방경은 모두 실제의 역사적 인물이긴 한데, 신화화되어서 사람들의 집단무의식 속에 뿌리를 내린다는 뜻이다. 세번째 층위에서 신화는 정치의 바깥에 외따로 존재한다. 그러나 그 바깥에 위치한 것이 사람들의 손에 의해 끊임없이 정치 안으로 줄기를 드리운다는 것을 동시에 보여준다. 소록도 사내가 동네 이웃 유정남을 통해 정요선이라는 자신의 씨앗을 현실 안으로 집어넣는 것이다. 네번째 층위에서 신화는 직접적으로 정치와 맞닥뜨린다. 신화는 끊임없이 정치가 되려 하고, 그럼으로써 신화에 씌어진 원망과 한의 그물을 벗어젖히려 한다.

　독자는 이 네 개의 층위가 매우 치밀하게 조직되었음을 직관적으로 알아차릴 수 있다. 이 조직의 실제적인 의미론적 구조는 무엇인가? 네 개의 층위가 논리적 연쇄를 이루면서 네 개의 메시지를 전하는 듯하다. 첫째, 개개인의 삶에 대한 소망은 정치권력 앞에 무기력할 수밖에 없다는 것. 첫번째 층위와 두번째 층위의 전언이다. 둘째, 그러나, 정치권력의 광포함과 사람들의 상처는 항구히 기록되어 그 광포함을 기억하고 상처를 치유하기 위한 집단무의식을 발생시킨다는 것. 두번째 층위와 세번째 층위의 연쇄가 전하는 것이다. 여기까지는 한국인이 익숙히 알고 있는 경험적 사실들로서 산다는 것의 비애와 삶의 불가피성을 기억 물질로 만드는 작용들이다. 그러나 세번째 전언은 오로지 작가의 고유한 발명에 속하는 것이다. 이 역시 두번째 층위와 세번째 층위의 연쇄를 통해 타전된 그 메시지는, 정치권력에 희생된 개개인의 한과 소망이 집단무의식을 이룰 만큼 확대되었을 때조차도, '자생적 운명'이라는 형식을 갖추지 못하는 한, 뿔뿔이 흩어져 방황의 양태로 떠돌게 된다는 것이다. 바로 그것이 소설가에 의해서 '당신들의 천국'이라는 텍스트이자 동시에 형식을 얻게 되었으니, 그것이 '형식'이기도 하다는 것은, 바로 '당신들의'라는 소유격 형용사가 지시하는 것이 '자생적 운명'의 경계 바깥에 존재하는 소망들의 부유성이기 때문이다. 세번째 층위와 네번째 층위의 연쇄를 통해서 발송된 네번째 메시지 또한 『당신들의 천국』에서 제기되었던 것이지만, 그러나, 영구 계류(繫留)의 형식으로, 붙박여 요동치는 방식으로 나타났던 것이다. 그것은 자생적 운명에 대한 요구가 급격한 속도에 휘말리게 되면, 바로 그 스스로 자신을 침범했던 정치와 닮은꼴이 된다는 것, 정치의 재현, 즉 정치를 되풀이한다는 것을 적발한다. 그 자승자박은 이미 조백헌 원장의 전임인 주정수 원장이 흉포한 얼굴로 보여줘서 그 위험을 알렸으나, 조백헌 원장은 '사랑'의 이상에 집착하고 소록도민은 자신들의 '자유'에 집착하다가 모두가 자신의 의사에 반하여 빠져들고야 말았던 함정이 되었던 것이다.

그런데 이 네번째 메시지는 조금 전에 열거한 해방의 네 기점들의 마지막 시간대의 정치적 결과에 의해서 부인되고야 만다. 왜냐하면 1987년의 6월항쟁은 신화로 묻혀 있던 것들을 정치의 전면에 끌어냄으로써 마침내 독재에 대한 승리를 이끌어냈기 때문이다. 바로 그 사실에 대해 작가는 무조건 동의하지 않는 듯하다. 그가 그러한 관점에 동의했더라면, 대항권력으로서 작용한 '지팡이 사내'의 '남행길'에 대해 정부권력에 대해서와는 다른 방식으로 의미화했을 것이다. 그러나 작가는 그리하지 않았다. 그 둘의 기능을 동일하게, 앞에서 말했듯, 그 양태의 다양성에 관계없이 삶의 직접적 당사자들인 개인들을 '자동인형'으로 만드는 방식을 통해 수행되는 것으로 보았던 것이다. 그래서 그는 소설에서 비교적 "온건"하고 "국외자적" 태도를 보이는 '송일' 씨의 입을 통해서이긴 하지만, 소설 속의 프로타고니스트들 중 가장 참여적인 '문정국 기자'를 일컬어, 그 또한 "반정권 세력화의 길 또한 상대적 권력의 추구요, 자신도 필경엔 그 권력권의 회로 속에 갇히게 된다는 사실"을 "모를 리가 없다"고 단언하는 것이다. 이러한 작가의 관점은 독자가 1987년 이후 오늘날까지의 사회적 과정을 돌아볼 때 나름의 까닭을 갖는다. 그동안 분명 정치의 표층적 차원에서 '민주주의'는 꾸준히 그 형식을 보완함으로써 한국 사회를 사람이 살 수 있는 터전으로 만드는 작업을 조금씩 진척시켜왔다. 그러나 그 20년 동안 한국인들은 또한 지역, 세대, 이념 들로 갈라진 극심한 갈등의 폭발을 겪어왔다. 그 와중에서 한국인은 모두가 자신을 순수의 편에 세우고 상대방을 악의 편에 세우는 희한한 진실 게임을 무수히 되풀이해왔던 것이다. 그리고 한국인은 지금 한국 사회가 열린 민주 사회로 도약할 수 있을지, 아니면 무차별 현상의 폭증으로 결국 말초적인 욕망들, 그것이 경제적이든("부자되세요"), 사회적이든("아니면 말고" 혹은 흑백논리의 확산과 자발적 정당화), 육체적이든('소셜 네트워크'거나 '1박2일'이거나, 두루 현재를 향락하는 문화의 팽대), 정신적이든('이상적 자아'의 극대화), 모든 차원으로 분산된 저급한 욕망들로 가득 찬 야만적 포퓰리즘의 세계로 전락할지 예측하기가 지극히 어려운 상태에 처해 있게 된 것이다. 그러니, 정치적 결과가 일단 부인한 '신화의 정치화'가 내포한 광증은 실제로는 그 사회적 전개를 통해 꾸준히 실상을 드러낸 것이라 하지 않을 수 없다.

정치를 넘고 신화도 넘어서, 또한 계류도 넘어

『당신들의 천국』을 넘어 『신화를 삼킨 섬』이 스스로에게 제기한 문제는 바로 이 연쇄적 메시지의 연장선상에 있다. 바로 마지막 전언, 즉 '신화의 정치화'라는 문제를 '영구 계류'의 양태에 붙박인 데서 빼내, 모종의 '물길'에 띄운다는 것이다. '영구 계류'란 어떻게 드러났는가? 그것을 독자는 '자유'와 '사랑'이라는 문제를 양자택일의 문제로서가 아니라 동시에 끌고 가기 위하여 그 각각을 상대방의 감시 기제로 만듦으로써 일종의 순환적 회로를 구성하여 나선회전을 시키는 것이라고 본 적이 있다. 그리고 그 '나선회전'의 방법론을 두고, 데리다의 용어를 빌려, '반복'을 '반복 가능성'으로 바꾸는 것으로서 풀이한 적이 있다(「마침내 사랑이 승리했을까? 혹은 반복의 간지에 대해」, 『네안데르탈인의 귀환』, 문학과지성사, 2008).

그 풀이의 연장선상에서 독자는 두 가지 질문을 동시에 던진다. 왜 '계류'여야만 했는가? 그리고, 왜 '계류'를 넘어가야 하는가?

계류의 필연성은, 신화의 정치화가 내포한 위험 때문에 나온다. 신화의 정치화를 두고, "자생적 운명에 대한 요구가 급격한 속도에 휘말린" 사태라고 앞에서 말했다. 왜 속도가 문제인가? 저 속도는 박태환과 우사인 볼트의 빠르기를 말하는 게 아니라, 바로 '종말론'을 가리키는 것이기 때문이다. 데리다는 "너무 빨리 가려고 하지 말아요. 거기에는 핵전쟁의 시대에 대처할 수 있는 어떠한 발명도 처방도 없답니다"라고 권유하면서, 그 빨리 가려는 욕망이 종말론에 지배되고 있음을 말한 바 있다(「종말론도 아니고, 지금도 아니다No apocalypse, not now」, 『프시케Psyché』, Galilée, 1987). 그리고 얼마 후, 현실사회주의가 붕괴하고 소위 '역사의 종말' 담론(후쿠야마)이 기승을 부릴 때, 자신의 세대가 "헤겔, 마르크스, 니체, 하이데거" 등의 "종말론의 빵"을 먹고 자란 세대이며, 저 빵이 독으로 작용한 극단적인 예인 "소비에트 관료주의"를 목도한 세대로서, 자신이 '해체'라고 명명한 새로운 사유 방식은 그에 대한 경험과 성찰로부터 태어난 것이라고 밝히고, 지금의 "역사의 종말" 담론이 "짜증 나는 시대착오"임을 지적한다(『마르크스의 유령들Spectres de Marx』, Galilée, 1993, pp. 37~38).

종말론의 욕망은 궁극적으로 도달할 목표를 위해 과정을 수단화하는 것이다. 그 목표가 숭고하면 숭고할수록 종말론의 욕망은 그 목표를 수행하는 과정을 목표에서 무한히 멀어져가는 과정으로, 그것을 수행하는 자를 그 목표의 정반대의 상태에 도착하는 자로 만든다. 그렇게 하는데도 어떤 '거리낌'이 클러칭을 가하지 못하는 것은, 종말이 대의로 혹은 기정사실로 돌변하기 때문이다. 그 대의가 종말론에 들린 자들을 이미 목표에 도달한 자로 착각게 하여, 모든 과정을 무차별화하는 것이다. 그리고 그 실제적인 결과는 그들을 자신들의 의사에 관계없이 자신의 의사에 반한 자, 즉 '괴물 The Thing'로 만들어버리는 것이다. 물론 들린 자들은 거기에서 어떤 웜홀과 화이트홀을 발견할 수 있으리라고 막연히 기대하지만, 그 구멍이 있는지, 스트림으로 들어가는 순간 무슨 일이 일어날지는, 오직 광기만이 대답할 수 있을 뿐이다. (그래도 'God Knows'의 시대는 얼마나 행복했던가?) 그것이 정치의 신화화와 신화의 정치화가 동일하게 직면하는 궁극적인 사태이다. 그렇기 때문에 유럽의 철학자도 조급해하지 말라고 권유했던 것이며, 한국의 작가 이청준도 해원의 문제를 해결이 아닌 계류 안에 묶어두고야 말았던 것이다.

  결국 정치를 넘을 뿐만 아니라 신화도 동시에 넘어야 한다. 그것이 작가의 최종적 메시지라고 할 수 있다, 면,,,,…???

  그런데 왜 계류도 넘어가야 하는가? '계류'는 신화의 정치화를 멈추게 하는 전략이기 때문이다. 『당신들의 천국』에서 그 멈춤이 자유와 사랑의 순환을 가능케 한 것은, 신화의 정치화 자체가 순수한 열정을 연료로 돌아갔기 때문이다. 『당신들의 천국』에서, 저 자유에 대한 집착과 사랑에 대한 집념, 그 어느 것에도 사사로움이 개입된 증거는 없다. 오히려 그 목표들을 향한 절박함만이 강렬하게 끓어올랐던 것이다. 거기에는 '계산'이 없었다. 오로지 순수의 이름으로 강행된, 순수를 추월하는, 순수의 배반이 있었다.

『신화를 삼킨 섬』의 다른 점이 바로 이것이다. 이 작품에서는, '신화의 정치화'라는 사태가 신화의 열정 그 자체의 힘의 관성을 통해서가 아니라 별도로 진행된다. 그것을 가장 선명히 드러내는 사태가 새로 발견된 4·3사건 유골을 둘러싼 '한얼회'와 '청죽회' 사이의 '암투'이다. 그 암투에 의해서, 희생자 신원과 사살자에 대한 추정의 혼란, 그리고 굿판에서의 유골 상자 탈취극과 시내 시위와 같은 일련의 적대적 사건들이 출현한다. 이 폭력적인 사건들은 그대로 폭력적인 사건들이다. 다시 말해 어떤 불가피한 사연의 여진으로 파생된 부산물이 아닌 것이다. 이것들은 독립적이며, 그렇게 스스로 기능해 오로지 세력 다툼과 자기 세력의 정당화를 위해서만 움직이는 것이다. 그러니까 여기에는 온통 '계산'이 분주히 선을 그어대고 있는 것이다.

이런 사정에서는 상호순환을 통한 성찰과 의욕의 동시적 팽창이 가능치 않다. 이 적대적 행위들은 상대방의 그릇된 점을 공격하는 게 아니라 상대방 자체를 공격한다. 그리고 그러한 공격은 자신의 정당성에 대한 절대적 환상과 타자를 절대 악으로 규정하고자 하는 욕망에 의해 추동된다. 그렇게 해서 상대방의 악을 공격하는 자신의 정당함을 어떤 것도 구제하지 못하는 흉포한 괴물로 만들어버린다. 이제 각각의 힘들은 상생적인 게 아니라 상호파괴적이다. 거기에서 신화의 정치화는 한 터럭, 한 짬이 그대로 악취이고 폭탄이다. 그래서 『신화를 삼킨 섬』의 작가는 '문정국 기자'의 입을 빌려, 현실에 참여하는 행위의 소중함을 실천하면서도 동시에 그 현실의 심연 안에서 실종되어버린 동시대 작가 최인훈의 『광장』의 이명준의 '역설적 선택'이야말로 거의 유일한 행동강령이 될 수밖에 없음을 역설하게 된다. "작가는 제 조국을 등지고 떠날 수 없고 떠났다가도 끝내 되돌아올 수밖에 없는 숙명을 안고 살아야 하는 존재"이지만, "그러나 다른 한편, 한 작가의 제 나라 사랑이 '등지고 떠나지 않음'이나 '되돌아옴'에서보다 필요한 경우 그 땅을 떠나고 싶은 욕망이나 실제 망명의 결단 속에 더욱 힘차고 깊어지는 경우도 생각할 수 있"다고 주장하면서, 『광장』에서 "당시 한국의 한 젊은이가 겪은 전쟁의 비극상과 사상적 대립의 혹독성을 돌이켜볼 때 우리에게 다가온 소설의 문학적 감동과 성취는 작가 C씨의 되돌아옴에서가 아니라, 주인공 이명준의 제3국 망명의 선택과 그 뼈아픈 역설적 선택의 결행에 연유하고 있기 때문"이라고 그 까닭을 설명한다.

이어지는 또 다른 문제가 있다. 저 신화의 정치화는 궁극적으로 신화의 실행자들인 개인들을 자발적 자동인형들로 만들어버린다. 여기에서 '자발적'과 '자동'은 형용모순을 이룬다. 개인들의 자발성을 최대한도로 보장하는 듯하면서, 똑같은 그 무게로 그들을 꼭두각시로 만든다는 말이다. 알튀세르가 이데올로기의 '상상적' 성격을 두고서, "이데올로기는 개인들을 시민으로 호명한다"고 규정했던 바로 그 의미에서. 작품 후반부, 도청 문화진흥과 '이 과장'의 '대리 수결' 에피소드는 바로 그 점을 염두에 둘 때에만, 텍스트 내적 연관성을 이해할 수 있다. 그 에피소드에서 '큰당집'의 실무 책임자는 전혀 모습을 드러내지 않은 채, '이 과장'으로 하여금 처음에는 우발적인 듯이 자신을 대신해 수결하도록 부추기다가 결국에는 그 수결이 자동적인 관행이 되어버려 '이 과장'이 책임을 덮어쓰고야 마는 형국에까지 이를 수밖에 없도록 한다. 이미, '큰당집'의 '기획'과 '명령'이 한쎗기 사업의 배후를 장악하고 있다는 걸 모든 인물들이, 심지어 독자들마저도 뻔히 알고 있는 마당에, 왜 이런 에피소드를 굳이 넣었던 말인가? '자발성'과 '자동성'의 이 희극적이고도 치명적인 결합을 환기시키고자 하는 기능이 아니라면. 고종민이 4·3사건의 도망자인 아버지에게 보내는 편지에서 "권력 놀음은 어디서나 마찬가지로 이곳 한국에서도 저주스런 비극이자 희극입니다"라고 쓴 것 역시, 그 저주가 최종적으로 그것을 희망의 이름으로 받아들인 '개인들'에게 쏟아져서, 그 자신에 의한 절망을 만들고야 만다는 것을 그가 직감적으로 감지했기 때문이다.

또한 그러니, 이 재앙적 코믹스가 제기하는 또 하나의 과제는, 개인들이 참으로 스스로에 의한 스스로의 자유를 열게 될 가능성이다.『당신들의 천국』에서 그 가능성이 감시의 시선 아래 놓인 활화산이었다면, 이제는 모색의 탐조등 앞 어둠의 은밀한 기운들이라고 할 수 있을 것이다.

이로써 '계류' 또한 넘어설 수밖에 없는 사정에 대한 풀이가 충분히 이루어진 듯하다.『당신들의 천국』과 여기는 너무 다른 장소인 것이다. 전자의 장소가 '불행 중 다행'의 공간이라면,『신화를 삼킨 섬』은 '갈수록 태산'의 세계인 것이다. 그리고 이렇다는 것은 『당신들의 천국』이 씌어진 1960~70년대에 비해, 1980년대 이후 21세기 초엽에 이르는 기간 동안의 작가의 시각이 훨씬 부정적인 쪽으로 기울었다는 것을 암시한다. 이미 앞에서 말했듯, 정치적 민주화 이후 진행된 사회적 전개에 대한 그의 고민 때문이었을 것이다.

그러나 '갈수록 태산'이기 때문에, 계류를 넘어갈 수밖에 없는 것이다. '불행 중 다행'의 세계에서는 그나마 '자생적 운명'의 '자연발생성'을 기대할 수 있었다. 그 '자연발생성'이 왜곡될까 봐, 감시의 시선이 필요했던 것이고 지속적인 계류의 지연 기제가 필요했던 것이다. 『당신들의 천국』의 마지막 대목에서의, '조원장'의 축사 연습 때문에 계속 지연되는 '결혼식'처럼. 그런데, '갈수록 태산'의 세계에서는 그런 '자연발생성'을 기대할 수 없는 것이다. 할 수 없이 개인들의 자유가 '의도적으로' 실험되어야만 하는 것이다. '신화의 정치화'가 야기할 괴물화의 위험을 무릅쓰고, 그 위험과 싸우면서. 그것이 계류를 넘어서야 할 최종적인 이유가 되는 것이다.

자폐autisme에서 폐제forclusion로

'명준'의 선택은『신화를 삼킨 섬』의 참조사항이지 몫은 아니다. 즉 세상을 등지는 방식으로 세상 참여의 의미를 일깨운 이명준의 길이 현실적 의미 세계에 깊숙이 개입하여 의미의 파열을 드러낸 경우라면, 유정남 등이 간 길은 그 정반대인 듯이 보인다. 우선 이미, 속도에 대한 경계에 대해 운을 띄운 적이 있지만, 소설의 속도에서 『신화를 삼킨 섬』은 『광장』의 그것과 완전히 상반된다. 『광장』은 활동성 그 자체이다. 개인의 개인성이 한국소설사상 최초로 그리고 가장 뜨겁게 실험된 소설이었다(이에 대해서, 외국 비평가가 『광장』 불역본을 읽고 느낀 놀라움을 상기하는 것도 도움이 될 것이다. 그는 『광장』에서 "새로운 어떤 문학의 계시"를 보았다는 느낌을 밝히고는 그 까닭의 하나로, "이 소설에는 무언가가 마치 현실인 것처럼 눈앞에서 벌어지고 있다"는 점을 들었다(장 벨맹-노엘, 『충격과 교감』, 최애영 옮김, 문학과지성사, 2010, p.23)]. 거기에서는 시간의 움직임이 곧바로 피부의 전율을 유발했던 것이다.

반면 『신화를 삼킨 섬』은 지극히 느린 소설이다. 『광장』의 시간대가 대략 6년에 해당하는 데 비해, 이 소설이 길게 잡아도 겨우 3개월을 아우르고 있다는 점만을 두고 말하는 게 아니다. 3개월도 이동의 길이를 가지고 있으며, 묘사하기에 따라, 얼마든지 박진감을 부여할 수도 있었을 것이다. 문제는 이 소설은 도입부부터 거의 움직이지 않는다는 사실이다. 왜? 씻김굿 행사를 위해 육지에서 유정남 일행이 내도하고 '이 과장'이 독려하고 재일사학자 고종민이 충만한 호기심으로 이곳저곳을 방문해도 정작 제주도민의 반응은 냉담하고 전혀 협조할 의사가 없기 때문이다. 왜 그러한가? 제주도민 자신들이 이미 오랜 역사적 경험으로, 어떤 형태의 정치적 개입도 모두 제주도민을 자동인형으로 만드는 권력 놀음이라는 걸

몸으로 익혀 알기 때문이다. 이러한 경험의 축적은 개인들을 일종의 자폐증의 상태로 몰고 간다. 그 용어의 창안자인 블로일러Paul Eugen Bleuler에 의하면, "분열적 자폐증"이란 "주체가 스스로를 가두어 침투 불가능하고 소통 불가능한 세계 속에 갇히는 것으로, 그 세계는 비유기적인 망상적 요소들로 구성되며, 주체의 모든 가용한 에너지가 그것들에 투여"(*Dictionnaire International de la Psychanalyse(A-L)*, sous la direction d'Alain de Mijolla, Paris: Calmann-Lévy, 2002, p.158)됨으로써, 사회적 연관의 가능성이 실종된 정신 상태를 가리킨다. 『신화를 삼킨 섬』의 인물들이, 배경에 놓인 제주도민들뿐만 아니라 상당수의 주요 인물들까지 포함해, 사로잡혀 있는 것이 바로 이러한 정신 상황이니, 정요선이 찾아간, 제주의 두 심방 식구들이 보여준 냉담함은 이 한셋기 사업을, 즉 소설의 전개 자체를 시초부터 막은 정신적 분위기였다.

이 "억압으로 인한 자기 은폐의 메커니즘"에 대해서 프로이트는 그런데 좀더 적극적으로 해석했다. 그는 이 메커니즘에서 곧바로 나르시스적 충동을 생각했는데, 즉, 거기에서 무조건적인 소통의 차단을 보기보다는, "자기로의 집중에 의한 상징화"가 작동하고 있음을 간파했던 것이다[그는 블로일러의 '자폐적'이라는 용어를 '나르시스적'이라는 용어와 동일시했고(『집단심리학과 자아 분석』, 1921), '자폐증' 대신, '나르시시즘' '내향' '자기성애' 등의 용어를 통해, 자기집중적 행위를 분석해나갔다]. 이러한 방향 전환은 우리의 텍스트를 읽는 데 시사적이다. 왜냐하면 우리는 '이 과장'의 지휘, 유정남 일행의 추진, 그리고 고종민의 탐색에 저항적으로 반응하는 추만우의 심통 부림과 변금옥의 출도 채근은 자기폐쇄적이라기보다, 그것을 좀더 내밀한 다른 욕망으로 전환시킨 것으로 보는 게 더 합당해 보이기 때문이다. 게다가 그렇게 볼 때, 유정남 일행의 '정요선'이 보여주는 '바람기', 육체적 욕구를 통한 일탈 충동 역시 무속업에 대한 환멸 이상의 어떤 소망의 표현으로 읽을 수 있을 것이다.

실상 유정남이 당처를 정하고 씻김굿을 준비하기 위해 정요선을 제주도 당집들에 보냈을 때, 정요선은 제주도 심방들의 침묵의 거부 반응으로 일단 막힌 데다 변금옥과 추만우와 삼각관계에 빠짐으로써 사태를 '삼천포'로 보낸다. 그런데 이 삼천포를 엉뚱한 곳이라기보다 '밀양'을 자극하는 미묘한 추진의 장소로 읽을 필요가 있다. 왜냐하면 만우와 금옥의 행동은 단순히 제주도 무속인들의 거부 반응을 되풀이하는 게 아니기 때문이다. 그들의 관심사는 무속인으로 사는 운명에 대한 불안과 절망, 그리고 탈출 욕구의 표현인 것이다. 그렇다면 그들의 태업적 행위는 제주도민의 거부 반응이 야기한 문제점에 대한 항거의 표현이 될 것이다. 제주도민의 이 완강한 침묵이 권력 놀음의 자동인형이 되는 운명을 끊고자 하는 저항적 행위임이 분명하지만, 그러나 그 침묵이 정치적 개입의 집요한 침입을 그치게 하지도 못했고, 다른 한편 그 침입에 저항할 수 있는 방책을 개발하는 일을 시작조차 하지 못했던 것도 사실이다. 그 반응이 방어적이면서 즉각적이기만 했다는 것, 다시 말해, 저 정치적 개입이 요구하는 '의미'의 생산에 대해서 무의미한 존재의 컴컴한 덩어리를 드러내는 것 이상으로 나아가지 못했던 것이다. 그렇기 때문에 추만우의 불안 및 주저와 변금옥의 충동과 채근은 저 존재의 완강한 어둠을 흔드는 행위라고 할 수 있을 것이다. 그렇다면 그것은 문제를 탈선시키는 일이 아니라 오히려 계류를 넘어서 가는 실마리라고 볼 수도 있을 것이다.

그럼에도 불구하고 이 행위들이 구조적으로 '자폐적'이라는 것, 즉 개방적이 아니라는 점을 독자는 유념해야 할 것이다. 즉, 추만우의 말더듬과 금옥의 채근은 둘 다 변화할 수 없는 현실에 대한 신경증적인 반응에 불과한 것이다. 그러나 이 신경증적인 반응, 다시 말해 이 자폐성은 매우 특별한 성질을 가진 것이다. 우선, 이 반응을 '청죽회/한얼회'의 행동과 비교해보자. 후자의 행동 역시 제주도민의 완강한 침묵의 무기력에 대한 반발에서 나온 것으로 이해할 수 있다. 그런데 이 반발은 저 침묵의 '방어적 즉각성'을 '공격적 즉각성'으로 바꾸는 행위로 나타났다. 즉 정치적 개입에 대해 즉각적으로 저항하되, 그것을 안으로 움츠러드는 방식이 아니라, 바깥으로 표출하는 방식으로 나타났던 것이다. 그런데 그 반응이 결국 그 반발 당사자들 사이의 암투를 만들어냈고, 궁극적으로 지배권력의 행동구조를 반복하는 행위로 귀결하는 것으로 나타났다는 것은 이미 말한 바와 같다.

이에 비추어 볼 때, 추만우, 변금옥의 반응의 특이함은 눈여겨볼 필요가 있다. 그것은 일차적으로 지배권력의 구조를 베끼는 행위와는 다른 것이기 때문이다. 그들이 하는 일이 무엇인가? 그저 신경증적인 반응일 뿐이다. 그러나 이 반응이 왜 계속 반복되는가? 이 물음까지 오면, 독자는 이 두 사람의 행동이 오로지 '말'에 한정되어 있다는 점을 문득 알아차릴 것이다. 그런데 이 말은 썩 특이한 말이다. 더듬는 말이고 다급하게 촉구하는 말이다. 말은 일종의 무기력한 현실에 대한 보상으로서 작동한다. 문학의 가장 단순한 사회적 기능이 그러하듯이. 추만우의 더듬는 말, 변금옥의 빠르게 쏘아대는 말은, 둘 다 그 말의 특이한 양태로서, 의미 전달의 도구로서 말의 현실적 기능을 뚫고서, 현실을 벗어나야 한다는 욕망의 바이러스를 사방에 뿌리고 있는 것이다. 그러니까 그들은 행동에서의 절망을 대가로, 지금 말을 즐기고 있는 것이다. 그것밖에는 할 게 없으니까. 아니, 그것이야말로 삶에 즐거움을 제공하는 물관이니까. 어쨌든 그 말의 향락을 통해서 이행되고 있는 것은 저 제주도민의 무의미성의 드러냄이다. 무의미한 채로, 그러나 엄연히 존재하는 이 존재성. 이 존재성이 부각되는 사태가 그 자체로서 얼마간은 정치권력의 놀음에 포박되지 않고 거기에 저항하는 방책이 된다. 왜냐하면 그것은 정치의 상징화라는 연산법으로 결코 계산되지 않는 부분이 있음을 증거하는 것이니까. 존재함 그 자체가 의미화된 세계와는 결코 동일하지 않다는 것을 가장 흥미롭게 보여준 예는 아마 윌리엄 이글스턴William Eggleston의 사진들일 것이다. 평생을 자기 고장 멤피스 사람들의 사소한 일상을 컬러사진에 담은 그는, 그의 사진에 흥미를 느낀 사람들이 사진이 의미하는 바를 물을 때마다 "모르겠는데요"라는 대답으로 일관하였고, 혹은 의미를 추정하는 사람에게는 '지금까지 살아오면서 그런 형편없는 말을 들은 적이 없다"는 식으로 응수를 하였다. 그의 사진은, 그가 의도했든 아니든, 존재와 의미 사이의 근본적인 균열을 가리키는 가장 선명한 예이다. 추만우와 변금옥의 말들도 그렇다. 그럴 뿐만 아니라, 그들의 말은 현실을 벗어날 수 없다는 걸 거듭 확인하면서 동시에 다른 현실에서 살고 싶다는 욕망을 끈질기게 드러낸다. 즉 의미의 교체가 불가능함에 절망하는 방식으로 의미의 교체를 갈망한다. 그 과정 속에서 서서히 달아오르는 것은, 존재함 자체의 '의미성'이다. 현실과 정치의 상징화가 제공하는 의미와는 다른 의미, 어쨌든 의미이기 때문에 전자가 자행했던 자의성과 독단과 전횡과 차별의 행사에 빠질 수도 있는 의미, 그러나 그에 대한 기억을 품고서 그에 대해 저항하는 과정을 통해, 개인의 자유와 공동체의 풍요의 실마리로 작용하길 욕구하는 방향에서 풀려나가야 할 의미, 바로 그것이 존재함 그 자체의 의미에게 씌어지는 의미이다.

그러나 그 의미화가 제 안에 불가피하게 품을 수밖에 없는 의미의 정치화를 어떻게 이겨낼 수 있는가? 이미 만우와 금옥의 말은, 청죽회 등의 '즉각적인 공격성'과는 다른 길을 선택함으로써 그 위험의 첫번째 문턱을 넘었다. 그들의 말은 즉각적이 아니라 우회적이면서 공격적이었다. 물론 여전히 위험은 남아 있다. 그러나 우회가 야기한, 목표를 놓칠 수 있다는 무기력의 가능성과 더불어, 바로 그것이 그들의 말이 여전히 '자폐성'의 성질을 가지고 있다는 것의 두번째 측면이다. '존재성'을 드러낸다는 첫번째 측면과 더불어.

"프루스트는 자폐증자가 추락한 바로 그 자리에서 성공한다"는 크리스테바의 진술은 이 점에서 시사적이다. 자폐증이 무의미한 존재성을 부각시킨다는 이 글의 진술을 크리스테바 식으로 옮기면, "재현할 수 없는 것에 집중하기"가 될 것이다. 크리스테바는 『잃어버린 시간을 찾아서』의 '샤를뤼스' 남작의 '두 채 아파트'의 꿈을 분석하면서, 두번째 아파트에서의 "전혀 종잡을 수 없고 느껴지지 않는 감각"에 첫번째 아파트에서의 "홀머니에 대한 애도의 꿈"이 연결됨으로써, 바로 그 포착되지 않는 감각, '말할 수 없는 것'에 말을 부여하고 그것을 부동의 어둠으로부터 끌어내 "말의 빗장을 풀고 풀려나가게끔 한다"고 분석한다. 샤를뤼스 남작의 자폐증이 보여주는 "재현할 수 없는 것에 집중하기, 이 일종의 자폐증은 새로운 언어의 창조에 의해 스스로를 가동시킨다"〔Julia Kristeva: *La haine et le pardon — Pouvoirs et limites de la psychanlayse* III (Texte étable, présenté et annoté par Pierre-Louis Fort), Paris: Fayard, 2005, pp.404~06〕.

추만우와 변금옥의 비정상적 언어가 그러한 새로운 언어의 창조에 해당하는 것일까? 그렇다고 말할 수는 없을 것이다. 그 둘의 언어는 그들이 저항하고자 하는 무속인의 삶, 더 나아가 제주도민의 천형과도 같은 운명에 대해, 신경증적인 주저와 반발을 보여주고 있기 때문이다. 그러나 이들의 실천이 이어서 살펴볼, 새로운 행동(혹은 언어)에 이어진다는 점에 주목하고, 그 행동(언어)을 주의 깊게 살펴보면, 바로 거기에 『신화를 삼킨 섬』의 최종적 효과가 마침내 모습을 드러낸다는 것을 알아볼 수 있다. 즉 추만우와 변금옥의 말은 이제 살펴볼 작품의 최종적 미학적 국면의 필수적인 징검다리의 역할을 한다는 것이다.

그들의 말의 기능이 무엇인가? 바로 제주도민의 완강한 침묵을 동요시켰다는 것이다. 그 동요가 어떤 운동으로 이어져야 할 것인가에 대해서는 그들의 말은 답을 주지 않았다. 그런데 잘 아시다시피, 만우와 금옥의 말들은 이 작품의 최종적 층위가 아니다. 실제로 이 소설의 이야기가 목표로 하는 것은, 유정남 일행에 의해서 수행될 한씻김 굿이고, 그 굿의 성사를 지원하거나 관찰하거나 등의 행동을 통해 그 굿에 관여하는 작용들이다. 그러니까 이 작품의 행동의 근본 구조는 세 개의 층으로 이루어져 있다. 침묵에 가까운 제주도민의 근본 정서가 맨 아래층을 이루고 있다면, 그로부터 이탈하고자 하는 충동을 사건으로 만드는 '만우'와 '금옥'의 말이 그 위에 고리를 형성한다. 그리고 마지막 층에 유정남 일행의 씻김굿과 그와 연관된 행동들이 있다(세부적으로 보면, 이 마지막 층위 내부는 두 개의 세부 층위를 포함하고 있다. 즉 조복순의 굿과 유정남의 굿이 그 둘이다. 그런데 유정남의 굿·층위에는 유정남의 굿만이 아니라 금옥의 신내림굿이 있다. 마지막 층위는 계층적으로도 두 겹을 가지고 있고 양상적으로도 두 면을 가지고 있다. 그러나 이런 세부들에 대한 분석은 훗날을 기약하기로 하자).

  이러한 사실은 이 작품의 매우 흥미로운 특성을 보여준다. 즉, 『신화를 삼킨 섬』의 전개는 사건들의 연속과 같은 계기적인 방식으로 구성되어 있는 것이 아니라, 층위의 이동이라는 계열적인 방식으로 구성되어 있다는 것이다. 그리고 계기적 전개, 즉 시간의 이동은 이 계열적 전개를 뒷받침하기 위한 보조 기능으로 최소한도로만 사용된다는 것이다. 바로 그것이 이 작품이 매우 느리다는 느낌을 준 근본적인 원인이었다. 또한 이 특성에 근거해서 또 하나의 특기할 만한 양상이 부각되는데, 그것은 이 층위들 간의 작용이 '자극-반응'의 되풀이를 통한 상호반사적 운동의 확산이라는 것이다. 그것을 우리는 다음과 같은 그림으로 표현할 수 있다.

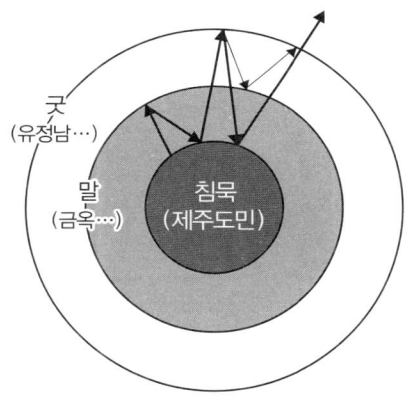

이 그림이 의미하는 바는 이렇다: 제주도민의 '침묵'은 금옥 등의 '말'을 유발하고, 금옥 등의 '말'은 제주도민의 '침묵'을 흔들어, 유정남의 '굿'을 작동시킨다. '굿'은 다시 이중으로 반응한다. 한편으로 금옥 등의 '말'에 반사되어 같은 층위에 또 하나의 '굿'을 발생시킨다. 그것이 금옥의 신내림굿이다. 그러나 동시에 '굿'은 '침묵'에 반사되어 '굿' 너머로 나아간다. 그 너머에서 '굿'이 작용하는 것은 물론 저 '침묵'을 정치 세계에 대한 모종의 도전으로 만드는 것이다.

이것이 바로 잔혹한 정치권력의 폭압에 짓눌려온 개개인들에 의해 이루어진 집단무의식으로서의 신화가, 한편으로 정치권력에 저항하고, 다른 한편으로 스스로를 정치화하고자 하는 욕망을 넘어서, 정치권력과 공통의 공간에서 '자생적 운명'의 독자적인 삶의 형식을 구성하며, 전자와 맞설 수 있게 되는 내력의 기본적인 모양을 이루는 과정이다. 독자가 주목해야 할 것은 최소한 세 가지로 보인다. 첫째, 그 맞섬의 상황을 형성하기 위해 주조된 구조체, '침묵' '말' '굿'이 각각 자율적 체계를 형성한다는 것이다. 둘째 이 자율적 체계들이 상대방들과의 길항작용 속에서 철저히, 다시 말해 자극의 '모든' 차원에 대해 반응함으로써 매우 복합적인 세계를 만들어 나간다는 것이다. 그리고 마지막으로, 이 자극-반응을 확산의 형식으로 만드는 것은, 그 반응법 자체가 자극의 원천으로 반항했다가 다시 되쐬어 나오는 겹 진overlapped 구조를 이루고 있기 때문이라는 것이다.

  그러나 오늘의 탐구는 그 연관의 복잡한 구조 전체를 낱낱이 밝히는 것을 목표로 하지 않는다. 다만 여기에서는 '자생적 운명'의 현실화의 방법론에 대해서 질문을 하는 것으로 지금까지 끌고 온 질문과 대답의 일련의 과정에 하나의 매듭을 짓고자 한다. 즉, '굿' 층위에서의 행동들의 존재양식에 대해서 말이다. '말'의 층위에서의 '신경증적 반응'이 '침묵'을 흔드는 데는 성공했으나, 새로운 언어를 창조하는 데까지 가지 못했다면, '굿'의 층위에서의 행동들은 그 창조의 문턱을 넘어설 수 있었던가?

  또 하나의 '다만'으로 한 마디 덧붙일 일이 있다면, 그것은, 시야의 편협성을 방지하기 위해, '만우'와 '금옥' 그리고 '제주도민'의 차원으로 좁혀서 분석해온 문제는 실상 '요선', 그리고 한국인들 일반에도 해당된다는 것을 지적하는 것이다. 즉, '만우'의 말더듬과 '금옥'의 춤도 채근과 어우러져 삼각관계를 이루게 될, '요선'의 '육체적 욕정' 또한 그만의 고립적인 충동이라기보다, 전자들과 마찬가지로, '무속인의 업'에 대한 신경증적인 대응을 이룬다는 것이다. 또한 그렇다는 것은 유정남의 무업 역시 이청준이 상정한 개개인들의 고난을 한국인 일반의 차원으로 확대하면서 그 안에 깊숙이 관여하고 있다는 것을 동시에 뜻한다. 만우, 금옥과 다른 점이 있다면, '요선'의 육체적 욕정은 유정남에 의해 주관되는 '무속업'에 대한 반발의 성격을 가지고 있지만, 대신, 그의 일탈이 유정남의 행동에 변화를 야기하지는 않는데, 그것은 요선이 반응한 것은 '유정남'에 대해서라기보다는 유정남이 대리한 한국인의 고난의 삶(구체적으로는 그가 뒤늦게 깨닫게 되는 한센병 환자인 아버지의 비극)에 대해서이며, 그리고 작품을 최종적으로 마무리할 유정남에게 맡겨진 소설적 역할이 특별한 것이기 때문이다.

다시 질문으로 돌아가자. '굿' 층위의 행동은 개개인들의 자생적 운명의 현실화를 향한 문을 살며시 열었던가? 일단 작품의 실제적인 줄거리상에서 독자는 그 질문에 대해 긍정적으로 대답할 수 있다. 왜냐하면, 조복순의 굿이나 유정남의 굿이 마침내 이루어내는 것은 침묵을 터뜨리는 것, 그럼으로써 가상적으로나(조복순의 경우), 실제적으로(유정남의 경우) 사태의 당사자로 하여금 제 목소리로 세상에 대해 말하게끔 하는 것이기 때문이다. 그 발성을 통해서, 4·3사건 희생자의 언어가 처음으로 세상에 모습을 드러낸 것이다.

그 실제에 대해서는 여기에서 다시 묘사를 하기보다는 소설을 직접 읽기를 권하는 게 나을 것이다. 더 중요한 것은 저 말의 양태와 발성 과정이다. 희생자의 언어가 튀어나온 것, 그것은 의미화의 연쇄구조로서의 언어의 출현이 아니라, 존재 자체의 터져 나옴, 즉 정신분석적으로 말하면 실재가 문득 상징계를 침범한 사건이다. 즉 의미화될 수 없는 것이 의미의 영역에 문득 대지를 가르고 치솟아 오른 거대한 괴암처럼 출현한 것이다. 그래서 어쨌단 말인가? 그 존재의 터져 나옴은, 무의미의 출현인 한, 아무리 언어의 형식을 빌려도 그냥 비명이고 외침일 뿐이다. 유골이 발굴된 동굴에서의 유일한 생존자 '김상노'의 울음이 실제로 유골들의 사망의 내력에 대해서 아무것도 밝혀주지 않는 것은 그 때문이다. 즉각적인 효과를 원하는 사람들에게는 이러한 침범 자체가 무의미한 것이라, 그저 굿 안에서의 일시적 환상에 불과한 것으로 치부할 수도 있을 것이다. 그러나 정말 그 무의미가 문제이다. 그 무의미가 무효한 것이 아니라 실제로는 매우 치명적인 효과를 가지기 때문이다. 약간 엉뚱한 비유지만, 웃음을 참고 들어보시라. '암'이란 주변의 다른 세포들과 호환되지 않고 신체의 활동을 위해 아무 기능도 하지 않는 세포이다. 그 자체로서 신체를 공격하는 기제를 갖고 있지 않다. 그러나 그 암이 출현하면 신체가 순식간에 무너지지 않는가? 무의미가 출현하면 의미의 세계는 곧바로 전면적인 부정 속에 처하게 된다. '김상노'의 울음도 그와 같은 기능을 하는 것이다. 그것이 '굿' 안에 가두어져 있다고 해도, 의미의 세계, 즉 정치적 상징화의 세계를 전면적인 의혹의 울타리 안에 가두는 일을 할 수 있는 것이다. 게다가 '굿' 안에 가두어져 있다는 것은 오히려 얼마나 유익한 것인가? 그것은 '암'처럼 실제적인 파괴력을 가지지 않는다. 그것은 보호막 안에 감싸인 암과도 같아서, 오직 파괴에 대한 환기력만을 가질 뿐이다. 또한 그렇기 때문에 실은 더 나아가 '재생'에 대한 환기력 또한 가지는 것이다. 그것이 출현한 어둠의 자리는 개인들의 삶이 침묵 바깥으로 나와 현실 안에서 서서히 모습을 키워나갈 수 있는 터전이 될 것이고, 또한 그 개인들을 침묵 속에 몰아넣었던 정치세계로 하여금, 생명작동체계가 완전히 끊어지지 않은 채로, 변신할 기회를 제공할 것이기 때문이다.
 이 느닷없는 실재의 침범이 어떻게 가능했던가? 유정남의 다음과 같은 말은 아주 흥미로운 암시를 제공한다.

 "그 사람이 뭐랬든 이제 그 사람은 상관할 것 없다. 굿날만 정해졌으면 이제부턴 모든 걸 내 알아서 할 일이다. 이게 무슨 그 사람들 위한 굿이더냐, 그 불쌍한 원혼들 적한을 씻어주려는 우리들 굿자리제." (p. 318)

 한씻김 사업을 서둘러 마무리하려는 '이 과장'의 위압적인 독촉에 대해서 유정남이 아랑곳하지 않고 하는 말이다. 그것을 두고 작가는 유정남이 "굿 욕심 많고 조상 내세우기 좋아"했기 때문이라고 능청을 떨지만, 그 능청 자체가 다른 사태에 대한 암시인 것이다. 그것은 '굿'을 치르고 싶어 하는 '욕심'들의 엄연한 현존성을 가리키는 것이기 때문이다. 즉 굿에서 벌어지는 사태는 현실에 어떤 실제적인 개입도 하지 않지만, 현실 안에 출몰할 권리를 주장하고 있는 것이다. 느닷없이, 뜬금없이, 그리고 가장 격렬한 절박함으로.

그런데 유정남은 그것의 출몰을, 정치권력의 요구를 온전히 수락하는 가운데 도모한 것이다. 현실을 받아들이되 아주 다른 새로운 현실의 가능성을 능청스럽게 내놓은 것이다. 이 행위는 청죽회/한얼회의 행동방식에 대해 대척지를 이룬다. 후자가 정치권력에 즉각적으로 대립하여, 자신들 내부에서도 대립과 분열을 초래했다면, 유정남의 행위는 정치권력을 고스란히 수용하는 과정을 통째로 정치권력에 가장 낯선 세계를 꺼내놓는 사업으로 돌려놓는 것이다. 게다가 이러한 행위는 유정남의 두드러진 행동에만 그치는 것이 아니다. 오히려 '굿' 층위로 건너가는 모든 행동들은, 바로 그러한 '수용함으로써 도발한다'는 방법론을 따르고 있다고 보아도 좋은 것이다. 정요선의 물음에 추만우가 대답을 하는 방식으로 다시 물음을 제기하는 양상도 그러하며, 심지어 '이 과장'이 '큰당집'의 꼭두각시 역할을 충실히 수행하는 가운데 유정남의 굿을 온전히 치르게 하였으니, 그 또한 같은 원리를 가지고 있다고 할 수 있을 것이다.

정신분석적 관점에서 볼 때 이 현상은 매우 놀라운 것이다. 이것은 이른바 라캉이 최종적으로 '폐제forclusion'라고 번역한 프로이트의 Verwerfung에 해당하는 것이며, 그것은 신경증적인 것이 아니라 정신병적인 것이기 때문이다. 정신병적이란 무엇인가? 간단히 말하면, '아버지의 이름'을 애초부터 없는 것처럼 '무시'하는 정신적 상태를 가리킨다. 즉 핵심 상징체, 현실 전체를 지탱하는 최고의 법적 체계를 간단히 폐지해버리는 것이다. 아버지의 이름이 자신으로 파생된 시니피앙들의 조밀한 네트워크를 통하여 전면적으로 작동하는 의미의 세계에 그 의미 자체를 폐지하는 사건과 실물들을 능청스럽게 출몰시키는 것이다.

라캉은 이 '폐제'가 제임스 조이스의 소설 전반에 걸쳐서 일어난 사건이라고 보았다(『스물세번째 세미나: *Sinthome*』 1975~76). 조이스의 소설의 도처에 출몰하는 "의사소통으로부터 단절된 무의미하고 수수께끼 같은 파편들"을 작가 자신이 "어떤 정신적인 것의 갑작스런 출현sudden spiritual manifestation"으로 이해하고 "에피파니epiphany"라고 명명한 사실(『율리시스』)을 환기시키면서, 그는 조이스의 작업이 "의미 속의 향락"(향락의 원어인 jouissance 란 'jouis sens', 즉 의미를 즐긴다는 뜻으로 풀이된다)이 아니라, "담론 외부에 자리 잡는 향락"을 만드는 것으로 보았다. 또한 담론 외부에 자리 잡음으로써, 저 무의미한 파편들은 더 이상 "의사소통 과정에서 배제된 메시지"가 아니라, "향락의 장소"(Russel Grieg: "From the Mechanism of Psychosis to the Universal Condition of the Symptom: On Foreclosure", in Dany Nobus (Ed): *Key concepts of Lacanian Psychoanalysis*, New York: Other Press, 1999, pp. 68~69)로서 기능한다.

『신화를 삼킨 섬』의 '굿' 층위에서 벌어진 사건들도 같은 기능과 맥락을 가지고 있다고 볼 수 있을 것이다. 청죽회/한얼회의 유골상자 탈취 사건에 아랑곳없이 치러져 결국 김상노의 울음을 터뜨리게 하는 사건에서 정점에 달한 이 층위의 행동들은 궁극적으로, 정치권력의 요구가 실현되는 자리 한복판에서 완전히 다른 세계를 출현시키는 작업을 수행했던 것이다.

이청준의 '초월적 고통'의 새로움

마침내 저 완강한 침묵 속에 갇혀 있던 개인들의 사연은 자폐증의 어두운 통로를 더듬어간 끝에서, 세계를 의미로 충만시키는 상징의 언어들을 뚫고, 아주 뻔뻔스러운 자신의 고유한 말을 출현시킨 것이다. 왜 뻔뻔스러우냐 하면, 그 말은 한편으로 말없는 존재들의 고유한 삶의 가능성을 부재의 형상으로 출현시키고(부재의 형상으로 출현하기 때문에 그것은 언제나 텅 빔으로 충만한 것, 아픔으로써만 평안할 수 있는 것, 슬픔으로써만 기쁨일 수 있는 것으로 나타난다) 다른 한편으로 정치적 상징화의 세계를 전면적인 부정의 가능성의 울타리 안에 가두는 놀라운 능력을 어느새 발휘했기 때문이다.

그런데 이것을 '정신병적'이라고 말하기가 어딘지 거북한가? 그렇다면 좀더 다른 용어로 말해보자. 카트린 말라부는, 헤겔의 '부정'에 관한 하이데거의 강좌록 해석을 분석하는 가운데, 하이데거가 헤겔의 '부정négativité'의 변증법을 한편으론 "현상의 망실", 즉 현상을 무로 돌리는 행위로 이해하면서, 동시에 다른 한편으로는 그것을 "초월적 고통douleur transcendantale"으로 규정한다는 것을 보게 된다. 그때 '부정'은 현실을 죽음 속에 밀어 넣는 행위이지만 동시에 그 행위를 현실 안에 어떻게든 현존케 하려는 투쟁이 된다. "찢김과 분열"로서의 '부정'은 "절대 정신의 죽음과 신생으로서", "죽음의 끈질김이자 동시에 죽음과의 분란"이다. 이때 부정의 경험은 "〔소멸 혹은 상실의〕 고통과 〔그것을 현존시키려는〕 노동의 엉킴"이 되어서, "의식의 초월적 고통"이 된다. 그러면서 말라부는 이렇게 이해된 '부정'은 프로이트의 '폐제Verwerfung'와 아주 유사하다고 덧붙인다(Catherine Malabou: "Négativité dialectique et douleur transcendantale", in *La chambre du milieu—De Hegel aux neuroscience*, Paris: Hermann, 2009, pp. 53~73). 우리는 어쩌면 『신화를 삼킨 섬』의 존재 자체를 '초월적 고통'의 세계라고 말할 수도 있을 것이다. '초월적 고통'은 초월하는 고통이나 고통의 초월이 아니라, 초월의 가능성으로 지상에 잉여로 남아 고통을 감내하는 것, 아니 감내할 뿐만 아니라, 그 고통 자체를 다른 현실의 가능성으로 주조하는 작업 자체인 것이다.

이러한 이청준식 작업은 한국문학에서 거의 볼 수 없었던 것이다. 한국문학은 대체로 정치 현실과 개인의 관계에 대해서, 정치 현실 내의 탄압과 고통에 대해서 관심을 보여왔다. 정치 현실에 바로 반응하여 그것이 올바른가, 아닌가를 따져온 것이다. 그러한 따짐을 가장 순수하게, 다시 말해 정치권력의 알고리즘에 함몰되는 것을 끝끝내 경계하면서, 끝까지 밀고 나간 것이 최인훈의 『광장』일 것이다. 그 점에서 그것은 상징화(의미의 추구)의 극점까지 가본 경우라고 할 수 있을 것이다. 그런데, 개인들의 삶은 그 자체로서는 정치적 현실, 즉 고압적인 상징적 의미의 세계와는 무관한 것이다. 그것들에게는 그것들의 고유한 세계가 따로 있다고 생각할 필요가 있는 것이다.

프로이트의 '사랑'에 대한 유명한 구분을 상기해보자. 그는 '사랑'에 대해, 세 가지 대립 층위가 있음을 고려해야 한다고 말했다: '사랑하기―사랑받기', '사랑―증오', 그리고 '사랑/증오의 감정 구조―그런 감정과 전혀 무관한 것'(「충동들, 그리고 충동들의 운명」, 1915). 이 세 층위를 정치/개인의 층위로 이동시켜 적용해보면, 한국문학은 대체로 앞 두 가지 유형의 선택에 집착해왔다고 할 수 있다. '정치의 올바름'―'그름', '정치[공동체]의 횡포'―'정치에 의해 핍박받는 개인', 즉 공동체냐, 개인이냐. 그러나 그 두 유형의 연산식으로는 끝끝내 계산되지 않는 사람들의 삶 그 자체가 따로 있는 것이다. 왜 개인은 정치에 포섭되거나 아니면 대립되어야만 하는가? 정치를 자신의 포괄항으로나 대립항으로 가지지 않는 채로 존재하는 사람들의 삶의 영역은 없는가? 그런 질문에 대한 탐구가 없다는 것은 한국문학이 대체로 '공공선'의 문제와 신경증적인 관계를 맺어왔다는 것을 가리킨다.

반면 『신화를 삼킨 섬』이 환기하는 것은, 정치의 연산으로 환산되지 않은 것으로서의, 재현될 수도 없고, 의미화될 수 없으나, 엄연히 존재하는 개인들의 삶의 실재성이다. 그것은 세계를 장악한 정치의 세계에 가장된 실험의 형식(굿)으로 실재를 난입시킴으로써 현실에 대한 폐제를 실행한다. 이때 '폐제'는 현실을 무(죽음)로 돌리는 과정을 통해, 그 과정 자체를 새로운 현실의 가능성이,

의미 결핍의 상태로 도래할 의미를 부르며, 떠오르게끔 하는 작업의 다른 말이다. 그 점에서 『신화를 삼킨 섬』이 간 길은 상징화의 극점으로 간 『광장』의 길과 완벽하게 반대쪽으로 난 것이라고 할 수 있다. 지금 이 자리에서 어느 길이 더 옳은 길인가를 따지는 것은 우스꽝스러운 일일 것이다. 문제는 그 미적, 실천적 효과가 다르다는 것을 이해하고, 그 각각을, 아니, 그 양자 사이의 풍요한 스펙트럼을 정밀하게 음미하는 것이리라.

〔2011〕

자료

텍스트의 변모와 상호 관계

이윤옥
(문학평론가)

『신화를 삼킨 섬』

| 발표 | 『신화를 삼킨 섬』, 열림원, 2003.

1. 실증적 정보

1) **초고**: 컴퓨터 한글 문서로 작성된 초고가 있다.

2) **일기**: 이청준은 일기에서 『신화를 삼킨 섬』을 종종 '무당소설'로 불렀다. 그가 '신화소설'로 부른 작품은 미완성 유고작인 『신화의 시대』인데, 『신화의 시대』는 그의 컴퓨터에 '삼킨 섬'이라는 표제로 저장되어 있었다. 2002년 이후 이청준이 몰두한 대상은 '신화'이며, 이때 신화는 무속신화를 근간으로 한다.

3) **이전 발표 작품과의 연관성**

① 「이어도」 역시 제주도가 작품 배경이다. 제주도가 '신화를 삼킨 섬'이라는 것은 이미 「이어도」에 분명히 나타나 있다. 거기에서 제주도는 현실 속에 이어도라는 구원의 섬, 이상향을 품고 있는 섬이다.

② 이청준의 소설은 『신화를 삼킨 섬』을 중심으로 크게 둘로 나뉠 수 있다. 탐구의 대상이 역사와 정신에 머무르는 시기와 신화와 넋의 차원으

로 나아가는 시기가 그것이다. 이전에 이청준은 자아망실 상태의 개인이 자아회복을 모색하는 과정과, 그 개인의 존재적인 삶과 관계적인 삶을 연작 『남도 사람』과 연작 『언어사회학 서설』을 통해 다각도로 보여주었다. 이제 그는 무굿을 중심으로 우리 넋의 세계를 천착한다. 여기에 속하는 작품이 표제에 '신화'가 담긴 『신화를 삼킨 섬』과 『신화의 시대』이다. 이청준이 말하는 신화는 일반적인 뜻과 달리 '신들의 이야기'가 아니다. 『신화를 삼킨 섬』이 나온 해 일간신문에 실린 대담에는 이 작품을 이해하는 데 꼭 필요한 핵심이 담겨 있다(56쪽 2행).

- 『대한매일』 2003년 8월 8일: 우리 현재의 삶을 이끌어 가는 원리가 있는데, 하나는 꿈이고, 다른 하나는 그 꿈을 실현하는 힘이겠지요. 꿈은 내일에 대한 이념이랄까요? 이것을 공적으로 실현하는 힘은 권력으로 귀착되는 것 같아요. 삶이 이렇게 진행된다면, 그것을 뒷받침해 주는 것은 정신인데, 그 정신이 태어나고 거(居)하는 곳은 우리의 역사지요.
우리는 지금까지 역사에 대한 논의를 수없이 해왔어요. 그렇지만 실제 우리 삶이 얼마나 행복해졌느냐, 값지게 살고 있느냐, 이런 문제로 들어가 보면 제자리걸음을 해왔다는 생각이 들어요. 뭔가 빠져 있고 겉돌고 있는 것 같아요. 이런 생각 끝에 우리가 태어날 때부터 유전적으로 가지고 나오는 어떤 심성, 즉 영적인 차원과 넋의 문제에 대한 천착이 결여되었었다는 생각을 하게 됐어요. 그 부분을 빼놓고 역사의 차원, 과거 경험의 차원에서만 소설을 써서는 안 되겠다, 더 깊은 근원을 찾아야겠다고 생각하게 되었는데 그게 바로 신화의 세계죠. 그 가운데 우리가 가장 잘 알고 있는 게 우리의 무속이죠. 그 무속 혹은 신화에 우리들이 이어 온 넋의 요소가 가장 많이 내포되어 있지 않았느냐 하는 이야기입니다.

③ 역사와 신화, 정신과 넋을 염두에 둘 때 『당신들의 천국』과 『신화를 삼킨 섬』은 깊은 관련이 있다. 우리의 현실적 삶이 육체라면 역사는 정신이고 신화(무속)는 넋이다. 현실은 내일에 대한 이념인 꿈과 그 꿈을 공

적으로 실현하는 힘인 권력이 이끌어간다. 정신이 태어나고 거하는 역사가 주관하는 것은 여기까지다. 바로 『당신들의 천국』이 묘사한 세계다.

  4) 전기와의 연관성: 유정남은 조상신을 남해안 장흥골 천관산에 모신다. 장흥은 이청준의 고향이고, 천관산은 장흥의 진산이다.

  2. 인물형

  - **정요선**: 『당신들의 천국』의 이상욱과 「네가 내 사촌이냐」의 젊은이(안의윤의 아들)도 정요선처럼 소록도 나환자를 부모로 둔 미감아 출신이다.

  3. 소재 및 주제

  1) 아기장수 설화: 제주도라는 한 운명 공동체가 지닌 꿈, 외래 지배자가 아니라 자생적인 구세주에 대한 꿈을 나타내는 설화다. 이청준은 이 설화를 새롭게 해석해 「아기장수의 꿈」을 쓰기도 했다. 아기장수 설화는 「비화밀교」 「지관의 소」에도 나온다.

  2) 나병 환자: 유정남이 마음을 의지하던 고향 마을 청년은 나병에 걸려 소록도로 들어간 뒤 죽어서 만령당에 안치된다. 「네가 내 사촌이냐」의 안의윤도 마찬가지다. 두 사람 모두 대처 상업학교를 나온 인텔리이며, 소록도에서 나환자와 결혼해 아들 하나를 둔다.

  3) 군부 정권과 지팡이 민주 인사: 12·12사태로 정권을 장악한 전두환의 제5공화국과 김대중을 말한다.

  4) 형수와 어머니: 남선리 위령 넋굿 제주의 비극(9장)은 「오마니」에서 문예조의 사연으로 반복, 심화된다. 문예조는 조카를 위해 형수의 젖을 빨아 젖문을 열어주는 데 그치지 않고, 형수에게서 어머니를 느낀다.

  5) 「작가의 작은 손」: 이청준이 1978년에 쓴 산문이다. 같은 제목의 산문집에 실려 있다.

6) **「국가와 인신 공희」**: 문정국 기자의 글 「국가와 인신 공희」는 이청준의 「국가 권력과 역사의 폭력」이다. 이 글 중 인신 공희 부분은 「태평양 항로의 문주란 설화」에도 나온다.

7) **『국가와 시의 충동』**: 송일의 저서 『국가와 시의 충동』은 송상일의 『국가와 황홀』이다.

8) **무당 무(巫)**: 수필 「우리 굿 문화」를 보면 '무(巫)' 자가 무엇을 뜻하는지 알 수 있다(286쪽 4행).

- 「우리 굿 문화」: 무당이나 무격, 무속의 '무(巫)' 자는 하늘(신령계)과 땅(현세)을 사람이 춤과 노래로 연결해주는 형상을 상형한 것이라 한다. 무당의 위상과 역할을 한눈에 보여주는 글자인 셈이다.

9) **얼굴 찾기**: 「퇴원」 등 초기작에서 보여주던 자아 회복, 자기 정체성 찾기와 같은 뜻을 지닌다(387쪽 7행).